Fette Jahre

ECON Unterhaltung

Zum Buch:

Dr. Jürgen Klamroth, Dozent, Arzt mit florierender Praxis und Wissenschaftler, hat ein Ziel, das er verbissen verfolgt: seine Karriere. Als sich die Chance bietet, es zu verwirklichen, greift er zu und läßt sich – ahnungslos zunächst – in verbrecherische Geschäfte hineinziehen.
Es geht um Pharmaforschung, um illegale Probeserien mit Todesfolgen im Ausland, um den Wettlauf mit der Konkurrenz und korrupte Regierungsbeamte. Es ist aber auch das Psychogramm eines Mannes, der aus Machtgier vergißt, was den Wert des Lebens ausmacht.

Zum Autor:

Bernd Sülzer, 1940 in Essen geboren, lebt in Köln.
Er hat zahlreiche Romane geschrieben, zwei davon wurden für das ZDF verfilmt.

Bernd Sülzer

Fette Jahre

Thriller

ECON Taschenbuch Verlag

Lizenzausgabe

Veröffentlicht im ECON Taschenbuch Verlag GmbH,
Düsseldorf, 1996

Umschlaggestaltung: Theodor Bayer-Eynck, Coesfeld
Druck und Bindearbeiten: Ebner Ulm
Printed in Germany
ISBN 3-612-27230-6

1

Das war's.« Klamroth schob den Mundschutz unter das Kinn. »Ich danke Ihnen.«

Die Angesprochenen nickten: ein Assistenzarzt, zwei Schwestern. Klamroth wandte sich dem Patienten zu: »Na, war es schlimm?« Der junge Mann lächelte und schüttelte vorsichtig den Kopf.

»Zwei Tage lang keine Bewegung«, sagte Klamroth, »danach spüren Sie kaum noch etwas. Und in einer Woche sind Sie draußen.« Der Mann nickte.

»Und in einem Monat können Sie wieder trainieren. Der Meniskus ist überflüssig, wie der Blinddarm.«

»Danke«, sagte der Mann.

Klamroth grinste. »Geht in Ordnung. Empfehlen Sie uns weiter.« Das Team wartete ohne sichtbare Reaktion. Klamroth blickte in die Runde. »Also dann, frohe Weihnachten.« Die Schwestern schwiegen. Der Patient hatte die Augen geschlossen. Nur der junge Arzt sagte: »Danke, Ihnen auch.«

Klamroth zog sich die Handschuhe ab und warf sie in einen Eimer. Eine der beiden Schwestern ging zur Schleuse und drückte den Klingelknopf. Zwei Pfleger betraten den Operationssaal. Während alle anderen mit anpackten, beobachtete Klamroth unbeteiligt, wie der Patient auf ein Rollbett gehoben, zugedeckt und angeschnallt und schließlich behutsam durch die Schleuse zum Aufzug bugsiert wurde.

Er war alleine. Ich wünsche frohe Weihnachten, und die beiden Tanten antworten nicht mal. Empfinden es als persönliche Beleidigung, daß am Heiligabend operiert wird. Genauer gesagt: am Heiligmorgen. Ist ja noch früh. Zwei Operationen, und schon ist Feierabend. Ein Hüftgelenk: Routine. Und ein Meniskus: ein Klacks. Und die regen sich auf. Würden am liebsten einen Christbaum in den OP stellen und ihn bis Drei Könige stehenlassen, damit sie über die Feiertage ihre Ruhe haben. Spitze Frage der Oberschwester: Handelt es sich um Notfälle? Nein, Madame, keine Notfälle, nur Freitagsfälle. Und freitags operiert Onkel Klamroth nun mal. Ihr hattet ja erst die letzten beiden Jahre Ruhe. Da fielen die Weihnachtstage auf den Freitag, da ging wirklich nichts. Am liebsten würdet ihr selbst die Notfälle bis nach Neujahr in die Kühltruhe legen.

Klamroth verließ den OP und ging durch einen kurzen Korridor zum Umkleideraum hinüber. Auch hier war er allein. Er nahm die Haube ab, streifte den Mundschutz über den Kopf, zog das Operationshemd aus und warf alles zusammen in einen Eimer. Er seifte sich Hände und Unterarme ein, spülte mit kaltem Wasser ab, warf das Handtuch, nachdem er sich abgetrocknet hatte, ebenfalls in den Eimer und zog seinen weißen Kittel über. Er wollte gerade den Raum verlassen, als der junge Assistenzarzt eintrat. Wo ist denn der in der Zwischenzeit gewesen? Ist wahrscheinlich in seinem Operationsoutfit auf den oberen Decks herumstolziert und hat Patienten und Besucher beeindruckt. Junge Kollegen neigen ja dazu. Brauchen sie wohl auch, als Kompensation für die Kriecherei und Buckelei und die miese Bezahlung. Aber immerhin, er hat sich für den Weihnachtswunsch bedankt.

Klamroth nickte dem Kollegen zu und schloß die Tür hinter sich. Die Tür zum Aufzug stand einladend offen, aber er nahm die Treppe zum dritten Stock. Am frühen Morgen noch keine Müdigkeit aufkommen lassen. Nach vier oder fünf Operationen: vielleicht. Außerdem ist die Luft im Treppenhaus besser. Und wer weiß, wer im nächsten Stockwerk in den Lift steigt. Womöglich Reischle. Nein: *Professor* Reischle. Bürstet einen bleichen Assistenzneuling ab, vor Patienten und Personal, als der sagt: Herr Reischle, Telefon für Sie. Antwortet: Hören Sie, junger Freund, wenn Sie einmal Professor sind, und ich zweifle nicht daran, daß Sie es werden, *dann* können wir unsere Titel weglassen. Und das Kerlchen stottert: Verzeihung, Herr Professor. Sie werden am Telefon verlangt, Herr Professor. Und Reischle jovial, schließlich tragen wir ja nichts nach: Danke, Herr Kollege. Nee, nicht mit dem im engen Lift fahren. Zu Fuß ist gesünder, in jeder Hinsicht.

Als Klamroth den dritten Stock erreichte, hörte er den sanften Glockenton des Aufzugs. Er ging weiter, als die beiden Türen zurücksurrten.

»Ach, Herr Klamroth.«

Er wandte sich um. Reischle! Also recht gehabt mit dem Treppensteigen. Hat nur nicht viel genützt.

»Sie heute im Hause, Herr Klamroth?«

»Ich bin freitags immer im Hause, Herr Reischle.«

»Ja sicher, aber *heute*?«

Das ist das Gute, wenn man eine eigene Praxis hat: du bist nicht Reischles Untergebener. Du bist Belegarzt, und darüber entscheidet die Verwaltung, die ihre Betten ausgelastet sehen möchte. Deshalb brauchst du Reischle auch nicht mit Herr Professor anzureden, und der kann nichts dagegen machen. Obwohl er sich das sicherlich merkt. Und soviel Macht hat er immerhin: er hat dir den Freitag als Operationstag angehängt, wenn alle auf dem Sprung sind ins Wochenende, die Assistenzärzte, die Schwestern, die Pfleger, ja selbst die Patienten wollen lieber am Montag unters Messer als am Freitag. Der Teufel weiß, warum. Nur auf die Nonnen ist Verlaß. Gut, daß das Heilig-Kreuz-Krankenhaus immer noch ein paar Ordensschwestern hat. Fünftagewoche und Wochenende sind keine Kategorien für die. Und die sind auch nicht in der Gewerkschaft.

»Da ich Sie gerade treffe«, sagte Reischle, »ich habe da vielleicht etwas für Sie. Haben Sie einen Moment Zeit?«

»Gerne.«

Springt vielleicht doch noch ein zweiter Operationstag heraus? Reischle öffnete die Tür mit der Aufschrift ›CHIRURGIE II – Leitung: Prof. Dr. Anton Reischle‹ und ließ Klamroth den Vortritt. Klamroth grüßte die beiden Sekretärinnen. Schon das Vorzimmer ist fünfmal so groß wie meine Bude.

»Machen Sie uns bitte einen Kaffee?«

»Schon fertig, Herr Professor.«

»Schön. Beide schwarz. Ist doch richtig, oder?« wandte er sich an seinen Gast.

»Stimmt. Danke.«

Reischle führte ihn in sein Zimmer. Mehr eine Suite. Sicher: Schreibtisch mit zwei Telefonen und Sprechanlage, links daneben Computertisch. Auch eine Behandlungsecke mit allem Drum und Dran für ambulante Patienten. Aber: wohnen könnte man hier auch. Täfelung, Regale, zwei Schränke, alles fein aufeinander abgestimmt, passend dazu eine Ledergarnitur. Fernsehgerät, Videorecorder. Auf den Regalen Bücher und Holzschnitzereien, meist christliche Motive, einiges sicher ganz alt. Die stellt er für seine Arbeitgeber vom Heiligen Kreuz dahin. Sein wirklicher Geschmack dürfte eher Mickymaus sein.

»Setzen wir uns.«

Die Sekretärin servierte den Kaffee und verließ den Raum.

»Sie sind noch auf Visite bei den letzten Patienten, die uns über die Feiertage die Treue halten, Herr Klamroth?«

»Nein, ich habe operiert.«

»Was, Notfälle?«

Du weißt genau, daß es keine Notfälle waren. Du weißt auch genau, daß ich heute operiert habe, und du weißt auch warum.

»Nein, Routinefälle. Ich bin nun mal auf den Freitag angewiesen zum Operieren. Und nächsten Freitag ist Silvester, da geht gar nichts. Ich kann also erst am 7. Januar wieder auf volle Kraft gehen.«

»Haben Sie mal bei der Verwaltung versucht ...?«

Auch das weißt du genau, daß ich für diese und nächste Woche einen anderen Tag haben wollte.

»Ja, habe ich. Keine OP-Kapazität. Personalmangel, gerade über die Feiertage. Freihalten für Notfälle.«

Reischle griff nach einem Notizblock und schrieb ein paar Worte auf. »Ich werde mich dafür einsetzen, daß Sie nächste Woche operieren können, sagen wir am Donnerstag.«

»Vielen Dank.« Klamroth nahm einen Schluck von seinem Kaffee. »Das wäre sehr hilfreich.«

Auch Reischle griff nach seiner Tasse. »Ich sehe im Vorlesungsverzeichnis, daß Sie immer noch an der Universität lesen.«

»Wieso immer noch, Herr Reischle?«

»Ich meine, Ihre Praxis nimmt Sie doch ganz schön in Anspruch, nicht? Dann Ihre Arbeit hier am Krankenhaus. Und obendrein veröffentlichen Sie auch noch. Das muß doch alles ziemlich Zeit kosten, oder?«

»In der Praxis habe ich zwei Kollegen, die schmeißen den Laden auch, wenn ich nicht da bin. Manchmal fürchte ich sogar, es fällt in der Praxis gar nicht auf, wenn ich weg bin. Nein, Zeit ist nicht mein Problem.«

»Um so besser, Herr Klamroth. Ich habe da nämlich eine Idee. Die Uni klagt seit Jahren über mangelnde Ausbildungskapazität. Besonders die Pflichtveranstaltungen des Praktischen Jahres sind immer schwerer unterzubringen. Da habe ich mir gedacht, man wäre höheren Ortes sicher dankbar, wenn wir am Heilig-Kreuz-Krankenhaus ein paar Ausbildungsgänge anbieten würden. Zwei oder drei vielleicht für den Anfang. Und wenn Sie nun sagen, Herr Klamroth, daß Zeit nicht Ihr Problem ist . . .«

Klamroth hatte aufmerksam zugehört, fast konnte man sagen: begierig. Klar, er hatte von Plänen gehört, in Köln ein weiteres Akademisches Lehrkrankenhaus einzurichten, mindestens eins, womöglich sogar zwei. Und man würde sicherlich keine neuen Kliniken aus dem Boden stampfen, sondern sich an den vorhandenen Bestand halten. Man würde sich Krankenhäuser ausgucken, an denen schon ausgebildet wurde und wo ein paar Umbauten und vielleicht ein Anbau ausreichten. Clever gedacht, Professor Reischle. Eine Rechnung, die aufgehen könnte.

»Das ist eine gute Idee, Herr Reischle. Das läßt sich womöglich noch ausbauen.«

»Nicht wahr?« Reischle nickte zufrieden.

Klamroth gab sich Mühe, nicht ungeduldig zu klingen. »Unfall- und Sportchirurgie würden da gut reinpassen. Nein, vielleicht doch nicht zu speziell anbieten. Besser allgemeine orthopädische Chirurgie. Ausbildung an dem, was gerade anliegt.«

»Was?« Reischle schien verwirrt. »Ach so, ja. Ich weiß, was Sie meinen. Nein, so konkret ist das noch nicht. Ich muß erst einmal den Kopf frei bekommen, um das Projekt zu planen. Orthopädische Chirurgie, das könnte später einmal interessant werden, wenn die Aufbauphase abgeschlossen ist. Nein, im Moment habe ich an etwas anderes gedacht. Um mich mehr unserem Projekt widmen zu können, möchte ich die Schwesternausbildung abgeben und in kompetente Hände legen. Wäre das nichts für Sie?«

»Die Schwesternausbildung?« echote Klamroth ungläubig.

»Ja, die Schwesternausbildung. Eine sehr verantwortungsvolle Aufgabe.«

»Aber die kann doch jeder Kuli machen.«

»Ich habe diesen Jargon immer abgelehnt, Herr Klamroth. Die Kollegen Assistenzärzte sind keine Kulis. Wir sind ein christliches Krankenhaus. Wir dienen, aber wir sind keine Kulis.«

Es schien, als hätte Klamroth gar nicht zugehört.

»Und außerdem habe ich bisher ganz persönlich die Schwesternausbildung betreut. So wichtig war mir das.«

Du hast sie betreut, aber nicht geleitet. Geleitet haben die Schwesternausbildung die Kulis, oder wie du sie jetzt aus erzieherischen Gründen nennen möchtest: die Assistenzkollegen. Du warst höchstens mal am Anfang dabei, für eine halbe Stunde, um dich in all deiner Pracht zu zeigen und deutlich zu machen, wer die Gottheit ist, die hier über allen Wassern schwebt. Hast auch mal deine Blicke schweifen lassen über die knackigen Figuren der Anfängerinnen und über die Möglichkeit nachgedacht, hier und da einzusteigen, wenn dies nicht ein so christliches Krankenhaus wäre und deine Alte dir nicht im Nacken säße und jeden auch nur vermuteten Fehltritt sofort an die christliche Oberleitung dieses christlichen Hospitals melden würde.

»Schwesternausbildung *ist* wichtig, aber es gibt viele, die das machen können. Gesundheitsaufklärung in Schulen ist auch wichtig, aber trotzdem mache ich es nicht, und Sie auch nicht, Herr Reischle. Das überlassen wir Leuten, die die Zeit haben und das Geld gut gebrauchen können.«

»Aber Sie sagten doch selber, daß Sie Zeit haben.«

»Ich möchte die Zeit dafür verwenden, was für *mich* wichtig ist. Ich brauche zum Beispiel einen zweiten Operationstag in der Woche.«

»Aber warum? Doch nicht etwa wegen des Geldes?«

»Nein, nicht wegen des Geldes«, versetzte Klamroth ärgerlich, »es geht mir nicht schlecht, danke. Ich brauche mehr Fälle. Nein, Fälle habe ich in der Praxis genug. Ich brauche mehr Eingriffe. Ich plane eine größere Publikation, für die ich Material benötige.«

»Eine Publikation? Sie haben sich doch mit Ihrer *Einführung in die Sporttraumatologie* viele Lorbeeren verdient. Und das Buch verkauft sich doch auch ganz gut, oder sehe ich das falsch?«

»Noch einmal: es geht nicht ums Geld. Ich will halt noch mehr Lorbeeren.«

»Ich dachte immer, so etwas geht umgekehrt, man

sammelt so lange Material, bis man genug hat, um darüber zu publizieren. Sie zäumen das Pferd von hinten auf: erst der Plan der Veröffentlichung, dann die Suche nach dem Material.«

»Es ist wissenschaftlich völlig korrekt, an den Anfang der Arbeit eine Hypothese zu stellen.«

»Und an welche Hypothese denken Sie?«

»Sie hat jedenfalls nichts mit Schwesternausbildung zu tun.« Klamroth stand auf. »Vielen Dank für den Kaffee.«

»Schade, daß Sie nicht interessiert sind.« Auch Reischle erhob sich. »Jedenfalls wünsche ich Ihnen Erfolg. Ein Mann Ihres Kalibers dürfte es nicht allzu schwer haben, eine Klinik zu finden, die ihm zwei Operationstage einräumt. Es muß ja nicht in Köln sein. Auch in der Provinz wird operiert. Wenn ich auch persönlich Ihren Weggang bedauern würde.«

»Frohe Weihnachten, Herr Reischle.«

»Danke, das wünsche ich Ihnen auch.«

Klamroth ging absichtlich langsam den Korridor hinunter. Soll ja bei manchen Leuten helfen, Verlangsamung der Körperfunktionen, dadurch Beruhigung des Geistes. Stefan schwört darauf. Er macht es mit Beten. Behauptet, in tiefem Gebet sogar Zahnschmerzen zu vergessen. Quatsch, wenn ich Zahnschmerzen hätte, dagegen ließe sich was machen. Aber was läßt sich gegen Sackgasse machen? Dagegen hilft auch kein Gebet. Der Reischle, dieser Mistkerl. Achtundvierzig Jahre alt, und sitzt schon seit zehn Jahren fett drin. Chefarzt, Professor. Nicht mal habilitiert, Titel von Gnaden der Landesregierung. Daß der überhaupt die Promotion geschafft hat! Als Operateur passabel. Meinetwegen sogar gut. Aber Handwerker. Übernimmt eine neue Technik erst, wenn die meisten sie schon anwenden. Käme nicht im Traum darauf, selber eine Technik zu entwickeln. Hat nie veröffentlicht. Liest wahrscheinlich auch nicht, sondern behält nur die Titel von Kollegen in seiner Nähe im Auge, um vorgewarnt zu sein, wenn einer sich anschickt durchzustarten. Blättert im Vorlesungsverzeichnis, um zu sehen, wer was macht. Freut sich über meine zweistündige Vorlesung ›Grundlagen der Unfallchirurgie‹. Freut sich deshalb, weil die Uni mir keine Übung dazu genehmigt hat. Bleibt also alles steril. Die Studenten können bei mir hören, aber für die praktische Arbeit müssen sie zu anderen gehen, zu den Insidern.

Zweiundvierzig. In dem Alter war Reischle schon vier Jahre Chefarzt. Ich habe alles gemacht, was in diesem Job möglich ist; viel Zeit bleibt nicht mehr. Mit fünfundvierzig mag ja noch so eben eine Professur drin sein, mit fünfzig nicht mehr. Den Rest des Lebens in der Praxis vergammeln. Hüftleiden, Rheuma, Gicht, Knochenbrüche. Stefan versteht das nicht: Es ist deine Aufgabe, Menschen zu heilen, und du verdienst nicht schlecht dabei. Mensch, begreifst du nicht, Stefan, daß es gar nicht um Geld geht? Nee, begreift er nicht. Er ist nicht nur Priester, er ist auch nicht von dieser Welt.

Aber ich, verdammt nochmal, ich bin von dieser Welt. Was hat der Reischle gemacht, um sich mit achtunddreißig an die Spitze zu katapultieren? Leistung kann es nicht gewesen sein. Geschmiert? Bestochen? Egal. Würde ich auch machen. Daß Leistung sich nicht lohnt, ist erwiesen. An mir. Und Ehrlichkeit: was hat die mir eingebracht? Wenn es nur mit krummen Touren geht: ich würde auch einiges machen. Und besser als Reischle. Ich *bin* besser als Reischle. In jeder Hinsicht.

Klamroth war am Ende des Korridors bei seinem Zimmer angelangt. Das Türschild ›Dr. med. habil. Jürgen Klamroth – Privatdozent‹ ließ mehr erwarten, als der Raum hergab: ein paar Quadratmeter, schlauchförmig, mit einer Garderobe, einer Liege, einer Schreibplatte mit Telefon vor dem Fenster und einer Aktenablage. Solche Räume wurden ›Stützpunkte‹ genannt, es waren keine Behandlungszimmer, sondern sie dienten den Ärzten dazu, sich umzukleiden, die notwendigen Schreibarbeiten zu erledigen und sich während der Bereitschaftsschichten zwischendurch mal hinzulegen. Die festangestellten Ärzte hatten solche Zimmer kostenlos zur Verfügung, die Belegärzte zahlten dafür 650 Mark im Monat. Klamroth hatte den Preis bei der Verwaltung einmal zur Sprache gebracht, und man hatte ihm geantwortet, wenn man den Raum in ein Krankenzimmer umwandelte, könne er ein paar hundert Mark pro *Tag* einbringen. Außerdem hätten längst nicht alle Kliniken eigene Zimmer auch für Belegärzte.

Klamroth setzte sich an die Schreibplatte und nahm von der Ablage zwei Formblätter für das Operationstagebuch. Er trug die Namen der beiden Patienten ein, Alter, Erkrankung, Art der Operation, Art der Narkose, Namen der beiden Operationsteams, Uhrzeiten, Datum, Unterschrift. Dieselben Daten sprach er noch einmal auf ein Diktiergerät, das er sodann in seinem Aktenkoffer verschloß. Er zog sich um und verließ das Zimmer. Am frühen Abend würde er noch einmal nach seinen Patienten sehen. Auf dem Weg zum Ausgang ging er bei der Verwaltung vorbei, gab die beiden Blätter mit den Operationsdaten ab und hinterlegte die Telefonnummern, unter denen er am Abend und am ersten Weihnachtstag zu erreichen war. Auf einen vorgezogenen Operationstermin für die folgende Woche kam er nicht zu sprechen, Reischle würde nach dem Gespräch in dieser Angelegenheit mit Sicherheit keinen Finger krümmen.

Im Foyer traf er auf seinen Freund Stefan Allwein, Pfarrer der Sankt-Bernward-Kirche und einer der beiden katholischen Seelsorger des Heilig-Kreuz-Krankenhauses.

»Na, Visite beendet?«

»Operiert.«

»Notfall?«

»Nee, einfache Weihnachtsroutine.«

»Du kriegst den Hals nicht voll.«

»Wieso, du arbeitest doch heute auch, und das am Geburtstag deines Herrn und Meisters.«

»Der ist auch dein Herr und Meister, mein Sohn.«

»Eben deshalb operiere ich ja auch heute, ehrwürdiger Vater. Ich gehe ihm ein wenig zur Hand. Etliche seiner Modelle sind nicht ganz ausgereift. Morsche Gelenke, matschige Menisken. Nicht das, was man sich unter Wertarbeit vorstellt.«

»Anathema!«

»Sag ich ja, die Anatomie wäre noch zu verbessern.«

Der Priester schüttelte resigniert den Kopf. »Banause«, sagte er milde.

»Amen«, erwiderte Klamroth.

Einen Moment lang grinsten die beiden Männer sich wortlos an.

»Kommst du zur Christmette?« fragte Allwein.

»Nicht zu deiner, tut mir leid. Ich bin bei Tomschlägers eingeladen, und wir gehen dort zur Messe ins Kloster.«

»Na, hoffentlich wird was daraus.«

»Wir haben fest gebucht.«

»Grüß die Tomschlägers von mir, Jürgen.«

»Mach ich. Ach, noch etwas. Bevor du weggehst, schau mal in deinen Spind. Ich habe dir eine Kleinigkeit reingelegt.«

»Was ist es?«

»Mann, das ist ein Weihnachtsgeschenk.«

»Komm schon, du verpackst deine Geschenke ja nie, also sehe ich doch sofort, was es ist. Was ist es?«

»Die Cäcilienmesse.«

»Missa Sanctae Caeciliae. Habe ich schon.«

»Weiß ich. Aber dies ist eine besondere Aufnahme. Karajan.«

»Was ist das Besondere daran?«

»Mensch, dies ist eine *postume* Aufnahme!«

»Habe ich noch nicht«, sagte Allwein trocken.

»Sag ich doch.«

Allwein wandte sich zum Gehen. »Für dich ist mir nichts eingefallen. Du hast schon alles.«

»Ausrede. Knauseriger Pfaffe.«

»Ich muß gehen, Jürgen. Kommst du mal vorbei nach Weihnachten?«

»Klar. Dienstag oder Mittwoch.«

»Gut. Ruf vorher an. Tschüs, Jürgen.«

»Tschüs, Stefan.«

Zum ersten Mal an diesem Morgen fühlte Klamroth sich wohl. Reischle und all die Querelen waren für einen Moment vergessen. Stefan Allwein. Man müßte nur mit solchen Menschen zu tun haben. Und auch Allwein hatte einen ähnlichen Gedanken, als er auf den Fahrstuhl wartete: der einzige, der einen als Menschen und nicht als Hochwürden behandelt. Der einzige, der keine Seelsorge erwartet und nicht beichten will, sondern Schach spielen und mit einem Freund sprechen. Allwein lächelte. Obwohl er beides mal nötig hätte: Seelsorge und Beichte.

Klamroth schaute auf die Uhr, es war erst halb elf. Er könnte noch eine Stunde in der Praxis mit anpakken, damit es nicht allzu lange über den Mittag hinausginge und die Mitarbeiter zeitig nach Hause gehen könnten.

Klamroths Praxis lag am Rande der Innenstadt von Köln, in einer breiten Allee, die auf den Rhein zulief und deren Fahrbahnen in der Mitte durch eine großzügige Grünanlage getrennt wurden. Geräumige, zum Teil imposante Altbauten wechselten sich ab mit modernen Büro- und Wohnhäusern, die aber dem Stil der alten Gebäude angepaßt waren und diese nicht überragten und schon gar nicht die Höhe der alten Bäume erreichten. Es war eine Straße der Anwaltskanzleien, Arztpraxen, Firmenresidenzen und teuren Geschäfte, die nicht auf Laufkundschaft angewiesen waren, sondern die man ganz gezielt aufsuchte, auch wenn man von auswärts kam. Wer hier wohnte, hatte meist auch noch anderswo ein Ferienhaus.

Die Praxis belegte die ersten beiden Etagen eines dreistöckigen, in blaßgrünem Marmor eingefaßten Hauses: drei Behandlungszimmer, ein Operationsraum für kleinere Eingriffe, eine Röntgenkammer, zwei Wartezimmer, eine Bibliothek mit Fachliteratur, zwei Büroräume, eine Teeküche und eine Garderobe für die Mitarbeiter. Im dritten Stock hatte ein Wirtschaftsprüfer seine Büros.

Klamroth beschäftigte zwei Kollegen. Dr. Angelika Zillies und Dr. Helge Harsdörfer, Fachärzte für Orthopädie, sowie vier Assistentinnen. Auf dem Schild neben dem Eingang waren die beiden Kollegen nicht verzeichnet; es lautete: ›Dr. med. habil. Jürgen Klamroth – Facharzt für Orthopädie und orthopädische Chirurgie‹. Angestellte Ärzte wechselten öfter, wollten eine eigene Praxis aufmachen, und man konnte nicht jedes Mal das Schild auswechseln. Würde jedoch die Mitarbeit von längerer Dauer sein, so hatte Klamroth seinen beiden jüngeren Kollegen versichert, fünf Jahre oder mehr, dann könne man über eine andere Form der Zusammenarbeit sprechen und über einen neuen Vertrag, und dann könnte auch ein neues Schild an die Tür kommen. Dr. Zillies und Dr. Harsdörfer hatten zugestimmt.

In der Praxis warteten noch eine Reihe von Patienten, als Klamroth eintraf. Heiligabend, wenn er nicht gerade auf das Wochenende fiel, war einer der dichtesten Tage des Jahres, wahrscheinlich weil die Praxis zwischen Weihnachten und Neujahr geschlossen blieb. Aber kurz nach zwölf waren alle Besucher »als vorübergehend geheilt« entlassen, wie Harsdörfer sich ausdrückte, und Klamroth versammelte seine Mitarbeiter zu einem Glas Sekt in der Bibliothek und verteilte die kleinen Päckchen, die er nach Katalog bei einem Geschenk-Service bestellt hatte und die deshalb geschmackvoll verpackt waren, entgegen seiner eigenen Angewohnheit, Geschenke nicht einzupaken. Auch die Angestellten überreichten ein Präsent: einen ledernen Tabaksbeutel und ein lederüberzogenes Feuerzeug.

»Kinder, statt daß ihr mir einen Gutschein für eine Entziehungskur schenkt!« kommentierte Klamroth die Gaben.

»Chef, Sie wollen doch nicht ewig leben«, erwiderte Harsdörfer.

»Das etwa meinte Reischle vorhin auch, als er frohe Weihnachten sagte.«

»Der würde Sie sicher gerne mal operieren.«

»Ich ihn auch – ohne Betäubung. Und nun ab in die Weihnachtsidylle, Leute. Ich wünsche Ihnen Ruhe und Erholung und unseren Patienten weiterhin Hals- und Beinbruch. Wir sehen uns am 3. Januar.«

Als er alleine war, rief er seine Mutter im Schwarzwald an und sprach lange mit ihr. Danach wählte er die Nummer seiner geschiedenen Frau in Düsseldorf.

»Klamroth.«

»Hier auch. Tag Erika.«

»Na, das ging ja ausnahmsweise mal schnell.«

»Was ging schnell?«

»Vor kaum einer Stunde kommuniziere ich noch mit deinem Anrufbeantworter. Und schon rufst du persönlich an. Du bist es doch selber, nicht? Oder hast du deinen Beantworter endlich so programmiert, daß er für dich sprechen kann?«

»Ich war noch nicht zu Hause und konnte deine Weihnachtsbotschaft noch nicht abhören. Du siehst also, ein ganz spontaner Anruf. Ich bin noch in der Praxis.«

»Das dachte ich mir.«

»Und warum rufst du dann zu Hause an?«

»Ich meine, ich dachte mir, daß du aus der Praxis anrufst. Von dort sind die Telefonate ja steuerlich absetzbar.«

»Erkannt! – Sag mal, ist Andrea zu Hause?«

»Nein. Wolltest du ihr sagen, welches Geschenk du für sie gehabt hättest, wenn du am Heiligabend vorbeigekommen wärest?«

»Hör zu, Erika . . .«

»Ich höre die ganze Zeit zu, Jürgen.«

»Ich rufe nicht an, um mir deine Vorwürfe anzuhören. Spar dir das für deine Umgebung, wer immer das sein mag. Und was Andrea betrifft, ich habe sie gefragt, was sie haben möchte, und sie hat mir gesagt, Geld sei ihr am liebsten. Sie spart auf ein Mofa. Also habe ich ihr einen Scheck geschickt. Der müßte schon längst angekommen sein.«

»Der Scheck ersetzt nicht deine Person. Vielleicht solltest du uns öfter mit deiner Anwesenheit beehren. Das Kind braucht einen Vater, keine Kontonummer.«

»Umgekehrt wäre es dir auch nicht recht: nur meine Anwesenheit, aber keine Schecks.«

»Spar du dir deine müden Scherze für *deine* Umgebung auf.«

»Du zitierst mich, das ist nicht sehr originell.«

»Das Kind hat Schwierigkeiten in der Schule.«

»Das Kind *macht* Schwierigkeiten in der Schule, das dürfte den Tatsachen wohl näher kommen. Sag ihr, sie kann mich anrufen. Ich bin bis fünf Uhr zu Hause. Danach bin ich noch etwa eine Stunde im Krankenhaus. Dort kann sie es auch versuchen.«

»Und wo bist du danach?«

»Weg.«

Wortlos unterbrach die Frau die Verbindung.

Es müßte gelingen, dachte Klamroth grimmig, dich mit Reischle zu verheiraten. Ihr beide hättet einander verdient. Ihr wäret dann für eure Umwelt wahrscheinlich ganz erträglich – aus schierer Erschöpfung.

Gegen halb sieben, er hatte noch einmal nach seinen Patienten im Heilig-Kreuz-Krankenhaus gesehen, brach

Klamroth zu den Tomschlägers nach Walberberg auf, einem kleinen Ort zwischen Bonn und Brühl am Rande der Ville. Jürgen Klamroth und Walter Tomschläger: sie kannten sich seit über dreißig Jahren – nein, eigentlich schon von Anfang an. Elternhäuser benachbart, Spielkameraden schon im sprachlosen Alter, Klassenkameraden in der Volksschule, Schulkameraden auf dem Gymnasium, die einzige klassenübergreifende Freundschaft des Jahrganges trotz der zwangsläufigen Rivalitäten, ja Feindschaften, zwischen Alpha (Latein und Griechisch: Tomschläger) und Beta (Englisch und Latein: Klamroth); Kommilitonen, jedenfalls ein paar Semester lang, in Bonn und Zürich; als Assistenzarzt und Direktionsassistent anderthalb Jahre lang eine Bude mit fließend kaltem Wasser in Essen geteilt; danach beide in der Kölner Bucht gelandet: Tomschläger als Manager bei der Großchemie, Klamroth im Dienste der Heilkunde.

Freundschaft, dachte Klamroth, pompöses Wort. Klingt altmodisch, fast spießig. Hat aber mit der Sache nichts zu tun, liegt nur an der Benennung. Heute würde man eher von Partnerschaft reden. Man sollte nicht alles benennen wollen. Die Sprache kann die Sache kaputtmachen. Ja, Freundschaft. Hat alles überlebt, auch die diversen Partnerschaften. Als Walter heiratete, tauchte bei mir schon die Scheidung am Horizont auf. Hat nicht viel bedeutet. Es gibt Konstanten im Leben und Variablen. Walter ist die Konstante, und Stefan natürlich.

Walter Tomschläger und Stefan Allwein: ich habe versucht, sie zusammenzubringen. Mein Freund soll auch der Freund meines Freundes sein. Aber es hat nicht geklappt. Der Volkswirt und Manager und Major der Reserve – und der Priester und Seelsorger und Asket, wenn auch mit kleinen Zugeständnissen in puncto Literatur und Musik: höflicher Respekt voreinander, in manchen Dingen sicher auch ehrliche Hochachtung, distanzierte Bewunderung, daß der andere so lebte, wie man es selber nicht könnte und wollte. Und ich dazwischen als Katalysator: der Arzt, der hilft und lindert und heilt (was Stefan mir anrechnet), und der Medizinunternehmer mit einer florierenden Praxis, die neben der Eigentumswohnung in Köln noch ein ansehnliches Chalet in der Schweiz abwirft (was Walter selbstverständlich findet). Nein, der Funke war nicht übergesprungen. Zwar sah man sich zuweilen, wenn es etwas zu feiern gab, aber ansonsten beschränkte man sich darauf, einander Grüße zu bestellen. Schade, es wäre schön, wenn da mehr wäre. Der berühmte Dritte im Bunde.

Die neunjährige Angela öffnete die Tür, als Klamroth vor Tomschlägers Haus stand.

»Guten Abend, Jürgen. Frohe Weihnachten«, sagte das Mädchen artig.

»Hallo, Prinzessin.« Klamroth hob das Kind hoch und drehte sich einmal mit ihm im Kreise. »Und wo sind die anderen? Wo ist der rote Teppich?«

»Mama und Sabine sind in der Küche, und Papa schläft.«

»Was, Papa schläft immer noch? Ja, habt ihr ihn denn heute morgen nicht geweckt?«

»Doch, er ist heute morgen aufgestanden und nach Köln gefahren«, sagte Angela ernsthaft. »Aber vorhin hat er sich wieder hingelegt.«

»So ist es richtig«, kommentierte Klamroth, als er mit dem Mädchen in die Küche eintrat. »Die Frauen schuften am Herd, und der Alte lümmelt sich im Bett.«

»Der Ärmste braucht ja *so viel* Schonung«, lachte Linda. »Grüß dich, Jürgen.«

Klamroth küßte sie auf die Wange. »Was strengt ihn denn so an?«

»Er opfert sich auf für die Familie.«

Er wandte sich an die ältere Tochter: »Und, weiß die Jugend das zu schätzen?«

»Hallo, Jürgen.«

»Hallo, Sabine.« Er gab ihr die Hand. »Herrgott, du wirst immer schöner.«

Sabine lachte amüsiert: »Danke, Onkel Jürgen.«

»Die jungen Leute nehmen nichts ernst.« Klamroth hockte sich in die Knie und zog die kleine Angela zu sich heran. »Deine große Schwester lacht über mich und sagt Onkel zu mir. Lachst du auch über mich?«

Das Kind schüttelte den Kopf.

»Wenn du mit meinen Töchtern zu Ende poussiert hast«, warf Linda ein, »könntest du vielleicht meinen Mann wecken. Das Essen ist gleich so weit.«

Soll wie ein Scherz klingen, ist aber nur halb einer. Die Schönheit der achtzehnjährigen Tochter in Hörweite der Mutter preisen: und schon werden ganz archaische Mechanismen ausgelöst. War ganz spontan und ernstgemeint. Tochter hat es nicht ernstgenommen, aber Mutter hat gefühlt, daß es ernstgemeint war. Ob das auch zum Problem mit Walter wird? Ist nicht seine Tochter, war sieben Jahre alt, als sie geheiratet haben. Gefühl der Bedrohung, daß Papa die hübsche Stieftochter nicht nur mit väterlichen Augen sehen könnte? Quatsch, Psychologie eines Knochennaglers! Aber das nächste Mal vorsichtiger formulieren. Etwa: Das Make-up steht dir gut, Sabine, man kann deine Pickel kaum noch sehen.

»Kommst du mit, Prinzessin?« Klamroth nahm Angelas Hand. »Wir wecken den Papa. Ich halte ihm die Nase zu, und du kitzelst ihn unter den Füßen.«

Aber Walter Tomschläger war schon aufgestanden und kam geräuschvoll die Treppe herunter. »Stille Nacht!« trompetete er mit dröhnender Stimme. »Heilige Nacht!« Er öffnete die Küchentür.

»Einer schläft«, grinste Klamroth, »alles wacht.«

»Sei gegrüßt, Knochenmann, holder Knabe im lockigen Haar.«

Die beiden Männer schüttelten sich die Hände.

»Sir Walter sind also wieder besser gelaunt«, kommentierte Linda die Szene.

»Sir Walter waren nie schlecht gelaunt, sondern nur ein wenig müde.«

»Du hast heute gearbeitet?« fragte Klamroth.

»Und zwar bis fünf Uhr!« kam Linda der Antwort ihres Mannes zuvor. »Und nun setzt euch.«

Linda und Sabine begannen, im Nebenraum aufzutragen. Klamroth bot Hilfe an, wurde aber beschieden, daß er Gast sei. Tomschläger bot keine Hilfe an. Dem Freund erklärte er seine Abstinenz auf dem Weg zur Tafel so: »Wenn ich jetzt plötzlich damit anfange, fällt es auf, daß ich es sonst nie mache.«

Als sie an ihren Plätzen saßen, sprach Linda ein Tischgebet. Danach faßten sich alle an den Händen und sagten »Frohe Weihnachten«. Dann aß man und trank, und auch Angela bekam ein Glas Wein. Der Gast lobte die Speisen, und Tomschläger schloß sich kauend an. Später griff Klamroth den Faden noch einmal auf: »Walter, was macht man am Heiligen Abend bis fünf Uhr in der Firma?«

»Das habe ich auch rauszukriegen versucht«, griff Linda wieder ein.

»Schatz, laß Tom-Tom dem Onkel Doktor *einmal* selber antworten, ja?«

»Tom-Tom.« Klamroth lachte auf. »*Das* habe ich lange nicht mehr gehört.«

»Seit etwa neununddreißig Jahren«, bestätigte Tomschläger.

»Was hat es denn mit Tom-Tom auf sich?« fragte Linda.

»So hat dein Mann sich als Kind selber genannt. Die Eltern haben alles versucht: Walter, Walterchen, Wälterli, Waldheini, aber es half nichts, er war Tom-Tom.« Klamroth deutete auf die Fleischschüssel, gab seinen Augen einen gierigen Ausdruck und imitierte Kleinkindsprache: »Tom-Tom mehr Feisch happen!«

»Ja, so war die Kindheit«, bestätigte Tomschläger. »Keine Liebe, nur das Fressen hat mich am Leben gehalten.«

»Und jetzt sagt er wieder Tom-Tom«, lächelte Klamroth. »Was sollen wir daraus schließen?«

»Er verkintscht langsam wieder«, schlug Sabine vergnügt vor. Angela blickte sie erschrocken von der Seite an.

»Tochter!« dozierte Tomschläger mit mokanter Strenge. »Solange du deine dürren pickeligen Beine unter meinen reich gedeckten Tisch streckst, solange entscheide ich noch selber, wann ich verkintsche.«

»Eben noch«, warf Linda ein, »hat Jürgen ihr gesagt, sie werde immer schöner.«

»Das war ein orthopädisches Urteil, eine Diagnose, rein knochenmäßig gesehen.«

»Ist nicht wahr, Sabine«, protestierte Klamroth.

Alle lachten, auch die kleine Angela.

»Und nun zu deiner Frage, warum ich heute in der Firma war.« Er dämpfte seine Stimme und fügte geheimnisvoll hinzu: »Nur so viel, unter Freunden: geheimes Telefonat mit großem Häuptling. Ganz wichtig!«

»Donnerwetter, die arbeiten in der Hauptstadt auch am Heiligabend.«

»Gerade am Heiligabend«, versetzte Tomschläger mit immer noch gedämpfter Stimme, »und an den Feiertagen auch. Sonst müßten sie nämlich nach Hause und sich ins weihnachtliche Familienleben stürzen.«

Klamroth lachte.

»Hast *du* heute gearbeitet?« fragte Linda.

»Aber ja«, antwortete Klamroth, »zuerst war ich im Krankenhaus. Ach ja, ich soll euch von Stefan Allwein grüßen, den habe ich dort getroffen.«

Tomschläger grinste: »Was, auch am heiligen Christfest noch auf Jagd nach letzten Ölungen?«

»Gerade deshalb: er wußte, daß *ich* operiert hatte.«

»Du hast *heute* operiert?« fragte Linda ungläubig.

»Ja, wieso?«

»Notfälle?«

»Oh, Gott!« Klamroth lachte in gespielter Verzweiflung. »Du bist die dritte, die mich das heute fragt.«

»Und was hast du den beiden anderen geantwortet?«

»Dies ist nun mal mein Operationstag.«

»Aber kein Mensch läßt sich ohne Grund am Heiligabend operieren.«

»Beide hatten einen Grund: sie waren krank.«

»Ja, aber ...«

»Bei der Oma war es etwas schwierig. Neunundsiebzig, zerbröselndes Hüftgelenk. Die wollte nicht. Nicht heute. Aber die Verwandten haben ihr gut zugeredet. Die waren wahrscheinlich ganz froh, sie über die Feiertage aus dem Weg zu haben. Der andere hat keine Schwierigkeiten gemacht. Sportler, Radrennfahrer oder so. Ziemliche Schmerzen, kaputter Meniskus. Der war ganz froh. Der will gleich nach Neujahr wieder trainieren.«

»Du liebst deine Patienten, nicht?« fragte Sabine trokken.

Einen Moment lang war Klamroth irritiert. »Nein«, sagte er schließlich, »ich liebe sie nicht. Ich behandele sie professionell und meist mit Erfolg. Liebe würde dabei stören. Und übrigens: die Patienten lieben mich auch nicht. Sie haben Angst vor mir, dann vertrauen sie mir, etwas anderes bleibt ihnen ja auch nicht übrig, danach sind sie mir dankbar, die meisten. Aber geliebt hat mich noch keiner. Jedenfalls habe ich es noch nicht gemerkt.«

Die Prinzessin hatte mit weit geöffneten Augen zugehört.

»Grüß Allwein von uns allen«, sagte Linda.

»Danke. Er wird sich freuen.«

»Dieser Asket in schwarz.« Tomschläger schüttelte den Kopf. »Aber ich mag ihn trotzdem.«

»Wieso trotzdem?« fragte Linda eine Spur verärgert.

»Immer in schwarz«, beharrte Tomschläger, »auch im Hochsommer. Noch bei fünfunddreißig Grad im Schatten: er trägt seinen Arbeitsanzug. Prinzipientreue bis in die Kleiderordnung.«

»Er ist Priester und kleidet sich nun mal so!«

»Aber unser Freund Jürgen läuft doch auch nicht ständig mit seiner blutigen Metzgerschürze herum.«

Angela ließ ihre Gabel fallen. Klamroth legte sein Besteck auf den Tisch und drückte das Mädchen an sich.

»Dein Vater ist ein Monster«, flüsterte er. »War er schon immer, auch als er so alt war wie du. Aber ich kenne ihn: er ist ein harmloses Monster. Ich mag ihn trotzdem.«

»Ich auch«, lächelte das Kind. Und nach einer Pause fügte es hinzu: »Und dich mag ich auch.«

Tomschläger nahm einen Bissen und musterte seinen Freund amüsiert: Na, alter Knochenhauer, was machst du jetzt mit dieser unerwarteten Liebeserklärung? Mit orthopädischen Bordmitteln nicht zu lösen, was?

Linda sah Klamroth aufmerksam an. Ihre Tochter Sabine betrachtete ihn nachdenklich.

»Und ich dich auch«, sagte Klamroth herzlich. Dann blickte er verstohlen und auch ein wenig verlegen in die Runde.

Zur Bescherung holte Klamroth eine Reisetasche aus dem Auto. »So, dann wollen wir mal sehen, was alles in dem Füllhorn ist.« Langsam zog er den Reißverschluß auf, Angelas Augen folgten gespannt seinen Bewegungen. »Was ist denn das?« Er zog einen Schlafanzug heraus. »Hm!« Kopfschüttelnd legte er einen Rasierapparat auf den Tisch. Er griff noch einmal in die Tasche und hielt eine Zahnbürste in der Hand. »Aber das ist ja meine eigene Zahnbürste. Wem will ich die denn schenken?«

Angela blickte verblüfft auf die Gegenstände. Klamroth faßte sich an den Kopf: »Meine Sachen für die Nacht! Es muß die andere Tasche sein. Na, hoffentlich habe ich die auch eingeladen.« Angela lachte und begleitete ihn hüpfend zum Auto, als er die andere Tasche mit den Geschenken holte: einen französischen Weinatlas und eine Holzkiste mit sechs Flaschen für Tomschläger, eine von modernen Künstlern illustrierte Eichendorff-Ausgabe für Linda, eine Uhr mit Kette zum Umhängen für Sabine und für Angela einen Mechanik-Baukasten mit zwei kleinen Elektromotoren. Er selber bekam ein gesticktes Bild von Angela und ein Buch mit dem Titel *Exitus* von Sabine. Es enthielt medizinische Horror-Cartoons, und Sabine hatte einige Seiten so bearbeitet, daß die Chirurgen, die dort ihr Unwesen trieben, Klamroths Gesichtszüge trugen. Die Eltern schenkten ihm eine alte Landkarte der Schweiz.

Später, Angela war ins Bett gegangen und Sabine besuchte noch eine Freundin in der Nachbarschaft, saßen die Freunde in der Bibliothek. Klamroth rauchte seine Pfeife.

»Kinder fliegen auf dich, Jürgen«, sagte Linda. »Das kann man sehen.«

»Ich weiß nicht, Linda. Ich habe eigentlich selten mit ihnen zu tun.«

Plötzlich dachten alle an Klamroths Tochter Andrea, und Linda versuchte vorsichtig, von diesem womöglich ungemütlichen Terrain wieder wegzukommen.

»Hat dich Kinderheilkunde nie interessiert?« fragte sie.

»Ich habe nie darüber nachgedacht.«

»Du wärest ein guter Kinderarzt«, bestätigte Tomschläger.

»Ich bin ein guter Chirurg, Walter.«

»Klar, Mann, du weißt, daß ich es nicht so gemeint habe.«

»Nur weiß es keiner.«

»Was jetzt?« Tomschläger war verwirrt.

»Daß ich gut bin. Das weiß keiner.«

»Quatsch!« Linda machte eine wegwerfende Handbewegung. »Kriegst du jetzt Depressionen, oder machst du Spaß?«

»Weder Spaß noch depressiv«, gab er eine Spur gereizt

zurück. »Auch nicht Midlife und nicht Sinnkrise oder wie dieser ganze Psychomist sonst noch heißt. Sondern ganz schlicht Fakten.« Er blickte ein wenig erschrocken auf. »Ach, Kinder, lassen wir das. Dies ist ein schöner Abend. Ich bin wirklich froh, daß ich bei euch bin. So eine richtige Familie, das tut mir gut.«

»Von Zeit zu Zeit«, merkte Tomschläger trocken an.

Klamroth lächelte. »Ja, du hast wohl recht. Versucht habe ich es ja auch mal.«

Diesmal war es Tomschläger, der das verminte Gelände verlassen wollte. »Gehen wir es einmal mit nüchterner Präzision an, Jürgen. Wir sind Freunde, ja oder nein?«

»Ja, Euer Ehren.«

»Nicht deine einzigen, aber gute. Ja oder nein?«

»Mit Allwein die einzigen. Die einzigen guten.«

»Gut. Und nun die Aussage: Ich bin ein guter Chirurg, aber keiner weiß es. Du hast also ein Problem, ja oder nein? Also ja.«

Klamroth lachte.

»Und wo«, fuhr Tomschläger fort, »kann man Probleme besser rauslassen als bei Freunden, egal wie gemütlich es ist und ob Weihnachten ist oder sonstwas?«

»Ach, Walter, kein Problem. Einfach nur Ärger gehabt. Schon vergessen.«

»Scheint mir aber nicht so.«

»Der Chefarzt meiner Abteilung im Heilig-Kreuz plant medizinische Ausbildungsgänge. Peilt den Zuschlag für ein Akademisches Lehrkrankenhaus an. Heute morgen hat der Kerl es gewagt, mir die Schwesternausbildung anzubieten.«

»Was ist daran so schlimm?« fragte Linda unschuldig.

»Hör zu, Linda. Walter ist Manager in einem großen

Unternehmen. Und nun ruft der Direktor von Sabines Schule an und fragt ihn, ob er samstags ein paar Stunden Arbeitslehre in Klasse 8 geben möchte. Was hieltest du davon?« Er wandte sich an Tomschläger: »Würdest du annehmen?«

»Nee, ich hätte keine Zeit.«

»Ich *hätte* Zeit. Aber ich will sie nicht darauf verwenden.«

»*Du* hättest Zeit?« Linda schüttelte zweifelnd den Kopf. »Du hast eine Praxis, die auf Hochtouren läuft. Du operierst im Krankenhaus. Und an der Uni bist du auch noch, oder?«

»Ich habe da ein Buch im Kopf . . .«

»Ach ja, schreiben tust du ja auch noch. Du hast also ein neues Buch vor.«

»Ja.«

»Ich weiß nicht, wo du die Zeit hernimmst, aber du sagst, du hast sie. Also schreib doch das Buch, Jürgen.«

»Nein, nicht wieder so eine Schreibtischarbeit. Das ist reproduktiv, das habe ich gemacht. Wie ein Kochbuch, das kann man schreiben, auch wenn man selber nicht kocht. Man muß nur genügend andere Kochbücher gelesen haben. Nein, ich denke an etwas Grundsätzliches, etwas Eigenes, irgendwie: etwas Großes. Ich weiß, das klingt pompös.«

»Gar nicht«, sagte Tomschläger, »ich verstehe dich. Woran denkst du?«

»An ein Handbuch. Etwas ganz Grundlegendes. Etwa: Handbuch der orthopädischen Chirurgie.«

Tomschläger nickte nachdenklich. »Handbuch der orthopädischen Chirurgie. Klingt so, als ob du dir da eine Menge vornimmst.«

»Aber ich *kann* es«, versetzte Klamroth. »Das Problem liegt woanders. Ich brauche mehr Operationen, viel mehr. Das ist kein Roman, da kannst du nichts erfinden. Du brauchst Fälle und Fälle, hunderte. Du brauchst Kollegen, die Fälle mit dir tauschen, damit du an das rankommst, was dir noch fehlt. Aber da läuft nichts. Freitags vormittags ein paar Routineoperationen am Heilig-Kreuz-Krankenhaus. Mehr ist nicht drin. Habe ich heute morgen erst wieder zu hören gekriegt.«

»Und an der Uniklinik?«

»Nichts! Pertramer wacht wie ein Kettenhund darüber, daß ich nicht in die Nähe eines Krankenbettes komme. Pertramer, das ist der Dekan.«

»Ich weiß. Ich kenne ihn.«

»Daß ich zweistündig lesen darf, mußte ich schon durchboxen. Das Minimum für Privatdozenten ist nämlich nur eine Wochenstunde. Und an eine Übung ist schon gar nicht zu denken.« Plötzlich stutzte er: »Du kennst Pertramer?«

Tomschläger nickte. »Ja, ich habe gestern noch mit seiner Frau telefoniert.«

»*Was?*«

»Ja.«

»Jetzt bin ich aber gespannt, was *du* mit *dem* zu tun hast. Oder ist das top secret?«

»Nein, ganz harmlos. Der macht schon mal Gutachten für uns. Und dann findet da demnächst ein Symposion über Unfallchirurgie in Genf statt.«

»Ich weiß.«

»Wir sponsern solche Kongresse und geben der Regierung auch schon mal einen Tip, wen sie da hinschicken kann. Ja, und Pertramer hat angerufen und gesagt, er sei interessiert, wir haben das ventiliert, und da ist er nominiert worden als offizieller Vertreter des Gesundheitsministeriums.«

»Das sieht dem ähnlich«, sagte Klamroth kopfschüttelnd, »der ruft einfach an, und schon kriegt er den Kuchen.«

»Und jetzt die gute Nachricht. Gestern also ruft seine Frau an und sagt ab. Pertramer ist in den Alpen auf ein Schneebrett getreten und recht tief und ziemlich hart gefallen. So wie es sich anhörte, hat er alles gebrochen, was möglich ist.«

»Wie schön«, strahlte Klamroth. »Und das noch *nach* der Bescherung!«

»Wäre ein klassischer Fall für das erste Kapitel deines Handbuches.«

»Dem würde ich gerne mal den Schwanz eingipsen.«

»Jetzt kommt langsam die weihnachtliche Tiefe in unseren Abend«, sagte Linda, aber sie lachte dabei.

Klamroth schenkte sich Wein nach und trank einen Schluck. »Wann ist das passiert?«

»Gestern. Ja, das ist interessant. Pertramer bricht sich alle Gräten, aber er röchelt seiner Frau noch zu, wie die Geschäfte weiterlaufen sollen. Läßt nichts anbrennen. Die Frau sollte mir einen Stellvertreter für das Symposion vorschlagen.«

»Das wundert mich nicht«, sagte Klamroth verächtlich. »Die halten ihren Laden absolut dicht, und wenn sie es vom Totenbett aus regeln müssen.«

»Warum bist du so versessen darauf, auch in diesen Laden reinzukommen, Jürgen?« fragte Linda ruhig. »So wie es klingt, hättest du dort doch ziemlich miese Gesellschaft.«

Einen Moment lang war Klamroth so verblüfft von dieser einfachen Logik, daß er keine Worte fand. Doch dann fing er sich wieder.

»Ich könnte das verwirklichen, was ich *will.* Ich könnte das bieten, was ich wirklich zu bieten habe. Ich habe mich habilitiert, um Professor zu werden. Um eine Praxis aufzumachen, braucht man das nicht. Aber weil ich habilitiert bin, schießen die Ordinarien Sperrfeuer, damit ich nicht mal auf dem Bauch in die Uniklinik reinrobben kann. Also kriege ich nicht die richtigen Operationen zusammen, um Forschung machen zu können. Und weil ich nicht genug Forschungsergebnisse habe, werde ich nicht Professor. Und weil ich nicht Professor bin, bekomme ich nie ein Hauptreferat auf einem Kongreß. Und weil ich solche Auftritte nicht habe, kann ich nicht auftrumpfen und sagen, ich suche mir einfach ein anderes Krankenhaus, wo man mir zwei Operationstage gibt. Und Abteilungschef in einem normalen städtischen Krankenhaus werde ich nicht, weil die anderen Chefärzte alle nicht habilitiert sind. Und so weiter und so weiter und dann wieder von vorne.«

Es entstand eine Pause. Tomschläger stand auf und schenkte allen von dem Wein nach. Klamroth setzte seine Pfeife wieder in Brand. Linda schaute auf ihre Uhr. »Eigentlich wollte ich in die Christmette.«

»Ich habe Stefan Allwein geschworen, daß wir alle gehen«, sagte Klamroth.

Tomschläger unterdrückte ein Gähnen. »Schatz, wir können doch auch morgen früh gehen.«

»Wieso, niemand verlangt, daß du mitkommst.« Und dann wandte sie sich noch einmal an Klamroth: »Ich verstehe, was dich drückt, Jürgen. Aber daß es dich *so* aufbringt, begreife ich nicht. Nein, sag jetzt mal nichts. Ich versuche mal, dich völlig neutral zu sehen. Sagen wir, wie ein Heiratsvermittler. Ich speichere dich in meiner Kartei. Zweiundvierzig Jahre alt. Doktor der Medizin, habilitierter Chirurg. Lehrt an der Universität. Schreibt wichtige Bücher und Artikel. Hat in Köln eine Bombenpraxis mit etlichen Mitarbeitern. Immobilien: eine Eigentumswohnung und ein Chalet in den Walliser Alpen. Kontostände: außerordentlich zufriedenstellend. Sieht gut aus. Groß, schlank, sportlich, gesund. *Nein*, ich *will* jetzt nicht, daß du Quatsch machst, Jürgen! Ich meine es ernst. Also weiter: Gebildet. Witzig. Lieb zu Kindern. Ein bißchen zynisch, aber das nehmen wir nicht auf in die Kartei. Kann manchmal herzlich sein und auch gesellig. Hat deshalb auch ein paar Freunde, die ihn lieben. Also Fazit für mein Institut: Kategorie Eins A. Im Klartext: leicht zu vermitteln. Tja, Jürgen, soweit meine objektive Karteikarte. Einziges subjektives Element: mit weiblichen Augen gesehen. Da der Kunde sich trotz allem recht unglücklich äußert, muß es noch eine Unbekannte geben, sozusagen einen männlichen Faktor, für Frauen nicht erkennbar und schon gar nicht nachvollziehbar.« Sie stand auf. »Ich gehe jetzt in die Christmette.«

Auch Klamroth erhob sich. Er ging langsam auf sie zu und drückte ihren Kopf an seinen. »Du hast ja recht, Linda.«

Sie erwiderte lächelnd: »Womit, Doktor?«

»Mit beidem: leicht zu vermitteln und nicht nachvollziehbar.«

Sie wandte sich zum Gehen. »Also dann. Falls die Herren nachher nicht mehr auf den Beinen sind: Gute Nacht.«

»Gute Nacht, Schatz.«

»Gute Nacht, Linda.«

Als sie gegangen war, sagte Walter: »Eine Flasche schaffen wir noch, oder?«

Jürgen nickte. »Noch ein Schläschle happen, Tom-Tom.«

Walter grinste und ging in den Keller. Als er mit einer neuen Flasche zurückkam, sagte er unvermittelt: »Das Symposion beginnt am 6. Januar. Donnerstag bis Samstag. Aber der Sonntag ist auch noch drin in den Spesen. Zum Abgewöhnen und zur Pflege inoffizieller, wenn auch fachdienlicher Kontakte. Hast du Lust?«

»*Was*?«

»Symposion, Genf, Unfallchirurgie international. Deutsches Hauptreferat: Jürgen Klamroth. Schaffst du das bis dahin?«

Jürgen war wie elektrisiert. »Du, meine Vorlesung im Wintersemester heißt ›Grundlagen der Unfallchirurgie‹.«

»Also dann, willst du?«

»Kannst du das drehen?«

»Ich glaube schon.«

»Dann dreh es bitte, Tom-Tom.«

»Gut.« Er hob sein Glas. »Vielleicht kannst du etwas daraus machen. Prost, Jürgen.«

»Prost, Walter. Danke.«

Klamroth schlief schlecht, Phasen halbwachen Schlummerns wurden abgelöst von Perioden, in denen er mit offenen Augen dalag und in die Dunkelheit starrte. Dennoch fühlte er sich nicht erschöpft am nächsten Morgen. Nicht Pertramer würde nach Genf fahren. Nein: Jürgen Klamroth würde hinfahren!

Und auch Tomschläger schlief nicht sofort ein. Seine Gedanken verweilten noch bei dem Freund. Jürgen leidet wie ein Teufel, der weiß, daß er das Zeug zum lieben Gott hätte. Hat nicht lange nachgedacht über das Angebot, hat sofort zugeschlagen. Komisch, daß ich vorher nie an ihn gedacht habe. Nein, nicht komisch. Trennung von Geschäft und Privatem. Ein richtiges Prinzip. Aber hier könnte das Gegenteil einmal günstig sein, die enge Bindung. Erspart viele Reibungsverluste. Mal abwarten, was er daraus macht. Danach sehen wir weiter.

Am Weihnachtsmorgen schloß Klamroth sich den beiden Mädchen an und ging mit zur Messe ins Kloster. Tomschläger schlief noch, und Linda würde das Frühstück vorbereiten.

Sabine war überrascht: »Gehst du regelmäßig zur Kirche?«

»Ja. Alle paar Jahre.«

»Du weichst immer aus.«

»Präzise Antwort: Ich gehe manchmal. Zu Allwein. Wenn er eine Festmesse zelebriert, mit Mozart und so.«

»Und heute?«

»Nur so.«

»Du machst nichts nur so.«

»Woher willst du mich so genau kennen, Sabine?«

»Du bist nicht glücklich, oder?«

»Kannst du mir sagen, was Glück ist?«

»Du weichst wieder aus. Du antwortest nicht, sondern schießt nur eine Gegenfrage ab.«

»Sabine, ich *weiß* nicht, was Glück ist.«

»Du bist wie Papa.«

»Wir sind ganz alte Freunde. So was färbt ab.«

»Papas Nummern sind laut. Wie gestern abend, Stille

Nacht wie in der Badewanne gegrölt. Deine Nummern sind witziger.«

»Mit Nummern meinst du ja wohl, es ist falsch, gekünstelt, es soll etwas verborgen werden.«

»Ja.«

»Kennst du das Höhlengleichnis? Keine Angst, das soll kein Ausweichmanöver sein.«

»Ja.«

»Also: es gibt das Ding an sich, und es gibt sein Bild, wie es uns erscheint. Warum nicht auch bei Menschen? Wir sind so, wie wir wirklich *sind*, und wir geben uns so, wie wir *erscheinen* möchten. Das ist ein Kontrast, aber was ist daran so furchtbar?«

»Nicht furchtbar, nur schade. Weil unnötig.«

»Und du, Sabine? Bei dir gibt es diesen Kontrast nicht?«

»Nein«, sagte das Mädchen schlicht.

Angela kam die Treppe heruntergehüpft. »Prinzessin!« Klamroth hob sie hoch und drückte sie an sich. »Gewaschen, geschniegelt und duftend. Also dann Leinen los und volle Kraft voraus zum Stall von Bethlehem.«

Angela strahlte. Sabine blickte ihn spöttisch an.

Am frühen Nachmittag verabschiedete Klamroth sich. Tomschläger begleitete ihn zum Auto.

»Gilt dein Wort noch, Walter?«

»Ja, sicher. Sobald es durch ist, rufe ich dich an. Wahrscheinlich übermorgen.«

»Was muß ich machen?«

»Du hältst dein Referat, nimmst an allen Veranstaltungen teil und sprichst mit jedem, der mit dir reden möchte. Und nachher erzählst du mir dann mal, wie es gelaufen ist.«

Jürgen zögerte. »Warum tust du das für mich?«

»Ganz einfach. Ich werde dich auch mal um einen Gefallen bitten.«

»Was für einen Gefallen könnte ich dir schon tun?«

»Wer weiß, vielleicht ein dunkles Geschäft.«

Jürgen lächelte: »Ich mache alles.«

Die beiden Männer schüttelten sich die Hände.

»Danke, Walter.«

»Alles klar, Jürgen.« Und dann sagte er noch einmal: »Vielleicht kannst du etwas daraus machen.«

Zu Hause angekommen, spürte Klamroth nun doch die Folgen des langen Vortages und der unruhigen Nacht und fühlte sich müde. Also gut, ein Weihnachtsnickerchen am hellen Tage, warum nicht? Liegt ja auch nichts Wichtiges an. Aber das ist es wahrscheinlich: Müdigkeit kommt vom Nichtstun. Wenn du heute einen vollen Operationsplan hättest, wärest du auch nicht müde.

Er setzte sich an den Schreibtisch und schaltete den Recorder ein.

25. Dezember: Gestern in Walberberg. Schöner Abend. Walter hat Glück mit seiner Familie.

Pause.

Heute morgen Hochamt im Kloster mit den Kindern. Walter hat sich gedrückt.

Pause.

Sabine ist kein Kind mehr.

Pause.

Walter glaubt, daß er mir ein Referat in Genf verschaffen kann. Symposion über Unfallchirurgie. Paßt genau, brauche ich gar nicht viel zu machen. Walter meint, das klappt. Er scheint die richtigen Drähte zu haben. Kann so zwischen zwei Flaschen Wein ganz beiläufig ein Angebot machen, für das alle Reischles ihre verrotteten Seelen verkaufen würden, wenn die überhaupt welche haben. Wer keinen Charakter hat, hat auch keine Seele. Mal mit Stefan Allwein darüber sprechen. Es muß Menschen ohne Seele geben, auch wenn er das sicher nicht zugibt. Eigentlich sollte Pertramer nach Genf fahren. Hatte sich selbst eingeladen und ist dann prompt gebeten worden. Wer am fettesten ist, kriegt auch die größten Brocken hingeworfen. Keine Seele, nur Fett. Hat sich in den Bergen die Knochen gebrochen. Ist jetzt besonders intensiv der Unfallchirurgie verbunden. Als Objekt. Als fettes Präparat. Wird wahrscheinlich vor Freude gesund, wenn er hört, daß ich das in Genf mache. So, Ende.

Klamroth schaltete das Gerät aus und legte sich schlafen.

2

Walter Tomschläger rief am Montag nach Weihnachten im Gesundheitsministerium an, und es bedurfte keiner ungewöhnlichen Anstrengung, den Staatssekretär davon zu überzeugen, daß Jürgen Klamroth der geeignete Mann für das deutsche Hauptreferat in Genf sei. Der ursprünglich vorgesehene Teilnehmer, Professor Pertramer, der inzwischen in eine Spezialklinik nach Salzburg verlegt worden war, hatte zwar auch dem Ministerium – so wie schon vorher dem Konzern – durch seine Frau den Namen des Mannes übermitteln lassen, den er als Ersatzreferenten in Genf zu sehen wünschte, und man war nicht abgeneigt, den Wunsch zu erfüllen, besonders da es sich um einen Beamten des eigenen Hauses handelte.

Aber die Bedenken des Staatssekretärs gegenüber Tomschlägers Vorschlag waren nur zurückhaltend, wenn man überhaupt von Bedenken sprechen konnte und nicht nur von einer verständlichen Neugierde auf die Person des bis dahin im Hause weitgehend unbekannten Kandidaten.

»Jürgen Klamroth, ah ja.« Tomschläger wußte, daß sein Gesprächspartner den Namen noch nie gehört hatte. »Was bringt der Mann mit?«

»Er führt eine Praxis, operiert im Krankenhaus, lehrt an der Universität. Habilitiert.«

»Professor?« Die Frage sollte beiläufig klingen.

»Noch nicht«, antwortete Tomschläger ebenso beiläufig. »Schien bisher auch nicht sonderlich erpicht zu sein auf den Beamtenstatus. Kann in unserem Laden jederzeit eine Position bekommen, die eine Professur für ihn uninteressant machen würde.«

Tomschläger spürte, daß er den anderen so gut wie gewonnen hatte. »Aber Sie sollen den Mann natürlich nicht blind kaufen, Herr Staatssekretär, bloß weil unsere Leute ihn für den Richtigen halten. Am besten lasse ich Ihnen eine Liste all seiner Veröffentlichungen aufstellen, dann können Sie in Ruhe entscheiden, ob Sie interessiert sind. Natürlich kann Klamroth sich auch bei Ihnen vorstellen, und Sie prüfen selber, ob er das Zeug hat.«

»Das wird nicht nötig sein, Herr Tomschläger. Sie haben uns bisher noch nie ein faules Ei ins Nest gelegt. Also abgemacht.«

»Danke. Ich bin froh, daß wir einer Meinung sind. Klamroth ist nicht nur ein erstklassiger Wissenschaftler. Ich glaube, daß die Beziehung auch sonst noch ausbaufähig ist.«

»Das wäre erfreulich.«

Damit war das Gespräch eigentlich beendet, aber Tomschläger fragte noch: »Dieser andere Mann, den Pertramer vorgeschlagen hat, ist doch aus Ihrem Ministerium, nicht?«

»Ja, Dohm.«

»Dohm, richtig. Was macht der?«

»Er ist Referatsleiter. Unfallstatistik, Unfallfolgen, Rehabilitation. Ein tüchtiger Beamter, aber ...«

Tomschläger wartete.

»Also, um ehrlich zu sein, ich habe mich auch schon ein bißchen gewundert, daß Pertramer ihn nach Genf schicken will. Mal abgesehen davon, daß er eigentlich andere Sorgen haben müßte. Ich meine, es geht ihm ja nicht besonders. Hätte auch tot sein können, oder?«

»Nicht so tot, daß er sich nicht doch noch um seinen Glanz kümmern könnte.«

»Was meinen Sie?«

»Ich glaube, er wollte ein kleines Licht zur Tagung schicken, damit sein Strahlen umso schmerzlicher vermißt wird.«

Der andere lachte. »Und wie reagiert er, wenn es nun doch ohne ihn strahlt?«

»Vielleicht hat er inzwischen ja wirklich andere Sorgen.«

Drei Tage später meldete sich Pertramers Frau aus Salzburg bei Tomschläger. Sie ignorierte seinen Versuch, sich nach dem Zustand ihres Mannes zu erkundigen, und kam gleich zur Sache.

»Wie ich höre, hat man im Ministerium die Abmachung gebrochen.«

»Welche Abmachung, Frau Pertramer?«

»Sie wissen genau, daß mein Mann einen Stellvertreter für die Tagung in Genf benannt hat.«

»Ja, ich erinnere mich. Und Sie sagen, das war mit dem Ministerium ausgemacht?«

»Es wird ein anderer hingeschickt. Ich habe Sie vorige Woche in dieser Sache angerufen.«

»Ja, Sie haben mir einen Namen genannt. Aber wenn Sie doch eine feste Abmachung mit dem Ministerium hatten, dann weiß ich nicht, was ich ...«

»Ich bitte Sie, nicht den Einfältigen zu spielen, Herr Tomschläger. Bitte nicht mit mir. Die im Ministerium machen, was Sie und Ihresgleichen wollen. Also sind *Sie* für den Wortbruch verantwortlich.«

»Frau Pertramer, ich will Ihre Wortwahl nicht als Unverschämtheit werten, weil Sie und Ihr Mann jetzt eine schlimme Zeit durchmachen. Das kostet Nerven, ich kann mir das gut vorstellen. Bitte sehen Sie es so: Ihr Mann gehört zur Spitze und war deshalb allererste Wahl für Genf. Nun kann er nicht hinfahren, was alle bedauern, wirklich *sehr* bedauern, aber deshalb kann der Kongreß nicht ausfallen. Also schicken die Veranstalter jemand anderen hin, wenn man so will, zweite Wahl, verglichen mit Ihrem Mann. Deshalb hoffen wir alle, daß Ihr Mann sehr bald wieder gesund wird. Bitte bestellen Sie ihm das, Frau Pertramer. Wir würden uns auch gerne selber an ihn wenden, sobald sein Zustand dies wieder zuläßt.«

Aber Frau Pertramer gab noch nicht auf. »Mein Mann hat so manche Sache für Ihren Konzern gedreht.«

Kühl erwiderte Tomschläger: »Ihr Mann hat uns manchen wertvollen Rat gegeben, den wir dankbar honoriert haben.«

Trotzig beharrte die Frau: »So manches Ding hat er für Sie gedreht.«

»Ein Ding drehen«, sagte Tomschläger gleichmütig, »ich kenne den Begriff nur aus der Gaunersprache. Ich kann mir nicht vorstellen, daß Ihr Mann unsaubere Geschäfte macht, also Dinger dreht. Aber nun, da selbst Sie so etwas andeuten, will ich es nicht völlig ausschließen. Im Interesse meines Konzerns werde ich das überprüfen und, falls da etwas dran ist, schonungslos aufdecken. Jedenfalls danke ich Ihnen für den Hinweis, Frau Pertramer. Guten Tag.«

Damit legte er auf.

Warum konnte die Alte nicht mit ihm abstürzen? Oder besser noch: die zwei rutschen aus, Hand in Hand, und schießen runter in eine Gletscherspalte. Dort leben sie noch vierzehn Tage lang. Manchmal sehen sie an dem Streifen Himmel, der ihnen noch bleibt, die Rettungshubschrauber der Bergwacht vorbeihuschen. Und sie verbringen ihre letzten Tage damit, die Besetzung des Symposions in Genf zu besprechen.

Tomschläger wählte eine Nummer im Hause.

»Ja?«

»Tomschläger. Ich hatte eben ein Gespräch mit Pertramers Frau. Sie hat versucht, Schwierigkeiten zu machen.«

»Echte Schwierigkeiten?«

»Nein. Andeutungen. Vage. Aber wir sollten ein bißchen vorsorgen.«

»Was konkret?«

»Nützlich wäre mal ein Blick in seine Steuerakte. Können wir da rankommen? Haben wir jemanden im Finanzamt?«

»Vielleicht. Ich muß das checken.«

»Und wenn nicht?«
»Ich sehe da kein Problem. Every man has got his price.«
»Chauvi.«
»Was?«
»Every man und woman has got his and her price.«
»Yes, Sir.«

Jürgen Klamroth genoß die stillen Tage zwischen den Jahren. Was ihm seit vielen Jahren schon nicht mehr gelungen war, obwohl er es zuweilen versucht hatte: müßig zu sein, ohne an Unerledigtes zu denken, sich zu beschäftigen, ohne zu arbeiten, sich über den Augenblick zu freuen, ohne über zukünftige Perspektiven zu grübeln, das fiel ihm nun zu, ohne daß er es sich vorgenommen hatte. Sicher, Freizeit hatte es regelmäßig gegeben, auch Urlaub in seinem Haus in den Walliser Alpen, zweimal im Jahr, und manchmal, wenn günstig gelegene Feiertage zusammen mit einem Wochenende einen kurzen Rückzug erlaubten, flog er ins Rhonetal und war eine Stunde später in seinem Chalet. So konnte er über Mangel an freier Zeit nicht klagen, aber es wurde nie Muße daraus. Er wanderte, las, hörte Musik, schlief länger als zu Hause, er spürte beim Anblick der Berge ein vages Gefühl von geheimnisvoller Größe und Ewigkeit, aber er entspannte sich nie ganz. Die Tagesabläufe blieben geplant, die Routen wurden kartographisch exakt ausgearbeitet, er legte sich das Buch zurecht, in dem er am nächsten Tag lesen wollte, er hatte eine genaue Vorstellung davon, zu welcher Zeit am Nachmittag er sich für zwei Stunden hinlegen würde, und immer blieb ihm im Kopf, was er nach der Rückkehr vorhatte: wie der nächste Fachaufsatz aussehen sollte, welche Vorlesung er im kommenden Semester anbieten wollte.

Und nun hatte er freie Tage, eigentlich gezwungenermaßen. Die Praxis blieb geschlossen, damit die tarifliche Arbeitszeit der Mitarbeiter eingehalten wurde. Operieren konnte er nicht, weil die Freitage auf Heiligabend und Silvester fielen. Und den Freitag danach würde er in Genf sein, also konnte er keine neuen Fälle für das geplante Handbuch sammeln. Und doch fühlte er den Druck von sich genommen seit seinem Besuch bei den Freunden in Walberberg, er hatte das Gefühl, daß nun ein gutes Jahr bevorstünde, und deshalb konnte er, er wunderte sich selber ein wenig darüber, in müßiger Gelassenheit beim Augenblick verweilen.

Nicht daß er untätig war: natürlich fuhr er jeden Tag zur Klinik hinaus und sah nach seinen Patienten. Und er bereitete sein Referat für Genf vor. Sein Computer listete ihm die einschlägige Literatur auf, und Klamroth konstatierte zufrieden, daß kaum etwas darunter war, das er nicht schon kannte. Er legte diverse Disketten ein, von seinen Vorlesungen und Artikeln, er exzerpierte und kompilierte und stellte zusammen, und bei jedem Ausdruck, den der Computer produzierte, stellte er befriedigt fest, daß er der Endfassung seines Manuskriptes immer näher kam. Aber er empfand dies alles nicht als Anstrengung, sondern als sinnvolles Ausfüllen einer geschenkten Muße. Er beschwor sich nicht: Es muß gelingen! Er hatte die Gelassenheit zu denken: Es wird schon gelingen.

Klamroth saß an seinem Schreibtisch und überflog den letzten Computerausdruck, als Walter Tomschläger ihn anrief.

»Klamroth.«

»Walter. Grüß dich, Jürgen. Störe ich?«

»Nee, überhaupt nicht. Schön, daß du anrufst.«

»Was machst du?«

»Genf. Ich fummele so ein bißchen an meinem Vortrag rum.«

»Was meinst du, Jürgen, schaffst du es?«

»Wieso nicht? Ich bin fast fertig.«

»Das ist gut.«

»Hast du Zweifel gehabt?«

»Nein, keine Zweifel. Nur die Zeit ist etwas knapp, oder?«

»Walter, ich bin Profi.«

»Das weiß ich. Also dann alles klar, ja?«

»Alles klar.«

»Gut. Hast du Lust, Silvester zu uns zu kommen? Es sind ein paar Leute da, Kollegen aus meinem Schuppen. Angenehme Typen.«

»Das ist lieb von dir, Walter. Aber diesmal ist mir nicht nach Geselligkeit. Ich lege ein paar faule Tage ein. Manchmal vergesse ich sogar, mich zu rasieren.«

»Die Kleine rechnet fest mit dir.«

Einen Moment lang schwankte Klamroth. »Die liebe Prinzessin . . . Sag ihr, ich komme bald. Wenn keine anderen Leute da sind. Sag ihr, ich habe dann ganz viel Zeit.«

»Also dann: den sprichwörtlichen guten Rutsch, Jürgen. Ich glaube, es wird ein gutes Jahr, für uns alle.«

»Ich habe auch so ein Gefühl. Grüß die Familie von mir. Ganz herzlich, ja?«

»Wird gemacht. Ach so, Jürgen, noch etwas. Einige Leute rechnen mit mir in Genf, du weißt, unser Laden hilft ein bißchen bei der Finanzierung. Aber ich kann diesmal nicht fahren, nicht genug Zeit. Kann sein, daß der eine oder andere dich anspricht, einen Gruß bestellen will oder dir etwas mitgibt für mich.«

»Ich habe gelernt, nie was von fremden Männern anzunehmen.«

»Das gilt nur für Schokolade, mein Junge. Hier geht es aber um Plastiksprengstoff und Zyankali.«

Klamroth lachte. »Ach so, das ist etwas anderes. Hast du Probleme?«

»Nein. Wir entwickeln nur ein neuartiges Medikament. Ein endgültiges.«

»Gut. Wenn ihr so weit seid, sag mir Bescheid. Ich habe einige Patienten, an denen ich das gerne erproben würde.«

»Aber bitte nur Kassenpatienten!«

»Versteht sich doch von selber, Tom-Tom.«

Klamroth fuhr am Morgen des Silvestertages ins Heilig-Kreuz-Krankenhaus und fand eine Notiz vor mit der Bitte, nach der Visite kurz bei Herrn Professor Reischle vorbeizuschauen. Als er im Vorzimmer vorsprach, überflog eine der beiden Sekretärinnen Reischles Termine für den Tag, wobei sie jede der eingetragenen Positionen mit einem Bleistift antippte. Dann blickte sie auf und sagte zögernd: »Das könnte heute etwas schwierig werden, Herr Dr. Klamroth.«

»Macht nichts«, erwiderte Klamroth leichthin, »dann komme ich im neuen Jahr nochmal vorbei.« Er wandte sich zum Gehen. »Und den Damen wünsche ich zum Jahreswechsel . . .«

Die Sekretärin hatte den Hörer aufgenommen und eine Taste gedrückt. »Herr Dr. Klamroth ist hier, Herr

Professor.« Sie nickte und legte den Hörer auf. »Herr Professor läßt bitten.«

Ein kleines Spielchen also. Reischle bittet um Besuch und hat dann keine Zeit. Und als ich nicht bitte und bettle und die beiden Tanten nicht auszukitzeln versuche, worum es sich denn vielleicht handeln könnte, sondern auf Heimatkurs gehen will, da klappt es auf einmal. Die beiden werden ihm nachher sicher berichten müssen, wie ich mich verhalten habe.

Klamroth klopfte an und trat ein, ohne eine Antwort abzuwarten. Reischle saß an seinem Computer. Er tippte noch einige Daten ein und stand dann auf, ohne das Gerät abzuschalten.

»Ah, Herr Klamroth.« Er deutete auf einen Sessel: »Bitte.«

Kein Händedruck und diesmal wohl auch kein Kaffee, dachte Klamroth amüsiert. Will er jetzt noch einmal die Nummer mit der Schwesternausbildung in aller Strenge durchziehen?

»Danke. Sie wollten mich sprechen, Herr Reischle, aber ich habe den Eindruck, Sie sind im Moment sehr beschäftigt. Vielleicht wäre es Ihnen nach Neujahr lieber?«

»Der Tag spielt keine Rolle. Hier ist immer die Hölle los, bildlich gesprochen. Ich komme eigentlich aus diesem Haus gar nicht mehr raus. Und das Privatleben kann ich ganz abschreiben.«

Ist doch vielleicht gar nicht das Schlechteste, so wie ich mir dein Privatleben vorstelle.

»Und wie sieht es bei Ihnen aus, Herr Klamroth?«

»Eher das Gegenteil. Viel Müßiggang. Nein, eigentlich Muße. Ich erhole mich ein wenig. Die Praxis geschlossen zwischen den Feiertagen, keine Operationen.«

»Ja, ich erinnere mich. Die leidigen Freitage, auf die immer die Festtage fallen. Und nun höre ich von der Verwaltung, daß Sie auch für den nächsten Freitag den OP freigegeben haben. Sie wollen nicht operieren?«

»Ich will noch ein paar Tage verreisen.«

»Ja?«

Reischle wartete. Klamroth ließ sich Zeit, ehe er schließlich sagte: »Ja. Ich habe ein Haus in der Schweiz. Bin schon länger nicht mehr dort gewesen.«

»In Genf?«

»Nein, in meinem Haus.«

»Ist Ihr Haus in Genf?«

Daher weht also der Wind. Die Herrschaften haben Peilung bekommen, und was sie gehört haben, gefällt ihnen gar nicht. Sehr gut!

»Nicht direkt, Herr Reischle. Weiter östlich.« Er grinste. »Also, ein Haus in Genf, da müßte man schon Chefarzt sein, bei den Grundstückspreisen dort.«

»Aber Sie fahren doch nach Genf, oder?«

»Ich kann mich nicht erinnern, der Verwaltung einen Grund für meine Abwesenheit oder gar ein Reiseziel genannt zu haben.«

»Also stimmt Genf?«

Klamroth stand auf und musterte sein Gegenüber mit kühlem Ausdruck. »Was ginge das Sie an, Herr Professor?«

»Einiges, Herr Doktor. Sie arbeiten in *meiner* Abteilung. Ein solch komplexes Gebilde funktioniert nur bei präziser Planung. Und präzise planen kann ich nur, wenn meine Leute verläßlich sind.«

»*Ihre* Leute? Wie verläßlich Ihre Leute sind, kann ich nicht beurteilen.«

»Sie arbeiten hier, und ich bin der Chef.«

»Ich habe einen Vertrag mit dem Heilig-Kreuz-Krankenhaus, unterschrieben vom Chef der Verwaltung, wenn ich mich richtig erinnere.«

»Das muß nicht immer so bleiben.«

»Was?«

»Daß Sie diesen Vertrag haben.«

»Richtig. Ich bemühe mich seit geraumer Zeit, den Vertrag zu ändern. Ich habe immer wieder um einen zweiten Operationstag gebeten, mit Ihrer Unterstützung, wie Sie mir ja noch vor einer Woche versichert haben. Aber Ihre unermüdlichen Bemühungen haben offensichtlich nichts gefruchtet, oder? Man braucht hier nicht mehr Operationen, jedenfalls nicht von mir. Und da soll das System gefährdet sein, weil ich nächsten Freitag nicht operiere? Ich werde mich beim Träger erkundigen, ob die Lage wirklich so ernst ist. Und wenn ja, dann werde ich fragen, warum ich nicht mehr Operationen bekomme.«

Reischle erhob sich ebenfalls aus seinem Sessel. Nur mühsam beherrscht fragte er: »Was qualifiziert Sie für das Symposion in Genf?«

»Mein Häuschen in der Schweiz.«

Damit verließ Klamroth grußlos den Raum, ohne die Tür hinter sich zu schließen.

Mann oh Mann! Scheint ja doch eine *wirklich* wichtige Sache zu sein in Genf. Also, ich war in Walberberg ... Freitag und Samstag. Am Montag frühestens konnte Walter erreichen, daß ich für Genf nominiert wurde. Und ein paar Tage später ist die Sache schon bei Reischle. Und der gibt sich keine Mühe, die Fassade zu wahren. Verliert richtig die Fassung, droht mit Rausschmiß. Und:

Was qualifiziert Sie für das Symposion. Gemeint: Ausgerechnet Sie! Woher erfährt Pertramer in seinem Salzburger Krankenbett, daß ich fahre? Walter wird ihn ja nicht angerufen haben. Und Pertramer läßt die Nachricht in seiner Mafia verbreiten, und Reischle vom Heiligen Kreuz droht mir. Ist er nur wütend, weil er nicht nach Genf fahren darf, oder sollte er mir drohen, damit ich nicht fahre? Egal, lohnt nicht, darüber nachzudenken.

Klamroth machte unbewußt eine wegwerfende Handbewegung und ging zu seinem Zimmer hinüber. Gleichmütig notierte er die Daten der Visite in der Krankenkartei. Er zog sich um und verließ das Krankenhaus gutgelaunt. Er freute sich auf den Abend in der Oper.

Und doch war die Gelassenheit der letzten Tage verflogen. Er hatte Genf haben wollen und Walters Hilfe angenommen, weil es ihm wichtig war. Und als die Weichen gestellt waren, fühlte er sich ruhig – aus der Gewißheit heraus, daß er der richtige Mann war und Walter die freundschaftliche Hilfe nicht bereuen würde. Nun war er ein wenig alarmiert, daß auch andere seinen Auftritt vor dem Kongreß so wichtig nahmen. Wie würde sich die Meute freuen, wenn er einen Flop produzierte. Und er beschwor sich: Es muß gelingen!

Die Aufführung in der Oper begann um sieben Uhr: Gounods ›Margarete‹. Klamroth hatte am Nachmittag einen Blick in den Text geworfen, ihn aber bald wieder enttäuscht weggelegt: banale Handlung in banaler Sprache. Das konnte nicht nur an der schlechten Übersetzung liegen. Aber seine Vorfreude war nicht geschmälert: Wer ging schon in die Oper der Texte wegen, die man sowieso nicht verstehen konnte?

Klamroth fuhr mit dem Wagen und fand mühelos einen Platz im Parkhaus. Offensichtlich hatten etliche Opernfreunde am Silvesterabend noch etwas anderes vor und ihre Autos vorsichtshalber zu Hause gelassen. Zwanzig Minuten vor Beginn der Aufführung war er im Foyer.

Was er dann hörte und sah, gefiel ihm. Die Musik: nicht groß, aber gefällig, so manche Passage ein populärer Wunschkonzert-Hit. Die Stimmen professionell. Die Bilder für das Auge bestimmt: lebhaft, prall, farbenprächtig, eine konventionelle Darbietung. Margarete nicht nackt und Faust nicht im Jogging-Anzug und der Teufel nicht als Banker mit Aktenkoffer und der hinkende Siebel nicht als Beinamputierter im Wehrmachtsmantel. Auf die Handlung achtete Klamroth kaum.

Als er in der Pause zum Raucherfoyer schlenderte, um sich eine halbe Pfeife zu stopfen, hörte er hinter sich eine Stimme: »Entschuldigung, Herr Doktor, ich habe da ein Problem mit meiner Hüfte.«

Er wandte sich langsam um, nicht sicher, ob er richtig gehört hatte.

»Hallo, Jürgen.«

Sabine Tomschläger stand vor ihm, lächelnd.

»Sabine! Herrgott, du ...« Den Rest verschluckte er.

»Du wirst immer schöner, Jürgen«, sagte Sabine fröhlich.

»Okay.« Klamroth hob die Hände in einer hilflosen Geste. »Du hast mich ertappt, Sabine.«

In gespielter Schüchternheit senkte das Mädchen den Blick. »Komplimente an kleine Schulmädchen sind gefährlich, sagt Mami.«

»Mami muß wissen, wovon sie redet.« Er dämpfte seine Stimme und raunte ihr zu: »Wie ist es, möchtest du eine Tafel Schokolade?«

Beide lachten.

Sabine hakte sich bei ihm unter. »Was machst du hier? Am letzten Tag des Jahres noch schnell dein Kultursoll erfüllen?«

»Ich habe mich geirrt, Sabine. Ich dachte, ich hätte eine Karte für ›Die lustige Witwe‹.«

»Na immerhin, du hast den Irrtum noch vor der Pause bemerkt.«

»Und du? Bei euch in Walberberg steigt eine Silvesterorgie, wenn ich deinen Vater richtig verstanden habe, und du ziehst dieses Spektakel über Gott und die Welt vor?«

»Über den Teufel und die Welt. Gott kommt in diesem Spektakel gar nicht vor. Hast du das nicht gemerkt?«

»Nee.«

Es klingelte zum nächsten Akt.

»Wo sitzt du, Sabine?«

»Ziemlich weit hinten. Und du?«

»Dritte Reihe. Ich bin kurzsichtig, verstehst du?«

Sabine lächelte.

»Sag mal, bei dir da hinten: sind da noch Plätze frei?«

»Ja, etliche. Warum?«

»Gut. Ich setze mich zu dir.«

»Mit deiner teuren Karte? Außerdem siehst du von dort aus ja nichts.«

Streng erwiderte er: »Es kommt doch auf die Musik an, oder?«

»Richtig. Dein Gehör funktioniert ja noch.«

Sabine nahm Klamroth an die Hand und führte ihn zu

ihrem Platz. Der Sitz nebenan war frei. Klamroth hielt die Hand des Mädchens bis zum letzten Akt.

Als der Vorhang gefallen war und der Applaus abebbte, fragte er: »War es schön?«

»Schön? Ich weiß nicht, ob ich ein solches Thema schön finden kann.«

»Hat dir die Musik gefallen?«

»Eigentlich paßt die Musik nicht zum Thema. Zu süß.«

»Dann noch einmal anders gefragt: Bist du jetzt bis auf die Knochen frustriert und existentiell verbittert, daß du die Stunden in der Oper verbracht hast?«

Sabine lachte auf. »Bis auf die Knochen, das könnte dir so passen. Dann könnten wir das Problem orthopädisch angehen.«

»Also doch ein Problem?«

»Aber nein. Der Abend hat mir gefallen.« Und ein wenig mokant fügte sie hinzu: »Und dann bist du ja auch noch früh genug vor dem Finale aufgetaucht.«

»Danke. Sollen wir essen gehen?«

»Lieb von dir, aber mein letzter Zug geht um . . .«

»Ich fahre dich nach Walberberg.«

»Ich habe auch keinen Hunger, Jürgen. Außerdem habe ich Angela versprochen, daß ich vor Mitternacht zurück bin. Wir wollen uns zusammen das Feuerwerk ansehen.«

»Gut, ich fahre dich.«

Als sie im Auto saßen, fragte Sabine: »Was hättest du gemacht, wenn du jetzt nicht mein Chauffeur wärest?«

»Ich wäre essen gegangen.«

»Und dann?«

»Nach Hause. Eine Flasche aufmachen, mich auf das neue Jahr freuen. In Ruhe das Feuerwerk abwarten. Darüber grübeln, wieviele Millionen wieder in die Luft verpulvert werden, und was man damit machen könnte. Stell dir vor, man würde all das Geld für die Knaller auf die Arzthonorare drauflegen, dann ginge es mir echt besser.«

»Wenn du willst, tue ich dir etwas zum Spritgeld dazu.«

»Danke«, grinste Klamroth.

»Und deine Tochter?« fragte Sabine abrupt.

»Was ist mit meiner Tochter?«

»Rufst du sie heute abend an?«

»Warum?«

»Zum Beispiel, um ihr ein frohes neues Jahr zu wünschen.«

»Andrea neigt zum Unfrohen, ich fürchte, meine Wünsche würden da wenig helfen. Und dann ist sie jetzt bestimmt in irgendeiner mörderischen Discohölle und läßt sich mit Beat zuhämmern. Oder Heavy Metal, so heißt das heute, glaube ich.«

»Und das gefällt dir nicht?«

»Es ist mir egal, Sabine. Ich bin kein Ohrenarzt.«

Sabine blickte ihn nachdenklich von der Seite an. »So eine richtig tiefe Vater-Tochter-Beziehung. Echte Liebe, was?«

Eine Spur gereizt gab er zurück: »Hör zu, Sabine, von echter Liebe verstehe ich nicht viel. Da ist nämlich auch noch eine Dame namens Erika, eine ehemalige echte Liebe von mir, seit einigen Jahren geschieden. Und die sorgt schon dafür, daß die Vater-Tochter-Beziehung nicht zu intensiv wird. Aber ich glaube, auch die Tochter hat kein allzu großes Interesse daran. Von Zeit zu Zeit besucht sie mich, wenn sie Geld braucht. Angebote, mit mir in den Urlaub zu fahren, hat sie abgelehnt.«

Sabine schwieg.

In versöhnlichem Ton fuhr er fort: »Echte Liebe – weißt du, was das ist? Na ja, vielleicht weißt du es. Vielleicht wissen Frauen so was. Wie vorhin auf der Bühne. Margarete: das mag wohl echte Liebe gewesen sein. Aber Faust? Wohl kaum.«

»Ein mieser Kerl.«

»Warum? Weil er nicht mehr geliebt hat, als er konnte?«

»Wer sagt, daß er nicht mehr konnte? Er hätte sich mehr Mühe geben können.«

»Ist das Liebe – sich Mühe geben? Das erinnert mich stark an eine Definition für Arbeit. Ja, apropos Arbeit: er hätte sie natürlich heiraten können.«

»Warum nicht?«

»Dann wäre erstens das Stück kaputt gewesen. Wenn Faust und Margarete im zweiten Akt heiraten, wer will dann noch den Rest sehen? Was dann noch kommt, kennt doch jeder aus eigener Erfahrung.«

Wider Willen lächelte das Mädchen.

»Und zweitens: du vergißt den Teufel. Würde ausgerechnet der es zulassen, daß sein Zögling sich unter die Käseglocke eines Sakramentes begibt?«

»Na siehst du: der Teufel, dein Freund und Helfer.«

Klamroth grinste: »In gewissen Lebenslagen: ja.«

Sie bogen von der Hauptstraße in den Ort Walberberg ein. Klamroth fuhr an dem Haus der Tomschlägers vorbei und hielt erst weiter oben am Kloster. »Geh das letzte Stückchen zu Fuß, Sabine. Und sag bitte nicht, daß ich dich gebracht habe. Deine Eltern würden nicht verstehen, daß ich nicht reinkomme. Und Angela auch nicht.«

»Willst du denn nicht ganz kurz mit reinkommen?«

»Ich bin nicht in Stimmung, Sabine.«

»Ich eigentlich auch nicht. Das Feiern ist so ... angestrengt.«

»Dann komm doch einfach wieder mit zurück.«

»Geht nicht. Wegen Angela.«

»Klar. Vielleicht wird dann demnächst mal was aus dem Essen?«

»Vielleicht.«

Wieder zu Hause, öffnete Klamroth eine Flasche Sekt und trug sie zu seinem Schreibtisch hinüber. Er setzte sich und stopfte sich langsam eine Pfeife. Als er sie angezündet hatte, drückte er eine Taste des Recorders.

31. Dezember. Silvester, zwanzig vor zwölf. War mit Sabine in der Oper. Quatsch. War in der Oper, Gounods Margarete. Sabine zufällig in der Pause getroffen.

Er schenkte sich ein Glas Sekt ein und trank einen Schluck.

Sie nimmt das ernst, was sie sieht. Keine Entspannung, keine Unterhaltung, sondern Auseinandersetzung. Banale Handlung, keine Spur mehr von Goethe. Problem für die Gegenwart: nichtssagend. Aber Sabine befaßt sich ernsthaft damit. Hält Faust für einen Schuft. In diesem Punkt noch recht kindlich.

Er trank sein Glas leer und füllte es wieder.

Noch nicht erwachsen. Vielleicht ganz gut so. Noch nicht abgebrüht. Noch nicht zynisch. Noch keine einschlägige Lebenserfahrung. Klar, das meint die Bibel mit den unschuldigen Kindern. Noch nicht versaut vom Leben. Mal Stefan fragen, was er davon hält. Lebenserfahrung als fortschreitender Prozeß der Abstumpfung. Er wird das anders sehen, muß er wohl. Lebenserfahrung ist zunehmende Weisheit. Das Verrückte: bei ihm scheint es zu stimmen.

Draußen gingen die ersten Kracher vorzeitig los.

Gleich ist es wohl soweit. Neues Jahr, neues Glück. Knochenbrüche gibt es immer, was kann schon passieren? Heute morgen ein böses Gespräch mit dem Chirurgendarsteller Reischle gehabt. Spuckt Galle, daß ich nach Genf fahre. Hat nichts mit ihm zu tun. Er war ja nicht als Ersatzmann nominiert. Aber er kann es nicht fassen, daß ich nun hingehe. Wird noch Ärger machen. Aber ich ihm auch.

Das Feuerwerk begann. Klamroth hob sein Glas, verbeugte sich auf das Fenster zu und trank.

Also dann, ein frohes neues, ein glückliches und erfolgreiches, ein gesundes und harmonisches, to whom it may concern.

Er nickte in Richtung auf das Gerät und stellte das Glas ab.

Sabin. Stefan. Walter. Ja, und Linda. Linda Tomschläger-Hüttenreuter. Mein Gott, diese Ungetüme von Doppelnamen. Aber trotzdem, auch dir alles Gute, Linda. Ist nicht leicht für dich mit den schönen Töchtern und so. Und dann der Mann: manchmal recht unempfindlich. Aber Vorwürfe helfen da wenig. Er ist der Boß, in jeder Beziehung. Also immer wieder runterschlucken und Schnauze halten. Alles Gute, Linda. Und dir natürlich, Angela, meine kleine Prinzessin.

Das Telefon begann zu läuten. Klamroth nahm nicht ab, sondern wartete, bis der Anrufbeantworter angesprungen war.

Das wird Professor Doktor Reischle sein. Er will mir sagen, wie sehr er die Szene von heute morgen bedauert.

Kaum war die Leitung unterbrochen, als der Apparat wieder klingelte.

Das ist Pertramer. Er röchelt mir von der Intensivstation viel Glück für Genf zu.

Wieder schellte das Telefon. Klamroth trank einen Schluck, diesmal aus der Flasche.

Ach, Erika. Schön, daß du an den Ex-Gatten denkst. Ja, ich liebe dich auch. Was, ein Besuch? Nein, bitte versteh, es geht jetzt nicht, ich muß nach Genf. Vielleicht nächstes Jahr.

Es läutete noch einige Male. Klamroth schaltete den Recorder ab. Er leerte die Flasche und ging zu Bett.

Am nächsten Morgen beim Frühstück hörte er sich gleichmütig die Anrufe an, die in der Nacht eingegangen waren. Seine Kompagnons Helge Harsdörfer und Angelika Zillies wünschten viel Glück, in ein und demselben Telefonat. Wieso feiern die zusammen? Na ja, wenn's dem Betriebsklima dient. Eine Patientin, die glaubte, daß er ihr das Leben gerettet hatte – er hatte ihr lediglich einen Spiralbruch genagelt –, beschwor Gottes Segen auf ihn herab. Walter Tomschläger meldete sich mit Tom-Tom und wünschte »viele fette Feischtöppe« für das neue Jahr. Klamroth lachte. Von einer Studentenparty kam die frohe Botschaft: »Knochen sind nicht alles, Doktor. Für das neue Jahr: viel Fleischeslust.« Klamroth glaubte, die Stimme des Sprechers zu erkennen, und grinste.

Ein wenig erschrak er, als er plötzlich Sabines Stimme hörte: »Hallo, Jürgen. Ich weiß, du bist zu Hause, aber du willst nicht abheben. Ich wünsche dir, daß du im neuen Jahr ein bißchen glücklich bist. Es war schön heute abend, ich meine, daß wir uns in der Oper getroffen haben. Jetzt habe ich auch wieder Hunger. Gilt deine Einladung zum Essen auch im neuen Jahr? Tschüs.«

Klamroth sah sie vor sich, als ob sie im Zimmer stünde: lächelnd, ernst, unschuldig. Er hörte sich ihren Neujahrsgruß noch einmal an.

Am Mittwoch nach Neujahr flog Jürgen Klamroth nach Genf. Er landete am frühen Abend und nahm ein Taxi in die Stadt. Das Symposion sollte im Métropole stattfinden, und dort war für ihn auch ein Appartement gebucht. Es war nicht ganz leicht gewesen: das Haus war belegt, und etliche Teilnehmer des Kongresses wohnten in anderen Hotels, wenn auch nicht weniger komfortabel. Aber Tomschläger fand es sinnvoll, wenn Klamroth am Ort der Tagung wohnte, sein Büro hatte erfolgreich interveniert, und so konnte er im Métropole – bei den Einzelzimmern war wirklich nichts mehr zu machen gewesen – in ein Appartement für 850 Franken pro Nacht einziehen.

Er war erstaunt, bei seinem Eintreffen an der Rezeption schon einige Briefe vorzufinden. Nachdem er ausgepackt hatte, las er sie. Der erste kam von der Tagungsleitung und enthielt die Bitte, sein Referat aus organisatorischen Gründen vom Freitag vormittag auf den frühen Nachmittag zu verlegen. Dann fand er in einem großen Umschlag ein kleines Kuvert, dabei ein kurzes Schreiben: »Sehr geehrter Herr Dr. Klamroth, bitte seien Sie so freundlich, den beiliegenden Umschlag Herrn Tomschläger mitzunehmen. Vielen Dank.« Die

Unterschrift war unleserlich. Muß ein Medizinkollege sein, dachte Klamroth, bei der Schrift. In dem nächsten Brief drückte ein Kollege mit türkisch klingendem Namen die Hoffnung aus, den hochverehrten und lieben Herrn Klamroth am Freitag zum Mittagessen einladen zu dürfen. Und schließlich, unter dem Briefkopf eines Genfer Bankhauses, begehrte ein Herr Zurbriggen, mit dem schlichten Titel Bevollmächtigter, den Freund seines Freundes Walter Tomschläger zu treffen.

Tja, bist ein begehrter Mann, Herr Doktor. Aber komisch, keiner sagt dir, was er will. Doch, einer, der Typ vom Organisationskomitee. Der hat präzise gesagt, was er möchte. Aber den meinte Walter wohl nicht mit seinem Rat, die Ohren offen zu halten.

Das Telefon läutete.

»Klamroth.«

»Grüß Gott, Jürgen. Nun bin ich aber mal gespannt, ob du einen alten Kumpel wiedererkennst.«

Bedächtiger, behäbiger Schweizer Singsang. Klingt immer ein bißchen wie Kabarett, auch wenn es ganz ernstgemeint ist.

Klamroth grinste: »Almöhi!«

»Wußte ich doch, daß du einen alten Studienfreund nicht vergißt. Obwohl du jetzt zur Referentenriege gehörst.«

»Wo bist du jetzt?«

»Zwei Etagen unter dir. Ich bin auch auf der Tagung. Aber nur beim Fußvolk.«

»Macht nichts, Almöhi. Ich esse auch mit solchen Leuten. Wie wäre es in einer halben Stunde?«

»Mei, du gehst ran. Immer noch der schnelle Preuße. Sagen wir in einer dreiviertel Stunde?«

»Gut, ich warte in der Vorhalle auf dich.«

»Ich halte einen geöffneten Regenschirm, damit du mich erkennst.«

Harry Schulz, der urtümliche Eidgenosse mit dem unschweizerischen Namen, Kommilitone in Bonn, im Präparierkurs zuweilen ein Benn-Gedicht auf den Lippen, des Hochdeutschen nur mächtig im Schriftlichen, allgemein bekannt als Almöhi und von allen auch so genannt.

Klamroth erkannte ihn gleich, trotz markanter Veränderungen: stattlicher Bauch, Vollbart, wenn auch gestutzt, gerötetes Gesicht, Haare schon ein wenig ergraut. Aber immerhin, keine Uhrkette.

Eine zögernde Umarmung. »Du hast dich gar nicht verändert, Almöhi. Könntest immer noch als hanseatischer Banker durchgehen.«

»Arroganter preußischer Fatzke.«

Sie aßen im L'Arlequin, dem Restaurant des Hauses. Klamroth genoß den Abend, die alten Geschichten aus Bonn und die jüngeren aus Siders, wo Schulz ein Haus, eine Frau, vier Kinder und eine Praxis hatte.

»Vier Kinder.« Klamroth schien beeindruckt. »Damals in Bonn, da warst du eine Zeitlang sehr angetan von einer rothaarigen Anglistin. Hättest beinahe die Medizin geschmissen und wärest zur Englischen Philologie übergelaufen.«

Schulz lachte vergnügt. »Ich habe das Problem anders gelöst. Ich habe sie geheiratet.«

»Du meinst, du hast die kleine Rothaarige . . .«

»Und rothaarig ist sie immer noch, Jürgen.«

Manche Menschen schaffen das. Treffen die richtigen Entscheidungen, stellen die richtigen Weichen, alles hält lebenslang, und sie sind glücklich dabei. Geht wahrscheinlich nur bei Schweizern.

»Siders.« Klamroth versuchte, den Gedanken über die Beständigkeit und Unbeständigkeit von Lebenswegen abzuschütteln. »Das ist gar nicht so weit von meiner Hütte entfernt. Im Saastal.«

Und man vereinbarte einen Besuch bei der nächsten Gelegenheit, die sich bieten würde.

»Wir sehen uns noch«, sagte Schulz beim Abschied. »Ich will zu Hause anrufen, bevor alle im Bett sind.«

Klamroth bestellte noch ein Glas Wein und verlor sich in widerstrebenden Gedanken. Gradliniges Leben, Praxis in der Provinz, Familie mit vier Kindern. Oder Karriere, Scheidung, wissenschaftliches Renommee. Großstadt, Universität. Teilnehmer am Symposion contra Referent auf dem Symposion. Viel Geld. Aber auch Almöhi wird es nicht schlechtgehen. Hat auch genug Geld. Kein Ruhm, aber Ansehen in seinem Ort. Hat kein Appartement für 850 Franken, aber immerhin, wohnt auch im Métropole, nicht in irgendeiner Pension. Und ruft die Familie an, nur hundert Kilometer entfernt, weil die wissen wollen, ob er gut angekommen ist. Ich bin 800 Kilometer geflogen, und keine Menschenseele interessiert sich dafür, ob ich gut angekommen bin. Dann fiel ihm Sabine ein. Aber bevor er dem Gedanken nachgehen konnte, ob Sabine sich vielleicht für seine sichere Ankunft in Genf interessierte, trat ein Mann an seinen Tisch.

»Herr Klamroth?«

Klamroth nickte ein wenig abwesend.

»Bitte entschuldigen Sie die Störung. Mein Name ist Dohm.«

Mit jedem sprechen. Sich alles anhören.

»Sie stören nicht, Herr Dohm. Möchten Sie sich setzen?«

Er deutete auf den Platz, den der Studienfreund verlassen hatte.

Dohm setzte sich. »Danke, das ist sehr freundlich.«

Die beiden Männer blickten sich einen Moment lang schweigend an, Klamroth abwartend, der andere aufmerksam, als suche er sich zu vergewissern, ob er in dem Gesicht seines Gegenübers wirklich das sah, was er erwartet hatte.

Etwa mein Alter, dachte Klamroth, vielleicht etwas jünger. Müßte ich ihn kennen? Name Dohm? Nee, keine Erinnerung. Groß, blasses Gesicht, Nickelbrille, unauffällig korrekter Anzug, grau. Ein Kommilitone von damals? Wartet er jetzt darauf, daß bei mir endlich der Groschen fällt? Nach der Art: Dohm . . . ach ja, natürlich! Mein lieber . . . was jetzt? Alex, Peter, Helmut? »Ich überlege, wo wir uns schon einmal begegnet sind, Herr Dohm«, unterbrach er das Schweigen.

Der andere griff in seine Westentasche und reichte eine Visitenkarte über den Tisch. Klamroth nahm und überflog sie: Ministerium für Gesundheit, Dr. med. Dr. jur. Winfried Dohm, Regierungsrat.

»Nein, dann kenne ich Sie nicht«, sagte Klamroth verblüfft. »Ein Arzt, der auch Jurist ist, das habe ich noch nie erlebt. Das würde ich nicht vergessen, und wenn wir uns vor fünfzig Jahren begegnet wären.«

Dohm deutete ein Lächeln an. »So alt sind wir beide noch nicht.«

»Sie nicht, aber bei mir bin ich da manchmal nicht mehr so sicher.« Klamroth schüttelte den Kopf und legte die Visitenkarte vor sich auf den Tisch. »Was sind Sie mehr, Herr Dohm, Arzt oder Jurist?«

»Mein Arbeitgeber erwartet, daß ich medizinische Fragen rechtlich beurteile. Oder besser, daß ich medizinische Probleme erkenne, bevor sie zu Rechtsfällen werden.«

»Also Ethik und so.«

»Und so«, bestätigte Dohm, diesmal ohne zu lächeln.

Klamroth wartete. Die Frage: Und was kann ich für Sie tun? blieb unausgesprochen, aber Dohm verstand.

»Sie sind der offizielle Delegierte unseres Hauses bei diesem Kongreß, Herr Klamroth. Ich beobachte im Auftrag unseres Hauses den Kongreß. Da dachte ich, ich sollte mich Ihnen bei dieser Gelegenheit vorstellen.«

»Das war eine gute Idee, Herr Dohm«, sagte Klamroth freundlich. Doch dann stutzte er. Könnte man auch ganz anders verstehen. Wie gestelzt: der offizielle Delegierte. Das konnte heißen: Sie sind offizielle Wahl, aber nicht meine. Ich bin der Vertreter des Ministeriums, und Sie sind der Delegierte des Ministeriums, aber damit habe ich nichts zu tun, Sie hat im Ministerium auch noch nie jemand gesehen, deshalb muß ich diese eher zufällige Gelegenheit nutzen, um Sie kennenzulernen. Und Ministerium hat er auch nicht gesagt, sondern er spricht von unserem Haus. Klartext: Da gibt es außer dem Ministerium noch ein Haus, nämlich Ihres, und das ist so bedeutsam, daß es Sie delegiert hat, also ist es zwangsläufig auch mein Haus, ob mir das nun gefällt oder nicht. Klug. Clever ausgedrückt. Nein, nicht clever: abgefeimt. Weil unangreifbar.

»Erwartet man im Ministerium juristische Komplikationen?« fragte Klamroth milde.

»Wie bitte?« Sein Gegenüber schien überrascht.

Na siehst du, doch nicht so *ganz* cool, Herr Doktor Doktor. Bist der Typ, der beim Schach das erste Spiel gewinnt und danach nie nehr.

»Sie sagten doch, Sie sollen auf dem steinigen Feld der Heilkunde Probleme erkennen, bevor sie zu Rechtsfällen werden. Hat man Sie deshalb nach Genf geschickt?«

»Ach so.« Wieder deutete Dohm ein Lächeln an. Er mochte etwa dasselbe denken wie Klamroth: Wer das erste Tor schießt, hat noch nicht das Spiel gewonnen. »Nein. Besonders verdiente Mitarbeiter dürfen zur Belohnung auch schon mal auf Kosten der Firma verreisen. So war ich erst in Salzburg, und jetzt bin ich hier.«

Salzburg! Dohm! Oh, ich Idiot. Dohm, natürlich. Das ist der Typ, den Pertramer nach Genf schicken wollte, und das nicht als Beobachter, sondern als Referenten.

»Salzburg!« sagte Klamroth fröhlich. »Da ist mein guter alter Freund Pertramer im Moment. Der hatte auch ein Problem auf steinigem Feld, und nun ist er der Heilkunde verbunden auf eine Weise, die man selbst seinem besten Freund nicht gönnt.«

Dohms Gesicht blieb unbewegt. »Sie kennen Professor Pertramer?«

»Sagte ich doch, ein Freund. Ihm verdanke ich es, daß ich jetzt hier bin.«

Der andere hatte eine spontane Bemerkung auf den Lippen, unterdrückte sie jedoch.

Klamroth grinste: »Er hat mich nämlich für diesen Kongreß vorgeschlagen, als seinen Stellvertreter.«

Mit schmalen Lippen entgegnete Dohm: »So etwa hat es mir Frau Pertramer auch erzählt.«

»Ja natürlich.«

»Ich habe sie mitgebracht.«

»Wohin?«

»Hierher, nach Genf. Sie möchte an dem Kongreß teilnehmen.«

»Sehr gut. Das ist sehr schön, Herr Dohm. Dann scheint es ihrem Mann ja wieder besserzugehen.« Er blickte auf seine Uhr. »Der Flug, das Klima hier. Bei uns in Köln regnet es nämlich. Die vielen neuen Gesichter. Ich bin so müde, als hätte ich den ganzen Tag operiert.«

Dohm stand auf. »Gute Nacht, Herr Klamroth.«

»Das wünsche ich Ihnen auch, Herr Dohm.«

Dohm verbeugte sich. »Wir sehen uns sicher noch.«

»Ganz sicher. Der Kongreß hat ja noch nicht einmal angefangen.«

Später notierte Klamroth sich einige Stichworte über das Gespräch mit Dohm und ging dann tatsächlich früh schlafen. Am nächsten Tag bei Tagungsbeginn stellte er nicht ohne Vergnügen fest, daß etliche Kollegen und auch manche Kollegin den Abend und womöglich die Nacht weniger bieder verbracht und einige Mühe hatten, sich während der ersten Referate wachzuhalten, trotz des Kaffees, dem sie in der Pause zusprachen. Dieser universale Prototyp des Tagungsteilnehmers: froh, mal von zu Hause wegzukommen, ohne lügen zu müssen, nimmt alles mit, wovon er schon lange geträumt hat, und das meint bestimmt nicht Museen und alte Kirchen.

Die Referate waren sozusagen solide Wertarbeit, nicht brillant, aber auf hohem Niveau, manche interessant mit durchaus neuen Aspekten, aber doch auch wieder normal insofern, als Klamroth ohne Herzklopfen und feuchte Hände an seinen eigenen Vortrag des folgenden

Tages denken konnte. Er traf einige Kommilitonen wieder, sprach mit Teilnehmern, die er bei anderen Gelegenheiten schon einmal getroffen hatte, und lernte Kollegen kennen, deren Namen er aus Veröffentlichungen kannte. Man tauschte Anschriften aus und versprach, in Kontakt zu bleiben und die nächste Publikation persönlich zuzuschicken. Den Donnerstagabend verbrachte Klamroth wieder mit Almöhi, der offenbar immer noch genug hatte an seiner rothaarigen Anglistin aus der Bonner Studienzeit und den Ausflug in die große weite Welt nicht nutzen mochte, um Erfahrungen zu sammeln, die ihm im engeren Rhonetal um Siders versperrt waren. Und Klamroth fühlte sich, für ihn selbst unerklärlich, hingezogen zu dem tüchtigen Praktiker ohne ehrgeizige Ziele, dem gewichtigen Familienvater ohne Strenge, dem unkomplizierten Ehemann ohne Geliebte, dem mittelalten Mann ohne Midlife Crisis: dem schlichten Erdgeist, der den anderen in der Höhenluft kränkelnden Sphärengeistern ohne Absicht und durch seine bloße Existenz demonstrierte, daß es auch ein Leben gab in dem, was man hatte, nicht nur in dem, was man wollte.

Am Freitag traf Klamroth sich im L'Arlequin mit dem türkischen Kollegen, der ihn brieflich zum Mittagessen eingeladen hatte. Die Begrüßung war zeremoniell. Der Mann trat an den Tisch, verbeugte sich und sagte: »Gestatten Sie bitte. Dr. Aykut Erkal. Herr Dr. Klamroth, nehme ich an?«

Klamroth war amüsiert, ohne es zu zeigen. Dr. Livingstone, I presume? Warum klammern die Brüder weiter südöstlich sich immer noch an überholte Vorbilder?

Er stand auf und erwiderte freundlich: »Schön, Sie kennenzulernen, Herr Erkal. Und danke für die Einladung zum Mittagessen. Ich weiß gar nicht, womit ich mir die verdient habe.«

Die beiden Männer gaben sich die Hand.

»Setzen wir uns doch.«

Erkal wartete, bis Klamroth sich gesetzt hatte, ehe er ebenfalls Platz nahm.

»Ich danke, daß Sie die Einladung annehmen, Herr Klamroth.« Diese Mischung aus Stolz und Würde, dachte Klamroth. Ein Ritual zwar, aber nicht hohl. Macht auch unwichtige Dinge wichtig. Gibt einem das Gefühl, daß man selber wichtig ist. Die Kunst der großen Geste bei kleinen Dingen. Wir in unserem hochzivilisierten Norden haben das verlernt.

»Ihr Freund Dr. Tomschläger ist auch mein Freund.« Walter ist nicht promoviert, aber sei's drum. »Er sagte mir, Sie seien der älteste Freund, den er habe. Und ein bedeutender Arzt und Wissenschaftler. Und da bin ich neugierig« – er deutete eine Verbeugung an, gleichsam als Entschuldigung für seine Neugierde – »den Freund des Freundes kennenzulernen.«

»Es ist auch für mich eine große Freude, Herr Erkal.« Unbewußt fiel Klamroth in die förmliche Sprache seines Gegenübers. »Seit wann kennen Sie Walter Tomschläger?«

»Ich arbeite für die Regierung in Ankara. Wir stehen seit langem in geschäftlicher Verbindung. Aber daraus ist eine menschliche Beziehung geworden. Das ist nicht selbstverständlich für Deutsche.«

Klamroth blickte ihn fragend an, und, als bereue er seine Bemerkung, fügte er hastig hinzu: »Für andere natürlich auch nicht. Holländer, Schweizer. Und ganz unmöglich sind menschliche Kontakte bei Engländern.«

Das meint der völlig ernst. Kein Anzeichen, daß es Ironie sein könnte. Und recht hat er womöglich sogar, besonders bei den Deutschen. »The English«, lächelte er, »instead of sex, they have hot water-bottles.«

Erkal lächelte zurück, aber es wurde deutlich, daß er nicht verstanden hatte. Na schön, nicht jeder kann englisch. Und ich kann ja auch nicht türkisch.

Die Begegnung dauerte fast zwei Stunden. Man aß zu Mittag, man redete, aber man kam nicht auf irgendeine bestimmte Sache zu sprechen. Aykut Erkal blieb voller Respekt, aber distanziert, und Klamroth hatte das Gefühl, auf dem Prüfstand zu sein, getestet zu werden, wie bei einem Einstellungsgespräch, bei dem der Interviewer verbindlich bleibt, aber durch keine Andeutung verrät, ob die Antworten ihn zufriedengestellt haben. Was immer Erkal am Anfang des Gespräches über menschliche Kontakte gesagt hatte, jetzt schien er erst einmal abwarten zu wollen. Aber am Ende hatte es doch den Anschein, als sei der Test, wenn es denn einer war, zufriedenstellend verlaufen. Erkal zog einen dicken Umschlag aus der Westentasche und reichte ihn Klamroth mit einer förmlichen Geste: »Darf ich Sie bitten, dies unserem Freund Dr. Tomschläger mitzunehmen?«

»Gerne.« Schon der zweite geheimnisvolle Umschlag dieser Tagung. Kein Mensch scheint mehr Vertrauen in den Postweg zu haben. »Ist es sehr neugierig, wenn ich frage, was drinsteht?«

»Aber nein«, beeilte sich Erkal. »Es sind geschäftliche Unterlagen. Und ein paar Fotos von meiner Familie. Unser Freund erkundigt sich immer nach ihr. Wissen Sie, die Post in unserem Land . . . sie ist nicht immer so zuverlässig wie die deutsche. Also dann, bis bald.«

Und dann kam Erkals einziger Scherz in den zwei Stunden. Klamroth sagte beim Abschied: »Sie sprechen ausgezeichnet deutsch, Herr Erkal.« Einen Moment lang zögerte der andere, ehe er antwortete: »Sie auch, Herr Klamroth.«

Am frühen Nachmittag hielt Klamroth sein Referat. Es handelte von der Sofortversorgung nach schweren Unfällen (er verkniff sich, alpine Stürze in die Reihe seiner Beispiele aufzunehmen) und plädierte dafür, neben den chirurgischen Maßnahmen von Anfang an auch intracraniellen Blutungen Beachtung zu schenken, um Funktionsstörungen des Gehirns möglichst vor der Entwicklung von Dezerebrationssyndromen zu erkennen und eine entsprechende Behandlung einzuleiten. Zu diesem Zweck seien sogar absichtlich auf das Notwendigste reduzierte orthopädische Zugriffe, er nannte sie professionelle Flickschusterei, zu vertreten, die zu einem späteren günstigeren Zeitpunkt durch Feinarbeit korrigiert werden könnten. Klamroth war während des Vortrages nicht aufgeregt. Er sprach nüchtern und präzise, legte zur Illustration einige selbstgefertigte Folien auf den Projektor; er baute keine Pointen auf und keine Witze ein und erweckte an keiner Stelle den Eindruck eines Mannes, der begierig war, einem erlesenen Publikum zu demonstrieren, daß nun und fortan mit ihm gerechnet werden müsse. Seine Ausführungen waren von unaufdringlicher Kompetenz und, was das Auditorium dankbar registrierte, kurz: nach 45 Minuten war alles gesagt. Der offizielle deutsche Beitrag zum Symposion war kein rhetorischer Paukenschlag gewesen, kein Auftrumpfen im Bewußtsein der eigenen Weltklasse, keine langatmige Belehrung, sondern kurz und bündig, sachkundig und genau, zurückhaltend und gleichzeitig zügig vorgetragen. Die Zuhörer dankten mit mehr als freundlichem Beifall.

Etliche gratulierten in der Pause. Dohm vom Ministerium fand höfliche Worte. Aykut Erkals Glückwunsch war förmlich, aber er strahlte bei seinen Worten, als wollte er sagen: Ich hab's doch gewußt, Test bestanden. Almöhi vermutete fröhlich, Klamroths Worte würden selbst das Rhonetal erreichen, wenn auch vielleicht erst in einigen Jahren. Auch Unbekannte kamen, nannten ihre Namen, sagten etwas Freundliches, etwa: Ich habe Ihre *Sporttraumatologie* gelesen. Aufregung hatte man ihm bei dem Referat nicht anmerken können, aber eine Anspannung mußte es doch gegeben haben, die jetzt nachließ, und ein wenig benommen dankte er für die Glückwünsche.

Es dauerte bis zum Abend, ehe er sich freuen konnte. Er hatte sich nicht verabredet und war allein in seinem Appartement. Ich habe es geschafft! Mister Nobody hat an Stelle von Big Chief Pertramer gesprochen, und siehe, es war gut. Und so mancher hat sich erinnert, daß Mister Nobody einen Namen besitzt und schon Bücher geschrieben hat. Er tänzelte ein paar Schritte wie ein Boxer und schlug mehrere rechte und linke Gerade auf einen imaginären Gegner. Er hätte hinausschreien mögen: *Ich habe es geschafft!*

Aber nicht doch, grinste Klamroth. Dies ist ein nobles und ruhiges Hotel. Hier bumst zwar die Creme der Medizinerschaft international und interdisziplinär, aber Freudenschreie gelten wohl als vulgär. Er ging zu der Kühlbox und nahm einen Piccolo-Sekt heraus. Er trank einen großen Schluck aus der Flasche, als es an der Tür klopfte. Er wischte sich mit dem Ärmel die Lippen ab und öffnete die Tür, die Flasche noch in der Hand.

Eine Frau um die Fünfzig stand draußen und blickte zuerst auf die Flasche, ehe sie ihm ins Gesicht sah.

»Pertramer«, sagte die Frau.

»Oh.«

»Darf ich reinkommen?«

»Ja, natürlich. Bitte.«

»Sie sind überrascht?«

»Ich habe keinen Besuch erwartet.«

»Und mich schon gar nicht?«

»Herr Dr. Dohm sagte mir, daß Sie hier sind. Daraus schloß ich, und ich bin sicher, er hat Ihnen das berichtet, daß es Ihrem Mann besser gehen muß.«

»Was geht Sie mein Mann an! Interessiert Sie mein Mann etwa?«

»Nein.«

Die Frau sah sich um und blickte dann wieder auf die Flasche in Klamroths Hand. »Sie trinken aus der Flasche?«

»Ja. Ich komme aus einfachsten Verhältnissen. Möchten Sie auch einen Schluck?«

»Sie haben heute an Stelle meines Mannes Ihre kleine Show abgezogen. Und nun sind Sie stolz, daß ein paar Deppen geklatscht haben, und trinken aus der Flasche.«

»Sie meinen, bei Ihrem Mann hätten mehr Deppen geklatscht?«

»Glauben Sie nicht, daß es immer so bleiben wird, Herr Klamroth.«

»*Doktor* Klamroth.«

»Wir werden uns nicht einfach ausbooten lassen.«

»Wir: das pflegt auch die Königin von England zu sagen.«

»Professor Pertramer wird nicht einfach abserviert wie der Mohr von Venedig.«

»Ich kenne mich bei farbigen Kollegen nicht so aus. Wenn ich sonst noch etwas für Sie tun kann, gnädige Frau?«

Die Frau wandte sich um und öffnete die Tür.

»Und bitte bestellen Sie Ihrem Mann: weiterhin Hals- und Beinbruch. Aufrichtig!«

Frau Pertramer verließ den Raum. Klamroth schloß die Tür hinter ihr.

Seine Freude war verflogen. Die Leute, die ihm heute gratuliert hatten, konnten ihm nichts tun. Und diejenigen, die ihm etwas tun konnten, hatten nicht gratuliert. Er hatte es geschafft, aber er mußte aufpassen, daß es so bliebe. Und Walter würde ihm dabei helfen. Walter würde helfen *müssen!*

Klamroth schlug mehrere Haken mit seiner Rechten. Diesmal hatte er eine genaue Vorstellung davon, wo die Treffer landeten.

Am Samstagnachmittag besuchte Klamroth Herrn Zurbriggen, den Bankbevollmächtigten, der ebenfalls den Freund des Freundes kennenzulernen wünschte. Hatte er sich unter der Berufsbezeichnung Bevollmächtigter nur wenig vorstellen können, so nahm seine Vorstellung doch gewisse Konturen an, als das Taxi vor dem Anwesen hielt: eine Villa mit Seeblick auf einem Hügel, inmitten eines locker bepflanzten Parks, dessen Rasen selbst im Winter die gehobene Golfqualität erkennen ließ, umgeben von einer malerischen Bruchsteinmauer, die aber dennoch dem Sicherheitsbedürfnis des Bewohners Rechnung trug und in die ein kunstvoll geschmiedetes Tor eingelassen war mit Klingel und Sprechanlage, aber ohne Namensschild.

Klamroth drückte den Klingelknopf. Er wartete eine halbe Minute oder mehr, ehe sich eine Stimme meldete.

»Ja?«

»Klamroth.«

»Ja?«

»Klam-roth!«

»Sie wünschen?«

Verdammte arrogante Domestike!

»Herr Zurbriggen hat in dem Preisausschreiben der Imbißbude gewonnen. Ich bringe den Preis: zwei Eimer Pommes frites. Ich stelle sie vor das Tor. Haben Sie das kapiert? Oder soll ich lieber alles noch einmal wiederholen?«

Mit einem Summen öffnete sich das Tor, und Klamroth betrat das Grundstück. Na also! Zurbriggen wartete auf der Terrasse vor dem Haus. Mittelgroß, geht auf die sechzig zu, weißes Haar, markantes Gesicht, ein bißchen wie geschnitzt.

Zurbriggen streckte die Hand aus und sagte lächelnd: »Sie sind ein ungeduldiger junger Mann.«

Klamroth ergriff kurz die Hand des anderen und erwiderte: »Sie erinnern mich an Adolf Muschg.«

»Meinen Sie den Stil oder das Äußere?«

»Ich kenne Ihren Stil nicht.«

»Also leider nur das Äußere. Aber, im Gegensatz zu Muschg und Ihnen, ich rauche nicht Pfeife.«

Klamroth schwieg verblüfft. Woher weiß der, daß ich Pfeife rauche?

»Ich sehe, Sie sind erstaunt«, sagte der andere, immer noch lächelnd, »daß ein Banker neben dem Geldzählen noch die Zeit findet, einen Literaten zu kennen.«

»Gerade Banker«, gab Klamroth eine Spur ungeduldig zurück. »Wenn nicht die, wer hätte dann die Zeit?«

»Sie haben recht, Herr Dr. Klamroth. Nicht jeder hat so viel Zeit wie ich, deshalb will ich Sie auch nicht allzu lange aufhalten. Bitte, treten Sie ein.«

Zurbriggen führte seinen Gast in einen Raum, den man als Jagdzimmer bezeichnen konnte, der aber nicht jene Atmosphäre düsterer Verstaubtheit ausstrahlte, wie man sie sonst von dieser Art Räumen gewohnt war. Es gab keine Geweihe und keine überschweren Eichenmöbel, sondern leichte helle Ledersessel und einen Glasschrank mit vielleicht einem Dutzend Jagdgewehren. An den Wänden hingen Stiche von Jagdszenen.

»Ich verstehe zwar nichts davon«, Klamroth deutete auf den Waffenschrank, »aber das scheint mir eine sehr schöne Kollektion zu sein.«

Zurbriggen nickte. »Ich habe auch noch das obligatorische Sturmgewehr der Schweizer Armee, aber das liegt im Keller.«

Auf einem Tisch standen Tee und Gebäck bereit, und die beiden Männer setzten sich.

»Unser Freund Walter Tomschläger hat manchmal von Ihnen erzählt.«

Immerhin, dachte Klamroth, er fällt nicht in das alte Klischee: Unser Freund hat schon viel von Ihnen erzählt.

»Zum Beispiel, daß ich Pfeife rauche?«

»Ja, das auch«, lachte der andere. »Ist vielleicht auch etwas ungewöhnlich für einen Arzt, nicht?«

»Was?«

»Rauchen.«

»Da müßten Sie mal den Kongreß sehen. Sie hätten den Eindruck, die Tabakindustrie lebt nur von Ärzten.«

»Haben Sie Zeit gefunden, neben dem Kongreß noch etwas von Genf zu sehen?«

»Leider nein. Ich gehe zu den meisten Veranstaltungen. Ich esse mit Kollegen. Ich habe alte Studienfreunde wiedergetroffen. Ja, und Freunde von Walter kennengelernt.«

Klamroth hatte gehofft, der andere würde seinen letzten Satz als Signal verstehen, zur Sache zu kommen, aber es blieb bei unverbindlichem Geplauder, das Gespräch wurde an keiner Stelle konkret. Wieder, wie bei seinem Treffen mit dem türkischen Kollegen Aykut Erkal, hatte er das Gefühl, getestet und geprüft zu werden auf eine Tauglichkeit hin, deren Zweck und Ziel er nicht kannte. Noch nicht kannte. Walter würde ihm schon sagen, ob und wofür er den Test bestanden hatte. Ihm fiel der Spruch des Freundes ein: Vielleicht kannst du etwas daraus machen. Nun, das Referat war gut gelaufen, und was es daraus zu machen gab, würde er sich nicht entgehen lassen. Er war seinem Freund dankbar, daß er ihm diese Gelegenheit verschafft hatte.

Nach einer knappen Stunde verabschiedete Klamroth sich. Zurbriggen hatte ein Taxi rufen lassen und begleitete seinen Gast bis zum Tor. »Ich freue mich, Sie kennengelernt zu haben, Herr Dr. Klamroth. Ich bin sicher, wir werden uns wiedersehen.«

Wie hatte der Regierungsrat Dr. Dr. Dohm gesagt? dachte Klamroth auf der Fahrt zum Hotel. Wir sehen uns sicher noch. Und Aykut Erkal: Also dann, bis bald. Und auch Herr Zurbriggen ist sicher, daß wir uns wiedersehen. Sieht aus, als ob dir ein neuer Lebensabschnitt bevorsteht. Na ja, nichts dagegen einzuwenden.

Am Sonntagmorgen nach dem Frühstück blieb Klamroth noch eine Weile sitzen und rauchte seine Pfeife. Die Tischnachbarn waren schon gegangen, als Regierungsrat Dohm auf ihn zutrat.

»Guten Morgen, Herr Klamroth.«

»Ah, Herr Dohm. Möchten Sie einen Moment Platz nehmen?«

»Danke.« Er setzte sich. »Sind Sie zufrieden mit dem Kongreß?«

»Vor allem bin ich müde.«

»Ja, lange Tage und lange Nächte ...«

»Ach, wissen Sie, in den Nächten war ich so brav, daß ich es meiner Frau erzählen könnte, wenn ich eine hätte. Und Sie, sind Sie zum Schlafen gekommen?«

»Zu wenig.«

»Na, dann war es hoffentlich die Anstrengung wert.«

»Ich habe abends die Berichte über die Referate des Tages geschrieben.«

»Und was haben Sie über mich berichtet? Wenn Beamte bestechlich wären, würde ich jetzt etwas dafür geben, das zu erfahren.«

»Was bieten Sie?« fragte Dohm scheinbar ernsthaft.

»Eine kostenlose Hüfttransplantation.«

Dohm erlaubte sich ein schmales Lächeln.

»*Mit* Narkose«, erweiterte Klamroth sein Angebot.

»Wenn das so ist«, erwiderte Dohm. »Ich fand Ihren Beitrag sehr gut. Auch die Art, wie Sie das gebracht haben, wie soll ich sagen ... unaufdringlich. Ich finde es richtig, daß man Sie nach Genf geschickt hat.«

Man hat geschickt. Wieder diese abgefeimte Wortwahl. Nicht etwa wir, die Regierung, das Ministerium. Sondern man, der unbekannte Große. Der Kerl lobt und macht gleich deutlich, daß er es so ernst nicht meint, daß die Gründe für die Meriten woanders zu suchen sind.

»Ich freue mich, daß Ihnen mein Referat gefallen hat, Herr Dohm. Haben Sie applaudiert?«

»Ich verstehe nicht recht ...«

»Bitte sagen Sie mir, ob Sie geklatscht haben. Es ist wichtig.«

»Ja, natürlich. Aber ...«

»Das ist gut. Sie haben also geklatscht. Frau Pertramer sagte mir nämlich, nur ein paar Deppen hätten geklatscht. Damit wären Sie auch ein Depp, Herr Dohm. Jedenfalls aus der Sicht der Dame. Sie hat mich aufgesucht, um mir dies zu sagen.«

»Frau Pertramer macht zur Zeit viel durch. Ich hoffe doch, Sie hatten auch angenehmere Kontakte.«

»Aber ja doch. Ich will nicht klagen.«

»Das ist das Gute an Kongressen. Man knüpft nützliche Kontakte.«

»Die hatte ich eigentlich schon vorher, auch ohne Kongreß.«

»Ich weiß«, sagte Dohm anzüglich und gab sich nicht die Mühe einer höflicheren Formulierung.

Sag jetzt bloß nicht, wir werden uns bestimmt noch wiedersehen, dachte Klamroth.

»Also dann, guten Flug«, sagte Dohm.

»Danke.«

Dohm blickte noch auf den Ausgang, als Klamroth längst gegangen war. Er wußte nicht, was Tomschläger über ihn gesagt hatte: daß Pertramer ein kleines Licht zu der Tagung schicken wollte, damit sein Strahlen umso schmerzlicher vermißt würde. Aber er begann zu ahnen, daß es doch wohl so gewesen sein mochte. Frau Pertramers Ärger über Klamroths gelungenen Auftritt: hier war offensichtlich ein Plan durchkreuzt worden. Dohm spürte die Verbitterung in sich hochkriechen: die Pertramers hatten ihn dazu ausersehen, als Referent eine deutliche Lücke auf dem Kongreß zu hinterlassen, so daß jedem Teilnehmer bewußt werden sollte, wer da fehlte. Und Klamroth hatte diese Lücke ausgefüllt! Keiner hatte Pertramer vermißt, und nach Dohm hatte schon gar niemand gefragt.

Es wäre einen Versuch wert gewesen! Raus aus der öden Buchhalterei über Unfallstatistik. Ich hätte es auch schaffen können. Ich hätte es geschafft! Frau Pertramer wäre auf mich genauso wütend gewesen, weil auch ich ihrem Mann die Tour vermasselt hätte. Und dem Konzern. *Der* bestimmt doch, wen das Ministerium zu Kongressen schickt. Hat Pertramer nominiert. Der stürzt ab und benennt mich, weil er mich für ungefährlich hält. Aber es wäre die Chance gewesen, und ich hätte was daraus gemacht. Aber dann setzen sie mir Klamroth vor die Nase. Freund des Bosses, wie man hört. Hält mich für ungefährlich. Wenn er überhaupt einen Gedanken an mich verschwendet. Aber er könnte sich täuschen.

Langsam stand Dohm auf und ging auf den Ausgang zu. In die Verbitterung über seine verpaßte Chance mischte sich noch die Wut darüber, daß Klamroth wirklich gut war.

3

Nach seiner Rückkehr aus Genf widerstand Klamroth dem Impuls, die eingegangenen Gespräche von seinem Telefonbeantworter abzurufen, sondern legte sich schlafen und schlief fest bis in den frühen Abend hinein. Später am Abend besuchte er seinen Freund Stefan Allwein im Pfarramt der St. Bernward-Kirche. Der Priester bewohnte drei Räume im Keller, die er hatte ausbauen lassen, als seine Mutter starb und ihm Geld hinterließ. »Stell dir vor, Jürgen, über 80 000 Mark!« Das geräumige Pfarrhaus überließ er anderen: dem Kaplan eine kleine Wohnung, dem Diakon mit Frau und drei Kindern eine große Wohnung, der Pastoralreferentin ein Appartement. »Ich kann nicht über Wohnungsnot predigen und für Obdachlose beten und mich selber auf vierhundert Quadratmetern ausbreiten.« Außerdem standen immer zwei Gästezimmer bereit für Menschen, die nicht wußten, wo sie die Nacht verbringen sollten. »Immer hier unten ohne Tageslicht, Stefan, wie im Bunker. Macht dich das nicht krank?« – »Es ist der Führerbunker, mein Lieber, schließlich bin ich hier der Chef. Und dann bin ich tagsüber manchmal im Büro, und das liegt oben und hat ein großes Fenster zur sündigen Welt.«

Klamroth drückte die Klingel an der Haustür. Allwein meldete sich über die Sprechanlage. »Ja?«

»Ehrwürdiger Vater, ich möchte beichten.«

»Meinetwegen. Ego te absolvo. Und nun verschwinde, mein Sohn.«

Ein Summen gab das Schloß frei, Klamroth drückte die Tür auf und stieg die Treppe zum Keller hinab. Allwein erwartete ihn vor seiner Wohnungstür.

»Ich muß mich immer noch daran gewöhnen«, begrüßte Klamroth ihn, »daß du hier unten in der Waschküche haust.«

»De profundis«, erwiderte Allwein. »Du weißt doch: Aus der Tiefe rufe ich, Herr, zu dir. Das klingt von hier unten aus viel authentischer.«

»Klar. Selig, die im Keller wohnen, denn ihnen wird eine Penthouse-Wohnung zuteil werden.«

»So ist es. Darauf spekuliere ich. Komm rein.«

Die Kellerwohnung des Pfarrers von St. Bernward bestand eigentlich nur aus Büchern und Schallplatten. Die billigen Holzregale, von ihrer Qualität her in der Tat eher Kellerregale als Möbelstücke, reichten in allen Räumen bis zur Decke und waren angefüllt mit Literatur und Musik. Alles andere war funktional auf eine notdürftige Weise: ein Kleiderschrank aus gepreßtem Spanholz, kein Schreibtisch, sondern eine Schreibplatte auf zwei Holzböcken mit einem mäßig bequemen Stuhl aus Stahlrohr mit Leinenbespannung, eine sparsame Küchennische, ausgestattet zwar mit einer Spülmaschine, jedoch einem Modell, für das es im Falle einer Reparatur schwierig werden dürfte, Ersatzteile zu beschaffen. Kein Schlafzimmer, sondern eine Couch in der Ecke eines Zimmers, umstellt von Bücherwänden. Das Bad eher eine Art Klosett mit Brause, unter dem Spiegel ein Plastikbrett mit Zahnbürste, Zahnpasta, Rasierapparat und, immerhin, einer Flasche Rasierwasser, wenn auch nicht gerade von einer Marke, für die im Fernsehen geworben wurde. Hier lebte ein Mann, der sein schlechtes Gewissen über den Besitz einer guten Musikanlage und einer teuren Bibliothek damit dämpfte, daß er ansonsten auf jeglichen Komfort streng verzichtete.

In der Ecke eines Zimmers, auf einem niedrigen Tisch aus Kiefernholz, hatte Allwein, wie üblich, das Schachspiel aufgebaut. Mit einer Handbewegung lud er zum Sitzen ein.

»Ich fürchte, heute abend wird nichts aus der Partie, Stefan.«

»Was ist los mit dir, bist du krank?«

»Nein, nur müde.«

»Das ist bei dir fast dasselbe, Jürgen.« Stefan blickte ihn nachdenklich an. »Das letzte Mal warst du müde vor ... drei oder vier Jahren, würde ich sagen. Und damals hattest du Grippe.«

»Keine Bange, jetzt bin ich kerngesund.«

»Ich wollte dir auch nicht die letzte Ölung aufdrängen. War die Tagung so anstrengend?«

»Nein, eigentlich nicht. Nicht mehr als der Trott hier zu Hause. Nein, weniger. Ich bin eher schlafen gegangen und später aufgestanden. Und dann war es auch schön dort. Mein Referat ist, glaube ich, ganz gut angekommen.«

»Ich weiß. Du warst im Fernsehen.«

»Im Ernst?«

»Ja, in den Tagesthemen haben sie kurz über euren Kongreß berichtet. Während der Reporter sprach, warst du vorne am Rednerpult. Ich war richtig stolz auf dich.«

»Denk an die zehn Gebote: Du sollst nicht lügen!«

»Ehrlich, Jürgen. Ich hätte am liebsten gerufen: Den da kenne ich, das ist mein Freund! Aber ich war alleine.«

»Hoffentlich hat Reischle die Sendung gesehen. Der hat bestimmt gerufen, auch wenn er alleine war: Den da kenne ich, der ist mein Feind.«

»Ist es wichtig, was Reischle über dich denkt?«

»Nein, eigentlich nicht.«

»Und wovon bist du also müde?«

»Wahrscheinlich vor Freude, Stefan. Ich habe lange auf diese Gelegenheit gewartet.«

»Auf welche Gelegenheit?«

»Auf einen solchen Auftritt. International, verstehst du.«

»Warum?«

»Ich wußte, daß ich es könnte. Und nun weiß ich, daß ich es kann.«

»Du wußtest es, das war doch genug. Warum ist es so wichtig, daß du es nun weißt?«

»Weil einige Leute es mir nicht zugetraut haben. Und die wissen es nun auch.«

»Weißt du was: deshalb bist du müde, Jürgen.«

»Weshalb?«

»Weil du glaubst, es den anderen beweisen zu müssen.«

»Das kennst du nicht, Stefan.«

»Doch. Ich bin immer müde.«

»Das meine ich nicht. Du bist anders. Du brauchst keine Bestätigung.«

»Doch, brauche ich wohl. Heute morgen im Hochamt waren ein paar Leute mehr da als sonst. Nicht so viele wie in der Christmette, aber immerhin, mehr als im Jahresdurchschnitt. Da habe ich mich gefreut und mir gesagt: Vielleicht hören sie dich ganz gerne predigen.«

»Siehst du, Stefan, selbst du hast es manchmal nötig.«

»Ja, aber es macht mich nicht krank, wenn es nicht so kommt. *Dich* macht es krank. Sieh mal, ich kenne keinen Mann, der so schuftet wie du, ohne müde zu werden. Praxis, Krankenhaus, Uni, Veröffentlichungen, und Zeit zum Schachspielen hast du auch noch. Und wer weiß, was du sonst noch so treibst, ohne es mir zu erzählen. Und immer mit Volldampf und hellwach. Und jetzt bist du müde, also krank. Weil du nicht machst, was du möchtest, sondern weil du den anderen zeigen willst, was du kannst.«

»Und warum bist *du* müde, Stefan?«

»Das kannst du nicht vergleichen. Ich bin müde, weil ich mehr arbeite, als meinem faulen Naturell entspricht. So vieles kostet Kraft und Zeit und ist unwichtig. Runde Geburtstage von Gemeindeschäfchen: man verbringt einen halben Nachmittag bei der Feier und frißt Kuchen. Und bei den wichtigen Dingen sieht man nie einen Erfolg. Du operierst jemanden und weißt: wieder ein Mensch geheilt. Einer kommt angehumpelt, du behandelst ihn, danach geht er weg mit strammem Schritt und dankbar. Ich bin fünfzig, ich bin Priester seit vierundzwanzig Jahren, aber ich kann nicht sagen, ob ich jemals einen Menschen gerettet habe. Das ist meine Müdigkeit. Aber es macht mich nicht krank. Hier, das da«, er wies in die Runde auf die Bücher und Schallplatten, »darauf freue ich mich immer wieder.«

»Du willst doch nicht behaupten, ein Banause wie ich hätte keinen Geschmack an Kultur, oder?«

»Nein, behaupte ich nicht. Aber ... gerade weil du Freude an so vielen Dingen hast, müßtest du leichter davon loskommen.«

»Wovon?«

Stefan zögerte, fast eine Spur ängstlich, ehe er es aussprach: »Von deinem Ehrgeiz, Jürgen.«

»Gott verdammt nochmal«, polterte Jürgen, »*krankhafter* Ehrgeiz, das meinst du doch, oder?«

»Laß meinen Arbeitgeber aus dem Spiel.«

»Also dann: zum Teufel mit deiner Seelendoktorei, Stefan.«

»So ist es recht.«

Die beiden Männer lächelten. Es entstand eine Pause.

»Kann ich was zu trinken haben?« fragte Jürgen schließlich.

»Oh.« Stefan blickte verblüfft auf den Tisch. »Habe ich glatt vergessen. Entschuldigung. Bier?«

»Du hast doch nichts anderes.«

Stefan stand auf und ging in Richtung Kochnische. »Irgendwann überrasche ich dich mal mit einer Flasche Champagner.«

»Für dreifuffzig aus dem Supermarkt«, rief Jürgen ihm nach. Stefan kam mit zwei Flaschen Bier und Gläsern zurück. Beide schenkten sich ein und prosteten sich wortlos zu.

»Nein«, nahm der Priester den Faden wieder auf, »nicht krankhafter Ehrgeiz. Sondern schlicht Ehrgeiz, und der macht dich krank.«

Jürgen wollte unterbrechen, aber Stefan fuhr rasch fort: »Nein, laß mich den Gedanken eben zu Ende bringen. Ehrgeiz ist ja nicht schlecht. Ehrgeiz ist Antrieb, es kann segensreicher Antrieb sein. All die großen Entdeckungen, gerade in deinem Fach, Jürgen. Die vielen Krankheiten, an denen man heute nicht mehr sterben muß. Natürlich war es nicht nur Nächstenliebe, die die Forscher angetrieben hat. Natürlich war es auch Ehrgeiz, vielleicht ein Schielen auf den Nobelpreis. Alles gut und ehrenwert, die Menschheit hat ihren Nutzen davon. Siehst du, das will ich sagen: ich habe nichts gegen Ehrgeiz.«

»Außer bei mir, stimmt's?«

»Ich mache mir Sorgen um dich, weil du mein Freund bist. Ich weiß, klingt pompös und schmalzig. Was hast du nicht alles erreicht, Jürgen. Arzt, Dozent, Wissenschaftler. Du hilfst und heilst und verdienst gut dabei. Das finde ich auch richtig so. Andere werden mit Waffen reich und mit Gift. Du spendest Segen. Ich drücke mich wieder geschwollen aus, ich weiß. Aber all das hast du erreicht, ohne müde zu werden. Und nun willst du es den anderen zeigen, und jetzt bist du müde. Das ist es nicht wert.«

»Geld bedeutet mir nicht viel, Stefan. Ich weiß, das klingt hohl, wenn man genug davon hat. Aber ich meine es ernst.«

»Gut. Also Geld ist es nicht. Dann ist es der äußere Federschmuck. Professor, Chefarzt. Ein Mütterchen kommt zu dir und kann vor Schmerzen nicht mehr gehen. Oder dein Radrennfahrer, den du am Heiligabend unters Messer genommen hast. Der hatte solche Schmerzen, daß er darüber beinahe noch gläubig geworden wäre und fast bei mir gebeichtet hätte. Du hast sie geheilt. Hättest du die beiden anders operiert, wenn du Professor gewesen wärest?«

Jürgen lachte: »Ich hätte ganz anders liquidieren können.«

Stefan ging auf den Scherz nicht ein. »Geld ist es ja nicht, das sagst du selber. Aber an die Zeit solltest du denken. Zeit ist wichtig. Noch einmal: Was hast du nicht alles erreicht und bist zweiundvierzig. Also jung. Ich bin Pfarrer und fünfzig, also alt. Die Grenze zwischen alt und jung liegt irgendwo dazwischen. Ich rechne nicht mehr in Jahren und Monaten und auch nicht in Wochen, sondern in Stunden. Vielleicht kennst du das:

Ein süßer Geiz, der Stunden zählt
und jede prüft auf ihren Glanz.
O sorge, daß uns keine fehlt
und gönn uns jede Stunde ganz.

»Fontane«, sagte Jürgen prompt.

»Du bist eben doch kein Banause«, nickte Stefan. »Denk mal gelegentlich daran. Irgendwann demnächst, irgendwo zwischen zweiundvierzig und fünfzig, wird die Zeit knapp, und du fängst an, die Stunden zu zählen. Dann mußt du das Gefühl haben, daß dir keine fehlt. Ich meine auch, daß dir in der Rückschau keine gefehlt hat. So, wie ich dich jetzt sehe, fehlt dir wohl noch keine. Aber sorge dafür, daß es so bleibt.«

»Ja, vielleicht ein guter Rat.« Jürgen sprach langsam und zögernd, als müsse er seine Gedanken noch beim Reden ordnen. »Ich . . . beneide dich, Stefan. Du hast . . . du bist konsequent. Deine Rückschau . . . dir fehlt sicher keine Stunde.«

»Na ja.« Stefan suchte einen Ton, das Thema zu beenden. »Mal abgesehen von der Kuchenfresserei und den Geburtstagen. Und wenn man mal die Meßdienerausbildung abzieht und die Eheschulung. Die Ehen, die ich einsegne, werden genauso oft geschieden wie alle anderen auch. Dann mal die Gemeinderatssitzungen nicht berücksichtigt und nicht das Redigieren unserer Sprengelpostille. Klopapier ist billiger und obendrein noch unbedruckt. Und dann rechne ich mal nicht die ganzen Beichtstunden mit den Omas und Opas. Im Ernst, in all den Jahren hat mir noch nie jemand eine echte Schandtat gebeichtet. All dieses einmal abgezogen, dann magst du recht haben: mir fehlt keine Stunde.«

Beide Männer lachten.

Am Ende spielten sie doch noch eine Partie Schach, und Stefan gewann.

»Siehst du«, sagte Jürgen, »was nützt all mein Ehrgeiz, wenn ich noch nicht einmal beim Schach gewinne.«

»Das mußt du in einem größeren Zusammenhang sehen«, erwiderte Stefan vergnügt, »der Herr läßt nun mal die Seinen nicht verkommen.«

Beim Abschied kam Stefan Allwein noch einmal zur Sache. »Ich habe da meinen Privatheiligen, Thomas Morus. Auf die Frage, wer denn das zu schätzen wisse, was man leistet, hat er damals geantwortet: Du. Deine Studenten. Deine Freunde. Gott. Und dann hat er noch hinzugefügt: Kein schlechtes Publikum, oder?«

»Gute Nacht, Stefan.«

»Gute Nacht, Jürgen.«

Am nächsten Mittag traf Klamroth sich mit Walter Tomschläger im Restaurant des Ramada-Hotels in Köln.

»Na, wie ist es gelaufen?« fragte Walter bei der Begrüßung.

»Das wollte ich dich fragen«, erwiderte Jürgen. »Einige Typen dort haben mich ins Examen genommen, ohne mich wissen zu lassen, worüber die Prüfung ging.«

Walter lachte: »Erzähl mal.«

Jürgen übergab den Umschlag, den er in Genf an der Rezeption vorgefunden hatte, und das Kuvert, das der türkische Kollege Aykut Erkal ihm gegeben hatte. Während des Essens berichtete er: von seinem Treffen mit Erkal, seinem Besuch bei dem Bankier Zurbriggen, den Kontakten mit Regierungsrat Dr. Dr. Dohm. Auch den abendlichen Überraschungsbesuch von Professor Pertramers Ehefrau ließ er nicht unerwähnt. Walter hörte aufmerksam zu und sprach nur selten.

Sie waren beim Kaffee angelangt, als Jürgen abschloß: »So, ich glaube, das war's.«

»Gut.« Walter nickte. »Sehr gut. Aber eins hast du vergessen, Jürgen.«

»Alles andere war privat. Wiedersehen mit einem Studienfreund, fachliche Kontakte mit Kollegen.«

»Das meine ich nicht.« Er wartete einen Moment, ehe er lächelnd fortfuhr: »Du hast ein ganz ausgezeichnetes Referat gehalten.«

»Oh.« Ein Hauch von Farbe schien über sein Gesicht zu kommen. »Danke.«

»Nun sieh mal einer an: Sag bloß, der abgebrühte Knochenspalter kann noch erröten.«

»Dieses Handicap bin ich nie losgeworden. Du weißt, das war schon in der Schule so. Du hast irgendeine Sauerei gemacht, und wenn gefragt wurde, wer es war, bin ich rot geworden.«

»Aber diesmal warst du es selber«, sagte Walter herzlich. »Hast dein schwieriges Vaterland gut vertreten. Das ist nicht nur meine Meinung, das sagen auch andere, die mehr davon verstehen als ich. Und wichtige Leute obendrein. Vivant sequentes!«

Jürgen horchte auf. Wichtige Leute hatten also seinen Beitrag zur Kenntnis genommen. Hoffentlich nicht so wichtig, daß sie ihn als Gegenleistung lebendig begraben konnten. Er unterdrückte die Regung, sich nach den Namen dieser wichtigen Leute zu erkundigen.

»Erklär mir die Nummer, die ich in Genf für dich gespielt habe«, sagte er schließlich.

»Was willst du wissen? Schieß los.«

»Die beiden Umschläge, die ich dir mitgebracht habe. Warum haben die Absender das Porto gescheut?«

»Das sind normale Geschäftsunterlagen. Alles normal und alles legal, aber: *ganz geheim*. Und dies ist unser Problem: Werkspionage. Unsere Konkurrenz, im In- und Ausland, beklaut uns, wo sie kann. Die klauen alles, chemische Formeln, Produktplanungen, Verhandlungsunterlagen über bevorstehende Großaufträge. Alles. Schreib mir einen Brief, daß du mit mir über die Ausstattung eines Klinikzentrums verhandeln möchtest. Ruf mich an und sag mir, du hast den Saft gegen Heuschnupfen erfunden. Teleprinte mir deinen Wunsch nach hundertzwanzig Tonnen Zyankali. Und du kannst sicher sein: morgen früh stehen sie Schlange vor deiner Tür und machen dir tolle Angebote, von der British Chemical über die Inter-Pharmacie bis zur American Instruments. Wir wären wahrscheinlich die letzten, die bei dir eintreffen. Und alle werden sie dir ein paar kleine Extras anbieten, unauffällig zu deponieren auf Konten in der Schweiz, in Liechtenstein oder in Luxemburg. Name des Kontoinhabers: Donald Duck. Und auch hier wären wir es wahrscheinlich, die dir am wenigsten bieten würden.«

»Aber anbieten würdet ihr mir auch etwas?«

»Klar.«

»Und Werkspionage, macht ihr die auch?«

»Klar. Nur haben wir nicht so viel davon. Wir liegen nämlich ziemlich an der Spitze, und das heißt, die Konkurrenz kann bei uns viel mehr klauen als wir bei ihr. So, da hast du unser Problem. Alles wird bei uns verraten. Um das zu unterbinden, müßten wir eine Art werksinterner Gestapo aufbauen, mit all den Möglichkeiten, die die Brüder früher zur Verfügung hatten. Das verbietet sich natürlich.« Und mit einem mokanten Unterton fügte er hinzu: »Schon aus moralischen Gründen.«

Jürgen lächelte unsicher.

»Also noch einmal«, fuhr Walter fort. »Alles wird bei uns verraten. Aber damit nicht wirklich *alles* verraten wird, verzichten wir zuweilen auf den Brief-, Fernmelde- oder Funkweg und bedienen uns eines vertrauenswürdigen Orthopäden, der für uns den Postillon d'amour spielt. So bist du an diese Briefe gekommen. Ich hoffe, man hat dir auf dem Rückflug von Genf keine Angebote gemacht, mal einen Blick in die Post werfen zu dürfen?«

»Nur die Stewardeß.«

»Wieviel hat sie geboten?«

»Sie wollte bargeldlos zahlen.«

»Na, Gott sei Dank. Ohne Geld bist du nicht käuflich. Was willst du noch wissen?«

»Diese zwei: Erkal und Zurbriggen.«

»Erkal ist Regierungsbeamter in Ankara und hat einen Beratervertrag mit uns. Er kürzt manchmal den Instanzenweg für uns ab, wenn wir Anträge an die dortigen Behörden stellen. Er beschleunigt dann die Verfahren.«

»Hast du ein Beispiel?«

»Beispiel: Wir wollen ein neues Medikament erproben. Du weißt, wie lange das hier dauert, bis wir mit klinischen Versuchen überhaupt anfangen dürfen. Und dann kriegen wir Auflagen. Bis wir die erfüllt haben, hat sich die Konkurrenz mit einem ähnlichen Mittel, womöglich nach unserer Formel, längst auf dem Weltmarkt etabliert. Also machen wie die Erprobungsreihen manchmal in der Türkei oder anderen Ländern der Region. Erkal arrangiert das dann so, daß es nicht schon am nächsten Tag die British Chemical weiß.«

»Daß es so was gibt, weiß ich«, sagte Jürgen nachdenklich, »aber daß auch du . . .«

»Alle machen es, glaub mir, Jürgen. Wirklich alle. Nicht immer, aber immer mal wieder. Wenn es drängt.«

»Und Erkal . . . bezahlst du dafür?«

»Ja, sicher macht er es für Geld. Der hat dieselben Wünsche wie wir. Er möchte Geld haben, ein anständiges Leben führen können und ist bereit, dafür hart zu arbeiten. Genau wie wir beide. Wir arbeiten gerne, aber nicht für Gotteslohn. Du gehst auch nicht in ein Urwaldhospital, obwohl sie dich da vielleicht dringender brauchen als hier. Und ich würde dich weiß Gott nicht dorthin begleiten als dein Pharmazeut. Sondern wir bleiben schön hier, arbeiten hart und freuen uns an den Früchten. Aykut Erkal arbeitet hart, hat es zu einer hohen Position im Staatsdienst gebracht, aber da er in der Türkei lebt, kann er es auch damit nie zu Geld bringen. Also hat er einen Beratervertrag mit uns. Und zwar ganz koscher: wir setzen das als Betriebsunkosten von der Steuer ab, mit dem vollen und echten Namen des Empfängers. Und nebenbei: er ist sein Geld wert.«

»Ich hatte den Eindruck, er mag dich auch persönlich.«

»Ja. Manchmal rührt er mich. Legt mir zuweilen Fotos von seiner Familie bei. So ein korrekter Typ auf eine altertümliche Weise. Natürlich ist unsere Verbindung geschäftlich, aber er möchte auch etwas Persönliches darin sehen, etwas Menschliches. Ich weiß nicht, wie ich das ausdrücken soll. Ist schnell zur Freundschaft bereit, wenn er einmal Vertrauen gefaßt hat. Anders Zurbriggen. Den kenne ich schon lange. Ich habe damals in Zürich ein Semester bei ihm gehört, Geldmengenlehre oder so etwas. Irgendwann hat er dann sein Wissen praktisch umgesetzt und ist ins Bankgeschäft eingestiegen, nicht ohne Erfolg, wie du vielleicht gesehen hast. Wir sind lange miteinander bekannt, später dann vorsichtig befreundet, und schließlich haben geschäftliche Verbindungen der Beziehung einen soliden Unterbau gegeben.«

»Ich kenne dich am längsten.« Jürgen schüttelte lächelnd den Kopf. »Aber manchmal weiß ich nicht, was du ernst meinst und wann du zynisch bist.«

»Ich bin mir auch nicht so sicher«, sagte Walter nachdenklich. »Ich möchte es mal so sagen: Wenn ich zum Beispiel wegen betrügerischen Bankrotts ins Gefängnis käme, Erkal würde mich besuchen. Bei Zurbriggen könnte ich mir vorstellen, daß er dann meinen Namen noch nie gehört hat. Aber vielleicht tue ich ihm unrecht.«

»Ich soll dich von Stefan Allwein grüßen«, sagte er. Jürgen verspürte den Wunsch, das Thema zu wechseln. »Ich war gestern abend bei ihm.«

»Das *ist* ein Freund«, sagte Walter ohne Spott. »Sei froh drum.«

»Er sagt, ich sehe müde aus.«

»Du? Quatsch! Du siehst besser aus als alle, die ich kenne, mich selber eingeschlossen.«

»Er meint, ich sollte mich zufrieden geben mit dem, was ich habe. Ich sollte nicht danach schielen, was die Reischles und Konsorten denken.«

»Richtig!« Walters Stimme klang beinahe heftig. »Man soll sich zufrieden geben, wenn man nicht mehr kann. Wenn man sich darunter zufrieden gibt, wird man unglücklich. Weihnachten haben wir darüber gesprochen. Du schienst nicht ganz glücklich zu sein, weil du das Gefühl hattest, sehr viel mehr zu können, als man dich machen läßt. Das ist auch meine Ansicht, du kannst sehr viel mehr. Wenn du dich jetzt zufrieden gibst, wirst du sehr sehr unglücklich, Jürgen. *Bist* du müde?«

»Nein.«

»Fühlst du dich müde?«

»Nein, Euer Ehren.«

»Na also.« Walter lehnte sich zufrieden zurück und verschränkte die Arme über der Brust. »Den zweiten Rat von Stefan Allwein kannst du dann getrost befolgen: Vergiß die Reischles und Konsorten. Die haben dir sowieso bald nichts mehr zu sagen.«

Jürgen horchte auf. »Ja?«

»Ja. Ich habe dir gesagt, dein Auftritt in Genf war Klasse, und das haben auch kompetente Leute gefunden. Also, du wirst in den nächsten Tagen ein Angebot der Regierung bekommen, ihr offizieller Sachverständiger zu Fragen der Unfallversorgung zu werden.«

Jürgen war wie elektrisiert. Er gab sich Mühe, einigermaßen ruhig zu fragen: »Was heißt das?«

»Das bedeutet: ein langweiliger Job. Aktenarbeit. Man erwartet Gutachten von dir und Expertisen und bezahlt nur mäßig dafür. Dennoch rate ich dir anzunehmen.«

»Warum?«

»Der Titel. Der ist exklusiv. Es gibt nur einen Regierungssachverständigen zu Fragen der Unfallversorgung. Und das könnte das eine kleine Gewicht auf der Waage sein, das den Ausschlag gibt, wenn demnächst die Chefstelle für das Akademische Lehrkrankenhaus zu besetzen ist. Die Stelle wird wohl noch im Frühjahr ausgeschrieben.«

»Wo?«

»Das Haus ist dir nicht ganz unbekannt, Jürgen. Das

Heilig-Kreuz-Krankenhaus. Es wird einen großen Anbau geben. Dort kann dann der Chef, wer immer es wird, in aller Ruhe die Operationen sammeln, die er für sein Handbuch der orthopädischen Chirurgie braucht. Man braucht nicht mehr bei Reischle betteln zu gehen. Natürlich ist auch der Professorentitel mit der Position verbunden.«

Jürgen spürte seinen Herzschlag und nahm ihn wahr als ein Pochen hinter den Augen und als Klopfen in den Ohren. Er versuchte sich zu konzentrieren. Er griff nach seiner ledernen Handtasche, zog den Reißverschluß auf und klappte die beiden Hälften auseinander. Er nahm eine Tabaksdose heraus, öffnete sie, schlug die Papierkrause zurück und begann, sich langsam eine Pfeife zu stopfen. Er schien seine ganze Aufmerksamkeit auf diesen Vorgang zu richten. Er preßte den Tabak mit einem metallenen Stopfer und verschloß die Dose wieder. Er zündete sich die Pfeife an und tat einige paffende Züge. Er schwenkte das brennende Streichholz aus und legte es vorsichtig in den Aschenbecher. Sein Puls hatte sich beruhigt.

»Und du meinst, das könnte klappen, Walter?«

»Ich meine, das klappt.«

»Und warum machst du das für mich?«

»Mensch, weil wir uns kennen, seit wir in die Windeln geschissen haben. Weil ich dich ab und zu auch um einen Gefallen bitten möchte. Ich meine diese vertraulichen Kontakte. Und weil ich nur einen bitten möchte, dem ich ganz vertraue, verstehst du? Der unempfindlich ist, wenn die Konkurrenz ihm eine Million bietet.«

»Wer hat denn diese vertraulichen Kontakte bisher für dich erledigt?«

Die prompte Antwort überraschte Jürgen: »Professor Doktor Pertramer. Zur Zeit Patient einer Spezialklinik in Salzburg, hoffentlich in vollständiger Summe seiner Einzelteile.«

»Also ... springe ich ein, weil er zur Zeit indisponiert ist?«

»Mann o Mann.« Walters Tonfall signalisierte jene Art von Geduld, die jemand aufzubringen bemüht ist, um seine Ungeduld zu kontrollieren. »Du bist etwas schwierig. An dich habe ich nie im Traum gedacht, als Ersatz für Pertramer. Auf dich bin ich ganz spontan gekommen, Jürgen. Heiligabend. Da hast du uns erzählt, wie du dich in der Sackgasse fühlst. Und da dachte ich mir, verdammt noch mal, hat er nun einen Freund namens Tom-Tom oder nicht? So war das. Und noch was. Dies ist kein Freundschaftsdienst, sondern Überzeugung. Du bist Spitze. Nein, sag lieber nichts. Ich bin auch von mir überzeugt. Ich halte mich nämlich selber auch für Spitze. Du siehst, ich bin nicht bescheiden. Und ich schmeichle dir nicht.«

Jürgen war gerührt. »Du hast recht, Tom-Tom. Ich habe lamentiert. Und ich bin dir dankbar, daß du mein Lamento verstanden hast.«

Walter machte eine wegwerfende Handbewegung: »Vergiß es.«

Jürgens Pfeife war erloschen, und er setzte sie wieder in Brand. »Pertramer hat bisher für dich gearbeitet – hast du dem vertraut?«

»Nein, den habe ich bezahlt!« Walter unterließ es zu erwähnen, daß ein beträchtlicher Teil der Bezahlung in bar erfolgt war und es somit in Pertramers Ermessen gestanden hatte, das Geld zu versteuern oder vielleicht auch nicht. »Er war sein Geld übrigens wert. Aber: eben ein bezahlter Mann. Wer Geld nimmt, ist auch anfällig für noch mehr Geld, egal von welcher Seite es kommt.«

»Heißt das, du bietest mir kein Geld an?« fragte Jürgen in gespielter Enttäuschung.

»Keinen Pfennig und keine Mark«, erwiderte Walter streng. »Du preßt genug aus deinen Patienten heraus. Höchstens über Spesen könnte man vielleicht reden.«

»Das ist nicht fair. Du vergißt die Lebenshaltungskosten. Weißt du, was ein Pfund Hering heutzutage kostet?«

»Man muß nicht Fisch essen. Bratwurst macht auch satt.«

»Und dann mein lumpiger BMW. Andere fahren Jaguar.«

»Ein ausländisches Fabrikat«, sagte Walter verächtlich. Beide lachten.

»Was liegt als nächstes an?« fragte Jürgen.

»Zwei Dinge. Erstens, du nimmst das Angebot an, Sachverständiger der Regierung zu werden. Das ist keine Schiebung von mir, Jürgen, etwa weil ein paar Politbonzen mir einen Gefallen schuldeten. Nein, das hast du dir ganz alleine in Genf verdient. Und zweitens bitte ich dich um einen Gefallen. Flieg nach Genf, eröffne bei unserem gemeinsamen Bekannten Zurbriggen ein Nummernkonto, fünf Millionen, Bareinzahlung. Das Geld nimmst du im Köfferchen mit. Kostet nicht viel Zeit. Ein paar Stunden, und du bist wieder zurück.«

Ein wenig zögernd fragte Jürgen: »Ich nehme an, es gibt Gründe, das Geld nicht einfach zu überweisen?«

»Klar. Dann würde es abgebucht und somit registriert. Das ist der Trick: es soll keine Spur hinterlassen. Keine

Angst, es ist kein schwarzes Geld. Alles legal verdient und ordentlich versteuert. Was allerdings dann damit geschieht, mag unseren Vorstellungen von ordentlicher Buchführung nicht mehr so ganz entsprechen. Aber das geht uns nichts mehr an. Das erledigt dann Aykut Erkal.«

»Was geschieht so ungefähr damit?«

»Das sind ganz schlicht Schmiergelder«, stellte Walter sachlich fest. »Damit unsere Projekte da unten in der Region genehmigt werden. Nach dem Gesetz müßten sie auch so genehmigt werden, ohne Schmiere. Aber das kann dauern dort unten. Und auf einmal hat die British Chemical das Projekt, verstehst du?« Und sarkastisch fügte er hinzu: »Gut, daß das bei uns hier oben im kühlen Norden alles anders ist.«

»Na, wenn das so ist«, sagte Jürgen.

»Wenn du das noch diese Woche erledigen könntest?«

Jürgen nickte.

»Gut. Ich rufe dich an.«

Walter winkte dem Kellner und bat um die Rechnung. Als sie auf einem silbernen Tablett, schamhaft zugedeckt von einer weißen Serviette, präsentiert wurde, überflog Walter sie kurz und schob sie dann zu Jürgen hinüber. »Damit du siehst, daß ich es ernst meine, daß du von mir keinen Pfennig erwarten kannst: bezahl du!«

Und Jürgen bezahlte für das Mittagessen zu zweit einhundertsechsundachtzig Mark und zwanzig Pfennige. Er gab zweihundert Mark.

»Was sagtest du noch, was ein Pfund Heringe kostet?« fragte Walter beim Abschied.

Klamroth fuhr in die Praxis, und obwohl die Sprechstunde erst um drei Uhr begann, waren die beiden Wartezimmer schon um viertel nach zwei fast gefüllt. Er begann sogleich mit der Arbeit und drängte jeden Gedanken an sein Tischgespräch mit Tomschläger zurück. Er konzentrierte sich methodisch auf jeden Einzelfall: Studium der Krankenkartei, Begrüßung des Patienten, ein paar persönliche Worte, Untersuchung, Behandlung, Beratung. Am Ende wieder ein paar persönliche Worte, Verabschiedung des Patienten mit Namen, ohne auf die Akte schielen zu müssen. Diktat der notwendigen Daten auf Tonband, nächste Kartei, nächster Patient. Er sprach mit jedem in seiner Sprache. Ob er einer alten Rentnerin ein Röntgenbild erklärte oder einem jungen Studenten: am Ende hatten ihn beide verstanden. Ob der Mann aus Anatolien für seine in apathischer Stummheit dabeisitzende Frau das Krankheitsbild erläuterte (»Frau auf Arsch gefallen.« – »Na? Nicht in den Arsch getreten?« – »Ehrenwort! Auf Arsch *gefallen.*«) oder der Studienrat präzise die Symptome aufzählte und gleich schon eine Diagnose mit anbot: beide nahmen das Gefühl mit, genau das Richtige gesagt zu haben.

Kurz vor drei trafen seine beiden Kollegen in der Praxis ein, Angelika Zillies und Helge Harsdörfer. Mit einem Blick auf den Stapel schon erledigter Karteien sagte Harsdörfer: »Mann, Sie haben ja schon echt geackert im Weinberg, Chef.«

»Und hier endet auch bereits das biblische Gleichnis, Kollege in Christo.«

»Was meinen Sie?«

»In der Bibel werden am Abend alle Arbeiter des Weinbergs gleich entlohnt. Hier dagegen wird nach Leistung abgerechnet.«

»Geld macht nicht glücklich, Chef.«

Das können sie noch nicht, dachte Klamroth nicht

ohne einen Anflug von Stolz. Sie können nicht mit den Patienten reden. Sie sind kompetent. Sie sind richtig gut. Wenn ich was an der Bandscheibe hätte, ich würde eher zu diesen beiden gehen als zur Uni. Aber den Ton haben sie noch nicht gefunden. Das müssen sie noch lernen. Die Zillies spürt das. Leidet auch manchmal darunter und nimmt sich vor, etwas daran zu machen. Richtig auf Patienten eingehen. Der Harsdörfer lernt das auch noch, aber es wird etwas länger dauern bei ihm. Seine Diagnosen sind okay. Wenn er bei einem Kind Knochenkrebs feststellt, ist es auch Knochenkrebs. Aber das richtige Wort an die Eltern bringt er dann nicht über die Lippen. Das muß ich dann machen.

Stefan Allwein und sein Heiliger Thomas könnten eigentlich stolz auf mich sein. Wer sieht, was ich leiste? Meine Patienten. Meine Kollegin Zillies. Gott. Ach ja, und die Regierung, die mich zum Sachverständigen bestellen will.

Aber dann schob Klamroth den Gedanken beiseite und arbeitete, bis der letzte Patient, gegen halb sechs, gegangen war. Zu Hause überflog er die Zeitung, ging die Post durch, füllte Überweisungen für ein paar eingegangene Rechnungen aus, schrieb zwei Briefkarten und adressierte die Umschläge. Er machte sich ein karges Abendessen aus ein paar Scheiben Knäckebrot mit Butter und Salatblättern, nach dem Mittagessen im Ramada fühlte er sich noch nicht hungrig genug für eine richtige Mahlzeit. Er aß, während er sich die Tagesschau ansah.

Später machte er es sich in einem Sessel seiner Bibliothek behaglich, stopfte sich eine Pfeife und trank ein Bier. Die Tagesarbeit war getan, und er hatte das Gefühl, nun ein Recht darauf zu haben, sich genüßlich den Gedanken an die vor ihm liegenden Perspektiven hinzugeben. Entspannt ließ er sein Gespräch mit Tomschläger noch einmal wie einen Film ablaufen, verweilte an manchen Stellen, spulte zurück, wiederholte einige Szenen. Sachverständiger, Chef des Lehrkankenhauses, Professor. Was hatte Walter zum Jahreswechsel gesagt? Viele fette Feischtöppe. Und: Ich glaube, es wird ein gutes Jahr, für uns alle. Noch keine drei Wochen ist es her, da war ich ein alter Mann. Zweiundvierzig, Dozent, keine Aussicht auf Professur, nicht genug Operationen, um wissenschaftlich arbeiten zu können, an der Uni zwei Wochenstunden, ansonsten praktisch Hausverbot. Damals wollte mir Reischle die Schwesternausbildung andrehen.

Das Telefon klingelte, aber Klamroth blieb sitzen. Er wartete, bis der Anrufbeantworter sich wieder abgeschaltet hatte.

Und jetzt? Immer noch zweiundvierzig, aber: Genf ist gelaufen und ein voller Erfolg. Walter hat mir Genf verschafft, aber ich habe es zum Erfolg gemacht. Die meisten anderen Redner waren älter als ich. Es war also ein junger Mann, der das deutsche Hauptreferat gehalten hat. Und als nächstes: Sachverständiger der Regierung. Wenn man diese Typen manchmal im Fernsehen sieht: alte Männer. Ich werde der jüngste Sachverständige dieser Regierung, oder jedenfalls einer der jüngsten. Und dann Chef der Lehrabteilung, mit zweiundvierzig. Na ja, das dauert ja womöglich noch etwas, vielleicht bin ich dann dreiundvierzig. Reischle wird dieses Jahr neunundvierzig. Die Zeitungen werden schreiben: Der Aufbau des neuen Akademischen Lehrkrankenhauses, mit dem der junge Professor Jürgen Klamroth betraut wurde ... und so weiter.

Er schenkte sich Bier nach und setzte seine Pfeife erneut in Brand.

Ja, so wird es sein! Ich will Reischles Gesicht sehen, bei jedem Schritt vorwärts auf der Leiter. Und Pertramers Visage, falls der sich je wieder rühren kann. Und jetzt mache ich auch noch Pertramers Job für Walters Firma! Der Hund hat sich bezahlen lassen. Ich mache es umsonst. Schmiergelder für den Nahen Osten. Eine Selbstverständlichkeit. Dafür verlangt man doch kein Honorar.

Klamroth stand auf, um sich eine neue Flasche Bier zu holen. Im Vorbeigehen drückte er die Taste des Anrufbeantworters. Er stutzte und blieb mitten im Raum stehen, als er Sabine Tomschlägers Stimme hörte.

»Hallo, Jürgen. Du bist wieder im Lande. Papa sagt, daß er heute mittag mit dir essen war. Wie ist es, revanchierst du dich bei einem anderen Mitglied der Familie ohne eigenes Einkommen? Tschüs.«

Klamroth stellte die leere Bierflasche neben das Telefon. Er wählte die Nummer in Walberberg, und Sabine war gleich am Apparat.

»Dein Vater, der Schuft, hat es wohl so klingen lassen, als ob er mich eingeladen hätte. Aber in Wirklichkeit hat er mich bezahlen lassen.«

Sabine lachte. »Typisch Papa. Aber nur so kommt man zu was. Du solltest das auch mal auf die Tour versuchen.«

»Na gut. Wann?«

»Am Samstag abend wäre ich frei für eine Herrenverabredung.«

»Fein. Ich hole dich ab.«

»Nicht nötig, Jürgen. Ich bin nachmittags sowieso in Köln. Ich komme bei dir vorbei.«

»Gut. Ich warte dann auf dich.« Und nach kurzem Zögern fügte er hinzu: »Ich freue mich darauf, Sabine.«

»Wart's ab, Jürgen. Vielleicht mache ich es ja so wie Papa und lasse dich blechen.«

»Dann brauchst du erst gar nicht zu kommen.«

Nachdem Klamroth aufgelegt hatte, dauerte es noch eine Zeitlang, bis er die leere Flasche aufnahm und in die Küche ging.

In seinem Bericht beim Mittagessen hatte Klamroth beiläufig den Besuch von Professor Pertramers Frau nach seinem Referat in Genf erwähnt. Tomschläger dagegen hatte es nicht wichtig gefunden zu erwähnen, daß Frau Pertramer auch ihn nach dem Genfer Vortrag wieder angerufen und gedroht hatte, ›man‹ werde sich nicht einfach mit dem neuen Stand der Dinge widerspruchslos zufriedengeben. Und so hatte Tomschläger ihr in eisiger Höflichkeit angeboten, noch am nächsten Tag einen Mitarbeiter des Konzerns nach Salzburg zu schicken, um ›gewisse Mißhelligkeiten zu beenden‹, wie er sich ausgedrückt hatte.

Der Abgesandte der Firma landete gegen Mittag und traf Frau Pertramer eine halbe Stunde später in ihrem Hotel. Sie deutete mit einer Handbewegung auf einen Sessel, bat ihn jedoch nicht, seinen Mantel abzulegen. Der Mann setzte sich auf die Vorderkante des Sessels, winkelte die Beine an und gab somit zu verstehen, daß auch er trotz der weiten Reise nur auf einen flüchtigen Besuch eingerichtet war. »Ich habe eine Botschaft von Herrn Direktor Tomschläger für Sie«, begann er ohne Umschweife.

Die Frau nickte.

»Herr Tomschläger wünscht Herrn Professor Pertramer gute Genesung. Er hofft, daß die Behandlung bald in Köln fortgesetzt werden kann, so daß Sie beide, gnädige Frau, wieder in Ihrer vertrauten Umgebung leben können. Er wünscht Ihnen für die Zukunft von Herzen alles Gute.«

»Das klingt wie eine Verabschiedung«, erwiderte die Frau mit einem spöttischen Lächeln, »wie eine Kündigung. Fehlt nur noch der Zusatz: in beiderseitigem Einvernehmen. Aber so leicht kommt dieser Herr nicht davon. Was sonst noch?«

»Nichts. Das ist die Botschaft von Herrn Direktor Tomschläger. Mehr hat er nicht gesagt.«

»Wie heißen Sie?«

Der andere schien einen Moment lang nachzudenken, wie um nach einem entfallenen Wort zu suchen, ehe er antwortete: »Müller.«

»Na schön, wie auch immer«, entgegnete die Frau beherrscht. »Wie lautet Ihr Angebot?«

»Ich habe kein Angebot zu machen.«

Nach einem Moment der Fassungslosigkeit wollte Frau Pertramer aufbrausen, besann sich dann jedoch und starrte ihren Gast an. Die Situation schien ihr etwas unbestimmt Drohendes zu bergen. Ohne Regung erwiderte der Mann ihren Blick.

»Herr Tomschläger sprach davon, Mißhelligkeiten ausräumen zu wollen«, sagte sie eine Spur unsicher.

»Das ist richtig«, erwiderte der andere und öffnete den Aktenkoffer, der neben dem Sessel stand, »und zwar endgültig.«

Also doch ein Angebot, durchfuhr es die Frau. Er hat geblufft, und ich bin eine Sekunde lang darauf reingefallen.

Der Mann nahm mehrere prall gefüllte Schnellhefter aus dem Koffer, legte sie vor sich auf den Fußboden, ließ die Schlösser zuschnappen und stand auf.

»In der obersten Akte finden Sie eine Zusammenstellung aller Honorare, die meine Firma an Ihren Mann gezahlt hat. Alles aufgelistet: Datum, Leistung Ihres Mannes, unser Honorar dafür, Empfangsbestätigung Ihres Mannes. Sie wissen doch, daß er sich meist bar bezahlen ließ? Warum er das so wollte, entzieht sich unserer Kenntnis. Wir jedenfalls haben alle Gelder ordentlich abgebucht und mit dem Namen des Empfängers versehen. Vermerk jeweils: Empfänger bestand auf Barzahlung.«

Langsam hatte sich auch Frau Pertramer erhoben und blickte mit einem ungläubigen Ausdruck auf den Stapel Akten.

»Die anderen Akten enthalten die Steuererklärungen Ihres Mannes für die letzten Jahre. Kopien natürlich. Wenn Sie sie genauer studieren, gnädige Frau, werden Sie feststellen, daß sämtliche Barhonorare unserer Firma, also etliche hunderttausend Mark, dort nicht auftauchen. Humorlose Finanzbeamte könnten so etwas als Steuerhinterziehung bezeichnen, und ein Gericht, das keinen Spaß versteht, würde bei dieser Größenordnung eine Haftstrafe verhängen. Zur Zeit natürlich nicht zu vollstrecken, da Ihr Mann aus gesundheitlichen Gründen haftunfähig ist. Aber immerhin, man könnte das Material ja schon mal den Zeitungen zuspielen, sozusagen als Präludium zu dem später folgenden Hauptstück. Haben Sie mir folgen können, gnädige Frau?«

Die Frau starrte ihn wortlos an.

»Und nun die eigentliche Botschaft: *Wir wollen nie*

wieder etwas von Ihnen hören. Egal ob Ihr Mann den Löffel abgibt oder nicht.«

Er nahm seinen Aktenkoffer auf, ging zur Tür und öffnete sie. »Die Papiere können Sie behalten, mit den besten Empfehlungen der Firma. Wir haben noch mehr Kopien.«

Er verließ den Raum und schloß die Tür hinter sich.

Am Donnerstagmittag, vier Tage nach seiner Rückkehr vom Kongreß, flog Klamroth wieder nach Genf. Er führte einen Aktenkoffer mit fünf Millionen Mark bei sich. Daß er eine solche Summe trug, ohne daß eine Metallkette sein Handgelenk an den Koffer fesselte, wie man es zuweilen in englischen Filmen sehen konnte, beunruhigte ihn nicht. Fünf Millionen waren noch kein Betrag, der seine Vorstellungskraft überstieg und seine Hände schweißfeucht machte. Er war nur ein wenig verwundert gewesen, daß man das alles so einfach tragen konnte: fünfzig Päckchen zu je hundert Tausendern, das ging bequem in einen nicht einmal allzu großen und durchaus unauffälligen Aktenkoffer.

»Was machst du, wenn ich abstürze?« hatte er Tomschläger gefragt.

»Dann wüßte ich nicht, worum ich mehr trauern sollte, um das Geld oder um dich.«

»Und wenn ich damit durchbrenne?«

»Dann sorge ich dafür, daß Reischle den Nobelpreis bekommt.«

Alois Zurbriggen begrüßte ihn in der Bank mit der selbstverständlichen Vertrautheit und Vertraulichkeit eines langjährigen Freundes, der nicht viel Aufhebens von der Begegnung macht, da man sich ohnehin ständig sieht.

Keine Spur davon, daß man sich erst fünf Tage zuvor kennengelernt hatte, keine Verlegenheitspause, die überbrückt werden mußte von einer Floskel wie: Wer hätte gedacht, daß wir uns nach so kurzer Zeit schon wiedertreffen?

Zurbriggens Vorstandssuite: wie im Bilderbuch. Langweilig, aber teuer. Tiefbraune Kassettentäfelung rundum: an der Decke, den Wänden, den eingelassenen Schränken. Ein schwerer Schreibtisch in derselben Farbe, würde eine Studentenbude glatt ausfüllen. Drei Telefone, aber keine Akten auf dem Schreibtisch, wie es sich für einen Bevollmächtigten der oberen Kategorie gehört. Ein paar nichtssagende Bilder an den Wänden, offenbar Eigentum der Bank. Keine Jagdszenen wie in Zurbriggens Haus am Genfer See. Keine persönliche Note. Doch, ein Bouquet gelber Rosen auf dem Schreibtisch. Wahrscheinlich der übliche Vorstandsservice. Jeden Tag gelb oder wechselnde Farben?

Zurbriggen schien Klamroths Gedanken zu erraten. »Sie finden das Interieur wahrscheinlich ein wenig unpersönlich.« Er wartete keine Antwort ab. »Das muß man trennen. Etwas Privates würde mich hier nur ablenken. Ich brauche kein Foto der Lieben auf dem Tisch, die habe ich auch so im Kopf. Aber umgekehrt halte ich es genauso: zu Hause denke ich nie an die Bank.«

»Verstehe ich völlig. Ich habe im OP auch keine Kukkucksuhr.«

Zurbriggen drückte auf einen Knopf am Schreibtisch. Ein Angestellter trat ein und verbeugte sich knapp gegen die beiden Herren. Er nahm Klamroths Aktenkoffer, der neben dem Schreibtisch auf dem Boden stand, durchquerte den Raum, öffnete eine Tür in der Täfelung, die

Klamroth bis dahin nicht bemerkt hatte, und verschwand in einem kleinen Nebenraum.

»Er zählt das Geld und macht die Papiere fertig«, sagte Zurbriggen. »Möchten Sie Ihr privates Konto auch bei uns eröffnen oder bevorzugen Sie Bargeld?«

Klamroth war verblüfft. »Ich verstehe nicht.«

»Die übliche Prozedur. Der Überbringer erhält ein Prozent der Summe. Das sind in Ihrem Fall 50 000 Mark.«

Die Antwort kam spontan: »Ich brauche keine 50 000 Mark.«

Zurbriggen verbeugte sich leicht und lächelte. »Sie sind ein merkwürdiger Mann. Sie brauchen keine 50 000 Mark.« Er blickte seinen Gast nachdenklich an. »Heilige sind üblicherweise aus solchem Holz. Und manchmal Tyrannen. Es hat Diktatoren gegeben, die lebten ganz spartanisch. Besaßen fast nichts Persönliches. Die unumschränkte Macht genügte ihnen.«

»Weder Heiligkeit noch Macht, Herr Zurbriggen. Es geht mir gut, also brauche ich nicht heilig zu sein. Und weil es mir gut geht, bin ich zu bequem, um Macht anzustreben. Ich tue einem Freund einen Gefallen, das ist alles.«

»Und der tut Ihnen bei Gelegenheit einen Gefallen.«

»Schon möglich«, gab Klamroth eine Spur verärgert zurück, »aber da geht es dann bestimmt nicht um Geld.«

»Ich weiß«, beschwichtigte Zurbriggen. »Ich muß Sie um Entschuldigung bitten. Sie waren gerade Opfer einer kleinen Wette. Mit Walter Tomschläger. Er hat geschworen, Sie würden die Provision nicht nehmen. Er hat gewonnen.«

»Ich mag diese Spielchen nicht«, sagte Klamroth kalt.

»Wenn dies noch mit zum Test gehörte, dann dürfte die Testphase jetzt wohl beendet sein.«

Der Mann aus dem Nebenzimmer trat wieder ein, legte einen großen Umschlag mit Papieren auf den Schreibtisch, verbeugte sich und verließ wortlos den Raum. Den Aktenkoffer nahm er mit.

Zurbriggen griff nach dem Umschlag und gab ihn Klamroth. »Da sind alle Unterlagen drin, Herr Klamroth. Wenn Sie persönlich abheben, brauchen Sie nur die Nummer. Wollen Sie telefonisch abbuchen, nennen Sie bitte die Nummer und das Codewort. Die Kontoauszüge werden hier für Sie gesammelt. Falls Sie möchten, daß wir sie Ihnen zuschicken, geben Sie uns bitte Nummer plus Codewort durch. Ich brauche Ihnen nicht zu sagen, wie wertvoll diese Papiere sind. Jeder, der Nummer und Code kennt, kann sich nach Belieben von dem Konto bedienen.«

Am späten Nachmittag landete Klamroth wieder in Köln.

Abends rief Regierungsrat Dohm an. »Es tut mir leid, Sie privat zu behelligen, Herr Klamroth. Ich habe heute nachmittag versucht, Sie in der Praxis zu erreichen.«

»Kein Problem, Herr Dohm. Was gibt es?«

»Der Staatssekretär möchte Sie um einen Gefallen bitten. Könnten wir uns in den nächsten Tagen einmal treffen?«

»In den nächsten Tagen . . .« Klamroth zögerte. »Am Wochenende ist es schlecht. Nächste Woche, vielleicht Mittwoch? Oder gleich schon morgen, das geht auch.«

»Morgen wäre mir recht.«

»Gut. Von drei bis sechs bin ich in der Praxis. Sie können kommen, wann es Ihnen paßt.«

»Ja, wenn Ihnen das nicht zu hektisch ist, Herr Klamroth ...«

»Wir arbeiten zu dritt. Es fällt gar nicht auf, wenn ich verschwinde.«

Dohm kam am nächsten Tag gegen fünf, und Klamroth führte ihn in die Bibliothek.

»Eine stattliche Praxis haben Sie«, sagte Dohm anerkennend.

»Ein mittelständisches Medizinunternehmen«, erwiderte Klamroth. »Ich weiß auch nicht, warum es floriert. Eigentlich müßten wir hungern, es gibt immer mehr Orthopäden, aber auf wundersame Weise vermehren sich auch die Patienten, und ihre Knochen werden immer morscher, Gott sei Dank.«

Dohm deutete auf die Bücherwände: »Sie haben es fast wohnlich hier ...«

»Alles nur Fachliteratur. Aber setzen wir uns doch. Soll ich uns Kaffee machen lassen oder möchten Sie einen Cognac?«

»Nein, vielen Dank, Herr Klamroth.« Dohm setzte sich. »Ich möchte keine Umstände machen und Sie auch nicht lange aufhalten. Sie haben wahrscheinlich schon erfahren, worum es geht.«

»Nein, wieso?«

»Sie waren gar nicht neugierig gestern. Sie haben gar nicht gefragt, was der Staatssekretär von Ihnen möchte.«

Natürlich, er kann es nicht lassen. Stochert immer noch herum und will rausfinden, wem ich die schöne Verbindung zu seinem Haus verdanke. Im Grunde weiß er es, aber er will, daß ich es ihm selber sage.

»Ich nehme doch an«, erwiderte Klamroth leichthin, »daß es mit meinem Fach zu tun hat, nicht? Irgendein neuer Kongreß oder so. Oder erwartet man etwa von mir ein Urteil in Sachen Ethik?«

»Hat denn Ihr Fach nichts mit Ethik zu tun?«

»Nein. Wir erbringen Dienstleistungen und nehmen Geld dafür.«

Dohm blickte ihn prüfend an. Klamroth erwiderte den Blick mit einem amüsierten Ausdruck: »Jetzt überlegen Sie, ob ich das wohl ernstgemeint habe oder nicht.«

»Ich kann mir schon vorstellen, daß Sie das ernst meinen. Aber wie dem auch sei.« Er öffnete seinen Aktenkoffer und nahm eine Mappe heraus. »Ich soll Sie fragen, ob Sie für die Regierung als Sachverständiger für Unfallversorgung arbeiten möchten.«

»Sachverständiger für Unfallversorgung? Was bedeutet das konkret?«

Jetzt würde er am liebsten wieder anmerken, ich sei ja gar nicht überrascht, dieser moralisierende Laienpsychologe.

Der andere schien den Gedanken zu ahnen und fuhr fort: »Sie würden das Ministerium beraten. Zu dem einen oder anderen Gesetzentwurf würde man Sie um ein Gutachten bitten. Man würde ferner erwarten, daß Sie in bestimmten Fachfragen den Standpunkt der Regierung vertreten, etwa auf Kongressen oder gegenüber den Medien. Ich habe Ihnen hier einige Unterlagen mitgebracht, aus denen hervorgeht, wo Beratungsbedarf besteht. Sie finden in der Mappe auch einen Vertragsentwurf.«

Klamroth nickte. »Also, im Prinzip interessiert die Sache mich. Ich lese mir das am Wochenende durch und rufe Sie dann an. Sie sind doch sozusagen mein Kontaktmann, nehme ich an.«

»Wenn Sie zusagen, werden wir öfter miteinander zu tun haben.«

»Was mich wundert«, sagte Klamroth, als er seinen Gast später an der Tür verabschiedete, »ist, daß solche Posten doch eigentlich nur an Parteimitglieder vergeben werden. Wie kommt es wohl, daß man mich parteilosen Kassenarzt berufen hat?«

Er weiß und ich weiß und alle wissen, wem er diese unverdiente Ehre zu verdanken hat, dachte Dohm, sagte aber: »Das kann ich mir auch nicht erklären.«

Er deutete eine Verbeugung an und ging.

Am nächsten Morgen erwachte Klamroth mit einem Gefühl, das er nicht hätte beschreiben können, wenn er es versucht hätte, ein Zustand, der ihn auf eine unbestimmte Weise vertraut anmutete und doch auf etwas lange Zurückliegendes und Fremdgewordenes verwies, wie eine vergessene Kinderlandschaft, die man ohne Absicht betritt und mehr ahnt als weiß, daß man dort schon einmal gewesen ist. Und wie der unvermutete Eintritt in ein erkaltetes Kinderparadies, so war auch dieses Gefühl durchsetzt von Unsicherheit und Zweifel, ob das Glück, das er zu spüren glaubte und bei dem er verweilen wollte, nicht doch nur ein Gespinst war und seine Schattenexistenz der schieren Ferne verdankte, welche die Ursprünglichkeit der Empfindung verschleierte und nichts mehr gemein hatte mit dem, was tatsächlich einmal gewesen war.

Wie an jedem Samstagmorgen fuhr Klamroth zur Visite ins Krankenhaus. Seit der Nacht ging ein unablässiger warmer rheinischer Winterregen nieder, und die kurze Strecke von der Haustür bis zum Auto genügte, daß die Nässe an den Schultern bis auf die Haut durchdrang. Die Scheiben des Wagens beschlugen, noch bevor Klamroth startete, aber er lehnte sich zufrieden zurück, nahm sich Zeit, den Schlüssel in die Zündung zu drükken, warf einen müßigen Blick auf die regenblinden Außenspiegel, drehte den Zündschlüssel und stellte das Frontgebläse auf Stufe drei, ohne auch nur einen Gedanken an das Wetter zu verschwenden. Carpe diem. It's my day. So ein Tag . . . und so weiter!

Am Krankenhaus parkte er vor einer Reklamewand. Auf dem Plakat jubelte eine Sekretärin: Ich freue mich auf's Büro. Sie wollte oder sollte damit sagen, daß ihr perfektes Textverarbeitungssystem sie vollauf befriedige und ganz und gar ausfülle. Er grinste beifällig. Schön, wenn moderne Kommunikationstechnik schon Befriedigung garantiert. Aber recht hat sie ja, die Hübsche. Auch ich freue mich auf's Krankenhaus. Die Kranken freuen sich, daß ich am Samstag, noch dazu bei strömendem Regen, selber komme und das Wechseln der Verbände nicht den Zivildienstleistenden überlasse. Und die Zivis freuen sich, daß sie es nicht machen müssen. Überall also Freude, vom Parkplatz bis zum Krankenbett.

Die Visite verlief planmäßig und ließ keinen Notfall für den Abend befürchten. Auf dem Weg zum Ausgang begegnete Klamroth Professor Reischle und sagte im Vorübergehen: »Schöner Tag heute, nicht?« Es regnete immer noch in Strömen.

Auf der Rückfahrt hielt er an einem Supermarkt und kaufte für die kommende Woche ein. Beinahe hätte er noch einen Blumenstrauß gekauft. Mann o Mann, demnächst fängst du noch an, Gedichte zu schreiben. Über allen Knochen ist Ruh.

Zu Hause überflog er die Zeitung, ohne sich übermäßig auf das berichtete Geschehen zu konzentrieren. Die Post, eine stattliche Menge, wie er dankbar registrierte, erledigte er sofort. Er hatte zunächst alle Absender überflogen, um sicherzugehen, daß sich keine Absage darunter fand. Ein wenig genierte er sich dann: Als ob Sabine so etwas schriftlich machen würde. Wenn ihr etwas dazwischenkäme, würde sie anrufen. Er nahm alle Anrufe an, die eingingen, aber es waren belanglose Gespräche.

Sabine kam gegen sechs. Als sie eintrat, hätte er beinahe gesagt: Möchtest du nicht einen Moment ablegen?, beherrschte sich aber noch rechtzeitig. O Gott, du knochentrockener Esel. Bist schon die rechte Verabredung für ein junges Mädchen. Solltest dich öfter mit deiner Mutter verabreden, um so was zu trainieren. Wie wäre es mit dem umwerfenden Kompliment: Den ganzen Tag hat es geregnet, Sabine, aber jetzt, wo du kommst, klart sich der Himmel auf.

»Eigentlich hast du es ganz schön hier«, sagte Sabine unbefangen und warf ihren Mantel auf einen Sessel.

»Wieso, du warst doch schon mal hier. Du kennst die Wohnung doch.«

»Irgendwie männlich«, fuhr das Mädchen fort, »so eine . . . funktionale Behaglichkeit.«

»Verstehe ich nicht. Wodurch unterscheidet sich denn Behaglichkeit von männlicher Behaglichkeit?«

»Blumen.« Sie blickte sich um. »Du hast keine Blumen.«

Jürgen lachte auf: »Fast hätte ich heute morgen welche gekauft. Die ersten in meinem Leben.«

Sabine schlug in gespielter Schüchternheit die Augen nieder: »Und das alles wegen mir?«

»Richtig. Aber dann dachte ich, daß du mir wohl welche mitbringen würdest.«

Das Mädchen setzte sich. »Keine Blumen, dafür aber viele Grüße.«

»Danke. Von wem?«

»Von wem wohl? Von meinen Eltern natürlich.«

»Du hast ihnen gesagt, wo du heute abend bist?«

»Ja, natürlich. Sie haben mich gefragt. Warum sollte ich lügen? Dies ist doch eine gute Adresse, oder?«

Jürgen rollte die Augen. »Hier alle Mädchen sich immer fühlen sähr, sähr wohl. Und immer kommen wieder!«

»Genau«, lächelte Sabine, »das haben meine Eltern auch vermutet.«

»*Was* haben die?«

»Papa hat schallend gelacht und gesagt: Scheint ja doch noch Leben in dem alten Knaben zu sein. Ich glaube, er meinte dich. Und er meinte, wenn ich in Zukunft öfter nach Köln wollte, wäre eine Monatskarte billiger.«

»Typisch dein knauseriger Alter. Und Mama?«

»Mama hat gesagt: Jürgen ist ein lieber Freund, Papas einziger echter Freund. Grüß ihn auch herzlich von mir. Aber vergiß nicht, daß er ein erwachsener Mann ist. Das bezog sich wohl auf Papas Bemerkung mit der Monatskarte und sollte heißen: Laß deine Besuche bei unserem Freund nicht zur Gewohnheit werden.«

Jürgen nickte langsam. »Ich bin also ein erwachsener Mann. Immerhin bist du auch volljährig. Und du? Was hast du gesagt?«

»Nichts.«

»Und was hast du gedacht?«

Sabines Stimme klang ein wenig erstaunt, weil sie

etwas ausdrücken sollte, das sie für selbstverständlich hielt: »Jeder lebt sein eigenes Leben.«

»Manche«, erwiderte Jürgen nach einer Pause. »Manche leben ihr eigenes Leben.«

»Und du?«

»*Ich* habe meiner Mutter nichts von unserem Treffen gesagt. Also habe ich auch keinen guten Rat bekommen. Aber sie würde wahrscheinlich ähnlich reagieren wie deine Mama.«

»Und dein Vater?«

»Wie dein Vater. Wenn er noch lebte, hätte er gelacht und gesagt: Siehst du, mein Junge, es gibt ein Leben vor dem Tod.«

»Und was machen wir jetzt mit all den Ratschlägen?«

»Wer lebt, hat Hunger. Wer Hunger hat, geht essen. Also, was möchtest du, Sabine: Frittenbude, Pizzeria, Nobelkrippe?«

»Mit Papa warst du in einem Edelschuppen. Du mußt jetzt entscheiden, was *ich* dir wert bin.« Die letzten Worte hatten spöttisch geklungen.

»Ich habe für uns einen Tisch im ›Kuckuck‹ bestellt.«

»Also wohl doch keine Frittenbude?«

»Nicht direkt, nein.«

Wenn Klamroth im stillen befürchtet hatte, das teure Restaurant würde ihm eine Diskussion über das Elend in der Dritten Welt eintragen, so verflogen seine Bedenken, als sie bestellt hatten. Sabine war weder beeindruckt noch abgestoßen, sondern nahm unbefangen hin, was sich ihr darbot. Und bei der Auswahl des Menüs brauchte er sie nicht zu ermuntern, ihre Bescheidenheit einmal zu vergessen.

Ihr Gespräch beim Essen war entspannt. Klamroth

erzählte von den Intrigen im Krankenhaus und an der Uni, aber er reicherte sie um witzige Pointen an und stellte es so dar, als berührten sie ihn nicht. Er berichtete von schrulligen Patienten, die ihre fetten Katzen oder ihre krummen Köter mit ins Krankenzimmer nehmen wollten, und von furchteinflößenden Dragonern unter den Krankenschwestern, in deren muskulösen Armen er nie als Patient landen wollte, jedenfalls nicht lebend. Sabine erzählte Geschichten aus der Schule, wie sich die ausländischen Schüler verschiedener Hautfarbe untereinander hänselten, wie der Hund des Hausmeisters an den abgestellten Aktenkoffer der Direktorin gepinkelt hatte.

»Und die Lehrer?« fragte Jürgen. »Habt ihr da keine kauzigen Typen?«

»Eigentlich nicht.« Sabine überlegte. »Nett. Verbindlich. Keine besonderen Kennzeichen. Wie Verkäufer. Und die sehen auch alle gleich aus, jedenfalls die Männer. Jeans und bunte Hemden und Bärte. Viele Schüler tragen längst wieder Krawatte. Die Lehrer wirken manchmal so ... unerwachsen.«

»Schnell fertig ist die Jugend mit dem Wort.«

»Wenn Papa erzählt, dann glaubt man, er hätte nur absonderliche Typen als Lehrer gehabt. Er hatte zum Beispiel einen Musiklehrer, der in der Klasse Zigarren rauchte. Alle wußten, das war verboten, aber keiner beschwerte sich, die Lehrer und Eltern nicht und die Schüler schon gar nicht. Stunk gab es erst ...«

»Stunk gab es erst«, unterbrach Jürgen sie, »als er wie immer den glimmenden Stummel aus dem Fenster warf und der auf dem Auto des Direktors landete und dort ein Loch in den Lack brannte. Da hat der Direktor gebrüllt wie eine Rübensau und dem musischen Kollegen geraten, es wie die Schüler zu machen und auf dem Lokus zu rauchen. Du mußt wissen, das war nämlich auch mein Musiklehrer.«

»Ach ja.« Einen Augenblick lang war Sabine verblüfft. »Natürlich, ihr wart ja schon damals zusammen.« Und dann fügte sie hinzu: »Komisch, daß ich hier mit dir sitze.«

»Wieso?«

»Du bist genauso alt wie meine Eltern, und ...«

»Deine Mutter kratzt dir die Augen aus, wenn sie das hört. Sie ist sechs Jahre jünger als dein Vater und ich.«

Sabine lachte. »Ich meine, das sind die Eltern. Irgendwie uralt mit ihren Ansichten und Sorgen und guten Ratschlägen und was sich gehört und was nicht. Sie streiten sich auch oft. Und du bist so alt wie Papa ...«

»Und jung und ohne Ansichten und Sorgen und voll mit schlechten Ratschlägen und ständig bereit zu tun, was sich nicht gehört.«

Sabine ließ sich nicht ablenken. »Du steckst nicht so in der Falle. Du bist auch noch ein bißchen unerwachsen.«

»Danke, Mütterchen. So wie deine Lehrer?«

»Nein«, antwortete das Mädchen ernsthaft, »bei dir hat es irgendwie ... Stil.«

»Ich werde gleich rot.«

»Papa sagt, du bist früher immer rot geworden.«

»Der Mann weiß zu viel und redet zu viel. Der Mann muß weg.«

Drei Kellner kamen, um den Nachtisch zu servieren. Einer schob einen Wagen mit Eiskübeln, Früchtetellern und einer Schale mit heißer Schokoladensoße, ein anderer füllte mit chirurgisch exakt anmutenden Handgriffen von allem etwas auf die Teller, wobei er immer wieder einen kurzen Moment lang innehielt und das entstehende Werk mit Wohlgefallen betrachtete. Und der dritte servierte die Desserts mit einer Verbeugung.

»Drei Mann für zwei Nachtische«, kommentierte Sabine amüsiert, als die Kellner sich entfernt hatten.

»Das machen die auch, wenn ich hier alleine esse. Und wenn du alleine kämest, würden die wahrscheinlich mit vier Mann anrücken.«

»Warum?«

»Weil du schöner bist als ich.«

»Oh, thank you, Doctor.« Sie beugte sich vor und streichelte ihm über die Wange. »Aber du bist viel, viel klüger als ich.«

»So soll es auch bleiben.« Behutsam nahm er die Hand des Mädchens und drückte sie leicht an seine Lippen. Dann griff er ein wenig verlegen nach seinem Löffel und konzentrierte sich schweigend auf seine Komposition aus Eis und Früchten.

»Ich bin also nicht so wie deine Eltern«, nahm er schließlich den Faden wieder auf. »Vor drei Wochen klang das noch anders. Weißt du noch, als wir auf dem Weg waren zu der Weihnachtsmesse? Da hast du mir vorgehalten, ich wäre genauso wie Papa. Ich würde immer nur ausweichen, genau wie er. Erinnerst du dich?«

»Ja«, erwiderte Sabine ohne Verlegenheit. »Die Jugend darf sich doch auch mal irren, oder?«

»Und was hat deine Meinung geändert?«

»Dies und das.«

»Sehr präzise.«

»Papa beneidet dich. Nein, falsch. Er bewundert dich. Er spricht viel von dir, gerade in letzter Zeit. Von denen, die er kennt, seist du der einzige, den man nicht kaufen könne. Du würdest nur tun, was dir Spaß macht, er dagegen würde nur Geld verdienen.«

»Ich verdiene auch nicht schlecht an meinem Spaß, Sabine.«

»Du hättest noch ein paar wichtige Aufgaben vor dir, er nur noch ein paar Gehaltserhöhungen.«

Jürgen hatte nachdenklich zugehört. »Vielleicht sieht er uns beide ein bißchen schief. Man neigt heute dazu, Leute wie Walter als geldgierige Profitgeier zu sehen, die obendrein noch die Umwelt vergiften. Aber er produziert die Medikamente, die ich jeden Tag einsetze. Und er produziert sie so effektiv, daß nicht nur die Reichen sie schlucken dürfen, sondern auch jedes Mütterchen mit Sozialhilfe sie verschrieben bekommt. Und was mich betrifft ...« Er zögerte. »Ich bin nicht käuflich für ein paar tausend Mark, weil ich ein paar tausend Mark mehr nicht brauche. Aber verstehst du ... Papa hat die Macht, mich in eine Position zu hieven, die ich alleine nie erreichen würde, und ... für einen solchen Freundschaftsdienst bin ich wohl doch anfällig.« Und als wolle er das Thema beenden, fügte er hinzu: »Jedenfalls würde ich nur schwach protestieren, wenn es dazu käme.«

»Daß dich das beschäftigt«, sagte Sabine herzlich. »Papa sagt, du *bist* der Beste. Also verdienst du es, wenn er da etwas nachhilft. Dann tut er auch mal etwas Sinnvolles.«

Jürgen lachte. »Jetzt erkenne ich dich wieder. Papas Existenz ist also sinnlos.«

»Das meine ich nicht. Nur: wenn er morgen tot umfiele, der Konzern würde doch so weiterlaufen wie bisher, oder?«

»Und wenn ich morgen tot umfiele, kein einziger Patient müßte deshalb ohne Operation wieder nach Hause humpeln.«

»Das meine ich auch nicht. Klar, niemand ist unersetzlich. Wenn ich morgen tot umfiele ...«

»Ich fürchte, dann müßten doch einige meiner Patienten unbehandelt nach Hause humpeln. Jedenfalls vorübergehend.«

Sabine lächelte. »Sag ich ja. Jeder ist unersetzlich, jedenfalls vorübergehend.«

Später fuhr Jürgen das Mädchen nach Walberberg. Sie blieben noch fast eine Stunde lang im Auto sitzen. Als sie sich verabschiedeten, vergaß er, ihr Grüße an die Familie aufzutragen.

4

Als Klamroth in der zweiten Januarhälfte zum Regierungssachverständigen für Fragen der Unfallversorgung ernannt wurde, war er fast ein wenig überrascht. Nach dem Abend mit Sabine hatte er sich zufrieden auf die tägliche Arbeit konzentriert und die Routine genossen: die Sprechstunden in der Praxis, die Doppelstunde in der Universität am Mittwochnachmittag, die Freitagsoperationen im Heilig-Kreuz-Krankenhaus, die Betreuung der operierten Patienten. Bei seinen Besuchen in der Klinik war ihm kein einziges Mal der ärgerliche Gedanke hochgekommen, daß man ihm die Operationen verweigere, die er für sein Handbuch brauchte. Die zufälligen, wenn auch unumgänglichen Begegnungen mit Professor Reischle waren von höflicher Distanz, die kurzen Gespräche, die sich manchmal zwangsläufig ergaben –

schon deshalb, weil Dritte sich in der Nähe aufhielten – waren, was Klamroth betraf, von freundlicher Gleichgültigkeit, so daß Reischle sich fragen mochte, ob der jüngere Kollege vielleicht doch zur Vernunft gekommen war und den Platz akzeptierte, der ihm zukam. Das änderte sich wieder, als seine Ernennung zum Sachverständigen bekannt wurde.

Klamroth hatte sich nach jenem Samstagabend wieder mit Sabine getroffen, und sie hatten geredet und Musik gehört, und jedesmal war Sabine vor Mitternacht wieder zu Hause gewesen, wegen der Schule, wie sie sagte. Wohl eher wegen der Frau Mama, vermutete Klamroth. Auch hatte er für Tomschläger einige telefonische Überweisungen von dem Schweizer Konto erledigt, dabei aber weniger an die versprochenen Hilfen für sein berufliches Fortkommen gedacht, als eher an die Tochter des Freundes, an Sabine. Und so war er etwas überrascht, als es dann zu der Ernennung kam: Ach ja, das stand ja auch noch an!

Erst als die Medien darüber berichteten, war er wieder ganz bei der Sache. Das Dritte Programm meldete die Ernennung mit einem Foto, das von dem Symposion in Genf stammte. Der Staatssekretär wurde mit einem kurzen Statement eingeblendet: Man habe einen hervorragenden Wissenschaftler und erfahrenen Praktiker berufen. Manche überregionalen Blätter druckten eine Kurzmeldung, und einige wollten es doch genauer wissen und vereinbarten Interviews und Fototermine. Das Interesse der Kölner Lokalpresse war groß, und im Gesundheitsmagazin des ZDF bekam Klamroth einen Beitrag von vier Minuten Dauer. Er fand Gefallen daran, seinen Gesprächspartnern Listen seiner Veröffentlichungen über den Tisch zu schieben, sich über seine Arbeit befragen zu lassen, in knappen Worten seine Vorstellungen von dem neuen Amt zu umreißen und für Aufnahmen zu posieren. Und er zeigte sich konziliant: Erfolgreiche wissenschaftliche Arbeit sei nicht im Alleingang möglich, sondern bedürfe der kollegialen Hilfe, und da schulde er besonderen Dank dem Heilig-Kreuz-Krankenhaus und der Universitätsklinik, versicherte er treuherzig. In den beiden genannten Häusern verstand man sehr wohl den Sarkasmus des Komplimentes, war sich aber, wenn auch ein wenig säuerlich, einig, das Spiel mitzuspielen, schließlich hatte man es jetzt quasi mit einem Regierungsvertreter zu tun, dessen Einfluß man leider nicht rechtzeitig erkannt hatte und von dem man nicht wußte, welcher Einfluß ihm in Zukunft noch zuwachsen könnte.

Klamroth genoß die Publizität. In jenen Tagen fuhr er in der Mittagspause immer zum Bahnhof und kaufte sich alle zugänglichen Zeitungen, um nichts zu verpassen. Befriedigt stellte er fest, daß es keine einzige kritische Stimme gab. Manche Zeitungen berichteten gar nicht, nun gut. Aber wo er etwas über sich zu lesen fand, konnte er zufrieden sein. Und immer wieder tauchten Vokabeln auf wie: kompetent, versiert, sachlich, fachkundig, und er hatte sein Vergnügen daran. Und er freute sich sogar über eine Frauenzeitschrift, die sein fachliches Wirken fast völlig überging, ihn dafür aber als jung, männlich, sympathisch und attraktiv darstellte. Amüsiert nahm er sich vor, den Artikel für Sabine zu kopieren.

Der stellvertretende Dekan der Medizinischen Fakultät (Pertramer war ja immer noch unpäßlich) gratulierte in wohlgesetzten Worten: Man freue sich, daß einem Mitarbeiter des Hauses diese hohe Ehre zuteil werde.

Sehr schön, dachte Klamroth, bisher war der Eingang des Hauses für den Geehrten vermintes Gelände. Das ändern wir jetzt doch sicher, Euer Pompösität?

Substantieller war der Glückwunsch von der Verwaltungsspitze des Heilig-Kreuz-Krankenhauses. Auch hier zeigte man sich erfreut, daß die Arbeit eines Kollegen solch verdiente Würdigung erfahren habe, und dann folgte ein Satz, den Klamroth mit besonderem Behagen las: »Da Ihre neue Position von Ihnen sicherlich ein gewisses Maß an zeitlicher Flexibilität verlangt, sind wir gerne bereit, die Organisation Ihrer wöchentlichen Operationstage von Fall zu Fall mit Ihnen abzusprechen.« Nun sieh mal einer an, dieser harmlose kleine Plural: Operationstage. Was immer unmöglich war, auf einmal geht es und wird so ganz bescheiden nebenbei auf den Gabentisch gelegt.

Zwei Tage später teilte ihm die Verwaltung in einem weiteren Schreiben mit, daß er für den ›Stützpunkt‹, sein winziges Arbeits- und Umkleidezimmer in der Klinik, in Zukunft keine Miete mehr zu entrichten bräuchte.

In der Praxis freute man sich über den Erfolg des Chefs, und Klamroth lud alle Mitarbeiter zum Abendessen ein. Harsdörfer schlug vor, fortan Rezepte mit einem Querbalken in schwarz-rot-gold zu verwenden und, wenn man genügend Fernsehberichte gesammelt hätte, in den beiden Wartezimmern Geräte aufzustellen (». . . die man nicht abstellen kann, Chef«) und den Patienten Videoclips mit den Auftritten des hohen Medizinmannes vorzuspielen. Frau Zillies regte eine Musikuntermalung der Fernsehbilder an, etwa aus ›Der Arzt von Stalingrad‹ und anderen einschlägigen Filmen.

»Man müßte ganz groß in die Werbung einsteigen dürfen«, sagte Harsdörfer, »jedenfalls im Regionalprogramm. Jetzt bei Ihren Verbindungen müßten Sie doch das Werbeverbot für unser Handwerk kippen können. Stellen Sie sich den Spot in Omas Frühstücksfernsehen vor: Sie mit Knochenmeißel, lächelnd, das Pfeifchen zwischen den Zähnen, und dazu der Slogan ›Marmor, Stein und Eisen bricht, aber Klamroths Knochen nicht‹. Ich meine natürlich nicht Ihre eigenen Knochen, Chef, sondern die von Ihnen genagelten.«

»Ich merke mir das alles, junger Kollege«, erwiderte Klamroth in Reischles Tonfall.

Professor Reischle äußerte sich im Vorübergehen, bei einer Begegnung auf dem Klinikkorridor.

»Meinen Glückwunsch.«

»Danke.«

»Kommt für alle etwas überraschend, nicht?«

»Für mich nicht. Ich habe vorher davon gewußt.«

»Na ja, auch wieder wahr, bei Ihren Beziehungen«, versetzte Reischle anzüglich.

»Ach ja, Beziehungen. Ich muß Ihnen danken.«

Reischle stutzte.

»Damals, Weihnachten, wissen Sie noch? Sie wollten sich dafür einsetzen, daß ich einen zweiten Operationstag bekomme. Ich dachte schon, Sie hätten es vergessen. Und nun macht mir die Leitung ein äußerst großzügiges Angebot. Nochmals, vielen Dank!«

Reischle ging wortlos.

Obwohl Klamroth sich vorgenommen hatte, sich Reischle gleichgültig sein zu lassen, fühlte er doch wieder den alten Ärger in sich hochkriechen. Die Mafia leugnet immer noch meine Kompetenz, die schiebt das nur auf

Beziehungen. Die können sich nichts anderes vorstellen, weil sie selbst nur schieben und von Schiebung profitieren!

Aber noch weniger erfreulich war, was seine geschiedene Frau unter einer Gratulation verstand.

»Ich versuche es seit Tagen«, sagte sie abrupt, als Klamroth den Hörer abnahm.

»Grüß dich, Erika. Ich bin viel unterwegs. Du hättest eine Nachricht . . .«

». . . auf den Telefonbeantworter sprechen können, ich weiß . . .«

». . . und ich hätte dich prompt angerufen.«

»Prompt und geschäftsmäßig zurückgerufen, natürlich. Warum muß ich immer anrufen?«

»Niemand zwingt dich dazu.«

»Warum rufst du nicht mal von dir aus an?«

»Sieh mal, das hätte schlecht ausgesehen in den letzten Tagen, ich meine fishing for compliments. Du solltest dich nicht zu einem Glückwunsch genötigt fühlen. Aber nun rufst du an, ich meine, das entspricht der Form.« Und in gespielter Unsicherheit fügte er hinzu: »Du weißt doch, wovon ich spreche, oder?«

»Aber ja doch. Fernsehen bildet schließlich. Big guy ist wieder mal durchgestartet. Nimm dies als Ausdruck meiner grenzenlosen Bewunderung.«

»Danke. Was macht Andrea?«

»Ihre Bewunderung hält sich in Grenzen.«

»Da kann man nichts machen. Wie geht es ihr?«

»Ein Lehrer hat sie angesprochen, ob das ihr Vater sei, der da abends im Fernsehen war, und sie hat gesagt, nie gesehen, den kenne sie nicht.«

»Wir alle werden älter und verändern uns. Bei mir geht es wahrscheinlich besonders schnell.«

»Woher sollte sie dich auch kennen? Du läßt dich ja nie blicken.«

»Ich habe sie oft genug eingeladen, aber sie kommt nicht.«

»Und das wundert dich?«

»Ja. Ehrlich gesagt schon.«

»Sie hält dich für einen ganz miesen Typen.«

»In einer Zeitschrift stand kürzlich, ich sei attraktiv und sympathisch. Und das alles mit Bild.«

»Wer schreibt denn so einen Quatsch?«

»Sage ich nicht. Nachher schreibst du noch einen Leserbrief und zerstörst meine Karriere.«

»Das ist dir wohl das Wichtigste.«

»Ja.«

»Was?«

»Ja. Die Karriere ist mir das Wichtigste.«

»Andrea schreibt nur Fünfen und Sechsen.«

»Vielleicht würde ein Internat ...«

»Das könnte dir so passen, mir meine Tochter wegzunehmen.«

»Wie wäre es mit Nachhilfestunden? Sie ist vielleicht einfach nur faul.«

»Und wenn sie nun dumm wäre?«

»Dann müßten wir uns fragen, wem sie dieses Erbe zu verdanken hätte.«

Klamroth legte den Hörer neben den Apparat. Dies müßte eigentlich Ende der Durchsage sein. Und wirklich: Klick, dann der tutende Dauerton. Na also!

Wohltuend war Stefan Allweins Anruf. Keine Warnung vor falschem Ehrgeiz, keine Predigt, sondern: »Ich freue mich für dich, Jürgen. Du hast das verdient. Ich wünsche dir Gottes Segen für gutes Gelingen.« Und:

»Wenn du das Gefühl hast, die Bäume wachsen in den Himmel, komm zu mir zum Schach. Ich schlage dich.«

Sabines Anruf: »Jürgen, du bist in der Zeitung, mit Bild. Und Papa sagt, du warst gestern abend im Fernsehen. Ich gratuliere dir ganz, ganz herzlich. Angela ist richtig stolz auf dich und erzählt überall in der Schule, daß du ihr Freund bist. Nur weiß dort keiner, wer du bist. An meiner Schule wüßten sie es, aber ich halte den Mund. Wenn du Samstag zu uns kommst, bin ich weg. Mama ist nicht so gut auf mich zu sprechen.«

Ein Brief kam aus dem Rhonetal. Almöhi schrieb: »Für mich ist die Sensation nicht, daß Du das geworden bist (das ist zwangsläufig, Du hast schon immer die Arbeit gemocht), sondern daß *ich* Dich kenne. Da zieht das Weltgeschehen so über unser friedliches Tal hinweg, ohne bei uns Einkehr zu halten, und auf einmal kennt man einen der Großen, die sich da auf der Bühne abmühen. Gut, daß ich Dich in Genf schon eingeladen habe, uns zu besuchen. Jetzt würde ich mich vielleicht nicht mehr trauen.«

Am Samstag besuchte Klamroth die Tomschlägers in Walberberg. Angela strahlte. Zwar wußte sie nicht genau, worum es ging, eines war jedoch klar: ihr Freund Jürgen war ein ganz berühmter Mann! Jürgen verbrachte viel Zeit mit dem Kind. Die kindliche Liebe der Prinzessin rührte ihn, und er versuchte sie zu erwidern, soweit es in seinen Kräften stand, auch deshalb, um nicht mit ganz leeren Händen dazustehen, wenn, wovor er sich fürchtete, die gekränkte Mama andeuten könnte, daß Onkel Jürgens Interesse doch wohl eher der größeren Halbschwester galt.

»Hast eine gute Presse«, begrüßte Walter ihn. »Wenn wir nur einmal einen Bruchteil davon für das segensreiche Wirken der Chemie bekommen könnten.«

»Jürgen bekommt eben alles, was er will«, sagte Linda mit einem schmalen Lächeln. »Herzlichen Glückwunsch.«

»Das soll er auch, Schatz!« polterte Walter lachend. »Wir haben schon alles, und er soll alles kriegen.«

»Danke«, sagte Jürgen ein wenig verlegen, an Linda gewendet.

Beim Abendessen berichtete Jürgen von den Reaktionen auf seine Ernennung, den vielen Freundlichkeiten und so manchem herzlichen Zuspruch. Aber dann dachte er wieder mit Zorn an die Begegnung im Krankenhaus. »Der Reischle, dieser miese Hund. Gratuliert hat er zwar auch. Das mußte er wohl, weil die Leitung des Schuppens es ihm vorgemacht hatte. Aber dann hat er im Klartext gesagt, daß ich das alles nur meinen Beziehungen zu verdanken hätte.«

Walter schüttelte den Kopf. »Und das ärgert dich?«

»Natürlich.«

»Ich habe dir doch gesagt, daß Reischle und Konsorten bald nichts mehr zu melden haben.«

»Aber verstehst du, diese ganze Bande meint, daß das nichts mit Fachkompetenz zu tun hat, sondern nur mit Beziehungen.«

Walter lachte dröhnend und schlug ihm auf die Schulter. »Da gibt es nur eins: jetzt sollten wir die Beziehungen auch wirklich ausbauen!«

»Jürgen ist ja schon nach Kräften dabei«, kommentierte Linda mit einem angestrengten Lächeln.

»Dann soll es so bleiben«, sagte Walter unbekümmert. Die kleine Angela lächelte Jürgen an und nickte.

Als Klamroth nach Mitternacht nach Hause kam, fand er unter seiner Post einen großformatigen Umschlag.

Regierungsrat Dr. Dr. Dohm gratulierte ihm mit wohlgesetzt förmlichen Worten und schickte ihm sämtliche Zeitungsausschnitte über seine Berufung zum Sachverständigen, mit den Grüßen des Ministeriums. Es waren viel mehr, als Klamroth gesammelt hatte. Verdammt nochmal, und dafür bin ich jeden Tag zum Bahnhof gefahren!

Anfang Februar erlag Professor Pertramer seinen schweren Verletzungen. Zunächst schien es noch Hoffnung gegeben zu haben, denn der Patient war von Salzburg nach Köln verlegt worden; sein Zustand hatte sich immerhin so weit verbessert, daß man ihn für transportfähig erklärt hatte. Andere ahnten, daß dies genau das Gegenteil bedeuten mochte, daß man nämlich in der österreichischen Spezialklinik nichts mehr für ihn tun konnte. Zwei Tage lang beherrschten Pertramers großflächige Todesanzeigen die einschlägigen Seiten der Lokalpresse. Von »tragischem Unfall« war da die Rede, andere sahen ihn »auf der Höhe seiner Kraft aus seinem Wirken gerissen«, es gab Variationen dieses Bildes (»aus unserer Mitte gerissen«, »auf dem Gipfel des Schaffens abberufen«), die Fakultät fühlte »eine schmerzliche Lücke« aufgetan und beklagte einen »nicht zu ersetzenden Verlust«. Auch Walter Tomschlägers Konzern sah sich bemüßigt, um einen »langjährigen Berater« zu trauern, dessen Mitarbeit man »dankbar in Erinnerung behalten« werde.

Klamroth grinste, als er die Anzeige der Fakultät las. Wie werdet ihr euch bald schon die Köpfe einschlagen, wenn die Schließung der schmerzlichen Lücke offiziell ausgeschrieben wird, und wie werdet ihr dafür sorgen, daß die wirklich Geeigneten keine Chance haben. Komisch, dieses Flächenbombardement auf den Todesseiten der Zeitungen hat ja noch eine Nebenwirkung: die armen Schweine, die zufällig am gleichen Tag sterben und deren Namen mit der Todesanzeige zum erstenmal in der Zeitung erscheinen, gehen völlig unter. Erna Soundso, vierundachtzig, Pauline Soundso, einundneunzig: diese kleinen Anzeigen, im Namen aller Angehörigen, sonst keine Namen, werden von dem fetten Medizinmann in die Emigration gedrängt – auf die Seite, wo die Verlobungen und Geburten das Feld beherrschen und die in Druckerschwärze geronnenen exhibitionistischen Aufschreie wie »Hallo, Mausi, das war eine tolle Nacht«.

Und dann die Beerdigung: fast schien Pertramers Witwe das Ganze als Spektakel zu genießen. Sie hatte nicht, wie sonst üblich bei prominenten Verblichenen, die offizielle Trauerfeier von dem eigentlichen Begräbnis (»im engsten Familienkreis«, wie es gewöhnlich hieß) getrennt, sondern alle Geladenen sollten sich auch am Grabe versammeln. »Da war sie gnadenlos«, kommentierte Klamroth später in einem Telefongespräch mit Tomschläger. »Wenn es geregnet hätte, wären wir dort im Morast versunken. Genau das wollte sie: den Schlamm auf unseren Hosenbeinen.«

Aber es regnete nicht. Die Friedhofskapelle mit gut hundert Sitzplätzen war mit etwa dreihundert Trauergästen überfüllt. Klamroth hatte eine Einladung von der Fakultät bekommen und sich nach kurzem Zögern entschlossen hinzugehen. Man sollte das Spielchen mitspielen, allein schon um die Spielregeln kennenzulernen. Von der Orgelempore aus wurde gefilmt. Da später jedoch nichts im Fernsehen gesendet wurde, schloß Klamroth, daß das Aufnahmeteam wahrscheinlich von der Witwe gemietet worden war. In der Kirche sprach nur der Pfarrer, die eigentlichen Trauerreden sollten am offenen Grab gehalten werden. Die Alte hat wirklich auf Regen spekuliert, dachte Klamroth.

Der Pfarrer gab den üblichen Lebensaufriß des Verstorbenen, zwar alles vom Besten und makellos, war aber doch bemüht, Übertreibungen zu vermeiden. Erst bei der Bemerkung, der Verschiedene sei ein treuer Sohn der Kirche gewesen, glaubte Klamroth in manchen Gesichtern ein Zucken zu bemerken, das zu kontrollieren man sogleich bemüht war. Nach einem abschließenden Orgelstück traten sechs Studenten aus der Verbindung des alten Herrn an den Sarg und nahmen ihn auf. Sie trugen ihn den ganzen Weg bis zum Grab. Die Trauergemeinde drängte nach und formierte sich vor der Kirche. Die Witwe schritt allein hinter dem Sarg her, gefolgt von ein paar unbekannten Leuten, also Angehörigen und Freunden. Der nächste Block in dem Trauerzug war ein wandelndes ›Who's who‹ der rheinischen Hochschullandschaft: der Rektor der Kölner Universität und alle seine Dekane, etliche Dekane aus Bonn und Düsseldorf, eine Reihe von Professoren, die jeder Eingeweihte und selbst mancher Laie kannte. Professor Reischle war es gelungen, seinen Platz in diesem Block zu finden. Dann folgte das Gros, die sonst noch Geladenen, darunter Klamroth und, wie er mit leichtem Erstaunen feststellte, auch Regierungsrat Dohm, weiter die Pflichtteilnehmer von Stadt und Land, von Berufsverbänden und Krankenkassen sowie Studenten. Klamroth wechselte seine Position in der Reihe, ließ sich manchmal zurückfallen und holte dann wieder auf. Mit manchem, den er kannte, sprach er ein paar gedämpfte Worte. Ein Student aus seinem Kurs fragte vorsichtig: »Sie hier?«

»Warum nicht?«

Der andere zögerte, ehe er antwortete: »Wir hatten immer den Eindruck, daß Sie dem Verstorbenen nicht gerade freundschaftlich verbunden waren.«

»Man muß alte Standpunkte auch mal über Bord werfen können. Und welche Gelegenheit ist besser dazu geeignet als diese?«

Der junge Mann wollte auflachen und legte dann aber erschrocken die Hand auf den Mund.

Dohm reagierte ähnlich wie der Student, als Klamroth sich zu ihm gesellte: »Sie hätte ich hier nicht erwartet.«

»Ich habe eine schriftliche Einladung.«

»Sie machen doch sonst sicher auch nicht alles, worum man Sie bittet.«

»Da ich nun dank Ihres Hauses zur gehobenen Medizinmafia gehöre, mußte ich ja wohl teilnehmen.«

War die Predigt des Pfarrers in der Kapelle noch vergleichsweise bescheiden gewesen, so überboten sich die Würdigungen am offenen Grabe gegenseitig an Superlativen. Man konnte den Eindruck gewinnen, hier werde das Alpha und Omega der Heilkunde in die Erde gesenkt, ein mehrfacher Nobelpreisträger, der, hätte er nur noch länger wirken dürfen, die Menschheit auch noch von der letzten Krankheitsgeißel befreit hätte. Und immer wieder war von Tragik die Rede, von tragischem Tod, von einem tragischen Unfall. Klamroth erinnerte sich, was er in der Schule gelernt hatte: Tragisch ist der Tod des Helden, wenn die Strafe härter ist als seine Taten es rechtfertigen. Davon konnte hier nun wirklich nicht die Rede sein!

Aber das gehörte nun einmal zum Ritual: man log das Blaue vom Himmel herunter, und keiner durfte lachen.

Eine kurze Ansprache jedoch blieb nicht ohne Eindruck. Pertramers greiser Doktorvater, Klamroth kannte ihn aus der Fachliteratur, sprach eigentlich eher über sich als über den Toten: »Es ist schlimm und falsch, wenn ein Lehrer seinen Schüler begräbt. Ich habe dies schon mehrere Male in meinem Leben tun müssen. Das ist unnatürlich, und es macht mir mein eigenes Leben überfällig.«

Nachdem der Priester den letzten Segen gesprochen hatte, der Sarg in die Grube gesenkt worden war und ein paar Dutzend Leute Erde und Blumen dem Toten hinterhergeschickt hatten, trat die Trauergemeinde einen ungeordneten Rückzug an. Es bildeten sich zahlreiche Gruppen, in denen man sich, nun befreit vom Zwang des Rituals, angeregt unterhielt. Klamroth passierte mehrere solcher Gruppen.

»Man sollte mit der Ausschreibung warten«, hörte er, »wir sind ganz gut ohne ihn ausgekommen.«

»Richtig. Nur einen neuen Dekan müßten wir schnell wählen. Damit der dann die Ausschreibung hinausschiebt.«

Verhaltenes Gelächter war die Antwort.

»Zu einer Beerdigung kommen so viele Leute, wie du sie nie für eine Party zusammenkriegen würdest. Komisch, nicht?«

»Mal ehrlich, würdest du all diese Typen auf deiner Party haben wollen?«

»Nee, und den Toten schon gar nicht.«

Es schienen zwei Journalisten zu sein, die Klamroth da beim Philosophieren belauscht hatte.

»Ah, Herr Klamroth.« Das war das eigentlich Neue an seiner neuen Position: man erkannte ihn allseits, ohne daß er immer gewußt hätte, mit wem er sprach.

Abends rief er Walter Tomschläger an: »Wenn du wirklich was für mich tun willst, bring mich um.«

»Gerne. Aber warum?«

»Was man bei seinem Begräbnis zu hören kriegt, übertrifft alles, was das Leben bieten könnte.«

Bevor er schlafen ging, sprach er wie üblich sein Tonbandtagebuch. »Andere beten«, hatte Stefan Allwein die Angewohnheit einmal kommentiert, »du sprichst deine eitlen Gedanken in eine seelenlose Maschine.«

»Du solltest das kombinieren, Stefan. Beim Beten das Tonband mitlaufen lassen.«

»Wozu soll das gut sein?«

»Wenn deine Bitten nicht sofort erhört werden. Am nächsten Abend brauchst du dann nicht wieder zu beten, sondern läßt einfach das Band ablaufen. Du kannst im Nebenraum sitzen und Zeitung lesen.«

»Eigentlich schade, daß ich dich im ewigen Leben nicht wiedersehen werde, Jürgen.«

»Wieso, glaubst selbst du nicht ans Jenseits?«

»Doch, aber du wirst ganz woanders sein als ich.«

Klamroth drückte die Taste.

Pertramers Beerdigung. Irgendwo hat Stefan recht, das ganze Rackern lohnt sich nicht. Es bleibt nichts. Schon auf dem Begräbnis eine Menge spöttischer Bemerkungen hinter vorgehaltener Hand. Bei so einem Typ kann natürlich auch nichts bleiben, er hat nichts geschaffen, was ihn überlebt. Aber immerhin, er galt als einer der Großen, und heute war er schon so mausetot, als wäre er seit zwanzig Jahren unter der Erde. Für die meisten Teilnehmer war es eine lästige Unterbrechung des Tagesablaufs.

Kleine künstlich arrangierte Gesten. Der Sarg wurde

nicht zum Grab gefahren, sondern von Studenten getragen. Hatte den Gedanken, einer der Träger könnte stolpern und Pertramer in seiner Kiste noch einmal zu Tal schießen, diesmal im Flachland. Ich weiß, kindisch. Aber andere werden sich mit ähnlichen Gedanken bei Laune gehalten haben.

Er merkte, daß seine Pfeife erloschen war.

Man wird nicht vermißt.

Er zündete die Pfeife noch einmal an.

Man wird nicht vermißt. Höchstens ein bißchen, wenn man noch lebt. Wenn man mal eine Zeitlang weg ist. Aber danach ist Ebbe.

Pause.

Die Alten glaubten, man könnte seine Seele verkaufen. Wird heute belächelt. War aber ein goldrichtiger Gedanke und ein gutes Geschäft noch obendrein. Was man kriegen kann, kriegt man nur hier. Danach interessiert sich kein Teufel mehr für einen. Toter als Pertramer heute abend ist, kann man überhaupt nicht sein.

Was die Endgültigkeit des Todes anbetraf und die Folgerungen, die daraus für das Leben zu ziehen seien, so hatte Frau Pertramer durchaus ähnliche Vorstellungen, wenn auch für den Augenblick sehr viel konkretere als Klamroth. Jedenfalls gönnte sie sich nach der Bestattung ihres Mannes keine Zeit der Besinnung, sondern schrieb einen Brief an Tomschlägers Privatadresse nach Walberberg.

»Sehr geehrter Herr Tomschläger!

Sollten Sie geglaubt haben, durch das für Sie glückliche Ableben meines Mannes einen lästigen Zeugen losgeworden zu sein, so muß ich Sie enttäuschen. Mein Mann hat mir von den verbrecherischen Menschenversuchen in Afrika erzählt, und auch über den illegalen Export chemischer Großanlagen weiß ich alles. Professor Pertramer hat alle seine Erkenntnisse detailliert aufgeschrieben, die Unterlagen befinden sich an einem sicheren Ort.

Ich verlange ein Gespräch mit Ihnen persönlich und erwarte ein Angebot.

Und noch etwas: Mit den Steuerakten können Sie mich nicht mehr erpressen, Tote werden schnell vergessen.

Hochachtungsvoll,
Gudrun Pertramer.«

Tomschläger las die eingegangene Post vor dem Abendessen, und einen Moment lang schien es so, als könnte Frau Pertramers Brief ihm den Appetit verderben. Doch dann stutzte er und las das Schreiben noch einmal gründlich, jedes Wort abwägend. Pertramer hatte ihr also von Menschenversuchen in Afrika *erzählt.* Andererseits gab es *detaillierte* Aufzeichnungen. Wenn sie die besaß, warum blieb sie dann so vage? Und warum nicht wenigstens eine konkrete Schweinerei und konkret aus dem Land, in dem sie stattgefunden hatte, als Beweis, daß sie wirklich den Schlüssel zum Schatzkästlein hatte? Und dann chemische *Großanlagen,* Plural. Wo bauen wir illegal chemische Großanlagen im Plural? Und wenn, was hätte das mit Pertramers Arbeit zu tun gehabt?

Ja, und dann das Klischee aller Hobby-Erpresser: die Unterlagen befinden sich an einem sicheren Ort. Dutzende von Fernsehkrimis haben schon mit dieser Formulierung gearbeitet. Nee, Madame, so nicht! Steuerhinterziehung mag ja noch eure Kragenweite gewesen sein, aber dies hier ist ein paar Nummern zu groß.

Beim Abendessen war er unbekümmert wie immer.

Am nächsten Morgen machte Tomschläger in der Firma eigenhändig ein paar Kopien von dem Brief und besprach sich kurz mit zwei Mitgliedern des Vorstands. Dann schickte er Frau Pertramers Schreiben nebst Umschlag mit einem kurzen Anschreiben an die Kölner Staatsanwaltschaft.

Seiner Sekretärin diktierte er eine Antwort an die Witwe, die nur aus einem Satz bestand: »Hiermit setze ich Sie in Kenntnis, daß Herr Direktor Tomschläger Ihren Brief an die zuständige Staatsanwaltschaft weitergeleitet hat.«

In den Karnevalstagen gegen Ende Februar traf Klamroth in Maastricht mit den Kollegen der Benelux-Länder zusammen, die offiziell für Unfallfragen zuständig waren. Ein Fachgespräch, wie er gehofft hatte, etwa über den Austausch von Informationen über Operationstechniken, konnte es nicht werden, wie sich sehr schnell zeigte: die Vertreter Belgiens und Luxemburgs waren Juristen, der Repräsentant Hollands war gar Germanist, was aber immerhin die Verständigung erleichterte. Man kam überein, den Regierungen einen Plan vorzuschlagen, nach dem in den Grenzgebieten Ambulanzhubschrauber eines jeden Landes Unfallverletzte in das jeweils nächstgelegene Hospital transportieren sollten, egal in welchem der vier Länder es lag und unabhängig von der Nationalität des Verletzten. Die rechtliche Würdigung der Unfallvorgänge sollte allerdings in der Zuständigkeit der jeweiligen Landespolizei bleiben.

Klamroth hatte eigentlich vorgehabt, nach der eintägigen Begegnung mit den Kollegen wieder heimzufahren, aber Aykut Erkal aus Ankara hatte angerufen: er sei – zufällig – in diesen Tagen ebenfalls in Maastricht, und ob man sich nicht zu einem Abendessen treffen könnte. Er hatte zugesagt und ein Zimmer für die Nacht gebucht.

Am Abend fuhr er zu Erkals Hotel. Erkal erwartete ihn in der Lounge.

»Es ist eine große Freude, Sie wiederzusehen, Herr Klamroth.«

Klamroth versuchte, den Ton seines Partners zu treffen und erwiderte: »Auch ich habe mich auf diesen Abend mehr gefreut als auf den Tag, der nun Gott sei Dank hinter mir liegt.«

»War es kein angenehmer Tag?«

»Eine Konferenz, an der ich in meiner neuen Funktion teilnehmen mußte. Was dabei herausgekommen ist, hätte man auch telefonisch erledigen können.«

»Ja, Ihre neue Position.« Erkal baute sich vor Klamroth auf, was ein wenig rührend wirkte, da er zwei Köpfe kleiner war als sein Gegenüber, verbeugte sich und sagte mit großer Ernsthaftigkeit: »Ich beglückwünsche Sie von ganzem Herzen zu dieser verdienten Ehre!«

»Oh, danke, das ist freundlich von Ihnen.« Er berührte Erkal am Arm. »Ob die Ehre verdient ist, muß sich noch zeigen. Und irgendwie habe ich unseren Freund Walter Tomschläger im Verdacht, ein bißchen nachgeholfen zu haben.«

Erkal strahlte, daß Klamroth Tomschläger ›unseren Freund‹ genannt hatte: »Doch, verdient, auf Ehre! Und was wäre falsch daran, wenn ein Freund hilft, daß das Verdienst schneller bekannt wird?« Er wies auf den Eingang zum Restaurant. »Möchten Sie?«

»Ja, gerne, ich habe Hunger.«

»Dann sind Sie mein lieber Gast.«

»Herr Erkal, heute bin ich dran. Sie haben schon in Genf ...«

Aber der andere ließ sich nicht erweichen. Er bitte um die Ehre, den Vertreter der deutschen Regierung zu Gast haben zu dürfen.

Als sie bestellt hatten, sagte Klamroth: »Ich soll Sie herzlich von unserem Freund grüßen. Er hat sich sehr über die Bilder von Ihrer Familie gefreut.«

»Oh, das ist schön.« Und nach einem kurzen Zögern fragte er vorsichtig: »Haben Sie Familie, Herr Klamroth?«

»Ja und nein.«

»Ich verstehe«, beeilte sich Erkal und suchte nach einer Möglichkeit, das Thema schnell zu wechseln.

»Ich bin geschieden«, fuhr Klamroth fort. »Meine Tochter ist sechzehn und möchte nichts von mir wissen.«

»Aber warum denn nicht?«

»Ich fürchte, die Mutter läßt ihr da wenig Chancen.«

Erkal nickte nachdenklich. Er ließ sich Zeit mit der Antwort. Schließlich hob er an: »Sehen Sie, ich bewundere Deutschland.«

Klamroth zog erstaunt die Augenbrauen hoch.

»Doch, ganz bestimmt. Die Technik, die Kultur, die Kompetenz in allen Bereichen. Die Organisation im großen und im kleinen, vom Atomkraftwerk bis zur Postzustellung, alles klappt. Und von unserem Beruf ganz zu schweigen, Herr Klamroth.«

»Wir verdienen mehr, Herr Erkal, aber das heißt nicht, daß wir besser sind.«

»Wenn Sie mich einmal besuchen, was ich sehr hoffe, dann zeige ich Ihnen ein Krankenhaus, nur ein paar Dutzend Kilometer von der Stadt entfernt, und Sie werden den Unterschied merken. Aber Sie haben recht, der Verdienst spielt auch eine Rolle. Ich könnte in Deutschland als kleiner Dorfarzt mehr verdienen, als ich in der Türkei als hoher Beamter bekomme. Das Problem ist aber entschärft, Herr Tomschläger sorgt dafür, daß ich und meine Familie fast so wie Deutsche leben können. Noch einmal: ich bewundere Deutschland. Wenn die deutsche Elf Fußball spielt, egal gegen wen, ich halte immer zu ihr.«

»Auch wenn sie gegen die Türkei spielt?«

Erkal lächelte. »Wenn wir dann verlieren, sage ich mir, der Sieg bleibt ja in der Familie.« Sein Gesicht wurde wieder ernst. »Was ich meine, ist dies. Deutschland ist in vieler Hinsicht ein Sonnenkind unter den Ländern. Überall erfolgreich. Aber: der Preis ist hoch. Das fiel mir ein, als Sie von Ihrer Tochter sprachen und von Ihrer ehemaligen Gattin. Wenn ich so etwas Trauriges höre, und fast scheint mir das in Ihrem Land ja die Regel zu sein, wenn Sie mir meine Worte verzeihen wollen, dann bin ich ein wenig froh über unsere Rückständigkeit. Wie soll ich sagen? Wir gewinnen keine Nobelpreise, aber unsere Familien sind noch intakt.«

Klamroth blickte ihn nachdenklich an.

»Ich weiß.« Erkal hob die Hände in einer resignierenden Geste. »Nach Ihren Kriterien müßte ich sagen: die Familien halten noch. Ob sie intakt sind, steht auf einem ganz anderen Blatt. Natürlich, meine Frau, selbst wenn sie mich haßte, würde sich eine Scheidung dreimal überlegen. Jetzt lebt sie fast so wie in Deutschland, eine große

Wohnung in Ankara, ein Ferienhaus am Meer, und sie hat ein eigenes Auto. Nach einer Scheidung wäre sie nichts: eine geschiedene ältere Frau ohne Beruf, ein Sozialfall, und das bedeutet in der Türkei etwas anderes als bei Ihnen. Und doch ...«

Die Kellner servierten, und die beiden Männer schwiegen, bis sie wieder alleine waren.

»Nein«, sagte Klamroth voller Überzeugung, »Sie haben völlig recht, Ihre Familien sind noch intakt. Und unser Preis, wenn wir denn Sonnenkinder sind, ist furchtbar hoch. Sehen Sie, voriges Jahr bin ich durch einen Ort in Österreich gekommen, wo meine Familie vor langer Zeit einmal Urlaub gemacht hat. Ich habe angehalten, wider Willen, und mir die alten Plätze angesehen. Wie jung Andrea damals noch war. Und wie es keine größere Freude für sie gab, als wenn ich mit ihr zum Ponyhof gegangen bin. Mir sind die Tränen gekommen.«

Erkal nickte mitfühlend. »Indianer kennen keine Tränen«, sagte er lächelnd.

»Deshalb sind sie auch untergegangen. Dinosaurier kannten wahrscheinlich auch keine Tränen. Nein, Herr Erkal, keine Rückständigkeit. Ich beneide Sie um das, was Sie Rückständigkeit nennen. Und auch Walter Tomschläger beneidet Sie.«

»Sie haben über mich gesprochen?«

»Ja, und er schätzt Sie sehr.«

»Ich bin mir nicht immer so sicher.« Erkal versuchte, seine Worte vorsichtig zu wählen. »Ich bin schnell bereit, an Freundschaft zu glauben. Aber dann ... so ein hochgestellter Mann ... vielleicht bin ich ihm nur nützlich.«

»Nein.« Klamroth legte sein Besteck neben den Teller. »Nach Genf habe ich ihm berichtet und ihm Fragen gestellt. Ich habe ihn gefragt, wie stehst du zu diesem Bankier Zurbriggen und was für ein Verhältnis hast du zu Aykut Erkal? Und er hat geantwortet: Nehmen wir einmal an, ich würde morgen verhaftet und käme ins Gefängnis. Zurbriggen würde leugnen, meinen Namen jemals gehört zu haben. Aber Aykut Erkal würde aus Ankara kommen und mich im Gefängnis besuchen.«

Ob Indianer nun wirklich keine Tränen kannten oder doch, jedenfalls war der Türke Erkal den Tränen nahe. »Das hat er wirklich gesagt?«

»Das hat er gesagt. Fragen Sie ihn, wenn Sie ihn das nächste Mal in Walberberg besuchen.«

»Ich war noch nie in Walberberg.«

Klamroth war verblüfft. »Aber warum nicht?«

Erkal holte Luft. »Aus demselben Grund, aus dem ich die beiden Koffer, die ich Ihnen heute abend geben werde, nicht einfach nach Köln bringe, sondern hier in Maastricht auf Sie gewartet habe, damit Sie sie in Empfang nehmen. Unsere Kontakte machen nur dann einen Sinn, wenn sie geheim bleiben. Walter hat Ihnen das doch erklärt, nicht?«

Klamroth nickte.

»Deshalb kenne ich seine Familie nicht, und er war noch nie bei mir in der Türkei. Doch, in der Türkei schon, aber noch nie bei mir zu Hause.

»Was ist in den Koffern?«

»Die üblichen Unterlagen, nur diesmal etwas mehr. Projekte aus der Region dort. Und ich habe noch einen Brief und ein paar Fotos dazugelegt. Er schickt mir übrigens nie Bilder. Ich weiß, er hat zwei Töchter. Warum verheimlicht er sie vor mir?«

Klamroth lachte auf. »Nicht, weil sie häßlich wären,

Herr Erkal. Sie sind sehr schön, wie seine Frau übrigens auch. Aber dieser große und mächtige Boß, einer der Herren über einen stattlichen Konzern, besitzt keine Kamera. Das ist die Wahrheit, Herr Erkal.«

Der andere lächelte und war es zufrieden.

Nach dem Essen begleitete Erkal seinen Gast bis zu dessen Auto. Er bat ihn, einen Moment zu warten. Er holte seinen Wagen und hielt neben Klamroth. Er nahm zwei Aktenkoffer aus dem Kofferraum, und Klamroth verstaute sie unter den Sitzen. Dann verabschiedeten die beiden Männer sich. Klamroth startete nicht sogleich. Also die üblichen Unterlagen sind in den Koffern, dachte er. Naja, wenn's nicht so wäre, würde Walter mich mit dem Zeug wohl nicht über die Grenze schicken.

Nach seiner Rückkehr aus Maastricht hätte Klamroth in der Zeitung, in einer nicht sonderlich großen Meldung im Lokalteil, lesen können, daß Gudrun Pertramer, Frau des erst kürzlich verstorbenen Professor Pertramer, in alkoholisiertem Zustand in den Swimmingpool hinter ihrem Haus gefallen und ertrunken war. Aber Klamroth überflog den Lokalteil nur und übersah die Meldung.

Frau Pertramer war also ertrunken. Die Presse interessierte sich nicht für den Fall, da er nichts Spektakuläres herzugeben versprach, und doch gab es da einige Merkwürdigkeiten. Nachbarn bestätigten, daß die Pertramers im Herbst, wie üblich, das Schwimmbecken hatten leerlaufen lassen. Also hatte Frau Pertramer Ende Februar, mithin im Winter, wieder Wasser einlaufen lassen. Zwar war der Winter milde, es hatte schon einige Jahre kaum noch Frost gegeben in der Kölner Bucht, doch für ein Bad im Freien wäre es doch etwas zu ungemütlich gewesen.

Eine Erklärung mochte die erhebliche Menge Alkohol sein, die Frau Pertramer vor ihrem Ableben zu sich genommen haben mußte, der Spiegel lag bei zwei Promille. Anzeichen für eine Alkoholsucht hatten Freunde und Bekannte nicht nur nie bemerkt, sondern einige wiesen diesen Verdacht ganz entschieden zurück, Frau Pertramer habe auch auf Partys praktisch nie etwas getrunken. Allerdings mußten alle befragten Personen einräumen, die Frau nach dem Begräbnis ihres Mannes nicht mehr gesehen zu haben, sie habe jeden Kontakt vermieden, was man auch verstanden habe.

So war es für die mit dem Fall betrauten Beamten denkbar, daß Frau Pertramer erst nach dem Tode ihres Mannes zu trinken angefangen hatte, aus verständlichen Gründen, und daß sie, nach besonders heftigem Alkoholgenuß, dessen Wirkung sich, wie man wußte, bei ungeübten Trinkern noch vervielfachte, das Becken hatte volllaufen lassen und ins Wasser gefallen oder absichtlich hineingesprungen war, um ihrem Leben ein Ende zu setzen. Jedenfalls war man es zufrieden, ein Fremdverschulden ausschließen zu können. Niemand war gewaltsam in das Haus eingedrungen, und Frau Pertramers Körper wies keinerlei Spuren von Gewalteinwirkung auf, die Todesursache war eindeutig Ertrinken.

Auch ein anderer Umstand sprach für Selbstmord. Man fand das Schreiben eines Konzerns, in dem Frau Pertramer in einem kurzen Satz mitgeteilt wurde, ihr Brief sei an die Staatsanwaltschaft übergeben worden. Ferner stieß man auf einen Brief, in dem die Staatsanwaltschaft die Frau für den 3. März, also wenige Tage nach ihrem Tod, zu einer Vernehmung in die Behörde bestellte. Der Sachverhalt klärte sich bald auf: Frau Pertramer hatte mit vagen Anschuldigungen, die sich als völlig haltlos erwiesen, versucht, das Unternehmen zu erpressen, offensichtlich weil sie selber erpreßt wurde.

Erst vor diesem Hintergrund schenkte man einigen Akten mit Kopien der Steuererklärungen des Professors für die letzten Jahre Beachtung und analysierte sie. Dabei stellte sich heraus, daß Pertramer größere Summen an Beraterhonorar, wie die ordnungsgemäßen Buchungsbelege des Konzerns auswiesen, nicht versteuert hatte. Nun war also nicht auszuschließen, daß vielleicht ein Finanzbeamter, der dem vermögenden Professor auf die Schliche gekommen war, versucht hatte, die Witwe zu erpressen. Wer sonst hätte komplette Kopien der Steuerakten anfertigen können? Frau Pertramer nun, in die Enge getrieben und in ihrem Realitätssinn durch den Alkohol schon beträchtlich getrübt, hatte ihrerseits versucht, das Unternehmen, für das ihr Mann als Berater tätig gewesen war, zu erpressen, in der Hoffnung, daß man vielleicht dort bei der Steuerhinterziehung des Professors augenzwinkernd mitgespielt hatte. Und dann der doppelte Rückschlag, der den Ausschlag für einen Selbstmord gegeben haben könnte: der Konzern verständigt sofort den Staatsanwalt, und der Staatsanwalt ermittelt gegen Frau Pertramer wegen versuchter Erpressung.

So mochte es gewesen sein. Die Ermittlungen im Finanzamt wegen einer möglichen Erpressung der Witwe Pertramer führten zu keinem Ergebnis.

Aber Klamroth wußte nichts von dem Vorfall, als er sich einen Tag nach seiner Rückkehr aus Maastricht mit Tomschläger in einem Hotel in Brühl zum Kaffee traf, um die Unterlagen zu übergeben.

»Na«, begrüßte Walter ihn, »gehst du wieder zur Beerdigung?«

»Zu welcher?«

»Rate.«

»Reischle kann es nicht sein. Den habe ich noch gestern bei ekelhaft guter Gesundheit gesehen.«

»Vergiß Reischle, das habe ich dir schon einmal gesagt. Der würde das auch nie machen.«

»Was?«

»Sich umbringen.«

»Wer hat sich umgebracht?«

»Pertramers Witwe.«

Jürgen reagierte gleichmütig und ohne Überraschung. »Sag bloß noch, die hat den Kerl geliebt.«

»Jedenfalls hat sie sich vollaufen lassen und sich dann bei finsterer Nacht in den Swimmingpool gestürzt.«

Jürgen lachte. »Und hat sich den Hals gebrochen wie zuvor ihr werter Gatte.«

»Nein, sie hat vorher Wasser eingelassen.«

»Was den Leuten so alles einfällt.«

Jürgen bestellte ein Kännchen Kaffee, Walter ebenfalls einen Kaffee und einen Cognac.

»Erinnerst du dich noch an Jöck?«

»Jöck? Mein Gott, ja, Jöck. Der hat sich umgebracht. Das war . . .«

»Obersekunda.«

»Wie hieß der noch mal richtig?«

»Weiß ich nicht mehr. Wir haben ihn Jöck genannt.«

»Warum?«

»Keine Ahnung. Ich glaube, er nannte sich selber so.«

»Komisch, daß du den erwähnst. Ich träume manchmal von ihm, wenn mal wieder die Schulszenen hochkommen. Aber mir ist nie sein Name eingefallen. Weißt du noch, warum er es gemacht hat?«

»Damals diese ganze Sinnscheiße in der Schule. In Deutsch, Philosophie und Religion. Dem Leben einen Sinn geben, das waren so die Titel, die wir uns reingezogen haben. Und Jöck hat das ernstgenommen und ist zu dem Schluß gekommen, daß sein Leben keinen Sinn hatte.«

»Ja.« Jürgen begann, sich eine Pfeife zu stopfen. »Ich erinnere mich. Alles mußte einen Sinn haben. Die Schule hat so allerhand angerichtet, gerade bei den Sensibelsten. Die Eltern haben das auch so gesehen. Haben sich die Teilnahme der Lehrer bei der Beerdigung verbeten. Nur Schüler waren zugelassen.« Er setzte seine Pfeife in Brand. »Mich hat damals am meisten beeindruckt, wie er es gemacht hat. Legt sich eine Leitung von der Lampe, klebt sich die rohen Kabelenden auf die Brust. Als die Mutter ihn morgens wecken will und das Licht anknipst, tötet sie ihn mit dem Stromschlag.«

Der Kellner kam, und sie schwiegen, bis er serviert hatte.

»Ja. Die Mutter ist kurze Zeit später gestorben. Es gab Gerüchte, auch sie habe sich umgebracht.«

»Ich weiß. Du hast recht. Diese ganze Sinnscheiße damals. Heute lehren sie Gott sei Dank statt dessen Informatik.« Und als wollte er den Gedanken abschütteln, sagte Jürgen: »Zum Geschäft, Partner.«

»Okay.« Auch Walter war froh, das Thema verlassen zu können. »Bald ist es soweit.«

»Was?«

»Die Ausschreibung. Das Akademische Lehrkrankenhaus.«

»Ehrlich?« Wieder war Jürgen wie elektrisiert.

»Ja. Und man hat auch schon recht genaue Vorstellungen vom künftigen Chef.«

»Und der wäre?«

Walter lächelte. »Ein guter Mann. Ich kenne ihn, und du kennst ihn.«

Jürgen gab sich Mühe, seine Begeisterung nicht allzu hemmungslos zu zeigen. »Das wäre schon ein Job, Walter. Sag mir mal, wie machst du das? Wie kriegst du diese Politbonzen dazu, daß sie sich von dir die Personalpolitik vorschreiben lassen?«

»Das ist zu plump ausgedrückt. Es ist alles sehr viel delikater. Eine Art schweigendes Give and Take.«

»Was gibst du ihnen, damit du so delikat von ihnen nehmen kannst?«

»Von Freund zu Freund?«

»Von Freund zu Freund.«

»Die Regierung ist natürlich daran interessiert, daß wir alle möglichst viel produzieren. Wirtschaftswachstum, das bringt Steuern und vor allem Arbeitsplätze, und die braucht man ganz dringend, wenn man Wahlen gewinnen will. Also produzieren wir, nur darf dabei kein Müll anfallen. Den Müll, oder Sondermüll, sprich Giftmüll darf es nicht geben, sonst verliert man die Wahlen. Aber wie das Leben so spielt, es fällt nun mal doch Müll an. Die Kuh ist noch nicht erfunden, die nur Milch gibt, aber nicht scheißt. Also müssen wir der Regierung helfen, daß ihr Versprechen glaubwürdig klingt, bei der Produzierung des Wohlstandes bleibe kein Dreck zurück. Und auch dabei hilft uns Aykut Erkal, in Ländern, die größer sind als wir und weniger dicht besiedelt und sich freuen über die gute Bezahlung, die das bringt. Natürlich darf das nicht rauskommen. Der Industrie könnte es noch am ehesten gleichgültig sein, für die sind das normale Geschäftsvorgänge gegen Bezahlung. Aber die Regierung würde es vom Fenster fegen. Du weißt schon, statt Brot für die Welt würde es heißen: Gift für die Dritte Welt.«

Jürgen nickte.

»Na, schockiert?«

»Ich weiß nicht. Sagt ihr denen, was es ist?«

»Ja, natürlich.«

»Und ihr bezahlt dafür?«

»Ja, und zwar sehr gut.«

»Naja, so kann man es sehen. Wir machen Produkte, von denen auch die profitieren. Und wir geben ihnen gegen gute Bezahlung unseren Müll, den sie gerne selber produzieren würden, wenn sie könnten. Sicher, klingt gut, für beide Seiten. Obwohl . . .«

»Ja?«

»Ich glaube, Sabine würde das nicht verstehen.«

»Schätze ich auch. Aber das mußt du entscheiden. Du kennst meine Ziehtochter ja nun etwas besser.«

Jürgen fühlte sich ein wenig unbehaglich und lächelte verlegen.

»Also«, überbrückte Walter rasch, »und was hast du für mich?«

»Ich hätte dir das kleine Geheimnis schon eher beichten sollen, Walter.«

Nun war es an dem anderen, sich unbehaglich zu fühlen, denn er verspürte nicht die geringste Lust, ein Geständnisgespräch über Sabine zu führen. »Laß man. Man muß Geheimnisse auch bewahren können.«

Jürgen war dankbar und versuchte, das Gespräch zu wenden. »Und wenn ich dir nun sagen will, daß ich deine beiden Koffer verloren habe?«

»Macht nichts. Der Finder wird sich wundern, wie wenig er mit dem Inhalt anfangen kann.«

Der Rest der Unterhaltung gestaltete sich ein wenig mühsam, und kurze Zeit später brach man auf. Auf dem Parkplatz übergab Jürgen die beiden Aktenkoffer. »Was ist drin?« fragte er.

»Mikrofilme«, sagte Walter. »Von Projekten da unten in der Region. Streng geheim, aber alles legal und koscher.«

»Geht mich auch nichts an«, lächelte Jürgen matt.

Walter schlug ihm auf die Schulter: »That's the spirit, old boy.«

Also Giftmüll und geheime Projekte im Nahen Osten, dachte Klamroth. Die Regierung möchte es, kann es aber nicht laut sagen. Aber die Menschen wollen halt belogen werden.

Und er wandte sich lieber dem anderen Gedanken zu: das Lehrkrankenhaus würde ausgeschrieben. Dies war angenehmer, und er spürte seinen Herzschlag.

Als Tomschläger am Abend den Inhalt der beiden Koffer überflog, fand er alles wie erwartet: die angekündigten Mikrofilme, eine Reihe weiterer Unterlagen und Umschläge, dazu ein persönlicher Brief von Aykut Erkal mit Neuigkeiten über seine Familie und ein paar Fotos. Und dann wieder die rührende Einladung: »Wir hoffen alle, daß Sie uns doch noch einmal in unserem Sommerhaus die Ehre geben werden. Vielleicht zusammen mit Jürgen Klamroth. Mit ihm kann ich ja jederzeit offiziellen Kontakt haben, von Ministerium zu Ministerium. Ich lade ihn ein, und Sie als sein bester Freund kommen einfach mit, weil der Freund Sie gebeten hat. Das ist bei uns so üblich und erregt keinerlei Aufsehen.«

Tomschläger faltete den Brief zusammen und verschloß ihn zusammen mit den Fotos in einer Schublade des Schreibtisches. Am besten nähmen sie noch Alois Zurbriggen aus Genf mit ins Sommerhäuschen, damit sie das Freundeskleeblatt mal ganz unauffällig zusammen hätten! Aber er fühlte sich doch angerührt von der unermüdlich wiederholten Einladung.

Er öffnete einen Umschlag, der in Erkals Handschrift den Vermerk ›Herrn Dr. Tomschläger persönlich‹ trug. Das mit dem Doktor würde er ihm nicht mehr abgewöhnen können. Er überflog den Inhalt und runzelte die Stirn. Dann begann er, das Schreiben noch einmal gründlich Zeile für Zeile zu lesen. Erkal berichtete von dem unglücklichen Verlauf einer Testserie in Ägypten, die erhebliche Nebenwirkungen erzeugt habe, über sechzig Erblindungen habe man bisher registriert, und auch einige Todesfälle bringe man mit dem Präparat in Verbindung. Einen nachweislichen Zusammenhang mit den Tests gebe es natürlich nicht, den zu erhärten fehle es dort auch an der wissenschaftlichen Kompetenz, allerdings seien die Partner beunruhigt, hätten die Serie abgebrochen und zögen nun so schnell und unauffällig wie möglich das Präparat zurück. Er habe keinen Zweifel daran, daß die Partner auch in dieser schwierigen Situation loyal blieben, dazu sei man schon zu lange im Geschäft, allerdings, wenn etwas durchsickerte, könnte es erheblicher Mittel bedürfen, um einen Personenkreis außerhalb der engeren Geschäftsfreunde zu einer wohlwollenden Sicht der Dinge zu bewegen.

Also Alarmstufe eins. Quatsch! Da hatte es schon andere Dinger gegeben, die geregelt worden waren. Ruhig bleiben, alles zwei Nummern tiefer hängen. Es gab keine Verbindung zu Ägypten. Das Präparat war absolut No Name, ohne Hersteller, ohne Herkunft, aus dem Nichts. Mit einem Namen wäre es erst getauft worden, wenn es nach Abschluß der Tests auf den Markt gekommen wäre. Und die Partner, wie der gute Erkal sie nannte, die hatten schon zu viel auf dem Konto, so oder so, bildlich und konkret. Und was die konkreten Kontoüberweisungen betraf, darüber führte die Firma ganz akribisch einen kleinen Zettel, mittlerweile schon einen großen, und das wußten die Brüder auch. Aber es bestand keine Notwendigkeit, sie daran zu erinnern. Die würden es sich auch in Zukunft mit Deutschland nicht verscherzen wollen, sich womöglich ihr gutes Leben vermiesen.

Die Presse mußte draußen bleiben, verdammt nochmal! Und wenn nicht, dann mußten die Mittel her, wie Erkal das vornehm nannte, also die üblichen, ewig wirksamen und auf der ganzen Welt willkommenen Schmiermittel.

Tomschlägers Puls hatte sich anfangs bei der Lektüre des Berichtes erhöht, sicherlich, aber wirklich aufgeregt war er nicht gewesen. Jetzt wunderte er sich, wie Aykut Erkal das so fein säuberlich trennen konnte: den herzlichen Privatbrief und den Katastrophenbericht. War eben doch ein Profi, der Erkal!

Ein paar Tage später berichtete eine Schweizer Zeitung von einer Welle rätselhafter Vergiftungen im Süden Ägyptens, die zu schweren Nervenschäden, Erblindungen und in etlichen Fällen auch zum Tode geführt hatten.

Im Laufe des März nahm die Konzeption des geplanten Handbuches der orthopädischen Chirurgie die ersten sichtlichen Konturen an. Klamroth steckte im groben die Felder ab, die es zu behandeln galt, und legte ihre Reihenfolge fest. Er studierte die existierenden Werke zu diesem Thema, stellte mit Befriedigung fest, was zu kurz kam oder ganz fehlte, und machte sich Gedanken über die Systematik, mit der die immense Stoffülle präsentiert werden sollte. Er speiste Zeichnungen von Knochen, Knorpeln und Gelenken in den Computer ein, veränderte die Positionen, variierte die Stellungen und war zufrieden mit den Ergebnissen. Er spürte so etwas wie ein Glücksgefühl bei diesen Vorarbeiten, und er freute sich auf das Buch. Er hatte das Gefühl: das könnte sein Lebenswerk werden! Ein Werk, das einen selbst überlebte.

Sabine traf er manchmal, aber nicht allzu oft. Er wollte keinen Vorwand schaffen für häusliche Vorhaltungen, Vorwürfe der unglücklichen Mutter, daß die schulischen Belange zu kurz kämen. Das fehlte noch: gut ein Jahr vor dem Abitur sackt Sabine in der Schule ab, und schuld daran ist der bei allen Töchtern so beliebte Hausfreund, Onkel Jürgen. Andererseits konnte er den Mechanismus nicht nachvollziehen, daß die Leistungen abfallen sollten, wenn man liebte. Bei ihm war es genau umgekehrt: er arbeitete mit Volldampf und hatte seine Freude daran, seit er fühlte, daß er dem Mädchen nicht gleichgültig war.

Am Donnerstag rief Sabine an. »Hallo, Jürgen. Hast du Lust, morgen abend mit zu einer Fete zu gehen?«

»Was für eine Fete?«

»In der Uni in Köln. Die Fastenzeit.«

»Was ist mit der Fastenzeit?«

»So heißt die Fete. Läuft doch jedes Jahr. Hast du noch nie davon gehört?«

»Ja, doch . . . ich erinnere mich.«

»Also, kommst du mit?«

»Ich weiß nicht, Sabine . . . Ich meine, ob ich als älterer Herr da hinpasse . . .«

Das Mädchen lachte hell auf. »Hör zu, älterer Herr, ich habe keine Lust, alleine hinzugehen. Und wenn es dir nicht gefällt, gehen wir wieder.«

»Also gut . . . Dann hol mich ab.«

»Fein. Bis morgen, Jürgen. Tschüs.«

Davor hatte er sich manchmal ein wenig gefürchtet, daß, wenn es denn wirklich etwas würde zwischen Sabine und ihm, das Mädchen ihn bitten würde, doch mal mit in die Disco zu kommen oder eine Schulparty zu besuchen. Er konnte nicht tanzen, er haßte die Musik, die an solchen Orten gehämmert wurde, und er wußte, daß er sich furchtbar alt und überflüssig vorkommen würde, und dieser Gedanke war ihm am allermeisten verhaßt. Aber er beruhigte sich: ein Unifest, das mochte ja noch angehen, das war ein bißchen auch heimisches Terrain.

Seine Bedenken zerstreuten sich vollends, als er einmal eingetaucht war. Sabine war fröhlich und ausgelassen und freute sich, daß er mitgekommen war. Einige Leute von ihrer Schule waren auch da, und sie stellte ihn vor, nicht als Trophäe, nicht in dem Ton: Das ist der Mann, von dem ich euch erzählt habe, sondern schlicht: »Das ist Jürgen. Und das ist Sanja.«

»Hallo, Jürgen.«

»Hallo, Sanja.«

Auch fiel er keineswegs durch sein Alter auf, es waren

etliche Dozenten und Assistenten gekommen, und so mancher Assistent der Geisteswissenschaften, der den Absprung ins Lehramt verpaßt und den Hochsprung zur Habilitation immer noch nicht geschafft hatte, sah älter aus als er und würde mit einem Mädchen wie Sabine komischer wirken als er. Ein paar Studenten aus der eigenen Fakultät erkannte er, und mit Befriedigung stellte er fest, daß der eine oder andere von ihnen auch schon so um die dreißig sein mußte. In dem Alter hatte er bereits seine Facharztprüfung hinter sich und bereitete den Abschluß seiner Habilitation vor. Nun ja, heutzutage dauert wohl alles etwas länger, das hängt wohl mit den Problemen der Selbstverwirklichung und Selbstfindung zusammen. Dem Himmel sei Dank, daß wir damals noch nicht den Umweg zur Selbstfindung gehen mußten. Uns hatte man das noch nicht eingeredet. Heute klingt es ja fast reaktionär: Wir hatten uns schon gefunden, und das ohne Zeitverlust.

»Dr. Klamroth, hallo.«

Von einem Tisch winkten einige Studenten aus seinem Kurs zu ihm herüber. Klamroth schob einen leeren Stuhl vor sich her durch das Gewühl und setzte sich zu den jungen Leuten.

»Was machen *Sie* denn hier?«

»Wie darf ich den Tonfall verstehen, Herr Kommilitone, was ausgerechnet *ich* hier mache?«

Und plötzlich wurde ihm wieder klar, woher er die Stimme kannte. Natürlich, Silvester!

»Ich folge dem Rat eines unbekannten Wohltäters«, fuhr er nicht ohne Genugtuung fort, »der mir zum Jahreswechsel eine Botschaft auf Band hinterlassen hat: Knochen seien nicht alles, ich solle mich auch um die Fleischeslust kümmern. Und wann ist Fleischeslust wichtiger als während der Fastenzeit?«

Der Student war rot geworden.

»Aber, aber«, beschwichtigte Klamroth vergnügt, »ich habe das mit der Fleischeslust doch nicht gezielt gemeint, junger Mann. Um Sie zu beruhigen: Ich bin mit einer jungen Dame hier, der Tochter eines Freundes, und soll aufpassen, daß sie nicht in die Hände von Leuten fällt, die per Telefon anonyme Botschaften zweifelhaften Inhalts durchgeben.«

Sabine trat an den Tisch. »Alles klar, Jürgen?«

»Dieser Herr dort«, sagte Klamroth fröhlich, »möchte dringend mit dir tanzen, um einem weiteren Gespräch mit seinem Dozenten zu entgehen.«

Der Student stand prompt auf und führte Sabine auf die Tanzfläche.

Es wurde ein angenehmer Abend. Sabine vergnügte sich, und Klamroth ließ sich an mehreren Tischen nieder, führte amüsante Gespräche und brauchte nicht zu tanzen. Als sie gegen halb zwei im Auto saßen, fragte Klamroth: »War's schön?«

Sabine legte ihren Kopf an seine Schulter. »Es war sehr schön. Danke, daß du mitgekommen bist, Jürgen.«

Er zögerte. »Möchtest du ... bei mir übernachten?«

Sabine streichelte seine Wange. »Laß uns damit noch etwas warten.«

»Wegen Mama?«

»Ja ... auch. Sie ist nicht ganz glücklich über den Lauf der Dinge.«

»Aber ich bin es!«

Sabine umarmte ihn. »Ich auch!«

Klamroth startete den Wagen und fuhr das Mädchen nach Hause.

Klamroth arbeitete weiter mit Eifer an der Vorbereitung seines Handbuches, und fast empfand er es als eine lästige Störung, als Regierungsrat Dohm anrief und um einen Termin bat. »Ich werde Sie nicht lange aufhalten«, versprach er, aber das war es ja nicht: nicht so sehr der Besuch würde Zeit kosten, sondern das, was Dohm mitbrachte an Aufträgen. Spätestens wenn es mit der Leitung des Lehrkrankenhauses klappt, muß ich anderswo abbauen. In der Praxis geht das am einfachsten, die zwei dort schmeißen den Laden schon, und vielleicht stelle ich noch einen Dritten ein. Und auch der Job als Regierungssachverständiger hätte ja dann seine Schuldigkeit getan. Na ja, liegt im Moment noch nicht an, aber im Auge behalten.

Klamroth hatte Dohm nach Praxisschluß in seine Wohnung eingeladen. Dohm setzte sich in den angebotenen Sessel.

»Möchten Sie etwas trinken? Kaffee, Whisky, Bier, sogar Milch.«

»Ein Bier, danke.«

»Soll ich uns eine Kleinigkeit zu essen machen?«

»Oh, danke, das ist nett von Ihnen, aber ich bin nachher noch zum Abendessen verabredet.«

Klamroth ging in die Küche und holte zwei Flaschen Bier und Gläser. Dohm sah sich um und versuchte, einen Eindruck zu gewinnen, kommentierte aber nichts, als Klamroth zurückkam und einschenkte.

»Das Lokal heißt ›Kuckuck‹. Kennen Sie es zufällig?«

»Aber ja, ich bin zuweilen dort. Wer immer Sie eingeladen hat, scheint Sie zu schätzen.«

»Ich bin nicht eingeladen, nur verabredet.«

»Na, dann hoffentlich eine schöne Verabredung.«

»Ich fürchte, es ist eher dienstlich.«

»Daß der ›Kuckuck‹ im staatlichen Spesenrahmen liegt, wage ich zu bezweifeln.«

Dohm berührte den Aktenkoffer neben seinem Sessel und gab Anzeichen, daß er zur Sache zu kommen wünschte. Er hatte Statistiken mitgebracht über Unfallorte, Einsatz der Rettungsmittel, Transportwege der Verletzten und Transportzeiten bis zur ersten stationären Behandlung. Er bat Klamroth, das Material durchzusehen und Verbesserungsvorschläge zu machen.

»Am wirksamsten wäre ein Tempolimit«, sagte Klamroth, »aber es liegt wohl nicht in meiner Kompetenz, dies vorzuschlagen.«

»Das ist politisch zur Zeit nicht diskutabel. Würden Sie denn persönlich ein Tempolimit begrüßen?«

»Es wäre gut für die Allgemeinheit.«

»Und Ihre persönliche Meinung?«

»Eher nein. Aber ich würde davon nicht meine Wahlentscheidung abhängig machen.«

Dohms Lächeln zeigte eine Spur von Zufriedenheit und mochte besagen: Da haben wir sie wieder, die Doppelmoral, die fein zu unterscheiden versteht zwischen dem, was für die Allgemeinheit gut ist, und wie man es selber gerne halten möchte.

Klamroth ahnte den Gedanken, schwieg aber.

Dohm übergab noch einige andere Unterlagen, und man sprach kurz darüber. Damit war der amtliche Teil der Unterredung schon zu Ende. Komisch, dachte Klamroth, warum ist er gekommen? Ihn treibt ja wohl nicht die Liebe zu mir. Das Material hätte man schicken können, und man hätte sich telefonisch verständigen können, was damit geschehen sollte. Statt dessen ein aufwendiger persönlicher Besuch. Na ja, sollte vielleicht der Kontaktpflege dienen. Oder weil man ohnehin auf der Durchreise war.

»Haben Sie von den Vorfällen in Ägypten gehört?« fragte Dohm beiläufig.

»Ägypten? Was meinen Sie?«

»Die Toten dort und die Erblindeten.«

»Ja, ich glaube, ich habe so was überflogen. Warum fragen Sie? Irgend so eine Lebensmittelvergiftung, oder?«

»An welchen Lebensmitteln sollte man erblinden oder gar sterben?«

Verdammt noch mal, worauf will er hinaus? Und was habe ich damit zu tun?

»An verdorbenen, Herr Dohm. Ich muß Ihnen als Kollegen nicht erzählen, daß verunreinigter Alkohol blind machen kann. Und daß man an unsauberen Austern sterben kann.«

»Die Menschen, die dort gestorben sind, hatten sicher nicht das Geld, in einem Feinschmeckerlokal Austern zu essen.«

Klamroth wurde ungeduldig. »In einem Feinschmekkerlokal bekommt man auch keine vergifteten Austern!«

»Das ist richtig«, konzedierte Dohm. »Aber eins haben alle Opfer gemeinsam: sie waren im Krankenhaus.«

»Also irgendwas mit der Krankenhausküche. Oder mangelnde Hygiene. Das kommt sogar bei uns vor.«

»Ja, Hygienedefizite, das gibt es. Aber haben Sie schon einmal gehört, daß man davon erblindet?«

»Nein. Aber jetzt sagen Sie mir, Herr Dohm ...«

»Und die Küche war es auch nicht«, fuhr der andere ungerührt fort. »Es waren etliche Krankenhäuser. Die Küche kann nicht bei allen gleichzeitig auf einmal versagen. Außerdem hatten alle Betroffenen die gleichen Symptome.«

»Soll ich Ihnen was sagen, Herr Dohm? Es ist mir ziemlich egal. Ich bin Ihr Unfallexperte, und wir haben jedes Jahr Tausende von Toten. Erzählen Sie mir jetzt, was die Vorfälle in Ägypten mit mir zu tun haben?«

Dohm schien einzulenken. »Ich muß Sie um Entschuldigung bitten. Das hat mit Ihrer Tätigkeit wirklich nichts zu tun. Eher mit meiner.«

»Wieso?«

»Zu meinem Aufgabenfeld gehört die Ethik, wie ich Ihnen schon einmal zu erläutern versucht habe.«

»Und was hat Ihre Ethik mit Ägypten zu tun?«

»Es gibt Indizien in meinem Hause, daß man dort ein Medikament erprobt hat, mit diesen fatalen Folgen.«

»Und was hat Ihr Haus damit zu tun, wenn die Ägypter ein Medikament mit fatalen Folgen erproben?«

»Wenn es etwa ein deutsches Produkt wäre, das dort unten husch-husch getestet werden sollte, dann hätten wir etwas damit zu tun.«

»Das halten Sie für möglich?«

»Sie nicht?«

Klamroth überlegte einen Moment. »Doch, im Prinzip schon. Aber dann könnte es genauso gut irgendein anderes europäisches Land gewesen sein. Oder Amerika, oder Japan.«

»Das wäre möglich.«

Dohm packte seine Unterlagen zusammen.

»Die Beerdigung von Frau Pertramer war so ganz anders als die ihres Mannes«, sagte er und stand auf. »Es waren kaum Leute da.«

»Dann war es vielleicht ehrlicher als bei dem Professor.«

»Was meinen Sie?«

»Bei Pertramers Begräbnis schienen doch etliche nicht so ganz mit dem Herzen dabeizusein.«

»Das wäre schade. Das hätte er nicht verdient gehabt.«

»Ich kann es nicht beurteilen.«

Dohm griff nach seinem Mantel. »Ich kann mir einen Selbstmord bei Frau Pertramer nicht vorstellen. Schon gar nicht unter diesen absurden Umständen, das Wasser im Schwimmbecken mitten im Winter.«

»Ich habe im Krankenhaus schon absurdere Fälle gesehen, und aus ganz nichtigen Anlässen.«

»Was ist für Sie ein nichtiger Anlaß?«

»Irgendeine dumme Liebesaffäre.«

»Frau Pertramer scheint erpreßt worden zu sein.«

Klamroth war nicht überrascht. »Womit?«

»Hat Ihnen Herr Tomschläger das nicht gesagt?«

»Was hätte mein Freund Tomschläger mit der Dame Pertramer zu tun?« fragte Klamroth ärgerlich.

»Er hat den Anstoß für die Ermittlungen gegeben. Fragen Sie ihn doch mal.«

Klamroth öffnete die Wohnungstür. »Kennen Sie den Weg zum ›Kuckuck‹?«

»Ich habe eine Beschreibung, danke.« Er wandte sich zum Gehen, blieb aber noch einmal stehen. »Sie haben Ihre Spesen für Maastricht noch gar nicht eingereicht.«

»Lästiger Papierkram, Herr Dohm. Ich lasse einiges auflaufen und mache das dann mal in einem Aufwasch.«

»Aber Sie hatten doch Auslagen. Sie haben doch sicher übernachtet.«

»Nein, habe ich nicht.«

Dohm blickte ihn prüfend an. »Sie haben nicht übernachtet?«

»Nein, Herr Dohm.«

»Auf Wiedersehen, Herr Klamroth.«

»Auf Wiedersehen, Herr Dohm.«

Dohm frohlockte. So, mein Lieber, in die erste Falle bist du getappt und hast nichts gemerkt. Du *hast* in Maastricht übernachtet! Und deine Spesen rechnest du nicht ab, weil dir schon jemand die Rechnung bezahlt hat. Und wer das ist, da brauchen wir wohl nicht lange zu suchen. Du hast mir Genf weggenommen, aber deine Freude wird nicht ewig dauern. Du bist Sachverständiger geworden, obwohl wir gar keinen Sachverständigen brauchen. Was du dem Haus anzubieten hast, könnte *ich* mit links erledigen. Aber es wird nicht immer so weitergehen. Tomschläger wird nicht immer seine Hand über dich halten. Der braucht bald beide Hände für sich selber. Ägypten. Frau Pertramers Tod. Von wegen Unfall!

Im ›Kuckuck‹ traf Regierungsrat Dohm sich mit Professor Reischle vom Heilig-Kreuz-Krankenhaus.

5

Anfang April wurde das Heilig-Kreuz-Krankenhaus zum Akademischen Lehrkrankenhaus bestimmt und die Stelle des Leiters der Ausbildung ausgeschrieben. Klamroth bewarb sich. Gleichzeitig wurde mit den Arbeiten für einen Anbau begonnen, der weitere Operations- und Bettenkapazitäten sowie etliche Lehrräume und einen Hörsaal enthalten sollte. Es war geplant, das Projekt in Fertigbauweise in neun Monaten hochzuziehen.

Auch Professor Reischle bewarb sich um die Chefstelle, aber dies führte, wie Klamroth überrascht und mit einiger Verblüffung konstatierte, nicht zur völligen Vereisung zwischen den beiden Medizinern, eher im Gegenteil. Als er nach mehreren Operationen, für die er nun nicht mehr an den Freitag gebunden war, in der Cafeteria statt eines Mittagessens ein hastiges Sandwich verzehrte, trat plötzlich Reischle an seinen Tisch, deutete auf einen leeren Stuhl und fragte: »Darf ich?«

»Aber bitte.«

Reischle setzte sich. »Fast Food.« Mit einer Kopfbewegung deutete er auf Klamroths karge Mahlzeit. »Ich weiß ja nur wenig von Ihnen, aber ich dachte doch, daß Sie ein Feinschmecker wären.«

»Im Prinzip ja, aber ich bin heute etwas in Eile. Am Wochenende werde ich mich für diesen Fraß entschädigen und first class essen gehen.«

»Wie machen Sie es bloß, daß Sie nicht zunehmen?«

Worauf will der denn hinaus? »Eigentlich mache ich gar nichts. Keinen regelmäßigen Sport oder so. Bei mir schlägt halt einfach nichts an. Vielleicht führe ich auch ein zu hektisches Leben.«

»Ändern Sie etwas daran, falls Sie die Stelle bekommen?« fragte Reischle beiläufig und ganz ohne Unterton.

Aha, nun kommen wir doch langsam zur Sache. »Das muß ich auf mich zukommen lassen und dann entscheiden. In der Praxis könnte ich ohne Probleme zurückstekken. Und Sie?«

»Ein bißchen Hektik könnte mir nicht schaden. Vielleicht würde ich dann ein paar Pfund verlieren. Wie auch immer.« Reischle stand auf. »Noch haben wir ja die Stelle nicht. Die Zahl der Bewerber wird nicht gerade klein sein. Mal abwarten. Jedenfalls muß es kein Nachteil sein, wenn ein Haus gleich zwei Leute aufbieten kann, die sich das zutrauen, was, Herr Klamroth?«

»Das sehe ich auch so.«

»Dann noch einen schönen Tag.«

Also doch nicht zur Sache gekommen! Oder doch? Sollte das eine Art Friedensangebot sein nach dem Motto: Wer von uns beiden es auch wird, die Freundschaft soll es nicht trüben? Noch vor ein paar Monaten hat er mir mehr oder weniger deutlich den Rausschmiß angedroht, und nun diese freundlich-joviale Nummer. Eine Falle? Aber wenn, dann eine Falle wofür? Entweder werde ich hier Chef oder nicht. Jedenfalls hat *er* es nicht in der Hand. Nein, Falle ist Unsinn. Ob er sich damit abgefunden hat, daß ich es werde? Hat ja oft genug meine Beziehungen aufgespießt. Und nun will er sich für den Fall des Falles reibungslose Zusammenarbeit sichern? Nein, eigentlich ist er dafür nicht der Typ. Eher im Gegenteil: Es würde ihm Spaß machen, nach Kräften zu blockieren, wo immer er nur könnte. Oder ist diese lächerliche Position des Regierungssachverständigen doch mehr wert, als ich ahne? Wittert er Macht, mit der man sich besser gutstellen sollte? Erwartet er, daß für ihn dabei etwas herausspringen könnte? Na ja, egal. Wie der plötzlich wieder so christliche Kollege schon sagte: Mal abwarten.

Klamroth blickte auf die Uhr und stand auf. Er würde

Sabine anrufen. Vielleicht würde sie Ostern mitkommen in die Schweiz. Aber dann zögerte er. Es lief ja gut. Jetzt lieber nichts überstürzen ...

»Herr Brede, Herr Schwarz, bitte.« Regierungsrat Dohm bat seine beiden Mitarbeiter, Platz zu nehmen. Ohne Umschweife fragte er: »Wie weit sind Sie?«

»Die Sache in Ägypten ist eindeutig ein fehlgeschlagener Medikamententest«, sagte Brede.

»Woher wissen wir das?«

»Die WHO hat einiges Material sammeln können. Und eine deutsche Ärztin in« – er warf einen Blick auf seinen Notizblock – »in Bani Masar hat uns die Angaben bestätigt. Sie konnte sich übrigens auch auf Beobachtungen einheimischer Kollegen stützen, aus verschiedenen Orten.«

»Welche Angaben?«

»Alle Opfer sind Krankenhauspatienten, alle mit der gleichen Krankheit, nämlich schweren Durchblutungsstörungen. Einige so schlimm, daß man hätte operieren oder gar amputieren müssen. Aber nichts dergleichen, man hat statt dessen ein Medikament verabreicht. Und dann die Symptome der Betroffenen, völlig untypisch für das Krankheitsbild: Nervenschäden, Erblindung.«

»Und Tod«, ergänzte Dohm grimmig.

»Ja. Unsere Ärztin meint übrigens, es hat viel mehr Tote gegeben, als bei uns durchgesickert ist. Danach ist auf schnellstem Wege ein Präparat eingesammelt worden. Das weiß sie von Kollegen. Sie selber hat an ihrer Klinik nichts dergleichen bemerkt. Aber einige einschlägige Fälle hat es bei ihr auch gegeben. Name des Präparates: Fehlanzeige.«

»Die wirkliche Zahl der Toten: können wir das recherchieren?«

»Nicht mehr. Alles dicht. Eine Wand des Schweigens. Auch die Leute, die unsere Kollegin informiert haben, halten jetzt den Mund. Ganz klar Order von oben.«

»Und was schließen Sie daraus?«

»Bestechung, Erpressung. Womöglich beides.«

»Nicht unbedingt«, mischte Schwarz sich ein.

»Herr Schwarz?« nickte Dohm.

»Bestechung und Erpressung läßt vermuten, daß ausländische Konzerne das gemacht haben. Aber es könnte auch eine rein ägyptische Testserie gewesen sein, und nun, da sie fehlgeschlagen ist, möchte man sozusagen die Peinlichkeit vertuschen.«

»Herr Brede?«

»Ich glaube nicht, daß die Entwicklung eines Medikaments gegen Durchblutungsstörungen zu den vordringlichen Sorgen der Ägypter gehört.«

»Das glaube ich auch nicht«, stimmte Dohm zu. »Ich glaube vielmehr, daß ein Konzern in Europa mal wieder eine illegale Testserie gefahren hat und jetzt schmiert und erpreßt, damit die Mauer des Schweigens nicht wackelt. Das heißt, zu erpressen brauchen die gar nicht, Geld allein genügt wahrscheinlich schon, wie immer.«

Dohm wirkte noch blasser als sonst, und seine Lippen waren zu einer schmalen Linie zusammengepreßt.

»Und jetzt?« fragte Schwarz.

»Jetzt«, sagte Dohm leise, »will ich herausfinden, ob ein deutsches Unternehmen dahintersteckt.«

»Haben Sie einen bestimmten Verdacht?«

»Ein Konzern in Köln«, sagte Dohm ohne Zögern.

»Gibt es Indizien?«

»Schon, aber keine, mit denen wir vor Gericht durchkommen würden.«

»Wir könnten doch eine offizielle Untersuchung daraus machen und alle Mittel einsetzen, die uns zur Verfügung stehen, bis die Indizien glaubwürdig genug sind.«

Dohm deutete ein dünnes Lächeln an. »Dafür müßten wir das Okay von oben bekommen. Ich bin nicht ganz sicher, ob die Spitze des Hauses wünscht, daß ausgerechnet wir ein deutsches Unternehmen bei einer internationalen Sauerei entlarven.«

»Ist irgendwie sogar logisch«, gab Schwarz zu bedenken.

»Ja, finden Sie?« sagte Dohm scharf.

»Ich meine ...«, wollte der andere sich verteidigen.

Brede sprang ein: »Was für Indizien haben Sie, Herr Dohm?«

»Professor Pertramer schien etwas von der Sache gewußt zu haben, er war Berater des Konzerns. Nach seinem Tod hat die Witwe dann eine große Dummheit begangen. Statt zur Polizei zu gehen, hat sie Tomschläger einen Brief geschrieben, bestimmte Sauereien angedeutet und Geld gefordert. Das war ein Fehler.«

»Ja«, nickte Brede, »Erpressung.«

»Nicht nur das, Herr Brede. Es war ein Fehler, weil sie dafür mit dem Leben bezahlt hat.«

»Sie meinen im Ernst ...«, sagte Schwarz vorsichtig.

»Ich kannte die Frau«, fuhr Dohm unbeirrt fort. »Ich war bei ihr in Salzburg, als ihr Mann in der Klinik lag, ich habe sie nach Genf gefahren, ich habe während des Kongresses jeden Tag mit ihr gesprochen, ich habe sie wieder zurück nach Salzburg gebracht. Nach der Beerdigung ihres Mannes habe ich sie erneut besucht. Sie hat nie einen

Tropfen Alkohol angerührt. Und dann springt sie kurze Zeit später im Vollrausch ins Wasser und ertrinkt.«

»Das ist die Version der Polizei?«

»Nein, dort tippt man eher auf Unfall. Sie ist ins Wasser gefallen, nachdem sie vorher volltrunken ihren Swimmingpool aufgefüllt hatte, mitten im Winter.«

»Dagegen anzugehen«, Schwarz versuchte, seine Worte sorgfältig zu wählen, »würde vor Gericht wohl wirklich auf gewisse Schwierigkeiten stoßen.«

»Natürlich!« gab Dohm ärgerlich zurück.

Brede nahm sich ein Herz. »Herr Dohm, Sie meinen doch im Klartext, es war weder ein Unfall noch Selbstmord, sondern Mord. Ich weiß nicht so recht . . .«

»Klamroth ist der Schlüssel«, sagte Dohm spontan.

»Sie meinen unser Klamroth?«

»Wenn Sie so wollen, *unser* Klamroth. Ich meine eher Tomschlägers Klamroth. Die beiden sind enge Freunde, schon von Geburt an, wie ich höre.«

»Und Sie meinen, der hätte . . .?«

»Nein!« Dohm unterbrach ihn abrupt. Er hatte Mühe, seine Erregung zu kontrollieren. Er ärgerte sich, daß er sich in diese Sackgasse manövriert hatte. Die müssen glauben, ich bin verrückt. Klamroth und die Ermordung der Witwe Pertramer, absurd!

»Nein«, fuhr er nun ein wenig ruhiger fort. »Tomschläger baut Klamroth systematisch auf. Erst boxt er ihn durch als Referenten in Genf.«

Die beiden anderen warfen sich einen Blick zu. Dohm bemerkte es, und wieder kroch der Ärger in ihm hoch, aber er verzichtete auf einen Kommentar.

»Dann dient er ihn uns als Sachverständigen an, und prompt klappt das auch. Das Medienecho ist positiv, die

Arbeit, die er leistet, ist es auch, und das dürfte den Ausschlag geben für den nächsten Schritt nach oben, Professur nebst Klinikleitung.«

Die beiden anderen schwiegen eine Weile, ehe Schwarz zu bedenken gab: »Aber er soll doch wirklich ein guter Mann sein . . .«

»Das bezweifle ich auch nicht«, erwiderte Dohm unwirsch.

»Und wenn Tomschläger nun aus Freundschaft ein wenig nachhilft«, wandte Brede ein.

»Tomschläger ist Konzernboß und tut nichts aus Freundschaft.«

»Aber sie *sind* doch Freunde.«

»Das wird sich zeigen.«

Es entstand eine Pause. Dohm wußte, daß er sich verrannt hatte. Er hatte gute Argumente, aber die beiden anderen nicht überzeugen können.

»Was ist nun mit Ägypten?« fragte Schwarz schließlich.

»Da ist Aykut Erkal, der türkische Vogel, den wir schon öfter im Visier hatten. Der könnte seine Finger da drin haben.«

»Hat der Verbindung zu Tomschläger?«

»Nicht nachweisbar. Aber zu Klamroth. In Genf haben sie zusammen gegessen, ich habe es gesehen. Und jetzt in Maastricht, wo Klamroth in unserem Auftrag war. Erkal war zur selben Zeit in der Stadt. Ich weiß es.«

»Woher?«

»Ein Tip. Auch der leider nicht gerichtsverwertbar. Aber komische Zufälle. Erkal hat keine sichtbare Verbindung zu Tomschläger, aber zu Klamroth. Und Klamroth hat Verbindung zu Tomschläger. Dort müssen wir ansetzen.«

»Wie?«

»Das weiß ich auch noch nicht genau.«

Damit war die Dienstbesprechung zu Ende. Brede und Schwarz waren sich einig, daß Dohm es immer noch nicht verwunden hatte, daß nicht er, wie eigentlich vorgesehen, als Referent zu dem Symposion nach Genf geschickt worden war, sondern Klamroth. Und in seinem Zorn kam er auf absurde Ideen.

Dohm ahnte, was die beiden Männer dachten. Er war wütend, am allermeisten über sich selbst. Er hatte sich gehen lassen, war unbeherrscht geworden und hatte damit alles verpatzt. Ich weiß, daß ich recht habe, dachte er grimmig. Wenn es keiner glaubt, muß ich es eben alleine schaffen. Ich kriege euch, verlaßt euch drauf!

Etwa zur gleichen Zeit hatte Tomschläger eine Besprechung mit dem Vorstandsvorsitzenden seines Konzerns, und das Thema ähnelte dem, worüber man im Gesundheitsministerium gesprochen hatte. Trotz des ärgerlichen Anlasses mußte Tomschläger, wie schon so manchmal, ein Lächeln unterdrücken, als er mit einem Assistenten den Raum betrat. Der Vorsitzende, an die siebzig Jahre alt, groß und hager, mit vollem weißem Haar und immer noch ohne Brille, saß in dunkelblauem Anzug, hellblauem Hemd mit goldenen Manschettenknöpfen und dezent abgestimmter Krawatte an seinem gläsernen Schreibtisch und erinnerte Tomschläger an einen Schauspieler für seriöse Altherrenrollen – Könige, Klinikchefs, Staatssekretäre und eben Vorstandsvorsitzende.

Das Thema schien ihm lästig zu sein. »Wir wollen es

kurz machen«, sagte er und forderte die beiden Mitarbeiter auf, Platz zu nehmen. »Die Presse berichtet über die bedauerlichen Vorgänge in Ägypten. Es gibt Andeutungen, daß ein Konzern in Europa oder gar in Deutschland dahinterstecken könnte. Wissen Sie etwas Genaueres?«

Tomschläger nickte dem Assistenten zu: »Bitte, berichten Sie.«

»Die Weltgesundheitsorganisation WHO«, sagte der junge Mann, »hat bei den Erkrankungen einen Zusammenhang erkannt und in Kairo angefragt, was für eine Testserie im Süden des Landes laufe. Dort hat man abgewunken und gesagt, man habe alles unter Kontrolle. Mehr Information ist von dort nicht gekommen. Ich nehme an, eine Zeitung wollte dann mit der Andeutung, es könnte eine europäische Firma dahinterstecken, einen Versuchsballon hochgehen lassen.«

Der alte Mann ließ eine Pause entstehen, als wollte er das Gespräch überdenken und prüfen, ob er sich dieser Sicht der Dinge anschließen könnte.

»Vermuten wir das, oder wissen wir das?« fragte er schließlich.

»Wir wissen es«, übernahm Tomschläger die Antwort. »Nur eine Schweizer Zeitung hat Originalmaterial gebracht, die anderen Zeitungen haben das mehr oder weniger nachgedruckt, mit Garnierungen und ein paar eigenen Schlenkern. Außerdem haben die Blätter genau die Zahlen abgedruckt, die die WHO ermittelt hatte: also die falschen.«

»Inwiefern falsch?«

»Die Zahl der Opfer ist viel höher, auch die der Toten», sagte Tomschläger lakonisch.

»Woher wissen Sie das?« fragte der Vorsitzende. Er

empfand die Auskunft als unangenehm. Er zog es vor, auf Pressekonferenzen oder in Fernsehauftritten die umfangreichen Errungenschaften zu erläutern, die das Unternehmen im Umweltschutz erbracht hatte.

»Von unseren Leuten vor Ort«, sagte der Assistent.

»Was haben unsere Leute vor Ort mit dieser Schweinerei zu tun?«

»Gar nichts«, griff Tomschläger ein, »sie haben uns nur Bericht erstattet.«

»Warum berichten sie, wenn sie nichts damit zu tun haben?«

»Um von vornherein jeden Verdacht auszuschließen.«

»Könnte uns ein Verdacht treffen?«

»Natürlich nicht.«

»Und warum sind unsere Leute vor Ort dann so eifrig? Was interessieren die sich für Probleme, wenn es nicht unsere sind?«

»Weil wir dort auch manchmal Testserien durchführen. Ganz legal. In Absprache mit der Regierung. Und weil diese Sauerei nicht uns in die Schuhe geschoben werden soll.«

Der alte Mann war hoffnungsvoll: »Also haben wir nichts damit zu tun?«

»Absolut nichts!« versicherte Tomschläger.

»Gut.« Der Vorsitzende nickte zufrieden.

»Was allerdings nicht heißt«, fuhr Tomschläger fort, »daß wir nicht reagieren müssen.«

»Aber warum?«

Tomschläger wandte sich an den Assistenten: »Bitte warten Sie in meinem Büro auf mich.«

Der Mann stand auf, verbeugte sich und verließ den Raum. Der Vorsitzende zog die Augenbrauen zusammen. Als der Assistent die Tür hinter sich geschlossen hatte, sagte er: »Es wäre vielleicht korrekt gewesen zu fragen, ob ich den jungen Mann noch brauche.«

»Oh, Entschuldigung«, sagte Tomschläger ohne Verlegenheit. »Er ist einer der vielen Gehilfen, ich verwende ihn für Zuarbeiten und Kurierdienste. Ich wußte nicht, daß Sie ihn kennen.«

»Es kommt nicht darauf an, ob ich ihn kenne, Herr Tomschläger. Es kommt darauf an, wer entscheidet, wann ein Mitarbeiter aus dem Zimmer des Vorstandsvorsitzenden geschickt wird.«

»Ich wünschte, ich könnte mich immer mit solchen Entscheidungen abgeben.«

Zorn schwang in der Stimme des anderen mit, als er sagte: »Sie fühlen sich sehr sicher, Herr Tomschläger, ja?«

»Sollte ich mich unsicher fühlen? Ich arbeite hart, und das nicht ohne passable Ergebnisse, wie sich vielleicht herumgesprochen hat. Manchmal würde ich auch gerne jemand anderen die Drecksarbeit machen lassen, damit der Konzern floriert, und selbst unseren Laden in puncto Umweltfragen nach außen vertreten.«

»Ich weiß nicht, was Sie Drecksarbeit nennen!«

Tomschläger ging nicht darauf ein. »Soll ich nun den jungen Mann wieder zurückrufen?«

Der andere machte eine wegwerfende Handbewegung. »Was sollte das heißen, wir müssen reagieren?«

»Ägypten. Wer immer den Schlamassel dort angerichtet hat: auch wir können kein Interesse daran haben, daß unsere Industrie in der Presse immer wieder hochgekocht wird. Auch wir haben Partner dort unten, die jetzt ziemlich nervös geworden sind wegen der plötzlichen Publizität und das Visier runterklappen. Damit das nicht so bleibt, sind einige Auslagen nötig. Landschaftspflege. Damit wir dort die Kontrolle behalten. Und dann stehen neue Teilabschnitte für unsere Anlage in Mittelost an. Die Mikrofilme zeigen exzellente Ergebnisse.« Er unterbrach sich. »Sie wissen doch hoffentlich, wovon ich rede?« fragte er sarkastisch. »Jedenfalls kostet das auch erst etwas, bevor es etwas einbringt. Summa summarum: 15 Millionen. Sie müssen das abzeichnen. Ich schicke Ihnen die Unterlagen morgen rüber.«

Er stand auf, deutete mit einer Handbewegung einen Gruß an und verließ den Raum.

So, das war das. Von Zeit zu Zeit ist mal Klartext nötig. Ganz oben auf der Pyramide sitzen, über den Wolken und unschuldig. Bezüge kassieren, die jeden Minister wie einen Bettelknaben aussehen lassen, obwohl gerade die so manche Sauerei machen müssen für ihr bescheidenes Gehalt. Über allem thronen und von nichts was wissen und nur kassieren. Die Sauberkeit der Topetage! Auch du hast deine Häuser und deine Aktien und deine Schweizer und Liechtensteiner Konten nur, weil wir diese armen Hunde in Ägypten vergiftet haben, ohne sie entschädigen zu müssen. Weil wir hier und da eine Großbaustelle haben, an der kein Schild steht, daß wir die Bauträger sind.

Er stieß die Tür zu seinem Büro auf und war einen Augenblick lang überrascht, den Assistenten dort vorzufinden.

»Ah ja.«

Er ging zu seinem Schreibtisch hinüber und blätterte im Kalender. Er markierte eine Stelle und blickte dann auf: »Wir haben einen größeren Transfer Sonderausgaben. Bereiten Sie die Unterlagen vor?«

»Jawohl.«

»Gut, bis später dann.«

Anschließend rief er Klamroth an und erreichte ihn in der Praxis. »Hast du nächste Woche schon was vor, Jürgen?«

»In der Karwoche möchte ich Einkehr halten in meiner Schweizer Hütte.«

»Das trifft sich gut.«

»Was ist, hast du Lust mitzukommen?«

»Mann, das wäre was. Aber ich komme im Moment schwer weg.«

»Familienpflichten?«

»In der Firma liegt so einiges an. Ja, aber auch Familie. Ich glaube, wenn ich Ostern weg bin, lassen die zu Hause neue Schlösser einbauen.«

Jürgen zögerte. »Ich würde ja sagen, kommt alle mit, die ganze Familie. Aber ... ich wollte mir tatsächlich ein paar ruhige Tage machen ... verstehst du? Auch ein bißchen über mein Handbuch nachdenken. Wenn du alleine könntest, das wäre schon ideal.«

»Machen wir später im Jahr, Jürgen. Versprochen. Sag mal ... hast du nicht Lust, Sabine mitzunehmen? Sie hat Ferien. Frag sie doch mal.«

Verdammt, ich weiß, daß sie Ferien hat. Und was glaubst du wohl, woran ich schon alles gedacht habe?

Ein wenig stockend sagte er: »Ich glaube ... das wäre vielleicht ... noch zu früh.«

Walter lachte. »Ich wette, jetzt bist du rot geworden.«

»Du kennst mich ja, Tom-Tom.«

»Na ja, ihr müßt es wissen. Wenn du sowieso in der Gegend unterwegs bist, kannst du einen Abstecher über Genf machen?«

Jürgen war froh, Sabines Ferienmöglichkeiten nicht weiter diskutieren zu müssen. »Klar.«

»Und ruf bitte Erkal an und sag ihm, an welchem Tag du in Genf bist.«

»Mache ich.«

»Ich komme übermorgen abend zu dir und bringe die Fahrkarte. Ist das okay?«

»Okay.«

Am Nachmittag fuhr Tomschläger früher als sonst nach Hause. Die Familie würde es hoffentlich zu schätzen wissen. Aber die Kinder waren nicht da, und Linda kommentierte in der Küche ohne Überraschung: »So früh?«

Nun denn, ist ja wohl nichts mit der geselligen Familienrunde. Wieder ein guter Vorsatz geplatzt und von den Betroffenen noch nicht mal als Vorsatz bemerkt worden.

»Wo ist Angela?«

»Zum Geburtstag bei Uschi. Habe ich dir heute morgen gesagt.«

»Was? Ach ja.«

Er beobachtete Linda, wie sie einen Salat mischte.

»Wir könnten eine Köchin haben«, sagte er.

»Weiß ich. Und ein Kindermädchen auch, das sich um Angela kümmert. Dann hätte ich gar nichts mehr zu tun. Dann bräuchten wir nur noch einen Mann einzustellen, der deine Arbeit macht, und dann könnte das Glück hier wieder ausbrechen.«

»Du könntest wieder arbeiten gehen, wenn du möchtest.«

»Damit ich von den Kindern gar nichts mehr sehe? Außerdem weißt du, daß ich zu lange raus bin. Die machen heute alles mit Computern. Da hätte ich keine Chance.«

»Das kann man lernen.«

»Ja?« Linda blickte ihn ungehalten an. »Als was könnte ich denn wohl in deiner Firma anfangen? Ich meine, wenn ich nicht Frau Tomschläger wäre.«

»Wir haben noch nie eine Frau als Vorstandsvorsitzende gehabt«, versuchte Tomschläger das Thema zu entschärfen. »Dann wärest du sogar mein Chef.«

Aber der Versuch hatte eher die gegenteilige Wirkung.

»Sobald dir ein Thema nicht paßt«, kam die gereizte Antwort, »schiebst du es mit einem Jux beiseite. So werden keine Probleme gelöst.«

Ich hätte doch noch ein paar Stunden länger im Werk bleiben sollen! »Ich kann eigentlich kein Problem erkennen. Und für deine schlechte Laune habe ich hoffentlich keinen Anlaß gegeben.«

»So, hoffst du?«

Sein nächster Versuch, das Thema zu wechseln, schlug ebenfalls fehl: »Warum fängst du nicht wieder an zu töpfern?«

»*Was*?«

»Du hast doch früher gerne getöpfert. Wir könnten hier eine Werkstatt einrichten, mit Atelier und einem Brennofen im Keller. Platz ist genug, das wäre alles kein Problem.«

Linda ließ die beiden Plastiklöffel in die Salatschüssel fallen und gab mit schriller Stimme zurück: »Der Beitrag aller hohen Herren zur Ruhigstellung ihrer frustrierten Ehefrauen: die Töpferwerkstatt! Schenkst du mir auch ein Fotolabor, damit ich meine Kunstwerke fotografieren kann, bevor ich sie auf dem Speicher verstaue?«

Tomschläger stand auf. »Wir können auch einen Maler engagieren, der jedes Stück auf Leinwand festhält. Die

Bilder kommen dann ebenfalls auf den Speicher.« Damit wandte er sich zum Gehen.

Lindas Stimme überschlug sich: »*Was ist mit Sabine*?«

»Die lassen wir gleich mitmalen.«

»*Ich verlange eine vernünftige Antwort*!«

»Also gut«, erwiderte Tomschläger scheinbar gleichmütig, »was ist mit Sabine?«

»Läßt dich das kalt?«

»Was?«

»Sie schläft mit deinem Freund Klamroth.«

»Weiß ich nicht. Glaube ich auch nicht. Und im übrigen ist er unser Freund Klamroth.«

»Wieso glaubst du das nicht?«

»Ich habe vorhin mit ihm telefoniert. Er fährt nächste Woche in sein Chalet. Ich habe ihn gefragt, ob er Sabine mitnimmt. Antwort: nein.«

»Du hast ihn gefragt ...«

»Ja. Und er hat gesagt, nein.«

Sie blickte ihn fassungslos an. »Du hast ihn gefragt, ob er sie mitnimmt in die Schweiz. Als ob das die natürlichste Sache der Welt wäre.« Sie schüttelte den Kopf. »Interessierst du dich gar nicht für das Kind?«

»Sabine ist kein Kind mehr, damit wirst du dich abfinden müssen. Und was heißt natürlich? Fändest du es natürlicher, wenn sie mit irgendeinem Schulknaben verreisen würde? Eine Rucksacktour nach Südfrankreich? Da wäre mir dies schon übersichtlicher. Und sicherer. Ist schließlich keine schlechte Adresse, dieser Jürgen Klamroth.«

»Das sagst du, weil sie nicht auch deine Tochter ist. Es macht dir Spaß, mir wehzutun.«

»Ich bin eigentlich in ganz friedlicher Absicht nach

Hause gekommen.« Auch Tomschläger gab sich jetzt keine Mühe mehr, seine Stimme zu dämpfen. »Aber seit ich hier bin, gefällt es dir zu stänkern. Ich habe dir keinen Anlaß gegeben, und ich habe die Schnauze jetzt voll.«

»Ja, natürlich«, versetzte Linda höhnisch. »Nur nicht reden. Worüber man nicht redet, das existiert auch nicht. Alle Probleme schön unter den Teppich kehren.«

»Da gehören sie auch hin!« sagte Tomschläger, jedes einzelne Wort betonend. »Ich gehe jetzt rauf. Ich habe noch zu tun.«

»Halt!« befahl Linda.

»Was ist?« fragte er unwirsch.

»Hat dein Freund sich dazu geäußert, ob er das Mädchen heiraten will?«

»Nein, hat er nicht. Aber ich kann mir nicht vorstellen, daß er das will. Der war schon mal verheiratet. Der weiß, wie das ist.«

Und damit verließ Tomschläger die Küche und schlug die Tür hinter sich zu.

Wein! dachte Tomschläger, als er an seinem Schreibtisch saß. Ich habe vergessen, mir eine Flasche Wein mit hochzunehmen. Aber wenn ich jetzt wieder runtergehe und mir eine hole, lauert sie mir womöglich auf und schiebt noch ein paar Stänkereien nach. Ich muß mir hier oben einen kleinen Vorrat anlegen!

Was für ein Tag! Die Blinden und die Toten in Ägypten, und der Vorstandsmime beharrt auf korrekter Prozedur, wer wann das Zimmer verlassen darf. Das Schiff hat ein Leck, das mich in den Knast bringen könnte, wenn wir es nicht schnell und gründlich stopfen, und die Gattin will nicht töpfern. Unsere Scheißchemiker haben ein Pulver gemixt, an dem etliche Menschen am Nil verreckt sind, und die Gemahlin wünscht nicht, daß die Tochter den besten Freund liebt, sondern fände es natürlicher, wenn sie mit irgendeinem Motorradlümmel ins Bett stiege. Da soll einer sagen, Ehe wäre nur langweilige Routine.

Aber langsam beruhigte Tomschläger sich wieder, auch ohne Wein. Da müssen wir durch, und da kommen wir durch. Wir haben schon andere Sachen hingekriegt!

Später, die Kinder waren wieder zu Hause, holte Angela ihren Vater zum Abendessen. Tomschläger sagte, er habe heute keinen Hunger, und man solle schon einmal ohne ihn anfangen. Aber das Kind bettelte so lange, bis er schließlich doch mit nach unten ging. Das Gespräch beim Essen war eher einsilbig, aber Angela merkte nichts. Nur Sabine blickte zuweilen ihre Eltern prüfend an. Nach dem Essen zog Tomschläger sich wieder auf sein Zimmer zurück.

Tomschläger klingelte, und Klamroth öffnete die Tür.

»Entschuldige, ich komme etwas spät.« Walter nahm die beiden Aktenkoffer auf, die er auf dem Boden abgestellt hatte, und trat ein. »Dafür bleibe ich auch etwas länger.«

Es war halb neun. »Ich wollte gerade ins Bett«, sagte Jürgen. Er musterte die Koffer. »Diesmal zwei, und das Format scheint mir auch etwas größer zu sein als beim letzten Mal. Stell sie da irgendwo hin.«

»Stell sie da irgendwo hin! Diese beiden Schatzkästlein nimmst du nachher mit ins Bett, und morgen früh nimmst du sie mit unter die Dusche. Da sind immerhin 15 Millionen drin.«

»Mann, deinem Betrieb scheint es ja gutzugehen.«

»So kann man das auch sehen«, erwiderte Walter grimmig.

»Doch nicht?« fragte Jürgen amüsiert. »Wenn ihr für 15 Millionen Mark schmieren müßt, dann wollt ihr 1,5 Milliarden investieren und erwartet einen Gewinn von 15 Milliarden.«

»Du gehörst also auch zu diesen Linken, die glauben, daß wir bloß arbeiten, um Profit zu machen.«

»Aber nein. Wenn ihr den Profit auch ohne Arbeit machen könntet, würdet ihr das selbstverständlich tun.«

Walter ließ sich in einen Sessel in der Bibliothek fallen, und Jürgen stellte die beiden Koffer neben den Schreibtisch.

»Hast du gegessen?«

»Ja, danke.«

»Dann hole ich uns Wein.«

»Nee, Jürgen, ich habe richtigen Durst. Hast du nicht ein kühles, zischendes Bier?«

Jürgen verbeugte sich. »Sehr wohl, der Herr. Ein kühles, zischendes Bier.«

Als er mit Flaschen und Gläsern zurückkam, sagte Walter: »Du hast doch noch mehr kühles, zischendes Bier im Eisschrank?«

»Mehr als deinem Führerschein guttut.«

»Vergiß meinen Führerschein. Ich habe mich chauffieren lassen, und nachher nehme ich ein Taxi.«

»Wenn das so ist«, lachte Jürgen und ging zurück in die Küche. Er füllte die restlichen Flaschen aus dem Kasten in den Kühlschrank.

Er ist nervös. Nein, nicht eigentlich nervös. Angespannt. Plant einen Saufabend und hat Angst, daß der

Stoff ausgehen könnte. Sieht müde aus und ist gleichzeitig hellwach, irgendwie überdreht.

Als Jürgen in die Bibliothek zurückkam, hatte Walter seine Flasche bereits geleert, ohne das Glas zu benutzen.

»Hast ja einen guten Zug, Bruder«, kommentierte Jürgen die Leistung und kehrte zur Küche um.

»Die Flasche war schon leer, als du sie mir hingestellt hast«, rief sein Gast ihm nach.

»Noch ein kühles, zischendes Bier. Danke.« Walter nahm die Flasche und bediente sich sogleich.

»Und nun erzähl dem Onkel Doktor, wo es brennt. Vielleicht ist es ja nur ein verdecktes Knochenproblem, und das können wir dann gleich hier lösen.«

»Hast du deine Werkzeugtasche denn immer zur Hand?«

»Klar. Die meisten Krankheiten sind psychosomatisch und können durch einfache Eingriffe gelöst werden.«

»Was?«

»Psychosomatik. Noch nie gehört? Du glaubst, du bist depressiv. Deine Mutter ist gerade tödlich verunglückt. Deine Frau hat dich am selben Tag verlassen. Deine minderjährige Tochter erwartet ein Kind von einem Neger. Und am Tag der Beerdigung deiner Mutter springt dein Wagen nicht an. Du glaubst, du bist am Ende. Damit bist du ein typischer Fall für den Orthopäden. Du kommst zu mir, und ich sage dir, es ist die Bandscheibe. Ich renke dich ein, und danach bist du wieder der glücklichste Mann der Welt.«

»Und der Wagen springt auch wieder an?«

»Klar.«

»Nein.« Walter schüttelte den Kopf. »Dann bin ich

kein Fall für dich. Meine Mutter ist bei bester Gesundheit.«

»Wer weiß? Hast du sie heute schon angerufen?«

»Meine Frau will mich nicht verlassen.«

»Wart's ab. Noch bist du nicht zu Hause.«

»Und«, grinste Walter ihn an, »du siehst mir auch nicht gerade wie ein Neger aus.«

»Ich sprach von deiner minderjährigen Tochter.«

»Egal. Mein Problem liegt woanders. Mir tun in letzter Zeit die Knochen weh.«

»Dann bist du psychisch krank.«

»Meinetwegen. Darauf kommen wir später. Laß uns erst das Geschäftliche erledigen, Jürgen. Und wenn du noch ein kühles, zischendes . . .«

Jürgen lachte und holte zwei neue Flaschen.

»Danke. Also, wann kannst du nach Genf fahren?«

»Dienstag.«

»Gut. Triffst du Erkal?«

»Ja.«

»Er wird dir die Unterlagen geben für die Überweisungen. Du lieferst das Geld bei Zurbriggen ab und machst dann an Ort und Stelle eine Reihe von Überweisungen. Das könnte so ein, zwei Stunden dauern. Es gibt diesmal so einige Empfänger zu bedienen. Danach hast du dann endlich Urlaub. Und«, fügte er ein wenig verlegen hinzu, »sei vorsichtig im Schnee. Denk an Pertramer. Ich würde dich ganz gerne wiedersehen.«

Jürgen war gerührt. »Ich will nur auf's Matterhorn, in der Osternacht. Ansonsten möchte ich mich um mein Handbuch kümmern.«

»So ist es recht«, sagte Walter.

Jürgen nahm einen langen Schluck aus der Flasche,

auch er hatte sein Glas unberührt gelassen. »Warum diese Riesensumme und diese vielen Empfänger? Habt ihr ein größeres Projekt vor?«

»Leider nein, im Gegenteil. Wir müssen ein gescheitertes Projekt sanieren. Unsere Chemiker haben Mist gebaut, und das hat böse Folgen gehabt.«

»Hat das etwa mit Ägypten zu tun?«

Walter war verblüfft. »Woher weißt du?«

»Gar nicht. Ich bin nur gerade spontan darauf gekommen.«

»Warum?«

»Erzähle ich dir gleich. Was ist mit euren Chemikern?«

»Ja, Ägypten. Wir haben dort ein Mittel gegen Bluthochdruck getestet; das Mittel war Pfusch, und es hat etliche Tote gegeben. Mehr, als die Zeitungen vermutet haben.«

Jürgen nickte. »Und jetzt wollt ihr entschädigen?«

»Wenn wir das nur könnten, Jürgen! Nein, das Mittel darf es nie gegeben haben, eine Testserie hat nie stattgefunden, jetzt können wir nur sicherstellen, daß das auch die offizielle Lesart bleibt. Verstehst du?« Seine Stimme klang erregt. »Wenn das *hier* passiert wäre, könnten wir entschädigen, und ich wäre mit ganzem Herzen dabei. Solche Fehlschläge sind sozusagen normal. Wo getestet wird, können auch negative Ergebnisse anfallen. Frag jeden Testpiloten, der noch lebt. Aber es geht hier nicht, du weißt, das dauert Jahre. Und dann hat die Konkurrenz, mit Testserien in Thailand oder auf den Philippinen, das Produkt längst auf dem Markt. Also haben wir es in Ägypten gemacht, mit einem Präparat, das wir auch hier erprobt hätten, wenn wir es unter erträglichen Bedingungen gedurft hätten, aber unsere Chemie-Experten haben

Scheiße zusammengebraut, und wir können nicht Kompensation zahlen, wie es anständig wäre, sondern müssen vertuschen. Hier wäre es nur ein chemischer Skandal, die verantwortlichen Wissenschaftler würden gefeuert. Dort ist es ein Verbrechen gegen die Menschheit, absichtlich inszeniert vom fetten weißen Mann, um die Dritte Welt mit unserem Gift zu füttern und daran verrecken zu lassen.«

»Da hast du dich ja ganz schön in den Sumpf geritten«, sagte Jürgen.

»Na, siehst du«, nickte Walter matt, »keine Bandscheibe, was?«

»Jeder hat irgendwas an der Bandscheibe«, lächelte Jürgen schwach.

Walter stand auf, ging in die Küche und bediente sich aus dem Eisschrank. Er kam mit drei Flaschen Bier zurück.

»Eine für dich, zwei für mich«, sagte er und setzte sich. »Wieso bist du auf Ägypten gekommen?«

»Dohm war hier.«

»Wer ist Dohm?«

»Dr. med. Dr. jur. Winfried Dohm, Regierungsrat.«

»Ah, der Scheißer, den sie erst auf das Symposion nach Genf schicken wollten. Und?«

»Er hat mir penetrant von den Vorfällen in Ägypten erzählt und hielt es für möglich, daß ein deutsches Unternehmen dahintersteckt.«

»Nun, der Staatssekretär wird seinen Eifer schon dämpfen.«

»Weiß der davon?«

»Ja.«

»Ja, aber . . .«

»Ich habe dir doch mal die kleine Geschichte von dem Giftmüll erzählt, den es eigentlich nicht geben darf. Siehst du, und deshalb hält auch der den Mund.«

Jürgen nickte. »Dann hat er noch erzählt, Frau Pertramer sei erpreßt worden, und du hättest den Anlaß für die Ermittlungen gegeben.«

Walter trank in großen Zügen seine Flasche leer und wischte sich mit dem Ärmel die Lippen ab. »Ein cleveres Kerlchen, der Dr. Dr. Dohm, aber etwas ungenau. Die Witwe Pertramer, Gott hab' sie selig, falls er das über sich bringt, ist nicht erpreßt worden, sondern sie hat erpreßt. Jedenfalls hat sie es versucht. Schreibt mir einen Brief, sie wisse alles über die Machenschaften des Konzerns, ihr verstorbener Mann habe alles detailliert aufgezeichnet, und nun erwarte sie ein Angebot.«

Jürgen hatte atemlos zugehört. »Und . . . was hast du gemacht?«

»Ich«, sagte Walter zufrieden, »habe den Brief sofort an die Staatsanwaltschaft geschickt, die hat Ermittlungen aufgenommen gegen Frau Pertramer wegen versuchter Erpressung, und ein paar Tage später ist die Dame ertrunken. Und die detaillierten Aufzeichnungen des Gemahls haben sich bisher noch nicht gefunden.«

»Mann o Mann.« Jürgen holte tief Luft. »Du hast ja so einiges am Hut gehabt, Bruder.«

Walter nickte schwerfällig. »Du sagst es, Bruder. Aber das alles wäre nichts, wenn ein trautes Zuhause, eine liebende Familie einem den Halt gewähren würde, den das rauhe Leben draußen so oft verweigert.«

Jürgen lehnte sich zurück und verschränkte die Arme hinter dem Kopf. »Ich nehme an, damit ist der geschäftliche Teil beendet.«

»Holst du uns Nachschub«, erwiderte Walter, »oder muß ich es wieder selber machen?«

»Wir wechseln uns ab«, sagte Jürgen und stand auf. Er räumte die leeren Flaschen ab und verschwand in der Küche. Als er sich wieder gesetzt hatte, sagte Walter: »Nein, wir sind quasi immer noch beim geschäftlichen Teil.« Seine Bewegungen waren nicht mehr so ganz sicher, als er zur Flasche griff. »Die Ehe ist ein anstrengendes Geschäft.«

»Wem sagst du das?«

»Wieso, du bist doch schon lange wieder draußen.«

»Aber meine Ex-Erika ruft immer mal wieder an, Gott sei Dank.«

»Wieso Gott sei Dank?«

»Sie erinnert mich daran, wie es war, und dann preise ich den Herrn, daß ich es hinter mir habe. Erikas Anrufe sind die Garantie dafür, daß ich nicht wieder rückfällig werde.«

»Laß um Himmels willen die Finger davon, Jürgen. Ein Mann, der zweimal heiratet, ist ein Vollidiot. Ein Vollidiot ist einer, der absolut lernunfähig ist.«

»Das könnte fast eine klinische Definition sein«, lächelte Jürgen. »Mann, du klingst ja ganz schön angeschlagen. Und ich habe immer gedacht, ihr seid die einzige Familie, die ich kenne, wo es . . . einigermaßen klappt.«

»Du rauchst gar nicht«, stellte Walter fest.

»Was?« Jürgen war überrascht. »Ja, du hast recht. Habe ich glatt vergessen. Muß an der anregenden Gesellschaft liegen.« Er stand auf, ging um den Schreibtisch herum und nahm eine Pfeife und Tabak.

»Hast du vielleicht ein Reservepfeifchen für mich?« fragte Walter.

»Für dich? Du hast doch schon ewig nicht mehr geraucht.«

»Es ist nie zu spät, wieder anzufangen.«

Jürgen tastete mit den Augen den Pfeifenständer ab, der in einem der Bücherregale stand, und nahm eine Pfeife heraus.

»Hier, die habe ich längere Zeit nicht mehr benutzt, die müßte einigermaßen sauber sein.«

»Sauber«, echote Walter schwerfällig, »wir wollen das Zeug ja nicht injizieren. Stopf du sie mir bitte.«

»Ach, Tabak willst du auch noch?«

Jürgen stopfte die beiden Pfeifen, und Walter beobachtete ihn dabei. Dann folgte das Ritual des Anzündens. Walter mußte mehrere Anläufe unternehmen, und schließlich lehnte man sich zurück und paffte einige Züge.

»Soll ja angeblich entspannen«, kommentierte Walter.

»Hoffentlich wirkt es bei dir.«

»Wir sind also die einzige Familie, bei der es einigermaßen klappt«, nahm Walter den Faden wieder auf. »Weißt du, Frauen ahnen, wenn man Trouble hat.«

»Weiß Linda, welchen Ärger du . . .«

»Nein, wir sprechen nie über den Laden, jedenfalls nicht über Einzelheiten. Aber sie spürt, daß ich im Moment in der Scheiße stecke und den Kopf frei haben muß, und da haut sie voll rein. Ist der wandelnde Frust, der ständige Vorwurf in Person. Rackert sich demonstrativ in der Küche ab, daß einem die Tränen kommen, will aber keine Köchin. Lamentiert, daß sie aus ihrem Beruf heraus ist, und wenn ich sie ermuntere, wieder einzusteigen, mäkelt sie, daß ich ihr die Zeit mit den Kindern nicht gönne. Wenn ich anbiete, ihr eine Töpferwerkstatt einzurichten, schreit sie, so wollen die Machos ihre vernachlässigten Frauen unter dem Deckel halten. Soll ich dir was sagen, Jürgen? Frauen sind die Verkörperung eines existentiellen Frustes, und den lasten sie uns an. Sie sind wandelnde Frustfiguren, sie können gar nicht zufrieden sein, nie, und wir sollen daran schuld sein. Und das Irre ist, wir lassen uns die Schuld anhängen, wir spielen das Spielchen mit und fühlen uns auch wirklich noch schuldig. Das machen die Frauen mit uns!«

Jürgen hatte nachdenklich zugehört. So schlimm war es also! Der Freund tat ihm leid, er wollte etwas Tröstliches sagen, aber ihm fiel nur ein: »Nicht die Frauen, Walter. Nur die Ehefrauen.«

»Und da siehst du einen Unterschied?« Er deutete mit einer fahrigen Bewegung auf die leeren Flaschen. Jürgen stand auf. Auch er spürte nun seine Schritte und empfand den Weg in die Küche als ein wenig anstrengend.

»Ja, nur die Ehefrauen«, sagte er, als er sich wieder gesetzt hatte. »Das ist nicht nur meine Erfahrung, das habe ich immer wieder und überall gesehen. Hast du nie über den Sinn des Gesetzes nachgedacht?«

»Was für ein Gesetz?«

»Das Gesetz, mit dem du deine Ehe besiegelst. Es soll dich vernichten, wenn du jemals auf den Gedanken kommst, wieder aussteigen zu wollen. Du sollst zahlen bis ans Ende deiner Tage und dabei trockenes Brot fressen.«

»Mich vernichtet es nicht«, kam der trotzige Einwand.

»Dich nicht, und mich hat es auch nicht vernichtet. Aber wir beide, wir können nun wirklich nicht rufen: Wir sind das Volk. Es gilt für all die armen Schweine, für den Angestellten in deinem Schuppen, für den Lehrer, den Busfahrer.«

»Und du meinst«, artikulierte Walter vorsichtig, weil er spürte, daß flüssige Rede wohl nicht mehr so einfach gelingen würde, »das ist Absicht?«

»Natürlich.« Auch Jürgen mußte sich nun auf seine Worte konzentrieren. »Nimm die Kirche. Die katholische. Sie hat die Ehe zum Sakrament gemacht. Verstehst du?«

»Nee.«

»Die Kirche kann nur regieren mit Hölle und Verdammnis. Klar?«

»Klar.«

»Und da es nun im Jenseits keine Hölle gibt, haben die sich überlegt, wo kriegen wir eine Hölle her? Kapiert?«

»Kapiert.«

»Und da sind sie auf die Ehe gekommen. Die Ehe als die Hölle des Menschen auf Erden. Die machen sie zum Sakrament. Und schlau wie sie sind, nehmen sie ihre eigenen Diener davon aus. Kannst du folgen?«

»Zölibat«, stellte Walter verblüfft fest.

»Richtig«, bestätigte Jürgen. »Zölibat. Der garantiert ein langes Leben.«

Walter war beeindruckt. »So habe ich das noch nie gesehen.« Er rang nach Worten. »Aber manchmal ... springen doch welche ab ... und heiraten. Neulich bei uns oben im Kloster ... ein Dominikaner ... der hat geheiratet.«

»Manche Typen kapieren nichts. Glaub mir, der wird noch oft an den Zölibat zurückdenken.«

»Ja«, stimmte Walter schadenfroh zu, »das hat er verdient. Dummheit muß bestraft werden.« Er versuchte, seine Pfeife wieder in Brand zu setzen, aber es mißlang. »Du hast mir die Augen geöffnet, Bruder. Das muß ich Linda erzählen.«

»Ich weiß nicht«, gab Jürgen ein wenig unsicher zurück. »Vielleicht mag sie den Gedanken nicht.«

»Sie mag *dich* nicht mehr. Der Gedanke ist gut. Hast du das von Stefan Allwein?«

»Um Gottes willen«, wehrte Jürgen erschrocken ab, »hab nie mit ihm darüber gesprochen. Er würde das für zynisch halten.«

»Ist es ja auch«, bestätigte Walter fröhlich. »Zynisch, aber wahr.«

Jürgen nickte erschöpft.

»Hat sich gelohnt, der Abend«, tönte Walter. »Wie ist es: ein Fläschchen von dem kühlen ...«

»... zischenden ...«

»... schäumenden ...«

»... Scheißbier ...«

»... schaffen wir noch, oder?«

Jürgen ging mit unsicheren Schritten in die Küche. Als er zurückkam, sagte er: »Morgen früh muß ich operieren.«

»Gut, daß ich nicht dein Patient bin«, freute sich Walter.

Am Dienstag der Karwoche fuhr Klamroth morgens um vier Uhr los und war gegen Mittag in Genf. Er parkte in einer Tiefgarage gegenüber der Bank und wartete. Es dauerte nicht lange, und ein Mann kam auf seinen Wagen zu und beugte sich zum Fenster herunter: Aykut Erkal. Klamroth öffnete die Beifahrertür, Erkal ging um das Auto herum und stieg ein.

»Ein Treffen im Keller«, sagte Erkal und schüttelte Klamroth die Hand, »wie in einem Kriminalfilm.«

»Wenn gleich Scheinwerfer hinter uns aufblitzen, müssen wir uns aus dem Auto fallen lassen. Die erste Salve geht immer durch die Heckscheibe.«

»Dann werde *ich* am Leben bleiben«, lächelte Erkal.

»Und was ist mit mir?«

»Sie sind noch angeschnallt. Die ideale Zielscheibe.«

Klamroth klinkte seinen Gurt los. »Und ich dachte, ich wäre ein Profi.« Er griff in die Ablage und gab Erkal einen Brief. »Für Sie. Von Walter Tomschläger.«

»Das ist schön«, strahlte der andere. »Ich hoffe, es geht ihm gut?«

»Na ja«, wich Klamroth aus, »Sie kennen ja die Umstände im Moment.«

»Ja, Sie haben recht.« Erkals Gesicht war wieder ernst. Er zog einen dicken Umschlag aus der Jackentasche. »Hier sind die Unterlagen für die Überweisungen. Wenn Sie das möglichst schnell erledigen könnten . . .«

»Ich mache das sofort. Ich will anschließend auch noch weiter.«

»Ich dachte vielleicht, wir könnten heute abend . . .«

»Leider geht es diesmal nicht, Herr Erkal«, sagte Klamroth herzlich. »Ich bin mit einem Freund verabredet, in Siders. Ein alter Kommilitone, den ich im Januar hier auf dem Kongreß wiedergetroffen habe. Bitte haben Sie Verständnis.«

»Aber natürlich«, beeilte sich Erkal. »Wir sehen uns ja noch öfter.«

Als Erkal sich verabschiedet hatte, ging Klamroth zu dem Telefon neben dem Aufzug. Er hob den Hörer ab und wählte eine Nummer. Als sich eine Stimme meldete, sagte er: »Klamroth. Ich bin mit Herrn Zurbriggen verabredet. Bitte schicken Sie mir jemanden in die Garage.«

Wenige Minuten später öffneten sich die Türen des Lifts, und ein Mann trat heraus. Klamroth nickte ihm zu und ging zu seinem Wagen, der andere folgte ihm. Er öffnete den Kofferraum. Der Angestellte nahm wortlos die beiden Aktenkoffer heraus, und Klamroth verschloß den Wagen.

Zurbriggen begrüßte ihn wie bei dem vorangegangenen Treffen in seiner Suite. Der Mann trug die Koffer in den Nebenraum, und Klamroth sah, daß dort schon ein zweiter Mann wartete für die Prozedur des Geldzählens. Er sah sich kurz um: nichts schien sich verändert zu haben seit seinem Besuch drei Monate zuvor, und auch die Rosen auf dem leeren Schreibtisch waren wieder gelb. Also doch nicht die Farbe des Tages, dachte Klamroth, sondern wenigstens eine persönliche Note: der Benutzer des Raumes mochte gelb.

»Sie sind mit dem Wagen gekommen?« fragte Zurbriggen.

All das Gepäck mit dem Flugzeug, das wäre doch auch ein bißchen umständlich, oder?

»Ja. Ich will ein paar Tage Urlaub machen und ein bißchen herumfahren.«

»Sie haben eine anstrengende Reise hinter sich. Wenn ich Ihnen eine kleine Erfrischung . . .«

»Danke, Herr Zurbriggen, sehr freundlich, aber ich möchte schnell weiter. Ich muß noch einige Formalitäten erledigen . . .«

»Selbstverständlich. Kommen Sie.«

Er trat mit Klamroth auf den Gang hinaus und öffnete die gegenüberliegende Tür: »Bitte, Ihr Büro.«

Klamroth blickte sich um. Der Raum war kleiner als Zurbriggens Kommandodeck, aber ähnlich gestaltet: dunkelbraune Täfelung, ein Schreibtisch im selben Ton, eine Vase mit roten Rosen. Ein Gemälde, sonst keine Bilder. Klamroth ging näher an das Bild heran. Caspar David Friedrich. Ob das wohl ...?

»Es ist echt«, schien Zurbriggen den Gedanken zu lesen. »Nun, Herr Klamroth, arbeiten Sie hier, so lange Sie wollen. Wenn Sie fertig sind, kommen Sie noch kurz zu mir herüber. Sie können alle Unterlagen auf dem Schreibtisch liegenlassen, das wird sofort erledigt.«

»Danke.«

Zurbriggen deutete eine Verbeugung an und ließ Klamroth allein.

Mein Gott, wie geschmiert das alles läuft. Alles perfekt. Klappt reibungsloser als jede Klinik. Ein feudales Gastbüro für den Kofferträger anonymer Millionen. Mit Rosen. Was für ein Kontrast. Die armen Schweine in Ägypten, und hier am anderen Ende der Leitung die Schadensbegrenzung: piekfein, hochdiskret, edelholzgetäfelt, rosenduftend, und mit Caspar David Friedrich für's Atmosphärische.

Klamroth brauchte fast zwei Stunden, bis er alle Überweisungen an die Adressaten, die in Erkals Papieren verzeichnet waren, ausgeschrieben hatte: auf Konten in Ägypten, in Syrien, in der Türkei und in der Schweiz, ein paar davon gleich im Hause, in Zurbriggens Bank.

Gegen drei Uhr saß Klamroth wieder in seinem Wagen und startete in Richtung Siders im Rhonetal. Es schneite und regnete abwechselnd, und er war froh, nicht mehr durchfahren zu müssen bis zu seinem Haus in Saas. Als er gegen fünf Siders erreichte, fiel ihm ein, daß er nichts für die Kinder mitgebracht hatte. Verdammt, vier Kinder, und du kommst mit leeren Händen! Den Gedanken, in der Stadt anzuhalten und hastig etwas einzukaufen, verwarf er. Er war sich auch nicht mehr sicher: waren es zwei Mädchen und zwei Jungen? Oder drei zu eins? War das älteste Kind sechzehn und ein Mädchen und das jüngste neun und ein Junge, oder umgekehrt? Nee, diesmal lieber keine Geschenke. Hättest dich halt gründlicher vorbereiten müssen, Herr Doktor.

Almöhi hatte ihm eine Skizze gemacht, und so erreichte er sein Ziel ohne Umwege. An einer halbhohen Mauer fand er, neben dem Eingang angebracht, das Schild: Dr. Harald Schulz, Orthopäde. Das Eingangstor stand offen und führte durch einen Garten mit Obstbäumen auf das Haus zu, dessen Stil mit Bogenfenstern und gelbem Putz ein wenig südlicher anmutete, wie überhaupt manche Gegenden des Tals aus einer spanischen Landschaft zu stammen schienen, jedenfalls im Sommer. Das Haus wirkte mit drei Stockwerken geräumig und paßte sich doch in die hier eher sanfte Berglandschaft ein. Klamroth erkannte sofort die Aufteilung: unten praktizierte der bedächtige Freund, in den beiden Etagen darüber wohnte die Familie.

Er blieb einen Moment lang stehen und nahm den Anblick in sich auf. Man sagt ja, es sei dem Familienleben nicht gerade förderlich und schon gar nicht dem ehelichen Frieden, wenn Wohn- und Arbeitsplatz ein und derselbe Ort sind. Man ist so eine Art Heimarbeiter, hängt sich dauernd auf der Pelle, kommt nie raus und hat keine Stunde des Tages mal unkontrolliert für sich. An sich eine Frauenplanung, ein solches Leben, aber Almöhi scheint es nicht zu beschweren. Er hat in Genf nicht gerade den Eindruck eines Mannes auf Hafturlaub gemacht, den es nun dringend zu nutzen gelte.

Im Parterre waren alle Fenster erleuchtet, und Klamroth überzeugte sich mit einem Blick auf das Schild neben dem Praxiseingang, daß Almöhi noch knapp eine Stunde zu arbeiten hatte. Er ging zur anderen Seite des Hauses und klingelte. Ein Junge, vielleicht neun oder zehn Jahre alt, öffnete die Tür und blickte ihn schweigend an. Gleich darauf erschien die Mutter, und er erkannte sie sofort: die kleine Anglistin aus Bonn, und rote Haare hatte sie in der Tat immer noch, wie Almöhi versichert hatte. Duzen oder siezen? durchschoß es Klamroth. Und er entschloß sich kurzerhand, nach fast zwei Jahrzehnten das Du wieder aufleben zu lassen.

»Helga?« sagte er zögernd. »Erinnerst du dich? Ich bin Jürgen.»

»Wenn du es nicht gesagt hättest«, lächelte die Frau, »hätte ich dich für einen Bettler gehalten.«

»Ich habe dich gleich erkannt.« Klamroth fühlte sich immer noch ein wenig verlegen.

»Ist ja auch kein Wunder, wenn du die Anschrift kennst.«

»Nein«, protestierte Klamroth, »du hast . . .«

»Sag jetzt bloß nicht, ich hätte mich nicht verändert. Nach vier Kindern verändert sich so einiges. Wenn du nett sein willst, dann sag, ich hätte mich nicht bis zur Unkenntlichkeit verändert.«

»Jedenfalls hätte ich dich auch wiedererkannt«, verteidigte er sich, »wenn wir uns in Köln auf der Domplatte begegnet wären.«

»Na, dann darfst du reinkommen, Jürgen.« Sie streckte ihre Hand aus, und Klamroth drückte sie.

»Das ist Raphael.« Sie streichelte dem Jungen den Kopf.

»Guten Tag, Raphael. Ich bin Jürgen.«

Das Kind gab artig die Hand, starrte den Gast an und schwieg.

»Laß uns raufgehen. Harry kommt etwas später.«

Raphael sprang die Treppe vor ihnen hinauf.

»Mach es dir bequem«, sagte Helga und deutete auf eine Sesselecke.

»Danke.«

Klamroth blickte sich um. Das Wohnzimmer. Alte und neue Möbel gemischt. Ein paar Stiche aus dem vorigen Jahrhundert, aber auch moderne Landschaften und Fotos von den Kindern. Ein Kamin, in dem ein paar Scheite glühten und neben dem weitere Holzklötze säuberlich gestapelt lagen. Sessel und Couch und Tischchen in der Mitte, diese unvermeidliche Standardgarnitur aller echten Wohnzimmer, ein wenig pompös und plüschig, aber nicht ordentlich in der Strenge, wie es sich gehörte: überall lagen Gegenstände herum, Zeitungen, Spielsachen. Nein, eigentlich nicht das provinzielle Wohnzimmer, das man von einem erwartet, der von allen Kommilitonen zu Recht Almöhi genannt wurde, sondern eher, was die Engländer einen Living-room nennen. Hier wurde gelebt, ganz offensichtlich.

Ein Mädchen, etwas älter als die Prinzessin, kam auf Klamroth zu und streckte unbefangen die Hand aus. »Ich bin Jeannette.«

»Hallo, Jeannette. Ich heiße Jürgen.«

»Ich kenne dich. Ich habe dich im Fernsehen gesehen.«

»Und wie hat es dir gefallen, Jeeannette? Habe ich gut gespielt?«

»Du hast geredet. Ich weiß nicht mehr, was. Papa hat gesagt, das ist Jürgen.«

Helga unterbrach. »Was möchtest du? Hast du Hunger, Durst?«

»Wenn ihr den Bettler zum Abendessen einladet, kann er noch so lange warten.«

»Es dauert nicht mehr lange«, versicherte Helga.

Kurz nach sechs kam Almöhi die Treppe heraufgestapft. Er ergriff die beiden Hände des Gastes: »Na, habt ihr euch wiedererkannt?«

»Ich hatte keine Schwierigkeiten«, erwiderte Klamroth, »aber deine Frau hat mich für einen Bettler gehalten.«

»Dann sei uns willkommen, Bettelmann.« Er umarmte Klamroth. »Der berühmte Medicus hat seinen Weg ins Rhonetal gefunden. Und nun ad rem.« Er wies auf den Raum nebenan, wo das Abendessen bereits aufgetragen war. »Du hast heute nicht gearbeitet, aber ich. Dennoch sollst du mithaben, was an Brosamen vom Tisch fällt.«

Als alle saßen, hob der Gastgeber an: »Hier also siehst du die Resultate meines irdischen Wirkens. In zeitlicher Reihenfolge: das ist Yvonne. Sie ist sechzehn. Eine große Schauspielerin in der Schultruppe.«

Yvonne lächelte.

»Und das hier ist René, geboren vor nunmehr vierzehn Jahren. Er kann dir jedes Funkgerät reparieren und dein Autoradio für den Polizeifunk scharf machen.«

»Das stimmt«, nickte René ernsthaft.

»Und hier Jeannette.«

»Wir kennen uns schon«, sagte das Kind.

»Ihr kennt euch also schon. Sie ist zwölf. Sie singt

dir alles vom Blatt. Auch die Arie der Königin der Nacht.«

»Ich habe auch ein Klavier«, ergänzte Jeannette.

»Klar. Wer singt schon ohne Klavier? Und das hier ist unser lieber Raphael, zehn. Er kann dir jede Vogelstimme nachmachen. Besser als jeder Vogel selber. Die Vögel fallen immer wieder darauf herein.«

Raphael lächelte dankbar, schwieg jedoch.

»Und nun«, gab Almöhi den Start zum Abendessen frei: »Am Abend lud der König Veronas Bettler ein!«

»Danke, Majestät«, sagte Klamroth und langte zu.

Herr im Himmel, was für eine Scheiße habe ich Walter erzählt! Die Ehe als Hölle des Menschen auf Erden! Nun gut, es ist seine Scheiße, und er wollte die Bestätigung von mir, und ich habe sie ihm gegeben. Und hier nun sitzt eine Familie wie aus dem Bilderbuch des Spießbürgers: Vater mit Bierbauch (oder Freßbauch: egal) schafft an, Mutter werkelt in der Küche, anglistisch vorgebildet, aber offensichtlich zufrieden mit ihrem unphilologischen Küchenschicksal, die Kinder sind die üblichen kleinen Größen im Schultheater, im Radiobasteln, im Chor und bei der Vogelimitation. Alle normal, keine Überflieger, die bei uns verdächtig wären für Preise bei ›Jugend forscht‹. Er hebt Yvonnes Schauspielkunst hervor: wahrscheinlich kann sie kein Latein. Er betont Renés technisches Geschick: womöglich haßt er Gedichte. Jeannette kann singen: vielleicht braucht sie das, um ihr Versagen in Mathematik zu überspielen. Und Raphael imitiert Vogelstimmen: vielleicht findet er die Rechtschreibung unüberwindlich.

Später saß man ohne die Kinder am Kamin.

»Erinnert ihr euch noch an Walter Tomschläger?«

fragte Klamroth. »Ihr müßtet ihn getroffen haben, damals in Bonn.«

»Ich weiß nicht ...«, sagte Helga.

»Doch«, nickte Almöhi, »Walter Tomschläger. Hat schon als Student mit Aktien spekuliert.«

»Genau. Jedenfalls hat er mir aufgetragen, falls ihr euch an ihn erinnert, soll ich euch grüßen. Er ist ein Big Boss in der Industrie. Hat Familie, zwei Töchter. Der einzige aus dem Bonner Kreis, der geblieben ist. Bis du mich in Genf aufgestöbert hast, Almöhi.«

Helga lachte, als sie den Spitznamen hörte. »Almöhi – mein Gott, wie lange ist das her.«

»Habt ihr noch Verbindung zu irgend jemandem aus der alten Clique?«

»Nein.« Almöhi schüttelte den Kopf. »Wir haben uns hier im Tal eingegraben. Da ist man ziemlich weit entfernt von der Welt. Es muß an den Bergen liegen. Sie begrenzen nicht nur die Sicht, sondern sie prägen mit der Zeit auch die Mentalität. Man wird ganz froh, sich nicht um das kümmern zu müssen, was hinter den Bergen liegt. Und dann verpaßt man auch das meiste.«

»Kein schlechtes Leben«, gab Klamroth zu bedenken.

»Na«, wandte Helga ein, »das sagst du jetzt, um höflich zu sein.«

»Nein, bestimmt nicht.« Klamroth überlegte einen Moment. »Ich sage ja nicht, daß ich sofort tauschen möchte. Könnte ich jetzt wohl auch gar nicht mehr. Ja, ich glaube, das ist der Punkt. Mein Zug ist abgefahren. Ich kann euch nur noch beneiden, aber nicht mehr von dem Zug abspringen. Wahrscheinlich auch eine Frage der Mentalität.«

»Nein«, widersprach Almöhi, »du hattest nie eine andere Wahl, auch am Anfang nicht. Wie du durchgestartet bist im Studium. Als ich endlich fertig war, saßest du schon an deiner Habilitation. Für mich war das Studium eine Riesenhürde, die ich mit Mühe und Schweiß überwinden mußte, damit ich wieder zurückkonnte in mein Tal und für den Rest meiner Tage ein Auskommen haben würde. Für dich war es die erste Sprosse einer Leiter. Du bist Wissenschaftler geworden. Das warst du im Grunde schon als Student. Du hättest dich schon damals nicht für ein Alpental entscheiden *können.*«

»Nein, das ist es nicht.« Klamroth suchte nach Worten. »Bücher kann man auch in Tälern schreiben. Genau das habe ich ab morgen vor, im Saastal.«

»Das kannst du nur, wenn du dir dein Material mitbringst. *Hier* findest du es bestimmt nicht.«

Klamroth wußte, daß Almöhi recht hatte. Das war ja das Problem gewesen, daß er schon in Köln nicht genug Material zusammenbekommen konnte. Er wandte sich an Helga: »Und du, Helga? Sehnst du dich manchmal zurück in den kühlen Norden?«

»Nein, nie«, kam die spontane Antwort. »Wenn ich meine Eltern in Hannover besuche, also, ich bin immer froh, wenn es wieder vorbei ist. Ich fühle mich nur hier wohl.«

»Das meinte ich vorhin damit, daß ich euch beneide. Ihr habt die Entscheidungen getroffen und seid ganz sicher, daß es die richtigen waren. Ich wollte Professor werden und bin es immer noch nicht. Ich habe es mit Familie versucht und bin gescheitert. Meine Tochter ist so alt wie eure Yvonne, wohnt bei ihrer Mutter und will nichts von mir wissen. Sie kann weder schauspielern noch Arien singen und fliegt bald von der Schule, so schlecht ist sie. Ihr dagegen ... ihr habt keine Probleme.«

Almöhi hob abwehrend die Hände.

»Außer vielleicht zuweilen Masern und Zahnschmerzen«, fügte Klamroth lächelnd hinzu.

»Das ist traurig mit deiner Tochter«, sagte Almöhi mitfühlend. »Da scheint dir unser Leben problemlos zu sein. Das ist es nicht. Aber zugegeben, vielleicht ist es unsere Art zu leben, die Probleme erträglicher macht. Nimm unseren Raphael, der die Vogelstimmen nachahmt. Das ist das einzige, was er kann. Er ist zehn Jahre alt und geht noch nicht zur Schule. Er konnte mal ein wenig sprechen, aber seit er immer wieder die Erfahrung gemacht hat, daß die anderen lachen, sagt er gar nichts mehr. Er ist, um es mal unwissenschaftlich und ohne Schminke auszudrücken, blöde. Aber was soll's? Wir lieben ihn alle, und das spürt er und ist in seinem armen Herzen glücklich. Und später, da hoffen wir, daß einmal so viel Geld da ist, daß er bis an sein Ende hier anständig leben kann, wer immer von den anderen dreien das Haus mal übernehmen wird.«

Es hat keinen Zweck, dachte Klamroth traurig, darüber nachzudenken, was gewesen wäre, wenn. Lebensweichen werden gestellt und können dann nicht mehr korrigiert werden. Almöhi hat recht. Ich war Wissenschaftler schon als Student. Er ist nach einem anderen Gesetz angetreten, und es hat geklappt. Vielleicht hat er auch da recht. Hätte unsere Ehe gehalten, wenn Andrea behindert gewesen wäre? Vielleicht etwas länger. Vielleicht wäre sie aber gerade deshalb auch eher hochgegangen. Sehr wahrscheinlich sogar. Almöhis Familie funktioniert nicht, weil Raphael behindert ist, sondern umgekehrt: er ist nach *seinem* Gesetz angetreten, da war die Familie die Nummer eins, die Medizin spielte wohl eher eine Nebenrolle. Und weil sein Gesetz sich erfüllt hat, kann er zu Recht sagen: Wir alle lieben den Jungen und werden für ihn sorgen.

Klamroth fuhr am nächsten Morgen nach dem Frühstück weiter. Der Abschied war herzlich, und Helga und Almöhi luden ihn ein, auf der Rückreise doch noch einmal anzuhalten und einen Abend mit ihnen zu verbringen. Halb versprach Klamroth es und halb ließ er es offen. Die Familie winkte, als er abfuhr, auch der stumme Raphael.

Schon auf der Fahrt ins Saastal verblaßte die vage gefaßte Absicht, in ein paar Tagen noch einmal bei Almöhis Familie vorzusprechen. Vielleicht später, wenn er mit größerer Gewißheit sagen konnte, daß auch sein Gesetz sich erfüllt hatte und daß er es so gewollt hatte und zufrieden war.

Am späten Vormittag erreichte er sein Haus in der Nähe von Almagell. Er schaltete Strom, Wasser und Heizung ein und fuhr in den Ort, um Proviant zu kaufen.

In den folgenden Tagen wanderte er vormittags, und es war ihm eine Art grimmiger Freude, sich bis an die Grenzen der Erschöpfung zu beanspruchen. Mittags legte er sich schlafen, manchmal gar für drei Stunden. In der zweiten Hälfte des Tages widmete er sich der Planung seines Handbuches der orthopädischen Chirurgie, insbesondere konzentrierte er sich auf endoskopische Operationen. Sie würden einen Schwerpunkt des Buches bilden: in den bisherigen Werken stand darüber noch so gut wie gar nichts zu lesen. Zuweilen war er abgelenkt und saß lange an seinem Schreibtisch, ohne ein Wort zu Papier zu bringen. Er stellte sich vor, was er als Chef des Ausbildungskrankenhauses tun würde, wie er den Betrieb organisieren würde, was er von dem Personal verlangen würde. Zweimal rief er Sabine an, und beide Male hatte er erst ihre Mutter am Apparat, ehe er das Mädchen sprechen konnte. Die zurückhaltende Art, mit der Sabine sprach, signalisierte ihm, daß Linda während der Gespräche in Hörweite geblieben war. Am Ostersamstag rief Sabine ihn an. Offensichtlich waren die anderen in der Abendmesse, und es wurde ein langes liebevolles Gespräch.

Am Ostermontag fuhr Klamroth wieder nach Hause. Als er Siders passierte, blickte er kurz in die Richtung, wo Almöhis Haus liegen mußte. Er fuhr weiter mit gleicher Geschwindigkeit. Ein andermal, Almöhi.

6

Regierungsrat Dohm vom Gesundheitsministerium rief Professor Reischle im Heilig-Kreuz-Krankenhaus an.

»Ich habe in der Karwoche mehrere Male angerufen«, sagte Dohm, »und ihn nie erreicht. Wissen Sie etwas?«

»Er war in der Schweiz«, antwortete Reischle, »von Dienstag bis Ostermontag. Wollte skifahren, wie ich gehört habe. Er hat dort ein Haus, ich glaube, im Kanton Wallis.«

»Man müßte wissen, wo das Haus liegt.«

»Das könnten Sie doch ganz einfach herausfinden«, sagte Reischle eifrig. »Das nächste Mal, wenn er hinfährt, ich nehme an, im Sommerurlaub, inszenieren Sie irgendeine wichtige Sache, einen dringenden Vorfall, und in der Praxis wird man Ihnen die Adresse schon geben, wenn Sie qua Regierung darum bitten.«

»Ja, das wäre wohl eine Möglichkeit.«

»Daß er in der Schweiz war« – Reischle gab sich Mühe, seine Stimme nicht allzu begierig klingen zu lassen – »hat das eine Bedeutung?«

»Ganz sicher!« sagte Dohm spontan. »Ein Kontakt, den wir seit langem verdächtigen, war zur selben Zeit dort. Aber«, stellte er verbittert fest, »das letzte Glied fehlt uns. Wir wissen nicht, ob die beiden sich getroffen haben. Wenn wir eine solche Begegnung nachweisen könnten, das wäre schon ein entscheidender Schritt vorwärts.«

»Das müßte doch vielleicht mit ... Observation zu machen sein.«

»Ja, sicher«, gab Dohm resigniert zu, »nur bekomme ich dafür nicht das Plazet. Ich kriege keine Mittel, um den Sachverständigen des eigenen Hauses beschatten zu lassen.«

Reischle hatte eine Idee. »Das könnte man doch privat organisieren, Herr Dohm ...«

Dohm horchte auf. »Ja, natürlich. Aber ... da bleibt die Frage der Finanzierung.«

Reischle ließ sich etwas Zeit, ehe er antwortete: »Also wir arbeiten doch in dieser Sache zusammen, ja?«

»Ja.«

»Und wir arbeiten doch nach dem Prinzip, daß ein Erfolg auch honoriert würde, oder?«

»Ja.« Nun war es an Dohm, begierig auf die nächsten Worte des anderen zu warten. »Natürlich!«

»Dann könnte ich doch eine kleine Investition auf die

Zukunft wagen und die Observation ... sozusagen ... vorfinanzieren. Was halten Sie davon?«

»Das«, sagte Dohm ein wenig atemlos, »das wäre ein Weg, Herr Reischle. Und wenn er zum Erfolg führt, wenn wir etwas mehr hätten als einen Anfangsverdacht, etwas Konkretes, dann könnte ich für alles weitere auch Mittel des Hauses lockermachen.«

»Also abgemacht.« Reischle klang zufrieden. »Da ist noch etwas, Herr Dohm.«

»Ja?«

»Klamroth ist auf einem Studentenball mit einer jungen Dame aufgetaucht. Der Tochter von Tomschläger. Könnte das etwas bedeuten?«

So sehr Dohm sich wünschte, daß es etwas bedeuten mochte, so mußte er doch widerstrebend zugeben: »Ich glaube nicht, Herr Reischle. Die Väter sind befreundet. Klamroth ist nicht mehr verheiratet. Das gibt nichts her.«

War ja auch nur so eine Idee, dachte Reischle neidisch. Klamroth ist nicht mehr verheiratet, und da kann er machen, was er will, der Hund!

»Wir müssen Geduld haben«, mahnte Dohm. »Daß er Chef der Lehrabteilung wird, dürfte kaum noch zu verhindern sein, wenn nicht vorher eine Bombe hochgeht. Ich glaube nicht an ein schnelles Ergebnis, die Gegenseite ist zu mächtig. Aber irgendwann geht die Bombe hoch, und dann sind Sie am Drücker, Herr Reischle.«

»Darauf freue ich mich jetzt schon, Herr Dohm.« Reischles Stimme klang satt vor Genugtuung.

»Sie halten mich auf dem laufenden.«

»Wir bleiben in Kontakt«, versprach Reischle.

Klamroth war also am Dienstag vor Ostern in die

Schweiz gefahren. Und an eben diesem Dienstag und dem folgenden Mittwoch war der umtriebige Herr Erkal aus dem türkischen Gesundheitsministerium in Genf. Ein goldrichtiger Tip von dem Kollegen der WHO. Wenn der nur den Mut hätte, etwas genauer hinzusehen! Aber nein, hatte abgewiegelt, mehr sei nicht drin: diplomatischer Status, keine Schweizer Gesetze übertreten, Observierung nur bei schwerwiegendem Verdacht . . . und was sonst so die Sprüche sind. Er hat ihn getroffen, ganz bestimmt. Verdammt, wenn man das nachweisen könnte!

Ja, und dann? Klamroth trifft Erkal. Ja und? Sie haben sich kennengelernt im Januar bei dem Kongreß, und nun treffen sie sich halt manchmal, wenn sie zufällig am selben Ort sind. Ich glaube nicht an Zufall, Herr Staatssekretär. So? Und zu welchen Schlüssen sind Sie gekommen, Herr Dohm? Verdammt und nochmal verdammt: es reicht einfach nicht!

Und doch: von wegen Zufall! Wir schicken Klamroth nach Maastricht, und wer ist auch dort? Erkal. Wir kennen das Hotel, in dem er übernachtet hat. Woher wissen wir das, Herr Dohm? Ein Kollege vom holländischen Ministerium hat das unauffällig für uns ermittelt, Herr Staatssekretär. Und, hat Klamroth auch dort übernachtet? Jedenfalls nicht im selben Hotel. Er sagt, er habe überhaupt nicht dort übernachtet. Und wer hat Sie beauftragt, Herr Dohm, unauffällig ermitteln zu lassen?

Nein, immer noch zu wenig! Dohm war froh, seinen Verdacht noch nicht nach oben geäußert zu haben. Der Staatssekretär würde ihn ungeduldig anhören und dann hinauswerfen. Das war ein großes Puzzle, in dem erst einige Bausteine lagen. Da mußten noch ein paar

Stücke hinzukommen, Verbindungen hergestellt werden. Vielleicht würde Reischles private Operation etwas erbringen.

Dohm resümierte: Was haben wir? Also: Pertramer hat für Tomschlägers Konzern gearbeitet und dabei dieses und jenes erfahren. Er hält den Mund, weil er gut bezahlt wird und obendrein seine Honorare nicht versteuert. Das ist vorbei. Nach seinem Tod versucht die Witwe, aus Andeutungen, die ihr Mann gemacht hat, Kapital zu schlagen, und stirbt. Auch vorbei. Dann plötzlich boxt Tomschläger seinen Freund in neue Positionen: Symposion Genf, Sachverständiger der Regierung, demnächst Chefarzt, Professorentitel und was weiß ich. Folglich arbeitet der jetzt auch für den Konzern. Aykut Erkal, Medizinbeamter eines medizinisch eher unbedeutenden Landes, hat einen Reiseetat, um den jeder deutsche Minister ihn beneiden würde. Des öfteren taucht er dort auf, wo unser Sachverständiger Klamroth gerade ist. Und der ist Tomschlägers enger Freund. Und dann die Toten in Ägypten: erst sickert etwas durch, und dann ist alles eisig dicht. Ein mächtiges Unternehmen hat gelöhnt, und Erkal war immerzu auf Reisen.

Etwas Konkretes haben wir allerdings: wir haben eine Packung des Todespräparates, dachte Dohm triumphierend. Keine Spur kann hundertprozentig vernichtet werden. Jetzt nur vorsichtig damit umgehen!

Dohm rief Brede an und bat ihn, zusammen mit dem Kollegen Schwarz in sein Zimmer herüberzukommen und die Unterlagen mitzubringen.

»Wir haben eine lückenlose chemische Analyse des ägyptischen Präparates«, sagte Schwarz, als sich alle gesetzt hatten.

»Und wo liegt der Fehler?« fragte Dohm.

»*Das* können die Chemiker nicht sagen. Ob es eine bestimmte Substanz ist oder an der Zusammensetzung oder Dosierung liegt, dazu müßte man Tests machen.«

»Die sind ja in Ägypten schon gelaufen«, sagte Dohm kalt. »Also nichts?«

»Doch«, warf Schwarz ein. Er stand auf und legte eine Mappe auf Dohms Schreibtisch. »Die Analyse des Mittels ist der Schlüssel, sozusagen der chemische Fingerabdruck. Jetzt brauchen wir nur noch festzustellen, wo nach dieser Formel gearbeitet worden ist.«

Dohm wollte aufbrausen, beherrschte sich aber: der andere hatte sich wohl nicht bewußt ironisch ausgedrückt.

»Wir könnten *alle* einschlägigen Firmen kontrollieren«, fuhr Schwarz fort, »alle Entwicklungen überprüfen, Unterlagen beschlagnahmen und so weiter. Aber das verbietet sich wohl.«

Dohm nickte ungeduldig.

»Leichter wäre es, alle Medikamente dieser Art analysieren zu lassen. Es könnten sich hier und da Ähnlichkeiten mit unserem chemischen Fingerabdruck zeigen, und dann hätten wir Hinweise, wo in dieser Richtung gearbeitet wird.«

»Das hat allerdings den Nachteil«, griff Brede ein, »daß wir dann vermuten, daß ein schon vorhandenes Medikament nur verbessert werden sollte. Der Umfang der Serie in Ägypten und die massiven Maßnahmen zur Vertuschung des Fehlschlages weisen aber eher auf eine große Investition hin, also die Entwicklung eines völlig neuen Medikamentes.«

»Das hat etwas für sich«, gab Dohm zu.

»Und deshalb schlagen wir folgendes Vorgehen vor: Wir analysieren alle *neuen* Medikamente dieser Art, die ab jetzt auf den Markt kommen. Das ist logisch: Wer so viel investiert hat, schreibt die ganze Entwicklung nicht einfach in den Wind. Man wird versuchen, den Fehler herauszufinden und das Präparat doch noch tauglich zu machen. Und *dann* kann unser chemischer Schlüssel greifen. Die neue Formel wird der alten ähneln: ein paar Seitengruppen in dem Molekül verändert, eine modifizierte Galmik, aber der alte Fingerabdruck wird noch erkennbar sein.«

Dohm war beeindruckt. »Eine gute Idee«, lobte er.

Brede und Schwarz nickten zufrieden.

»Wirklich gute Arbeit«, sagte Dohm noch einmal anerkennend. »Wir machen beides. Wir verbinden Ihre beiden Ideen. Wir nehmen die zehn größten Unternehmen Europas und analysieren ihre marktgängigen Mittel gegen Bluthochdruck. Und alle neuen Präparate prüfen wir auch, ebenfalls von diesen zehn Firmen.«

»Aber«, wandte Schwarz ein, »suchen wir denn nicht nach einem deutschen Sünder?«

»Klar«, sagte Dohm. »Aber wir wollen doch fair sein, oder? Es ist eindeutig ein großes Unternehmen, bei dem Aufwand, der da getrieben worden ist. Das kann bei uns sein oder im Ausland. Wenn wir eine ausländische Firma festnageln, umso besser für uns. Dann geben wir den Kollegen im Ausland eben den heißen Tip.«

Als sie Dohms Raum verlassen hatten, waren Brede und Schwarz sich einig, daß Dohm nun doch die Kränkung von Genf verwunden und beschlossen hatte, professionell vorzugehen. Zehn *europäische* Unternehmen, nicht mehr nur ein bestimmter Konzern in Köln, von dem einer der Bosse den Makel hatte, mit dem tüchtigen Wissenschaftler und erfolgreichen Arzt Jürgen Klamroth befreundet zu sein.

»Man sieht dich selten in letzter Zeit, Jürgen«, begrüßte Stefan Allwein den Freund in seiner Kellerwohnung.

»Und wenn wir uns sehen«, erwiderte Jürgen, »dann muß ich den beschwerlichen Weg in deine Katakomben nehmen. Weißt du eigentlich noch, wo ich wohne?«

»Ich bin lieber hier. Ich möchte erreichbar sein für Notfälle.«

»Express-Trauungen kurz vor der Niederkunft?«

Stefan lachte: »Auch das ist schon vorgekommen.«

»Wenn ich nun wegen meiner Notfälle auch immer zu Hause bliebe, würden wir uns nie sehen.«

»Bis zu einem gewissen Grade würde ich das bedauern.«

»Danke. Wenigstens einer, der mich liebt.«

»Na, übertreibst du da nicht?« sagte Stefan nicht ohne Vergnügen. »In der Klinik schwirren so allerlei Gerüchte herum.«

»Daß Reischle mich auch liebt?«

»Daß du neuerdings auf Studentenbällen auftauchst.«

»Ich habe einen Doppelgänger.«

»Dann paß auf, daß der sich nicht an dein Mädchen heranmacht«, sagte Stefan fröhlich.

Jürgen war verdutzt. »Scheißgerede. Es ist harmloser, als du dir vorstellen kannst. Nichts, was ich beichten müßte.«

»Nichts, was du beichten *würdest*, fürchte ich. Aber ich bin jetzt nicht im Dienst. Was trinken wir? Bier, Sekt, Cognac, Sherry, Whisky?«

Erstaunt fragte Jürgen: »Du hast nicht im Ernst Sekt und all das?«

»Doch.«

»Mann, dann hast du auch eine Freundin.«

»Klar. Sie kommt immer zur Maiandacht. Also was nun?«

»Ich bleibe beim Bier.«

Stefan nickte und ging in die Küche. Jürgen setzte sich hinter den niedrigen Kieferntisch, auf dem diesmal kein Schachbrett aufgebaut war. Der Priester kam zurück und schenkte ein. Er deutete auf den leeren Tisch: »Das letzte Mal, als du nicht Schach spielen wolltest, warst du sehr müde. Als du mir sagtest, du möchtest heute auch nicht spielen, dachte ich, es geht dir schlecht. Aber du siehst recht froh und gesund aus.«

»Das bin ich auch, Stefan. Beides.«

»Und warum sieht man den frohen Menschen nicht öfter?«

»Ich arbeite. Mit Lust, verstehst du? Mein Handbuch nimmt langsam Formen an. Es macht Spaß. Ich bin manchmal so aufgeregt wie bei meinem allerersten Artikel, den ich als Student verbrochen habe. Und dann das Heilig-Kreuz. Plötzlich kann ich operieren, wann und wieviel ich will. Selbst an der Uni kriege ich Fälle. Seit ich diesen trockenen Mist für die Regierung mache, kennen mich die Bonzen sogar beim Namen. *Alles klappt.*«

»Das ist gut«, sagte Stefan. »Darüber freue ich mich sehr. Und ich habe den Eindruck, du mußt es nicht mehr irgendwelchen anderen zeigen. Du machst jetzt was um der Sache willen. Es ist gut, daß dir *das* Freude macht.«

»Ich habe immer hart an Sachen gearbeitet, und Spaß hat es oft genug auch gemacht.«

Jürgen begann, sich eine Pfeife zu stopfen. Stefan stand auf, griff in ein Regal nach einem Aschenbecher und stellte ihn auf den Tisch. Er setzte sich wieder und wartete, bis der andere den Tabak in Brand gesetzt hatte.

»Ich weiß«, sagte er, »daß du gerne arbeitest. Aber das letzte Mal, als wir darüber gesprochen haben, da warst du verkrampft, verbissen. Da spürte man keine Freude. Du wolltest denen einen Treffer verpassen, die dir vermeintlich im Weg standen, oder auch tatsächlich. Das war der falsche Ehrgeiz. Er richtete sich gegen Personen. Ich glaube, jetzt hast du den richtigen Ehrgeiz. Er richtet sich auf Sachen. Er ist *für* etwas. Und der Erfolg deiner Arbeit kommt der kranken Menschheit zugute. Und die Lorbeeren, die dabei für dich abspringen, hast du verdient. Alle, die dich mögen, werden sich mit dir freuen.«

»Na ja.« Jürgen war gerührt, aber auch ein wenig verlegen. »Nicht alles ist auf meinem Mist gewachsen.«

»Es ist egal, wer den Mist hinstreut. Wichtig ist, was du in den Mist pflanzt. Du hast dich um die Lehrabteilung beworben. Man hört, daß du gute Chancen hast. Und die hast du, weil du gute Arbeit machst, und nicht weil du Schützenkönig in einem Intrigenspiel bist, Titel: Wer schießt wann wen und wie am besten ab?»

Jürgen schwieg eine Zeitlang. Schließlich sagte er: »So ganz allein ist es meine Arbeit vielleicht doch nicht.« Er zögerte, ehe er weitersprach. »Tomschläger meint, daß man der Anerkennung für meine gute Arbeit doch vielleicht ein wenig nachhelfen müsse.« Das Eingeständnis fiel ihm schwer. »Verstehst du? Er war es, der mich als Referenten in Genf durchgeboxt hat. Er hat da so seine Beziehungen. Und bei diesem Regierungsjob, der mir so wundersam die Pforten öffnet, hat er auch Pate gestanden. Und über das Lehrkrankenhaus war er ebenfalls informiert, lange vor der Ausschreibung. Du siehst, ich habe einen irdischen Schutzengel.«

»Wer schon im Himmel keinen Schutzengel hat«, lächelte Stefan, «sollte froh sein, daß hier unten einer die undankbare Aufgabe übernimmt.« Aber dann wurde er wieder ernst. »Manchmal bin auch ich ein wenig neidisch auf solche Leute, die die Möglichkeit besitzen, das, was sie für richtig halten, auch durchzusetzen. Wie oft habe ich mir gewünscht, etwas tun zu können, eine anständige Wohnung zu besorgen, damit eine verzweifelte Familie nicht zerbricht, jemandem eine Arbeit zu beschaffen, eine Ungerechtigkeit aus der Welt zu schaffen. Wenn ich dann jemanden anrufen und ihm sagen könnte, bitte dreh dieses oder jenes für mich, ich würde es tun.«

»Sei froh drum, daß du solche Beziehungen nicht hast«, sagte Jürgen nachdenklich. »Jeder Gefallen wird irgendwann mal präsentiert, und dann ist Zahltag.«

»Deshalb kannst du besonders froh sein, daß es Tomschläger ist, der dir vielleicht ein wenig den Weg ebnet. Er ist dein Freund und wird dir nicht eines Tages einen Wechsel vorhalten. Außerdem ist er reich und mächtig und braucht keine Gegenleistung.«

Er hatte diese Worte leichthin ausgesprochen, und erst als Jürgen schwieg, sich Bier nachschenkte, den Tabak mit einem metallenen Stopfer nachdrückte, ein Streichholz anzündete, obwohl die Pfeife noch nicht erloschen war, stutzte er ein wenig und blickte den Freund an. Ob da doch etwas ist? So wirken manchmal Menschen, die beichten möchten, es aber noch nicht über sich bringen.

Jürgen bemerkte den Blick. »Ich habe kein schlechtes Gewissen«, sagte er schnell, »wenn es so ist, wie du meinst, Stefan: daß ich verdiene, was ich bekommen habe. Wenn diese Bedingung einmal nicht mehr zuträfe, dann sähe es natürlich anders aus.«

»Was meinst du?«

»Nun, sagen wir mal so.« Jürgen zögerte und versuchte, die Worte abzuwägen. »Wenn ich Chef des Lehrkrankenhauses würde . . . und da wäre ein Bewerber, der eindeutig besser geeignet ist als ich . . . dann wäre es nicht nur freundschaftliche Hilfe, sondern ein Stück Schiebung.«

»Es ehrt dich«, sagte Stefan nachdrücklich, »daß du an diese Möglichkeit denkst. Kaum einer, der mit Beziehungen in eine Position gelangt, würde einen Gedanken daran verschwenden, daß er vielleicht nicht der Beste sei.«

»Spätestens dann ist man . . . abhängig.«

Er hat sein Gewissen ins Spiel gebracht, dachte Stefan. Er sagt, er habe kein schlechtes Gewissen. Irgend etwas scheint ihn ja wohl zu bedrücken. Hat er sich womöglich doch auf etwas eingelassen? Vorsichtig fragte er: »Glaubst du, daß Walter dich abhängig machen könnte?«

»Nein«, kam die spontane Antwort. »Auf keinen Fall. Ich sehe nichts.«

Stefan nickte, und es entstand eine kleine Pause. Jürgen nutzte die Gelegenheit, das Thema abrupt zu wechseln, und Stefan bemerkte die Absicht. »Hast du deine Berufswahl schon einmal bereut?« fragte Jürgen.

»Oje.« Stefan war überrascht. »Die Frage betrifft die letzten fünfundzwanzig Jahre.« Er überlegte. »Manchmal war es . . . etwas schwierig.« Und als wollte er die Frage wegwischen: »Aber jetzt ist der Fall klar. Ich kann mir keinen anderen Beruf mehr vorstellen.«

»*Jetzt* ist der Fall auch für *mich* klar«, erwiderte Jürgen eine Spur ungeduldig. »Wir beide könnten uns jetzt auch gar keinen anderen Beruf mehr wählen.«

»Wer weiß? Für einen Politiker reicht es immer.«

Jürgen ging nicht darauf ein. »Ich habe kürzlich einen Studienfreund in der Schweiz besucht. Ist nach dem Studium in sein kleines Tal zurückgegangen. Verheiratet, vier Kinder, Praxis im eigenen Haus. Hat nie etwas anderes gemacht und will nichts anderes. Zufrieden, fast möchte ich sagen: glücklich.«

»Ein gradliniges Leben«, bestätigte Stefan.

»Wie bei dir!«

»Wie bei mir? Wieso, bei dir denn nicht?«

»Ja«, ließ Jürgen sich widerstrebend herbei, »in gewisser Weise schon, im Beruf. Aber mit dem Familienleben hat es nicht so richtig geklappt, wie du ja weißt.«

»Bei mir auch nicht«, erwiderte Stefan trocken.

Jürgen lachte. »Und, warst du nie in Versuchung?«

»Ich wußte, worauf ich mich bei der Priesterweihe einließ«, wich der andere aus. »Und dann noch einmal: Jetzt ist der Fall klar. Wenn morgen der Zölibat aufgehoben würde, ich würde nicht gleich losrennen und mir eine Frau suchen. You don't teach an old dog new tricks.«

»Sag ich ja«, lächelte Jürgen, »gradlinig.«

»Ich würde eher sagen: behütet. Mein Beruf hat mir manche Entscheidung abgenommen. Nicht nur die Frage der Ehe. Wenn ich etwas anderes studiert hätte, müßte ich jetzt vielleicht Leute entlassen oder Menschen zu Gefängnisstrafen verurteilen. Ich bin ganz froh, daß ich solche Entscheidungen nicht treffen muß. Das meine ich mit behütet, oder, wie du es siehst, gradlinig. Die Kirche hat mir keine Wahl gelassen, anders als gradlinig zu leben.«

Ja, das ist es. Stefan hat sich einmal am Anfang entschieden, und dann sind ihm alle Entscheidungen abgenommen worden. Das mag langweilig sein, aber man hat auch nichts zu verantworten. Man schleppt nicht diese Schuldbrocken mit sich herum . . . die Opfer am Wegesrand . . . die entwurzelte Tochter . . . und was sonst noch so alles herumliegt. Dasselbe mit Almöhi. Zwar mußte er selber entscheiden, aber nach dem ersten richtigen Schritt hat er aufgehört, Entscheidungen zu treffen, und seitdem läuft er in seiner Spur. Warum will man immer tauschen wollen? Unsinn, ich will nicht tauschen. Almöhi hat recht, auch ich war von Anfang an auf meiner Schiene und hätte gar nicht anders gekonnt.

Als hätte Stefan den Gedanken gelesen, unterbrach er das Schweigen: »Auch dein Weg ist gradlinig, Jürgen. Der Unterschied liegt nur in dem Ziel. Ich kenne das Ziel schon, ich weiß, wo ich am Ende stehen werde. Und auch dein Schweizer Kollege, er wird am Ende da sein, wo er immer war. Nur du weißt noch nicht, wo du enden wirst. Du ziehst auf einer anderen Bahn als wir, aber vorgezeichnet ist die auch. Du kannst gar nicht anders. Und so geht es auch Walter Tomschläger.«

»Walter Tomschläger«, sagte Jürgen dankbar, das Thema abschütteln zu können, »ehe ich es vergesse, ich soll dich herzlich grüßen.«

»Danke, das ist lieb. Wie geht es denen in Walberberg?«

»Davon kannst du dich selber überzeugen. Am Samstag vor Pfingsten wird die kleine Angela zehn. Da wird so ein bißchen gefeiert im Garten, und ich soll dich fragen, ob du nicht mitkommen möchtest.«

Stefan zögerte.

»Ich nehme dich mit, und wir können jederzeit wieder abhauen, wenn wir genug haben. Versprochen.«

»Also gut . . .«, willigte Stefan ein.

Sie saßen noch eine Stunde zusammen. Als Jürgen sich schließlich verabschiedete, fragte er: »Hast du wirklich Cognac, Whisky und Sherry im Haus?«

»Nein«, lachte Stefan, »natürlich nicht.«

»Und warum hast du gelogen, Gottesmann?«

»Ich wollte dir einmal das Gefühl geben, daß ich nicht gradlinig bin.«

Es geht ihm gut, kein Zweifel, dachte Stefan Allwein, als der Freund gegangen war. Er verfolgt seine Projekte und hat Freude daran. Und doch war es beinahe so, als ob er beichten wollte. Komisch.

Am Nachmittag des Pfingstsamstags fuhren Jürgen Klamroth und Stefan Allwein zu den Tomschlägers nach Walberberg, um Angelas zehnten Geburtstag zu feiern. Klamroth hatte den Freund abgeholt und die kurze Diskussion darüber, welchen Wagen man benutzen sollte, für sich und seinen BMW entschieden: »Du willst ja nur mit deiner ollen Gurke fahren, um dich möglichst früh wieder wegschleichen zu können. Außerdem würde es die Gastgeber genieren, wenn du mit dem Vehikel vor dem Haus parkst.«

»Ich könnte oben am Kloster parken.«

»Selbst deine Brüder in Christo schätzen inzwischen die gehobene Mittelklasse mit Katalysator.«

Stefans Antwort sollte wie ein Scherz klingen, aber es glückte nicht so recht: »Manche meiner fett gewordenen Brüder in Christo müßten mal ein paar Jahre Dienst in den Slums der Dritten Welt tun.«

Ein paar Kilometer fuhren sie, ohne zu sprechen. Schließlich unterbrach Jürgen das Schweigen, den Blick auf die Straße gerichtet: »Du kommst nicht gerne mit. Du machst es nur, um mir einen Gefallen zu tun, stimmt's?«

»Warum sollte ich dir einen Gefallen tun?«

Jürgen ließ nicht locker. »Es sind reiche Leute. Stört dich das?«

»Nein.« Auch Stefan schien sich auf den Verkehr zu konzentrieren und blickte den anderen nicht an. »Es gibt so manche Sünde, der ich nicht ausweichen konnte oder wollte. Aber eines kann ich sagen, ohne rot werden zu müssen: Ich bin noch nie neidisch gewesen.«

»Das klang vor kurzem noch anders«, erwiderte Jürgen. »Da warst du neidisch auf Leute mit Macht und Möglichkeiten.«

»Macht und Möglichkeiten für die armen Schweine meiner Herde. Aber Neid auf Geld: nein. Ich werde jeden Tag satt. Satter als zig Millionen sonstwo in der Welt. Und wenn ich mich mal besaufen will, dann tun es auch sechs Flaschen Bier. Ein zwölf Jahre alter Whisky, gereift in alten Sherryfässern, macht auch nicht besoffener. Kostet nur mehr.«

O Mann! Häng doch einmal den Priester an die Garderobe und laß fünf gerade sein. Hau dir doch mal den Bauch voll ohne schlechtes Gewissen. Freu dich doch auf die harmlose Geburtstagsparty der kleinen Prinzessin. Oder hättest du es lieber, wenn auch sie einen aufgeblähten Hungerbauch hätte? Ist die Welt nur in Ordnung, wenn das Elend gleichmäßig verteilt ist?

Jürgen versuchte zu entschärfen. »Ich dachte immer, der gute Hirte hat für seine Schäfchen zu sorgen. Und nun sprichst du von den Schweinen in deiner Herde.«

Stefan verstand: Er sollte nicht als mürrischer Gast bei den Freunden eingeschleppt werden, der mit seiner Übellaunigkeit den anderen das Lachen verdarb.

»Bilder sind wohl nicht immer meine Stärke«, räumte er ein. Und plötzlich kam ihm ein Gedanke, er grinste breit und blickte Jürgen an: »Stell dir vor, ich beginne meine Predigt morgen mit den Worten: Liebe Schweine im Herrn!«

Jürgen lachte. »Es würde dein Leben leichter machen. Weniger Kirchgänger und kaum noch Aufträge. Jeder würde fürchten, daß du bei einer Beerdigung sagst: Und wieder hat ein Schwein den Löffel in den Trog gelegt.«

Sie waren guter Stimmung, als sie Walberberg erreichten.

Ein gutes Dutzend Kinder waren im Garten versammelt und spielten mit den Geschenken, die Angela bekommen hatte, bedienten sich von einem üppigen Kuchenbuffet, das im Schatten eines ausladenden Kirschbaumes angerichtet war, kokelten an zwei Feuerstellen, auf deren Rosten Bratwürste brutzelten, verteidigten eine Baumfestung, von der Strickleitern herabbaumelten, gegen Angreifer, brachten einen Hund dazu, nach einem Luftballon zu schnappen und freuten sich in kindlicher Bosheit, als das Tier, von dem unerwarteten Knall verschreckt, eine panische Pirouette in der Luft drehte und sodann unter die Büsche am Rande des Gartens außer Sichtweite schoß.

Walter Tomschläger begrüßte die beiden Ankömmlinge. Er trug eine blau-weiß gestreifte Schürze, wie man sie zuweilen an Fischständen auf dem Markt sieht, und war offensichtlich für die Heranschaffung des Nachschubs an Speisen und Getränken zuständig. Er schüttelte den beiden Männern die Hand.

An Allwein gewandt, sagte er herzlich: »Das ist schön, daß Sie auch gekommen sind!« Er wandte sich um. »Angela!« dröhnte er. Das Mädchen, das mit zwei anderen Kindern in einer ruhigeren Ecke des Gartens vor einem Käfig kniete, in dem ein verschrecktes Kaninchen kauerte und trotz wiederholter Ermunterungen nicht von den angebotenen Möhren und Apfelstücken fressen mochte, blickte auf. »Sieh mal, wer hier ist!«

Angela sprang auf und lief auf Klamroth zu, besann sich dann aber und gab erst Allwein die Hand.

»Herzlichen Glückwunsch, Angela.«

»Danke, Pater Stefan«, sagte das Mädchen artig. Sodann wandte es sich mit erwartungsvollen Augen an Klamroth. Der ergriff beide Hände des Kindes. »Meine liebe Prinzessin!« Er hob das Mädchen hoch und hielt es einen Moment lang mit ausgestreckten Armen über sich. »Zehn Jahre, das kann man spüren. Du bist zehn Pfund schwerer als vor einem Jahr.« Er knickte die Arme langsam ein, bis ihre Gesichter dicht beieinander waren. »Wenn das so weitergeht, kann ich dich nächstes Jahr nicht mehr stemmen.«

Angela schlang die Arme um seinen Hals.

»Meine kleine Prinzessin«, sagte Klamroth, »herzlichen Glückwunsch zum Geburtstag!«

Lächelnd beobachteten Allwein und Tomschläger die Szene.

»Was glaubst du«, sagte Klamroth, als Angela wieder auf ihren Füßen stand, »haben wir dir wohl etwas mitgebracht oder nicht?«

»Wahrscheinlich nicht«, griff Tomschläger ein, »sie hat

auch schon genug gekriegt. Laßt uns erst mal einen Schluck auf eure gesunde Ankunft trinken.« Er deutete mit einer einladenden Handbewegung auf die Terrasse und ging voran. Die anderen folgten ihm.

Unter die Sonnenschirme auf der Terrasse hatten sich die erwachsenen Geburtstagsgäste zurückgezogen: Lindas Schwester und ihr Mann, einige Mütter und ein Vater, die eigentlich nur ihre Kinder zu der Party hatten bringen wollen, aber dann bei Brötchen, Salat, Saft und Bier einen müßigen Nachmittag verplauschten und den Kindern beim Spielen zusahen. Klamroth registrierte: Sabine war nicht dabei.

»Herzlich willkommen, Hochwürden.« Linda drückte Allweins Hand. »Das ist lieb, daß Sie zu unserem Kindergeburtstag kommen.«

Allwein verbeugte sich leicht. »Ich habe mich darauf gefreut, Sie alle wiederzusehen, Frau Tomschläger.«

Tomschläger wartete amüsiert darauf, daß sie die Anrede kommentieren würde. Eigentlich legt sie ja Wert darauf, Frau Tomschläger-Hüttenreuter genannt zu werden, besonders in letzter Zeit. Aber jetzt: keine Reaktion. Wahrscheinlich weil er Priester ist. Da traut sie sich nicht.

Tomschläger nannte die Namen der Gäste und wies dann auf die beiden Neuankömmlinge: »Der Freund und der Freund des Freundes: Jürgen Klamroth und Stefan Allwein aus Köln.«

Man machte die Runde und begrüßte sich mit Handschlag. Linda gab auch Klamroth die Hand: flüchtig, distanziert, ohne ihn anzublicken und ohne etwas zu sagen.

»Also dann«, sagte Tomschläger, als die beiden sich gesetzt hatten, »ein Bier?«

»Ja, danke.«

Angela war nicht von Klamroths Seite gewichen. »Rate, was ich geschenkt bekommen habe.«

Klamroth runzelte die Stirn zum Zeichen, daß er angestrengt nachdachte. »Einen Dosenöffner«, riet er schließlich.

»Nein!«

Er legte die Hand über die Augen und versuchte es noch einmal. »Einen Kugelschreiber, der das Einmaleins alleine rechnen kann.«

»Nein, nein.« Das Kind hüpfte um Klamroths Stuhl herum. «Es ist etwas Lebendiges.«

»Ein Regenwurm.«

»Nein! Es hat vier Beine.«

»Dann sind es zwei Wellensittiche, stimmt's?«

»Ach hör auf. Komm mit.« Angela zog ihn von seinem Sitz hoch und führte ihn von der Terrasse hinunter zu dem Käfig, in dem das Kaninchen geduckt und mit angstgeweiteten Augen dem neuerlichen Besuch entgegensah.

»Sie scheint ihn sehr zu mögen«, kommentierte Allwein die Szene.

Tomschläger lachte fröhlich: »Alle meine Töchter fliegen auf ihn, Herr Allwein.«

Die anderen lachten mit, nur Linda zog die Luft ein, als müsse sie eine Bemerkung herunterschlucken und blickte ihren Mann mit zusammengepreßten Lippen an. Allwein bemerkte es.

Aber er dachte nicht länger darüber nach. Etwas anderes war ihm aufgefallen: die Unsicherheit der Leute, wenn sie das Wort an ihn richteten. Tomschläger sagte Herr Allwein, das war noch am natürlichsten. Die kleine Angela nannte ihn Pater Stefan. Das mochte an dem nahegelegenen Kloster liegen, wo dies die übliche Anrede war, zumindest für die Kinder. Mehrere Gäste auf der Terrasse hatten Herr Pastor gemurmelt, andere hatten jede Anrede vermieden. Und Frau Tomschläger sagte Hochwürden und meinte es wahrscheinlich sogar ehrlich und hielt das für eine natürliche Anrede. Es war, als ob mit seinem Erscheinen ein Fremdkörper in die Runde getreten wäre, jemand, den man nicht einzuordnen wußte und den man sich mit den Mitteln der Sprache auf Distanz zu halten wünschte. Ein wenig beneidete er Jürgen um die Vertrautheit und Vertraulichkeit, die das kleine Mädchen ihm entgegenbrachte.

Als Klamroth das Kaninchen, ein Geschenk von Linda, bewundert hatte, ging er zum Auto und holte die Geschenke für das Kind. Angela mußte sich die Augen zuhalten, bis man die Dinge ausgepackt und auf einem Tisch arrangiert hatte: ein in Messing gefaßtes Himmelsfernrohr auf einem Stativ, einen Sternenatlas und einen Kompaß.

»Augen auf«, rief Klamroth.

Der Blick des Mädchens fiel zuerst auf das Fernrohr.

»Das ist von Stefan«, lächelte Klamroth. Tatsächlich hatte er die Geschenke besorgt. Du verstehst nichts von kleinen Mädchen, hatte er Allweins halbherzigen Versuch abgewehrt, sich selber um ein Präsent zu bemühen. »Du kannst damit die Sterne beobachten.«

Andere Kinder waren nähergetreten und betrachteten neugierig die Gaben.

»Aber das geht noch nur nachts«, kommentierte ein Mädchen.

»Klar«, bestätigte Klamroth, »wenn die Sterne leuchten.«

»Aber«, beharrte das Mädchen, »Angela muß doch um halb neun ins Bett, damit sie für die Schule ausgeschlafen ist.«

»Ja, das stimmt.« Klamroth war ein wenig verblüfft. »Doch bald gibt es Ferien. Da darf man bestimmt etwas länger aufbleiben. Und bis dahin . . .« Er wandte sich an Angela: »Hier, Prinzessin. Ein Kompaß. Den habe ich dir mitgebracht. Der funktioniert nur am Tage.«

Angela blickte zunächst etwas unsicher auf die Gegenstände, die auf dem Tisch ausgelegt waren. Aber das Interesse der anderen Kinder, die schon an den Geräten hantierten, ließ sie ahnen, daß es sich wohl um etwas Besonderes handeln müsse, durchaus vergleichbar mit dem Kaninchen. »Danke, Stefan. Danke, Jürgen.«

Allwein freute sich: das Kind hatte vergessen, ihn mit Pater anzureden. »Soll ich dir mal zeigen, was das Fernrohr alles kann?« fragte er dankbar.

Angela nickte.

»Also, paß auf. Hier, mit diesem Ring, kannst du die Schärfe einstellen . . .«

Klamroth verstand den Eifer seines Freundes und überließ ihm die Szene. Er schlenderte müßig über den Rasen auf eine der Feuerstellen zu, an der Walter versuchte, das Glimmen unter der Asche zu neuer Glut zu entfachen.

Linda war ihm gefolgt und holte ihn auf halbem Wege ein.

»Jürgen?«

Nun denn, durchfuhr es ihn, einmal muß es ja kommen. Frauen müssen über alles reden, also will sie jetzt reden. Für Frauen existiert nichts, außer man redet darüber. Eine Sache, ein Ding, ein Phänomen wird erst

Wirklichkeit durch das Darüberreden. Und wenn man schon nichts ändern kann: so sollte man wenigstens darüber reden. Also sei's drum. Das Umfeld, wie man so sagt, ist ja gar nicht so schlecht. Ein Kindergeburtstag, dazu noch ein paar Erwachsene in entspannter Sommersamstagsstimmung: da konnte man nicht laut werden und durch schrille Töne die Feier verderben. Obwohl die Blicke ja Bände gesprochen hatten bei Walters launiger Bemerkung über die Neigungen der Töchter.

Er hakte sich bei ihr unter. »Ja, Linda?«

»Ziemlich männliche Geschenke, die ihr da mitgebracht habt, findest du nicht?«

»Aber wieso . . .?«

»Technisches Spielzeug ohne Sinn. Das Land ist vermessen, alle Straßen und Wege haben Namen. Man braucht keinen Kompaß, um zur Schule oder zum Kloster zu finden. Ich wette, Stefan Allwein hat nichts damit zu tun. Du hast das alles ausgesucht.«

»Zugegeben, ich habe es bezahlt, Linda. Stefan hat Hemmungen, Geld für Dinge auszugeben, die nicht den Hunger stillen. Nicht seinen Hunger, sondern den der anderen. Der Elenden. Was er von seinem Gehalt übrig behält, spendet er. Aber die Geschenke sind in seinem Sinne. Er würde sagen, sie dienen dazu, die Schöpfung ein bißchen mehr zu erkennen. Und das Fernrohr, Linda, das hätte er am liebsten selber behalten. Ehrlich.«

Er deutete auf die Terrasse. Allwein hatte das Instrument auseinandergenommen und war gerade dabei, es wieder zusammenzusetzen vor der inzwischen größer gewordenen Gruppe von Kindern, die so gespannt zuhörten und zusahen, wie es sich ein Lehrer in der Schule nicht träumen lassen würde. »Sieh dir das an, Linda. Da schenkt einer etwas weg, das er selber gerne haben möchte.«

Linda warf einen gleichmütigen Blick auf die Szene. »Und du? Fährst du mit dem Kompaß zur Klinik? Verbringst du deine Nächte mit der Betrachtung von Gottes Sternenzelt?«

»Leider nicht«, sagte er freundlich. »Aber ich würde gerne mit Kompaß fahren. Oder noch lieber mein Schiff nach den Sternen navigieren. Aber nichts da. Alles schon entdeckt und kartographiert und mit Ampeln bestückt. Ja, vielleicht hast du recht: Männergeschenke. Männerträume von Männern, die nicht mehr träumen können. Mein letztes Männerabenteuer: manchmal rasiere ich mich mit der Klinge und schneide mich prompt. Und dann fließt Männerblut, aber leider nur ganz banal, nicht wie im Kampf, wie es sich gehört.«

Linda war nicht beeindruckt. »Und *wie* verbringst du deine Nächte, wenn die Sterne dich schon nicht interessieren?«

Jetzt kommt sie also zum Punkt. Nun will sie es genau wissen. Ich könnte das Thema brutal beenden und lügen: Wann immer ich kann, mit deiner Tochter Sabine.

Aber er sagte: »Schlafend, Linda. Meist muß ich am nächsten Morgen früh raus. Operationen. Manchmal, wenn ich um halb eins immer noch wach bin, nehme ich eine Schlaftablette.«

»Hast du vor, wieder zu heiraten?« fragte sie abrupt.

»Meinst du, das würde mir die Schlaftabletten ersparen?«

»Ich habe dich ernsthaft etwas gefragt«, kam die gereizte Antwort.

»Ich kenne keine Frau, die mich nehmen würde.«

Linda zog die Luft ein und trat einen Schritt zur Seite, so daß er ihren Arm loslassen mußte.

»Schon gut, Linda«, sagte er rasch. »Scheint kein Tag für Scherze zu sein heute. Also die präzise Antwort: Nein, ich habe nicht vor, noch einmal zu heiraten. Ich war schon mal. Das reicht.«

Linda schüttelte langsam den Kopf. »Dieselbe zynische Antwort.«

»Ich verstehe nicht ...«

»Dasselbe hat Walter gesagt.«

»Walter?« Klamroth war verblüfft. »Was hätte *der* mit *dem* Problem zu tun?«

»Im Moment noch nichts«, erwiderte Linda kalt. »Ich habe ihn nur gefragt, ob *du* vielleicht vorhättest, die eine oder andere deiner derzeitigen Freundinnen zu heiraten. Ich bin halt so altmodisch. Oder katholisch. Wenn ich schon eine Schweinerei nicht verhindern kann, dann soll sie wenigstens einen gefälligen Außenanstrich kriegen. Das ist zwar auch nicht meine Idealvorstellung vom Sakrament, aber ich kann mir nicht helfen. Und Walter hat genauso zynisch reagiert wie du: da du die Ehe kennst, hättest du die Schnauze voll. Na ja, was hätte ich anderes erwarten sollen. Gleichklang der Gedanken. So muß echte Freundschaft sein.«

»Ich weiß nicht«, sagte Klamroth gedehnt, »ob du etwas von echter Freundschaft verstehst. Ich möchte es eher bezweifeln. Ich weiß auch nicht, was du unter einer Schweinerei verstehst. Ich bin mit keinem Schwein bekannt. Doch, beruflich schon. Aber nicht privat. Bitte korrigiere mich, wenn in meiner privaten Umgebung doch ein Schwein sein sollte. Sag mir, wer das ist. Ich würde das dann überprüfen. Aber in einem Punkt kann ich dein Gefühl verstehen. Auch ich denke in gewisser Weise katholisch. Ich bin für die Einehe. Damit meine ich die einmalige Ehe. Einmal ist ja auch wirklich genug. Insofern müßte eigentlich jeder vernünftige Mann katholisch sein. Die Kirche verbietet eine Wiederheirat, solange die erste Gemahlin noch nicht unter dem Rasen liegt. Das ist bei mir leider noch nicht der Fall. Also gehorche ich den Gesetzen der Mutter Kirche und versaue mir nicht die Liebe durch die Heirat.«

»Was verstündest du von Liebe . . .«

Tomschläger trat mit Allwein auf die beiden zu.

»Dein Kaninchen ist zwar immer noch die Nummer eins unter den Geschenken«, sagte Tomschläger unbekümmert, »aber der Gottesmann mit seinem Himmelsfernrohr liegt ungeschlagen auf Platz zwei und kann sich noch verbessern.«

Allwein lächelte. »Dabei war das gar nicht meine Idee. Jürgen ist darauf gekommen.«

»Frau Tomschläger hält unsere Geschenke für männlich«, sagte Klamroth mit Genugtuung. »Sie vermutete schon, daß du nichts damit zu tun hast, Stefan.«

»Unsinn«, unterbrach Linda schnell und ein wenig verlegen. »Hören Sie nicht auf ihn, Hochwürden. Ich finde nur, daß Ihre Geschenke zu teuer sind. Das Kind kann das noch gar nicht schätzen.« Sie berührte Allwein am Arm und ging mit ihm ein paar Schritte auf die Terrasse zu.

»Na, Probleme?« fragte Walter, als die beiden außer Hörweite waren.

»Gerade eben noch abgebogen«, erwiderte Jürgen. »Dein Eingreifen hat Schaden vom Vaterland abgewendet.«

»Sabine?«

»Nicht direkt. Variation der Gretchenfrage: Wie halte ich es mit dem Sakrament der Ehe?«

»Mann, du warst doch schon mal verheiratet.«

»Genau das habe ich ihr gesagt.«

»Genau das habe ich ihr auch schon mal gesagt.«

»Genau das hält sie für ein Indiz unserer perversen Freundschaft, die sie offenbar nicht mehr sonderlich zu schätzen weiß.«

»Das geht vorüber«, sagte Walter lakonisch. »Und so lange es dauert, muß man eben damit leben.«

»Ich ... es ist traurig, daß ich der Grund bin für ... solche Dissonanzen. Mit euch habe ich immer ... Harmonie verbunden. Wenn ich an Weihnachten denke, weißt du noch? Ich war gereizt und böse, und hier bei euch ist dann alles von mir abgefallen.« Er lachte ein wenig unsicher. »Ich habe mir damals gewünscht ... auch eine solche Familie zu haben.«

»Na, ich weiß nicht.« Walter war stehengeblieben und blickte seinen Freund skeptisch an. »Ich habe dir damals schon gesagt: Du willst nicht so eine Familie *haben*, Jürgen. Du bist nur froh, von Zeit zu Zeit mal bei einer solchen Familie einkehren zu können, als Gast. Das ist etwas ganz anderes.«

»Mag sein.« Jürgen deutete ein Lächeln an. »Heute ist ja wieder mal so ein Tag, da wollte ich einkehren. Ich habe Stefan Allwein nur deshalb mitgeschleppt. Ich wollte ihm vorführen, daß es außerhalb seines Bunkers noch Leben gibt. Hoffentlich merkt er nichts.«

»Der merkt nichts«, grinste Walter eine Spur anzüglich, »der ist kein Eheprofi. Der kennt nur die Trauungen. Das ist, wie wenn du bei einem Marathonlauf nur die

Startlöcher gesehen hast. Und dann noch etwas, Jürgen. Du bist nicht der Grund für irgendwelche Dissonanzen. Die entstehen hier von ganz alleine, verlaß dich drauf. Wenn du nicht gekommen wärest, sondern statt dessen der Erzbischof, dann hätte sie den gezankt. Nichts ist aus deiner schönen Voraussage geworden, erinnerst du dich? Weder ist meine Mutter gestorben, noch hat meine Frau mich verlassen, noch erwartet meine Tochter ein Kind...«

»Vergiß es«, beeilte sich Jürgen, »das waren so Sprüche. Ich hatte zuviel getrunken.«

»Gut, daß ich wenigstens nüchtern war«, sagte Walter. Er legte einen Arm um Jürgens Schultern. »Laß uns über ernsthafte Dinge reden. Was macht dein Handbuch?«

Jürgen war nicht undankbar für die Ablenkung vom Thema. »Es läuft. Es geht leicht von der Hand. Kein Mangel an Material. Die Fälle kommen angelandet wie auf Bestellung, genau in der Reihenfolge meiner Kapitel. Überhaupt klappt alles im Moment, Walter. Es ist, als ob ich aus Scheiße Gold machen könnte.«

»Soll ja ein alter Alchimistentraum sein. Wenn du es schaffst, steige ich bei dir als Partner ein. Wir machen Arbeitsteilung. Ich karre die Scheiße heran, davon habe ich unerschöpfliche Vorräte, und du verwandelst sie in Gold.«

Jürgen lachte zwar, aber ein wenig war er auch beunruhigt und fragte nach: »Probleme?«

Walter zuckte die Schultern. »Nur die üblichen. Du weißt ja: Ägypten. Aber mit einiger Mühe haben wir das unter Kontrolle gebracht.«

»Ägypten!« griff Jürgen das Stichwort auf. »Das mußt du unbedingt wissen. Dohm, du erinnerst dich, dieser bleiche Doppeldoktor, hat eine Packung von eurem ägyptischen Präparat aufgetrieben.«

»Wie?« Walter war stehengeblieben. Die Frage klang nicht heftig, der Tonfall schien sogar gelassen zu sein, und doch verriet ein nervöses Zucken der Augenlider seine Anspannung. Er zog die Brauen zusammen, als grübelte er über etwas, und das Zucken verschwand. Jürgen bemerkte es. Es geht ihm nicht gut, dachte er mitfühlend. Er muß Grimassen schneiden, um sein Gesicht unter Kontrolle zu halten.

»Es ist nicht so schlimm«, beeilte Jürgen sich. Er berührte den Arm des anderen. »Kein Alarm, Walter, kein red alert. Wie Dohm an die Proben gekommen ist, weiß ich nicht. Ich vermute, über die WHO in Genf. Aber das ist auch egal. Wichtig ist, was er damit macht, und das ist nicht gerade viel. Mag sein, daß er einen Verdacht hegt, aber er weiß, daß er keine Beweise hat, und deshalb hütet er sich, den Verdacht zu äußern.«

»Und was *macht* er nun damit?« fragte Walter bewußt kontrolliert.

»Er hat den chemischen Schlüssel eures Medikaments analysieren lassen und wendet den nun an auf die gängigen Mittel gegen Bluthochdruck. Allerdings nicht auf alle: er beschränkt sich auf die zehn größten Unternehmen Europas. Und die künftigen Präparate dieser Firmen will er auch untersuchen lassen. Du siehst: er hat nichts! Er muß warten, bis etwas Neues herauskommt, und dann hofft er, vielleicht ein Körnchen zu finden.«

»Ziemlich clever.« Walter schüttelte nachdenklich den Kopf. »Du bist kein Chemiker, Jürgen. Deshalb durchschaust du das nicht ganz. Dieser Dohm macht genau das Richtige, obwohl er auch kein Chemiker ist. Er ahnt, was wir da investiert haben. Er weiß, daß wir versuchen werden, den Fehler zu lokalisieren, und daß das neue Mittel dem alten verdammt ähnlich sein wird. Ein kluger Mann, dieser blasse Regierungsrat. Und deshalb ein nicht ungefährlicher Mann.«

»Nein. Das siehst du zu schwarz. Der kann nichts machen, wenn er von oben nicht Deckung bekommt. Und die bekommt er nicht.«

»Woher willst du das wissen? Und woher weißt du überhaupt das alles, was du mir erzählt hast?«

»Der Staatssekretär hat mich angerufen und es mir erzählt. Machte sich ziemlich lustig über die Bemühungen seines Regierungsrats.«

»Und warum hat der Staatssekretär dich angerufen?«

»Er wollte meine Meinung zu einer Gesetzesvorlage, aber es schien nicht wichtig. Ich hatte den Eindruck, er wollte mir die Geschichte nur stecken, damit ich sie dir weitererzähle. Also keine Spur von Geheimhaltung oder so.«

»Ja, klingt ganz locker«, nickte Walter. Er dachte einen Moment lang nach. »Muß es aber nicht sein. Kann sogar das Gegenteil bedeuten.«

»Was meinst du?«

In Walters Stimme schwang Ärger mit, als er sagte: »Der Herr Staatssekretär war sich in der Vergangenheit nie zu schade, selber anzurufen, wenn es etwas zu besprechen gab. Und nun *läßt* er eine Botschaft übermitteln. Was können wir daraus lernen?« Er hob den Daumen der rechten Hand. »Erstens. Der hohe Herr hält das Ganze nicht für wichtig genug, um mich persönlich anzurufen. Gut. Zweitens. Da er dich als Sachverständigen sowieso in einer wichtigen Angelegenheit anrufen mußte, hat er dir ganz nebenbei noch die Geschichte von dem gefundenen Präparat erzählt. Daß du mir eine solche Kleinigkeit weitersagen würdest, damit hat er im Traum nicht gerechnet.« Er blickte Jürgen an, doch als der schwieg, fuhr er fort: »Drittens aber hatte er gar nichts Wichtiges mit dir zu bereden, sondern hat dich nur mal so angerufen, um dir diese kleine unwichtige Geschichte zu erzählen. Er hatte nichts zu tun, ihm war langweilig, und da hat er sich gefragt, wen könntest du mal anrufen. Oder aber er hat dich angerufen, *um* dir diese kleine Geschichte zu erzählen, weil er sie nämlich gar nicht für so unwichtig hält. Und das könnte viertens bedeuten, daß der Herr Staatssekretär vorsichtig auf Distanz zu gehen gedenkt.«

»Nein«, lachte Jürgen. »Du siehst Gespenster. Wenn es wirklich so wäre, dann hätte er sichergehen müssen, daß ich den Wink auch verstehe und dir davon berichte.«

»Zugegeben, er hat sich ganz auf deine Intelligenz verlassen. Das kann man als Schwachstelle in dem Plan bewerten«, versuchte er einen Scherz, aber sein Ausdruck blieb ernst. »Aber nun *hast* du es mir ja gesagt, und da werde ich dem Herrn wohl eine Rückmeldung zukommen lassen müssen und ihm fünftens zu verstehen geben, daß wir in einem Boot sitzen. Und wenn man in einem Boot zu weit auf Distanz geht, fällt man ins Wasser.«

Auf der Straße hatte ein Wagen gehalten, und zwei Frauen schlenderten um das Haus herum in den Garten. Walter nickte ihnen zu und deutete auf die Terrasse. Kurze Zeit später kam Linda auf die beiden Männer zu. »Petra und Yvonne müssen gehen«, wandte sie sich an Walter, »und die anderen werden wohl auch bald abgeholt.«

»Klar, das Füllhorn!« Walter blickte auf die Uhr. »Komm, hilf mir, Jürgen.«

»Wobei?«

»Die kriegen alle noch ein Gastgeschenk, damit sie auch wirklich gehen.«

Walter rollte ein aufgeblasenes Plastikschwimmbecken in die Mitte der Wiese, und Linda und Jürgen halfen, es mit bunten Geschenkpäckchen zu füllen. Die Kinder versammelten sich um das Becken und sahen erwartungsvoll zu.

»So«, rief Walter, »bitte zurücktreten, die Herrschaften.« Er deutete auf ein Mädchen. »Petra fängt an.« Er verband dem Kind mit einem Tuch die Augen und drückte ihm einen tellergroßen Plastikring in die Hand. Das Mädchen warf den Ring in das Becken.

»Getroffen!« Die Kinder klatschten. Walter nahm ein Päckchen von der Stelle, wo der Ring gelandet war, hielt es mit einer theatralischen Geste hoch und rief: »Der erste Wurf, und schon ein Treffer!«

Nach und nach kam jedes Kind an die Reihe. Nicht jedes traf das Becken auf Anhieb, aber am Ende hatten alle ihr Gastgeschenk: ein Buch, eine Packung Farbstifte, eine Lupe, eine Musikcassette. Und vor dem allgemeinen Aufbruch wurde noch getauscht.

Sabine kam nach Hause, als man auf der Terrasse schon beim Abendessen saß. Sie gab Allwein die Hand und strich im Vorbeigehen über Klamroths Haar. Er warf einen verstohlenen Blick in Lindas Richtung. Ein wenig erstaunt folgte Allwein dem Blick und sah Lindas maskenhaft erstarrten Gesichtsausdruck. Linda bemerkte es und lächelte rasch. Allwein nickte freundlich und konzentrierte sich wieder auf seinen Teller. Die anderen hatten der wortlosen Szene keine Beachtung geschenkt.

Sabine setzte sich neben Angela und legte ihren Arm um die Schultern des Kindes. »Na, Schwesterchen, war es schön?«

»Ja!« strahlte das Mädchen.

»Und haben deine Freunde sich über die Geschenke gefreut?«

»Die hast du ganz toll ausgesucht, Tochter«, antwortete Tomschläger. »Die haben alles geplündert und sind hochzufrieden mit ihrer Beute abgezogen.«

»Ich dachte schon«, warf der Schwager ein, »das seien alles Werbegeschenke gewesen.«

Tomschläger grinste. »Billiger wäre es gewesen. Aber wir haben zur Zeit nur Kondome mit Firmenaufdruck.«

Um ein Haar hätte Linda ihrem Impuls nachgegeben und ihren Mann angeschrien, wenn Stefan Allwein nicht laut aufgelacht hätte. Der Priester ballte seine Hände zu Fäusten um Messer und Gabel, legte den Kopf in den Nacken und lachte einige Male schallend auf. Dann besann er sich und blickte in die Runde. Die kleine Angela, obwohl sie nichts verstanden hatte, lachte mit, weil sie sich freute, daß Pater Stefan so vergnügt war. Sabine, von der Bemerkung ihres Vaters nur mäßig amüsiert, lächelte ein wenig erstaunt über Allweins Reaktion. Linda hatte offensichtlich Mühe, zu einem passenden Gesichtsausdruck zu finden, und auch ihre Schwester und deren Mann waren wohl etwas in Verlegenheit, angemessen zu reagieren. Klamroth und Tomschläger grinsten.

Allwein versuchte, die Situation wieder zu glätten, wenn auch mit zweifelhaftem Erfolg. Er führte einen Bissen zum Mund, trank einen Schluck Bier und sagte, an

Tomschläger gewandt: »Ich bin die meiste Zeit nur in der Gemeinde. Da ist es wohltuend, ab und zu mal unter Menschen zu sein.«

»Eine delikate Unterscheidung«, kommentierte Lindas Schwester spitz. Nun war es an Tomschläger aufzulachen, und auch Linda schien nicht unberührt von der Komik der Situation.

»Wenn das Wetter so warm bleibt«, steuerte Klamroth vergnügt bei, »werden wir bald ziemliche Probleme mit Blattläusen haben.«

»Und dagegen helfen wiederum nur die Produkte meiner Firma«, sagte Tomschläger.

»Wenn auch nicht die genannten mit dem besagten Aufdruck«, erwiderte Klamroth. »Mann, merkst du eigentlich nicht, daß ich versuche, das Thema zu wechseln?«

»Technisch wäre es kein Problem«, fuhr Tomschläger ungerührt fort, »die Produktion auch auf die Bedürfnisse von Blattläusen auszuweiten. Die Schwierigkeit läge nur darin, die Adressaten auch zur Benutzung des Produkts zu animieren.«

»Iß noch etwas, Tom-Tom«, sagte Klamroth, »und dann halt den Mund.«

Es folgten noch ernsthafte Gespräche über dieses und jenes, und eine gewisse Angespanntheit legte sich wieder über die Runde, ohne daß man genau hätte sagen können, worin sie bestand und was die Ursache dafür war. Klamroth bemerkte, daß Sabine sich nicht an den Gesprächen beteiligte, und daß Mutter und Tochter jeden Blickkontakt miteinander vermieden. Ob dies auch anderen auffiel, war nicht zu erkennen.

Allwein entschuldigte sich nach dem Essen. Dies sei

ein sehr schöner Tag für ihn gewesen, er hoffe, die Familie bald wiederzusehen, aber er müsse noch an seiner Pfingstpredigt feilen. Manchmal glaube er, je rarer sich die Kirchenbesucher machten, desto kritischer würden die verbleibenden Gläubigen, und deshalb traue er sich nicht mehr, was er früher zuweilen getan habe, nämlich einfach die Predigt vom Vorjahr zu halten.

Alle hatten Verständnis, und auch Tomschläger versuchte nicht, ihn zu längerem Bleiben zu nötigen.

»Liebe Angela«, sagte Allwein und ergriff die Hände des Mädchens. »Bis bald. Auf Wiedersehen.«

»Auf Wiedersehen, Stefan«, antwortete das Kind, und wieder freute sich Allwein über die Anrede.

Während der Priester sich von den anderen verabschiedete, ging Klamroth mit Sabine ein paar Schritte durch den Garten.

»Wie war es?« fragte das Mädchen.

Klamroth zog die Schultern hoch. »Wie erwartet. Ein wenig anstrengend.«

»Mama?«

»Ja.«

»Ich würde ihr gerne helfen«, sagte Sabine. »Schade, daß sie nicht versteht.«

»Und dabei wird es wohl bleiben.« Klamroths Stimme klang bitter. »Ich bin das Gift, das sich in diese schöne Familie eingeschlichen hat. Vielleicht sollten wir uns eine Zeitlang nicht ...«

»Wann machst du Urlaub?« fragte Sabine hastig.

»Nächsten Monat.«

»Erste oder zweite Hälfte?«

»Warum?«

»Wann, Jürgen?«

»Zweite Hälfte und Anfang August. Drei Wochen müssen es diesmal schon sein. Ich will ein bißchen schreiben.«

»Wo?«

»Was wo?«

»Wo machst du Urlaub?«

»In der Schweiz. In meinem Haus. Warum?«

»Ab dem zwölften Juli habe ich Ferien.«

»Ja?«

»Nimmst du mich mit?«

»Was?«

«Nimmst du mich mit in die Schweiz?«

»Ja, aber . . . was sagst du deiner . . .?«

»Die Wahrheit, Jürgen. Nimmst du mich mit?«

Klamroth war benommen. Er spürte seinen Herzschlag. Er versuchte, seinen Puls mitzuzählen: professionelle Routine.

»Also nimmst du mich mit?«

»Ja!« Er wollte sie umarmen.

»Jetzt nicht. Hier nicht.«

»Aber wenn deine Mutter . . .«

»Ich habe mein eigenes Leben.«

Sabine hob die Hand und ging langsam auf das Haus zu.

Tomschläger und Angela begleiteten die beiden Gäste noch zum Auto und winkten, als sie abfuhren.

»Sag mal«, begann Stefan, als sie Walberberg verlassen hatten, »sehe ich richtig, was ich da gesehen habe?«

Jürgen wußte, worauf Stefan hinauswollte. »Kommt darauf an, was du gesehen hast, Hochwürden.«

»Weißt du, was nonverbale Kommunikation ist?«

»Nee, nie gehört.«

»Wenn man ohne Worte besonders intensive Gespräche führt.«

»Meine intensivsten Gespräche lasse ich von dem automatischen Anrufbeantworter führen.«

»Das meine ich nicht, mein Sohn. Einige Damen des Hauses Tomschläger schienen mir in auffälliger Weise der schweigenden Kommunikation zu frönen.«

»Und was schließen wir daraus, ehrwürdiger Vater?«

»Da fällt mir der Studentenball ein, von dem mir besorgte Seelen in der Klinik berichtet haben.«

»Alles Lüge, Pater. Ich würde niemals mit der Frau eines Freundes zu einer Unifete gehen, schon gar nicht in der Fastenzeit.«

«Dann bin ich froh, daß ich mich geirrt habe«, seufzte Stefan in gespielter Erleichterung. »Deine Altersklasse wäre sie ja, insofern wäre nichts dagegen einzuwenden. Aber sie ist Ehefrau und Mutter, und es beruhigt mich, daß du dich da nie vergreifen würdest.«

»Sie steht sogar so sehr hinter dem Sakrament der Ehe, daß sie sich mit dem Gedanken anfreunden könnte, wenn ich ihre Tochter heiraten würde.«

»Welche von beiden?« fragte Stefan unschuldig.

»Im Prinzip beide. Aber bei Angela spiele ich nicht mit. Da ist mir der Altersunterschied zu groß.«

»Klug geurteilt. Und Sabine ist ja ein paar Jahre älter.«

»Fast doppelt so alt, Ehrwürden.«

»Wenn das so ist.« Stefan lehnte sich beruhigt zurück.

Eine Zeitlang schwiegen sie. Erst als sie die Autobahn verlassen hatten und auf den Kölner Militärring einbogen, nahm Stefan den Faden wieder auf: »Und wie geht es weiter?«

»Wir fahren jetzt den Militärring weiter bis zur Eisenbahnbrücke, und dann biegen wir ...«

»Okay. Schon gut.« Der Freund wollte also nicht darüber reden.

»Und wenn es nun Liebe ist?« fragte Jürgen plötzlich. »Würdest du mir raten: Laß es sausen? Liebe ist ein windiges Gefühl? Wahrscheinlich gibt es das gar nicht?«

»So weit würde ich nie gehen, Jürgen. Dafür verstehe ich zu wenig von der Materie. Ich würde es wohl eher technisch angehen und fragen: Reicht das Gefühl, wie immer wir es benennen wollen, für die nächsten dreißig Jahre?«

»Dann bin ich zweiundsiebzig. Vielleicht sollten wir dann einmal Rückschau halten und darüber reden, wie die Sache gelaufen ist.«

Sie hielten vor dem Pfarrhaus.

»Gut, in dreißig Jahren dann also.« Stefan klinkte die Wagentür auf. »Danke, Jürgen. Das war ein schöner Nachmittag. Ich bin froh, daß ich mitgekommen bin. Und was die Töchter des Hauses betrifft: an die kleine Angela könnte ich mich schon gewöhnen.«

Jürgen grinste. »Sieh das mal aus der Sicht der Mutter, Stefan. Was für zwei finstere Kerle da heute nachmittag in ihr Haus eingefallen sind. Ein alternder Priester, der auf die jüngere Tochter abfährt, und ein geschiedener Knochenmeißler, der sein brünstiges Auge auf das ältere Mädchen geworfen hat. Was meinst du, ob wir noch mal eingeladen werden?«

Stefan stieg aus. »Die Wege des Herrn sind unergründlich«, sagte er milde. Er wollte die Türe schließen, beugte sich aber noch einmal herunter. »Und wenn du vor

Ablauf der dreißig Jahre mit mir über ein Problem sprechen möchtest, von dem ich, zugegeben, keine Ahnung habe, dann laß von dir hören.«

Er schlug die Wagentür zu und klopfte zweimal auf das Dach des Autos. Jürgen hob die rechte Hand zum Abschied und fuhr an. Stefan winkte.

Zu Hause setzte Klamroth sein Tonband-Tagebuch fort und beschrieb seine Eindrücke von dem Nachmittag in Walberberg. Den Anruf des Staatssekretärs und sein Gespräch mit Walter darüber ließ er unerwähnt.

7

Nach Pfingsten rief Tomschläger den Staatssekretär an.

»Vielen Dank für die Grüße, Herr Staatssekretär.«

Der andere schwieg verblüfft, und Tomschläger genoß das Schweigen. Schließlich sagte er: »Klamroth war am Samstag bei mir und hat sie mir bestellt.«

»Ah ja, natürlich«, kam die eilige Antwort, »wir haben vorige Woche, glaube ich, telefoniert, und da sagte er mir ...«

»Ich höre«, schnitt Tomschläger ihm das Wort ab, »Ihr Haus fahndet nach einem dubiosen Medikament. Ich dachte, meine Firma könnte dabei vielleicht behilflich sein.«

Auch ohne Bildschirmtelefon, stellte er befriedigt fest, kann man sehen, wie der jetzt nach Worten ringt. Gut, daß es auch diesen abgebrühten Politgangstern manchmal noch die Sprache verschlägt.

»Fahnden ist zu viel gesagt«, ließ der andere sich herbei. »Ein kleiner Beamter glaubt, auf eine Spur gestoßen zu sein. Nichts, was nach Entscheidungsbedarf aussieht.«

»Wie ist der kleine Beamte auf die Spur gekommen?«

»Irgend etwas ist ihm von der WHO in Genf gesteckt worden, glaube ich. Ist aber wohl unwichtig.«

»Das meinte Klamroth auch.«

»Was?«

»Klamroth meinte, wenn es wichtig wäre, hätten Sie mich selber angerufen. Ich konnte ihm nur zustimmen. Ich habe ihm gesagt, daß wir dort unten im Morgenland gerade eine große Giftmüll-Entsorgungsanlage bauen, was die Bundesregierung aus Gründen der Bescheidenheit nicht an die große Glocke hängt, obwohl sie doch ganz erheblich davon profitieren wird, wenn auch erst nach der Wahl.« Und scheinbar besorgt fügte er hinzu: »Diese Leitung ist doch abhörsicher, oder?«

Als der andere nicht sogleich antwortete, ergänzte Tomschläger treuherzig: »Im übrigen bin ich auch nicht der Ansicht, daß diese Regierung auf Wahltermine schielt. Ich weiß, daß sie sich für das Gemeinwohl verantwortlich fühlt.«

Obwohl Tomschläger das leidige Bild von dem Boot, in dem man gemeinsam sitzt, nicht bemüht hatte, rang sich der Staatssekretär wohl doch zu der Erkenntnis durch, daß er als Passagier in einem bestimmten Boot die Interessen der anderen Passagiere teilte.

»Dohm hat über die WHO Informationen über einen gewissen Aykut Erkal eingeholt. Kennen Sie den?«

»Nein«, log Tomschläger.

Der Staatssekretär wußte, daß er log. »Er hat wohl auch einige Informationen bekommen.«

»Läßt er ihn observieren?«

»Das kann er nicht, dafür müßte er mein Plazet haben. Ich bin durch Zufall darauf gestoßen. Dohm war eine Woche in Urlaub, und da rief einer aus Genf an, was denn nun sei, ob das Ministerium einen offiziellen Amtshilfeantrag auf Observation stelle oder nicht. Der Mitarbeiter wußte von nichts und hat mir den Fall zur Entscheidung vorgelegt.«

»Und wie haben Sie entschieden?»

»Natürlich negativ! Keine Aktion. Was hätten wir für ein Interesse an einem Aykut Erkal? Ich glaube auch, daß dieser Schweizer Beamte das mißverstanden hat. Dohm wollte wohl nur die Glaubwürdigkeit des Mannes prüfen. Wenn Sie mich fragen: Erkal ist seine Quelle. Von ihm hat er das ägyptische Medikament bekommen.«

»Ach, aus Ägypten stammt das«, sagte Tomschläger lakonisch. »Wie auch immer, ich schlage vor, wir bleiben in *direkter* Verbindung, wenn sich etwas Mitteilenswertes ergibt, Herr Staatssekretär.«

»Das ist auch meine Meinung«, bekräftigte der Staatssekretär.

So, so, dachte Tomschläger. Der Herr Doktor Doktor Dohm interessiert sich also für Doktor Aykut Erkal und fragt Genfer Kollegen aus. Natürlich inoffiziell, und seinem Dienstherrn erzählt er nichts. Aber der Schweizer Beamte will seine Ordnung haben und fragt in Dohms Ministerium nach. Und weil Doktor Doktorchen gerade nicht da ist, erfährt es doch der Staatssekretär, zieht aber die falschen Schlüsse. Nicht anders zu erwarten, je höher die Chargen, desto weniger verstehen sie von der Materie. Gott sei Dank zieht er die falschen Schlüsse. Er hält Erkal für den Lieferanten des Präparats. Nee, mein Lieber. Dein DoDoDohm hat irgendwie Wind davon bekommen, daß Erkal alles tut, um uns die Schnüffler vom Hals zu halten. Und jetzt will er es genauer wissen und nimmt ihn ins Visier. Er möchte seinen kleinen Privatkrieg führen. Und wenn er den gewinnt, ist er der große Zampano des Ministeriums, und kein Mensch fragt mehr danach, ob er sich sein segensreiches Wirken auch von der Obrigkeit hat absegnen lassen.

Er starrte einige Minuten lang aus dem Fenster, ohne wahrzunehmen, was er sah. Dann nahm er den Hörer eines der beiden Telefone auf seinem Schreibtisch auf. Wenn er Erkal im Visier hat, dann will ich wissen, wie scharf. Und ich will wissen, wer diese Drecksarbeit für ihn macht. Er tippte eine Nummer.

»Bitte kommen Sie doch mal zu mir herauf.«

Tomschlägers Assistent betrat wenige Minuten später den Raum.

»Bitte setzen Sie sich. Wir müssen eine Observation organisieren«, begann Tomschläger ohne Umschweife, »in der Schweiz und in Deutschland.«

»Wer ist das Objekt?«

»Ein hoher türkischer Regierungsbeamter namens Aykut Erkal.«

Der Assistent machte sich Notizen und ließ nicht erkennen, ob der Name Erkal ihn überraschte oder nicht. Er fragte: »Warum in beiden Ländern?«

»Ich will wissen, von wo das ausgeht, Schweiz oder Deutschland.«

Der andere blickte ihn fragend an.

»Ach so«, nickte Tomschläger, »ich muß das erklären. Erkal ist nicht das eigentliche Objekt. Ich vermute, daß er observiert wird. Wenn ja, dann will ich wissen, wer das macht. Wenn er von Profis beobachtet wird, dann brauchen wir ganz besondere Profis, um die Beobachter beim Beobachten zu beobachten, ohne daß die etwas merken. Können Sie das möglichst bald erledigen?«

»Ja«, kam die knappe Antwort.

»Gut. Sie stellen die Truppe zusammen, die genauen Termine gebe ich Ihnen dann noch. Ach ja, Dr. Klamroth wird auch mit von der Partie sein.«

»Dr. Klamroth? Wird der auch ...?«

»Nein, der wird nicht observiert. Aber wir brauchen plausible Treffen. Die beiden sehen sich aus beruflichen Gründen öfter.«

Der Assistent schrieb ein paar Stichworte auf und klappte den Block zu. »Ist er eingeweiht?«

»Was?«

»Weiß Dr. Klamroth, warum er sich mit Erkal treffen soll?«

Tomschläger dachte einen Augenblick lang nach. »Gute Frage. Er weiß noch gar nichts von der Aktion. Ich muß erst noch mit ihm sprechen. Was meinen Sie, soll ich ihm die Wahrheit sagen?«

»Wenn ich mit ihm befreundet wäre«, sagte der junge Mann vorsichtig, »würde ich ihm die Wahrheit sagen. Sonst eher nein. Er ist kein Profi, ich meine, nicht auf diesem Gebiet. Er könnte nervös werden und seinen Beobachtern dauernd Signale senden, daß er sich beobachtet fühlt.«

»Gut. Ich werde das entscheiden.«

Der junge Mann erhob sich und ging auf die Tür zu. Bevor er den Raum verließ, sagte Tomschläger: »Noch eins.«

»Ja?«

»*Sie* scheinen mir ein Profi zu sein.«

»Danke«, strahlte der Assistent und schloß die Tür hinter sich.

Tomschläger ließ sich nach Ankara durchstellen und sprach fast zwanzig Minuten lang mit Aykut Erkal. Dann rief er Klamroths Praxis an: Herr Dr. Klamroth sei in der Uniklinik. Er ließ sich die Nummer geben und erfuhr in der Klinik, daß Dr. Klamroth eine halbe Stunde zuvor zur Visite ins Heilig-Kreuz-Krankenhaus aufgebrochen sei. Er rief das Hospital an: Dr. Klamroth sei auf Visite. Er bat um Rückruf. Kurz vor Mittag rief Klamroth an.

»Walter? Hast du Probleme mit der Wirbelsäule?«

»Klar, aber die lasse ich lieber von einem Fachmann behandeln. Wenn ich dich nicht kennte, würde ich sagen, es gibt dich gar nicht. Praxis, Uni, Krankenhaus, alle sagen: ein Dr. Klamroth ist hier unbekannt.«

»Die werden sich wundern, wenn ich den Nobelpreis kriege.«

»Kann ich dich vorher noch sprechen?«

»Kommt drauf an, was du zahlst.«

»Einen Big Mäc und eine Cola in deiner Kantine. Wenn ich jetzt gleich aufbreche, wartest du auf mich?«

»Mann, ist es so dringend?«

»Nee, überhaupt nicht. Hätte ich dich sonst angerufen?«

Eine gute halbe Stunde später saßen sie sich in der Cafeteria des Krankenhauses gegenüber, mit einem Mittagsteller vor sich, der nur bei extremem Hunger zu vorsichtigem Zulangen einlud.

Tomschläger blickte sich um. »Bald bist du ja Herr über diesen Laden«, sinnierte er. »Ich hoffe, du wirst als erstes die Küche verändern. Was nützen gelungene Operationen, wenn die Patienten hinterher an dem Fressen verrecken?«

»Ich bin schon in Kontakt mit Bocuse.«

»Gut. Also zur Sache. Was du alles zu tun hast, habe ich gemerkt, als ich dich heute morgen zu erreichen versucht habe. Dennoch mußt du mir noch zwei Tage geben, Mitte dieses Monats. Geht das?«

»Scheint ja wichtig zu sein«, sagte Jürgen zögernd.

»Ist es. Fahr nach Genf. Nein, diesmal ohne Geld. Triff dich dort mit Aykut Erkal zum Abendessen, dann am nächsten Morgen zum Frühstück. Das ist schon alles. Nimm dir meinetwegen Arbeit mit, außer den beiden Mahlzeiten hast du nichts zu tun. Miete dir auf Kosten meiner Firma die Präsidentensuite des teuersten Hotels und arbeite dort anderthalb Tage lang an deinem Handbuch. Nur zu den Mahlzeiten mit Erkal mußt du da sein. Nach dem Frühstück brecht ihr auf nach Köln. Das heißt, du nimmst Erkal in deinem Auto mit. In Köln verschwindet Erkal für einen Tag, und am nächsten Tag fährst du ihn in deinem Wagen zum Flughafen Düsseldorf. Von dort fliegt er nach Berlin. Am nächsten Morgen kommt er schon wieder zurück. Ihr eßt zu Mittag, und dann fährst du ihn zum Köln-Bonner Flughafen, und er dampft ab in die sonnige Türkei. Alles klar?«

Die Termine lagen ein wenig dicht, und Jürgen wäre es lieber gewesen, Walter hätte seinen Wunsch erst für ein paar Wochen später, Anfang Juli, geäußert, aber er dachte an die Bemerkung des Freundes: Bald bist du ja Herr über diesen Laden. Wie der Volksmund sagt: Von nichts kommt nichts. Also zwei Tage für die gute Sache, das muß ja wohl noch drin sein.

»Alles klar«, nickte Jürgen. »Nur noch eine Frage. Was sollen Erkal und ich uns zum Essen bestellen?«

Walter breitete die Arme aus und sagte in fröhlichem Tonfall, jedes Wort betonend: »Was ihr wollt!«

»Gut.« Jürgen stocherte auf seinem Teller herum. »Mehr wollte ich nicht wissen.«

Als er wirklich nicht weiterfragte und so tat, als sei das Thema für ihn abgeschlossen, lockte ihn Walter nach einer Weile: »Mehr solltest du auch nicht wissen, sagt mein Assistent.«

Jürgen grinste und richtete den Zeigefinger auf den anderen: »Du hast verloren. Ich sollte fragen, weil du darauf brennst, es mir zu sagen. Also sag es mir, bitte, bitte.«

»Na schön. Erkal wird beschattet, und wir wollen die Beschatter beschatten. Dazu brauchen wir einen ahnungslosen Laien, der uns den Mann breit vorführt, damit der seine Schatten vorführen kann, damit wir die identifizieren können.«

»Und wenn die Schatten auf uns schießen?«

»Du hast kaum Angehörige, das macht es leichter.«

»Wollte dein Assistent mich deshalb schonen?«

»Nein, er meinte, du hättest nicht die Nerven für so was. Du würdest dich dauernd umgucken und dir in die Fingerknöchel beißen.«

»Wenn der mal ausrutscht und sich die Knochen bricht, sorge dafür, daß er bei mir eingeliefert wird.«

»Abgemacht.«

Plötzlich stand Reischle neben ihrem Tisch. »Sie essen ja schon wieder dieses Zeug, Herr Klamroth.« Dann tat er so, als bemerke er erst jetzt den zweiten Mann am Tisch. »Oh, Entschuldigung. Sie sind in Gesellschaft.«

»Keine Ursache, Herr Reischle.« Er machte eine kurze pendelnde Handbewegung zwischen den beiden Männern. »Herr Tomschläger, Professor Reischle.«

Beide verbeugten sich, wobei Tomschläger sich andeutungsweise von seinem Stuhl erhob.

»Herr Tomschläger, natürlich«, beeilte Reischle sich. »Ich habe Ihr Bild mal in der Zeitung gesehen.«

Klamroth wies auf einen leeren Stuhl: »Wollen Sie nicht auch etwas essen?«

»Um Himmels willen«, wehrte Reischle ab, »nicht dieses Zeug. Daß die Patienten das essen, sobald sie wieder humpeln können, mag ja noch angehen. Aber wir Ärzte sollten uns bei Kräften halten, gerade wegen der Verantwortung für unsere Patienten.« Damit hob er die Hand zum Abschied und ging.

»Ist doch gar kein übler Kerl«, kommentierte Walter.

»Habe ich doch schon immer gesagt«, bestätigte Jürgen.

Professor Reischle konnte es kaum erwarten, sein Büro zu erreichen. Er ließ sich sogleich mit dem Gesundheitsministerium verbinden.

»Sie raten nicht, Herr Dohm, wer hier unten in der Cafeteria des Krankenhauses mit Klamroth zusammensitzt.«

»Erkal?«

»Nein.« Reischle schien ein wenig enttäuscht. »So schnell geht das nicht, Herr Dohm. Es ist Tomschläger.«

»Tomschläger . . .«

»Ja. Fressen dieses widerliche Zeug in sich hinein. Das bedeutet: wichtig, eilig. Klamroth hat ein volles Pensum heute. Keine Zeit, um sich irgendwo abseits zu treffen. Da ist der große Boß höchstpersönlich in die schäbige Krankenhauskantine gekommen. Wichtig, so wichtig, daß sie es nicht am Telefon besprechen wollten.«

»Sie meinen ... er könnte demnächst verreisen?«

»Ja. Sobald er sich einen Tag freinimmt, erfahre ich es.«

»Und für das andere ist gesorgt?«

»Die beste Agentur Kölns, wie man mir sagt.«

»Gut!« sagte Dohm befriedigt. »Dann ... Waidmanns Heil.«

»Waidmanns Dank, Herr Dohm. Und auf eine gute Strecke!«

Am Montag, dem 11. Juni, fuhr Klamroth nach Genf und stieg am frühen Nachmittag wieder im Hotel Métropole ab. Die Sonne schien, und er verbrachte ein paar müßige Stunden bei einem Einkaufsbummel durch die Stadt. Er kaufte sich mehrere Pfeifen, eine Taschenuhr, Bücher, ein Paar Schuhe und für Sabine die Tagebücher von Clara und Robert Schumann und eine Cassette der vier Sinfonien. Zum Abendessen traf er sich mit Aykut Erkal, wie seinerzeit im Januar, im L'Arlequin. Sie sprachen entspannt über Erkals Familie, Klamroths Arbeit, über Politik, Fußball, Bücher und die Gartenparty im Hause Tomschläger zum Geburtstag der jüngeren Tochter. Über den eigentlichen Zweck der Zusammenkunft fiel kein Wort.

Am nächsten Morgen, Dienstag, dem 12. Juni, fuhr Klamroth zu Erkals Hotel Des Bergues, und bei angeregtem Gespräch frühstückten die beiden Männer im L'Amphitryon, dem Restaurant des Hauses. Danach holte Erkal sein Gepäck, und man brach in Klamroths Wagen nach Köln auf. Die lange Fahrt von fast acht Stunden verging wie im Fluge, und Klamroth bereute es nicht, zwei Tage für die Gesellschaft dieses witzigen, ernsthaften, herzlichen und manchmal so förmlichen Türken von seiner Arbeit abgezweigt zu haben. In Köln setzte er ihn vor dem Hotel Inter-Continental ab.

Am Donnerstagmittag, 14. Juni, holte Klamroth ihn wieder am Hotel ab und brachte ihn zum Düsseldorfer Flughafen, wo Erkal gegen 14 Uhr eine Lufthansa-Maschine nach Berlin nahm. Schon am späten Vormittag des nächsten Tages, Freitag, den 15. Juni, kehrte Erkal zurück und landete in Köln-Bonn. Er nahm sich ein Taxi zum »Haus am See« im Kölner Stadtwald und wartete dort auf Klamroth, der gegen halb eins eintraf.

Das Gespräch beim Mittagessen bestritt Klamroth fast alleine. Er sprach von seiner Bewerbung für die Chefstelle des Akademischen Lehrkrankenhauses, und wie er sich auf die Arbeit freue, wenn er denn die Stelle bekommen sollte. Er erzählte von seiner sehr alten Mutter, und daß er ein sehr junges Mädchen liebe. Er beschrieb seine beiden Freunde, den reichen und lauten Walter Tomschläger und den asketischen Priester Stefan Allwein. »Ich weiß nicht, welchen von beiden ich mehr liebe«, sagte er. Und auch den behäbigen Studienfreund im Rhonetal, Harry Schulz, genannt Almöhi, vergaß er nicht zu würdigen.

Erkal hatte aufmerksam zugehört. »Wie sehr ich wünschte«, sagte er schließlich, »wir beide hätten nicht nur geschäftlich miteinander zu tun.«

»Müssen wir auch nicht«, erwiderte Klamroth spontan. »Ich werde Sie in der Türkei besuchen. Vielleicht nicht mehr dieses Jahr, aber im nächsten ganz bestimmt.«

Erkal war überrascht und lächelte dankbar.

»Und bis dahin wäre es vielleicht gut«, fuhr Klamroth fort, »wenn wir uns unserer Vornamen bedienen würden.« Er hielt inne, fast ein wenig erschrocken. »O Gott, wie gestelzt ich das nun ausgedrückt habe. Man könnte meinen, ich wäre ein Türke, der Deutsch am Goethe-Institut gelernt hat.«

Erkal lachte auf. »Goethe-Institut nix schlecht. Ich Türke Aykut, du Germane Jürgen.«

Sie bestellten sich einen Whisky zur Feier des Augenblicks.

Als die Getränke serviert wurden, besann Klamroth sich doch eines anderen. »Trink du meinen. Ich muß noch fahren.«

»Meinetwegen«, sagte Aykut Erkal. »Obwohl: ich muß noch fliegen.«

Um halb drei fuhr Klamroth den Besucher zum Flughafen Köln-Bonn. Er beobachtete auf der Besucherplattform, wie die Maschine nach Ankara abhob.

In der Nähe des Restaurants hatten zwei Autos geparkt, deren Fahrer sich wegen des regnerischen Wetters nicht zu einem Spaziergang entschließen konnten und hinter dem Steuer sitzengeblieben waren. Einer konnte den Eingang des Restaurants beobachten, der andere hatte weiter oberhalb in der kleinen Waldstraße geparkt, so daß er jederzeit in Richtung Militärring starten konnte, ohne wenden zu müssen. Als Klamroth und Erkal das Lokal verließen, sprach der eine Mann ein paar Worte in ein Funkgerät und rutschte dann tiefer in den Sitz. Erkal und Klamroth fuhren ab, und der Mann richtete sich wieder auf. Er sah, wie der andere Wagen in angemessenem Abstand folgte. Er wollte eben starten, als die Wagentür von einem Mann aufgerissen wurde. Erschrocken fuhr er mit der rechten Hand unter seine Jacke, als ihn der wuchtige Handkantenschlag eines zweiten Mannes an der Kieferwurzel traf. Er sackte bewußtlos in seinem Sitz zusammen. Die beiden Männer blickten sich kurz um. Es regnete, niemand war zu sehen.

Einer riß das Autotelefon aus der Verankerung und warf es auf den Rücksitz, der andere zertrümmerte das Funkgerät auf einem der Holzpflöcke, die den Rand des Parkplatzes markierten. Sodann demolierten sie mit einem schweren Schraubenschlüssel die Armaturen, öffneten die Motorhaube und rissen alle erreichbaren Kabel heraus. Schließlich schraubten sie aus allen Reifen die Ventile heraus und warfen sie in einem hohen Bogen in ein Gebüsch. Dann entfernten sie sich ohne besondere Eile. Der Mann hinter dem Steuer war immer noch bewußtlos.

Der andere Fahrer, der Erkal und Klamroth zum Flughafen gefolgt war, hatte etwas mehr Glück, wenn er sich auch für seine Rückfahrt öffentlicher Verkehrsmittel bedienen mußte. Er hatte im unteren Parkdeck des Flughafens in sicherer Entfernung zu dem Zielauto gehalten und war den beiden Männern in den Abfertigungstrakt nachgegangen. Als er später zu seinem Wagen zurückkehrte, fand er ihn in dem gleichen Zustand wie der seines Kollegen, nur daß auch noch die Scheibe an der Fahrerseite eingeschlagen und die Lenkradsäule mit brachialer Gewalt verbogen worden war. Hilflos mußte er zusehen, wie Klamroth wenig später zu seinem Auto ging und abfuhr.

Am Abend dieses Freitags erstattete Tomschlägers Assistent Bericht. »Alles erledigt«, sagte er mit der selbstbewußten Zufriedenheit eines Mannes, der wußte, daß er gute Arbeit geleistet hatte. »Es ist eine Kölner Firma, die Klamroth beschattet hat.«

»Klamroth?« fragte Tomschläger überrascht.

»Ja. Nicht Erkal. Erkal ist schon am Montagmorgen in Genf gelandet und hat den ganzen Tag Bewegungen gemacht, die leicht zu observieren waren. Aber er wurde nicht observiert. Die Schatten stellten sich erst ein, als er sich abends mit Klamroth zum Essen traf. Da wurde fotografiert, ganz eindeutig, aber es war *Klamroths* Gefolge.«

»Woher wissen Sie das?«

»Nach dem Essen fuhr Erkal in sein Hotel: ohne Schwanz. Erst am nächsten Morgen, Dienstag, als Klamroth ihn da zum Frühstück traf, hatte er einen Konvoi von zwei Wagen mit Kölner Nummern hinter sich. Die waren dann auch auf der ganzen Fahrt nach Köln in der Nähe. Erkal stieg am Interconti aus, und Klamroth fuhr in seine Praxis, und die Kletten folgten *ihm*. Erkal blieb die ganze Zeit in Köln unbehelligt. Klamroth aber wurde weiter bewacht, von einer anderen Schicht. Am Mittwoch haben wir dann die Autonummern geknackt und uns den gesamten Wagenpark der Firma notiert.«

»Wie heißt die Firma?«

»Argus Investigation. Toller Name.«

»Feinsinnig und hintergründig gewählt«, bestätigte Tomschläger.

»Der Rest ist dann wie gehabt«, fuhr der Assistent fort. »Am Donnerstag fährt Klamroth seinen türkischen Kollegen zum Flughafen nach Düsseldorf, wieder mit Geleitzug. Erkal fliegt nach Berlin und wird dort nicht beobachtet, außer natürlich von unseren Leuten. Die Meute folgt Klamroth und begleitet ihn bei all seinen Tagesgeschäften. Heute dann dasselbe Bild. Die beiden treffen sich im Stadtwald, aber Klamroth ist es, der die Argus-Profis im Schlepptau hat. Da hatten wir genug und haben die Aktion beendet.«

Tomschläger schüttelte den Kopf. »Wer sollte Klamroth observieren, und warum?«

»Die erste Frage kann ich beantworten«, sagte der junge Mann und warf einen Blick auf seinen Notizblock. »Es ist Professor Doktor Anton Reischle.«

»Was?« Tomschläger war so verblüfft, daß er einen Augenblick lang mit offenem Mund dastand. Dann legte er die Hände über die Augen und lachte. »O nein, das darf doch nicht wahr sein. Eine Kollegen-Intrige!« Schließlich fragte er: »Wie haben Sie das rausgekriegt?«

»Es gab einige Maßnahmen, der Firma Argus Reischles Auftrag zu kostspielig zu machen.«

»Was heißt das konkret?«

»Ein Fahrer wurde zusammengeschlagen«, sagte der andere ohne Zögern, »zwei Autos wurden in Maßen demoliert.«

»War das nötig?«

»Ja. Sonst wäre man nicht an den Namen des Auftraggebers herangekommen, jedenfalls nicht ohne Einbruch in die Firma. Die Fahrer selbst auszuquetschen lohnt nicht, die kennen nie die Kunden. Nein, die Firma hat einen Schaden davongetragen, der ihr das Risiko des Auftrags zu hoch erscheinen läßt. Und die Kündigung ist auch schon prompt erfolgt.«

»Wieso?«

»Der Chef hat Reischle angerufen, und unsere Leute waren in der Leitung.«

»Ah, ja.« Tomschläger blickte auf die gegenüberliegende Wand, ohne seine Augen auf einen bestimmten Punkt zu richten. Dann sagte er nachdenklich, wie zu sich selber: »Die Polizei wird Klamroth befragen.«

»Die Polizei wird nicht auftauchen.«

Tomschläger sah ihn fragend an.

»Reischle wird den Schaden ersetzen, hat er geschworen. Er hat geradezu gefleht, die Polizei nicht zu bemühen, er sei an der Klinik erledigt, wenn herauskomme, daß er einen Kollegen beschatten lasse. Möchten Sie das Band haben?«

»Nein, nein. Aber noch nicht vernichten. Vielleicht brauchen wir es noch.«

»Gut. Das wäre dann von mir aus alles. Ach ja, die hatten an Klamroths Wagen einen Minisender geklebt, um ihm in größeren Abständen folgen zu können. Wir haben das Ding heute am Flughafen entfernt.«

»Präzise Arbeit«, lobte Tomschläger, »wirklich gut gemacht. Wenn auch mit einem anderen Ergebnis, als ich erwartet hatte.«

Der Assistent deutete eine Verbeugung an und verließ den Raum.

Reischle läßt also Jürgen observieren. Was für eine kindische Posse! Was hat er nur gehofft zu finden, um Jürgens Berufung zu verhindern? Wie blind der Neid machen kann. Oder der Haß, oder beides. Aber das Problem bleibt. Mit Dohm sind wir immer noch nicht weiter. Dohm interessiert sich für Erkal. Hat bei der WHO rumgefragt. Und alles, was wir wissen, ist, daß er Erkal nicht beschatten läßt. Der Staatssekretär hat recht. Dazu bräuchte er das Okay von oben, also hat er keine Mittel, es zu finanzieren.

Oder doch ...? Wenn Dohm und Reischle nun gemeinsam ...? Unwahrscheinlich ... aber nicht ausgeschlossen. Man müßte wissen, ob die beiden sich kennen.

Tomschläger überlegte, ob er dem Freund von seinem kollegialen Beschattungsangriff erzählen sollte. Nein, lieber nicht. Hätte vielleicht den verständlichen Wunsch, Reischle eins in die Fresse zu hauen. Würde seine Arbeit in der Klinik nicht gerade erleichtern. Mal abwarten, wie Reischle sich verhält.

Als Jürgen am Wochenende anrief und fragte, ob die Aktion denn etwas gebracht habe, sagte Walter: »Wie bei euch in der Medizin: Ergebnis negativ. Aber das ist eben das Ergebnis. Wir wissen nun sicher, daß es ein falscher Alarm war. Das ist beruhigend.«

Jürgen war unschlüssig, ob er das glauben sollte, aber er dachte nicht weiter darüber nach. Es gab genug zu tun, und so manches Erfreuliche stand bevor.

Reischle versuchte mehrere Male, Dohm anzurufen, und erreichte ihn endlich am Sonntag unter seiner Privatnummer.

»Klamroth hat Erkal getroffen«, begann Reischle.

»*Sehr, sehr schön!*« genoß Dohm die Mitteilung.

»Warten Sie es ab«, erwiderte Reischle gereizt. »Die Agentur, die ich mit der Sache beauftragt hatte, lehnt es ab, weiter für mich zu arbeiten.«

»Ich verstehe Sie nicht.«

»Während die Klamroth und Erkal im Visier hatten, sind zwei Autos der Firma demoliert worden, und ein Mitarbeiter wurde übel zugerichtet. Er war besinnungslos.«

Dohm ließ eine kurze Pause entstehen. »Auch das ist sehr, sehr schön, Herr Reischle. Die Bande hat die Nerven verloren. Nun wird die Polizei den Kollegen Klamroth befragen, wie er sich diese Gewalttätigkeiten erklärt.«

»Nichts wird die Polizei tun!« brauste Reischle auf.

»Ich habe viel Geld versprechen müssen, um den Schaden auszugleichen. Nur unter dieser Bedingung war die Agentur bereit, die Polizei außen vor zu lassen.«

»Aber warum? Das war doch ein Überfall . . .«

»Ja, ein Überfall. Aber die würden nicht nur Klamroth in die Mangel nehmen, sondern auch nach dem Auftraggeber fragen. Und dann würden sie wissen wollen, warum der Auftraggeber einen angesehenen Kollegen des eigenen Hauses observieren läßt, einen Mitbewerber um die Chefstelle des Lehrkrankenhauses, einen Sachverständigen der Regierung noch obendrein. Soll ich dann sagen, das haben wir beide abgesprochen? Würde Ihnen das in Ihrem Hause helfen? Diese Scheiße kostet mich schon so genug.«

Dohm lenkte ein. »Ja, Sie haben wohl recht. Es wäre schädlich. Tut mir leid, daß Sie nun diese Unannehmlichkeiten haben.« Als der andere nicht antwortete, fuhr er vorsichtig fort: »Das Treffen mit Erkal . . . könnten Sie mir etwas mehr sagen?«

Reischle hatte sich wieder ein wenig beruhigt. »Montag, den elften, Klamroth und Erkal essen in Genf zu Abend in Klamroths Hotel. Dienstag morgen gemeinsames Frühstück in Erkals Hotel. Danach fahren sie nach Köln.«

»Was?«

»Ja. Erkal fährt mit Klamroth in dessen Wagen nach Köln. Steigt dort im Hotel ab. Donnerstag, den vierzehnten, Klamroth fährt Erkal zum Flughafen Düsseldorf. Einen Tag später schon wieder gemeinsames Mittagessen in Köln, später Fahrt zum Flughafen Wahn, zusammen. Dabei passieren dann die Zwischenfälle.«

Nach einer Pause sagte Dohm: »Das ist viel, Herr

Reischle. Das hilft mir sehr. Und bei all dem Ärger, den Sie jetzt haben ... ich glaube, daß sich Ihre Unkosten demnächst amortisieren werden.«

Dohm blieb noch lange nach dem Gespräch an seinem Schreibtisch sitzen und versuchte, seine Gedanken zu ordnen. Erkal trifft Klamroth: Endlich also! Der weltläufige Türke mit dem unerschöpflichen Reiseetat. Vertreter eines armen Landes, aber unterwegs immer vom Feinsten. First-class-Flüge, Vier-Sterne-Übernachtungen, handverlesene Restaurants. Der hat noch nie nach Knoblauch gerochen, ist aber immer in der Nähe, wenn es irgendwo stinkt. Habe immer vermutet, daß er Leute trifft, die sich auch gerne da aufhalten, wo es stinkt. Die aber selber nicht riechen, sondern im Gegenteil: Smelling like roses, wie die Amerikaner sagen. Pertramer und der Konzern. Seine Witwe hat ihm dafür bald Gesellschaft leisten müssen, unter der Erde. Klamroth und der Konzern, und plötzlich wird aus dem Provinzarzt ein Starmediziner. Erkal und Klamroth: Also Erkal und der Konzern! Erkal liebt die Nähe des Gestankes, weil er von dessen Verursacher bezahlt wird, dieser First-class-vier-Sterne-Türke, im bürgerlichen Beruf schlechtbezahlter Regierungsbeamter. In Maastricht waren beide, in Genf waren sie beide in der Karwoche, nur daß sie sich getroffen haben, war nicht zu beweisen. Und jetzt der Beweis!

Und jetzt ... Ja, was jetzt? Dohm mochte gar nicht daran denken, wie der Staatssekretär auf den Hinweis reagieren würde, daß Klamroth und Erkal sich getroffen hatten. Warum sollten die beiden sich eigentlich nicht treffen, der türkische Regierungsvertreter und der deutsche Regierungsbeauftragte? Ja, aber ... bei der Observation ist ein Mann besinnungslos geschlagen worden, zwei

Autos wurden zertrümmert. Woher wissen Sie das, Herr Dohm? Von Professor Reischle. Wer ist das? Ein Kollege von Klamroth am Heilig-Kreuz-Krankenhaus in Köln. Mitbewerber um die Leitung des Lehrkrankenhauses. Der läßt seinen Kollegen beobachten? Und *Sie* haben das gewußt, Herr Dohm?

Resignation, Ohnmacht, Wut, Hilflosigkeit, Frustration erfüllten ihn, und Haß. Dohm versuchte, seine Gefühle zu kontrollieren. Klamroth und Erkal treffen sich. Bisher haben sie es geheimgehalten. Und auf einmal machen sie es ganz offen! Gemeinsames Abendessen und Frühstück. Dann gesellige Autofahrt über achthundert Kilometer. Klamroth als Erkals Chauffeur: zum Hotel, zu den diversen rheinischen Flughäfen. Normalerweise würde er eine Taxe nehmen, das wären ja noch die geringsten Spesen bei seinem Etat. Alles ganz offen! Wie eine höhnische Herausforderung: Bitte schön, hier sind wir beide, auf dem Präsentierteller, damit sich etwaige Interessenten keine Mühe machen müssen, to whom it may concern.

Am Sonntag während der Messe verließ Tomschläger nach der Predigt für einige Minuten die Kapelle, ging durch den Park zur Rezeption im Hauptgebäude und betrat die öffentliche Telefonzelle des Hauses. Niemand beachtete ihn, schließlich konnte er einer der zahlreichen Tagungsgäste sein, die das Kloster beherbergte.

Er wählte die Privatnummer seines Assistenten. Er hätte auch von zu Hause aus anrufen können, aber es schien ihm ratsam, darauf zu verzichten. Unwahrscheinlich, daß er abgehört wurde . . . aber auch wieder nicht ausgeschlossen.

Der Assistent meldete sich sofort. Der perfekte Untergebene. Ist auch am Sonntagmorgen präsent und auf dem Sprung und meldet sich gehorsam, wenn der Chef anruft. Fast hätte er gefragt: Sie waren also schon in der Frühmesse? Aber er verkniff sich die Bemerkung und sagte: »Hier Tomschläger. Es tut mir leid, Sie am Sonntag zu behelligen.«

»Kein Problem, Herr Tomschläger.«

»Sie sagten mir vorgestern, Sie hatten ein kleines Männchen in der Telefonleitung dieser Agentur.«

»Ja«, lachte der andere, »ein kleines Männchen mit großen Ohren.«

»Gut. Der Typ, der da angerufen hat, der Auftraggeber, Reischle. Ich hätte gern ein Ohr an seiner Leitung.«

»Meinen Sie, der versucht es noch einmal mit Klamroth?«

»Nein. Mich interessiert, ob er Kontakt zu einem Winfried Dohm hat. Dora, Otto, Herbert, Martin.«

Nach der Messe fragte Linda: »War dir schlecht?«

»Nein. Ich mußte nur mal für kleine Jungen.«

Scheinbar war es ein Zufall, daß Professor Reischle am Aufzug stand, als Klamroth nach der letzten Operation des Vormittags zu seinem Stützpunkt hinauffuhr.

»Herr Klamroth ...«

Ein wenig zu laut schien die Anrede zu sein und doch auch auf eine unbestimmte Weise verlegen. So manches schwang mit in Reischles Tonfall: das Bemühen, das Zusammentreffen als zufällig erscheinen zu lassen, der Versuch der Herzlichkeit vermischt mit einer Spur gespannter Ängstlichkeit, die Hoffnung auf eine freundlichkollegiale Antwort und gleichzeitig die Erwartung einer gänzlich andersartigen Reaktion.

»Hallo, Herr Reischle ...«

Klamroth mochte etwas spüren von dem Zwiespalt des anderen, ohne sich dessen bewußt zu werden oder es gar zu deuten. Während der Fahrt nach oben wurden einige belanglose Bemerkungen ausgetauscht, und als sie in den Korridor hinaustraten, lud Reischle zu einer Tasse Kaffee ein. Klamroth zögerte ein wenig, aber in der Überraschung des Augenblicks fiel ihm keine passende Entschuldigung ein, und so nahm er die Einladung an.

Wie sich die Situation verändert hatte in den wenigen Monaten. Reischles üppige Dienstsuite zwang Klamroth nicht mehr den Vergleich mit seinem eigenen kargen Stützpunkt auf, und die Exponate sakraler Kunst, die dem Raum zwar keinen Stil verliehen, aber den Blick anzogen, reizten ihn nicht mehr zu abfälligen Gedanken über den Geschmack des Besitzers. Die Unterhaltung beim Kaffee verlief seltsam losgelöst von den eigentlichen Gesprächsgegenständen, wie eine artige Konversationsübung in einer Fremdsprache, bei der, obwohl sie unter Fortgeschrittenen stattfand, die Kommunikation das Wichtigste war und nicht ihr Inhalt. Urlaubspläne wurden gestreift, Meinungen zu politischen Tagesfragen angedeutet, Ansichten über Feinschmeckerlokale angetippt. Beide hatten das Gefühl, daß etwas Eigentliches ungesagt blieb. Klamroth wußte nicht, was es war, aber er setzte auch keine Anstrengung darein, es herauszufinden, und am Ende der Begegnung war er sicher, daß das nichtssagende Kaffeegespräch dem Atmosphärischen gegolten hatte: wie immer die zu erwartende Ernennung ausging, man würde zusammenarbeiten müssen, und ein kollegialer Umgang miteinander konnte die Arbeit nur erleichtern.

Reischle dagegen hatte am Ende des Gespräches eine klare Vorstellung von dem Ungesagten, und er war erleichtert, daß es ungesagt geblieben war. Klamroth wußte nicht, wer ihm die Beschatter auf den Hals geschickt hatte! So hätte sich selbst der Teufel persönlich nicht verstellen können! Womöglich wußte er gar nichts von der Beschattung, hatte vielleicht überhaupt nichts gemerkt.

Ein interessanter, ein ganz neuer Gedanke. Wenn Klamroth nichts gemerkt hätte, dann hätte er auch nichts mit dem gewaltsamen Abbruch der Aktion zu tun. Dann wären es andere, die ihm diesen unerkannten Dienst erwiesen hätten.

Das könnte Dohm interessieren. Und Reischle beschloß, Dohm anzurufen. Aber nicht über den Dienstapparat, da konnte die Zentrale mithören, ohne Absicht zwar, aber doch . . .

Nein, das hatte Zeit bis zum Abend. Ein gemütlicher kleiner Telefonplausch gleich nach dem Abendessen, ganz privat.

Regierungsrat Dohm empfing die beiden Vertreter des italienischen Konzerns ›Chemopharma‹ nicht in seinem Büro, sondern in einem der kleineren Konferenzräume mit zwölf Plätzen. Die Italiener hatten ursprünglich eine sechsköpfige Delegation schicken wollen und auf deutscher Seite mit einer ähnlichen Zahl von Repräsentanten gerechnet, da man endlich zu einem Abschluß kommen wollte. Es ging um die Zulassung einer Palette von Arzneimitteln für den deutschen Markt, für die zwar kein unmittelbarer Bedarf bestand, weil es sie in dieser oder ähnlicher Zusammensetzung schon gab, die aber für das Ministerium insofern interessant waren, als sie erheblich preisgünstiger als die deutschen Präparate angeboten werden sollten. Genau deshalb hatte die deutsche Lobby immer wieder interveniert, allen voran ein Kölner Konzern, der sogar die Möglichkeit einer Klage angedeutet hatte, weil die italienischen Produkte keine eigenen Entwicklungen seien, sondern sozusagen Raubkopien nach deutschen Vorlagen, insbesondere aus den Kölner Labors, sogenannte Waschküchenpräparate, die deshalb so billig herausgebracht werden konnten, weil man sich mit dieser Methode die Entwicklungskosten gespart hatte.

Dohm hatte auf einer kleinen Delegation bestanden und einen günstigen Verlauf der Verhandlung, sprich ein konkretes Ergebnis, signalisiert, falls man sich mit seiner Bedingung einverstanden erklärte. Die Italiener hatten zugestimmt, aber die beiden Vertreter waren doch erstaunt, als sie nun in dem kargen Sitzungszimmer ein wenig verloren dem deutschen Regierungsrat gegenübersaßen, der nicht einmal eine Sekretärin oder einen Protokollanten mitgebracht hatte. Auf schnelle Einigung schien das nicht hinzudeuten, sondern man vermutete ein weiteres Hinhaltemanöver. Außerdem stach ins Auge, daß keine Getränke bereitgestellt waren, noch nicht einmal Kaffee oder Mineralwasser.

Umso überraschter war man, als Dohm nach einer knappen Begrüßung die Besprechung mit den Worten einleitete: »Ich halte es für möglich, daß wir heute zum Abschluß kommen.«

»Heißt das«, fragte einer der beiden Italiener ungläubig, »daß die alten Hindernisse nun nicht mehr bestehen?«

»Sie könnten sehr bald überwunden werden«, antwortete Dohm in einem beiläufigen Ton, der signalisierte, daß man über die Bedingungen allerdings noch ins Gespräch kommen müßte. Die Gäste waren aufmerksam genug, das Signal zu empfangen.

»Was immer wir zur Überwindung der Schwierigkeiten beitragen können, sind wir gerne bereit zu tun.«

Gut gesagt! Wie diffizil sich doch einige Ausländer in dieser schwierigen und von manchen für eher plump gehaltenen Sprache auszudrücken vermochten. Was immer wir beitragen können: das konnte von einer höflichen Floskel (Wir würden ja gerne ... aber eigentlich können wir gar nichts machen) bis zur knallharten Versicherung (Sagen Sie uns, was es ist ... wir machen es) alles bedeuten.

»Die Eintragung Ihrer Produkte ins *Deutsche Arzneibuch* erfolgt auf Anordnung des Ministeriums«, legte Dohm den Köder aus.

Die beiden anderen verstanden die Wortwahl: erfolgt. Gemeint war der Konjunktiv: Die Eintragung würde erfolgen, wenn ...

»Es hat doch Widerstand von der deutschen Konkurrenz gegeben«, kam die vorsichtige Replik, »besonders aus dem rheinischen Raum ...«

Klar, mein Junge, aus Köln. Darüber reden wir doch!

»Das ist richtig«, bestätigte Dohm.

»Das Ministerium ordnet die Eintragung an. Wer ist das konkret?«

»Ich«, sagte Dohm ohne Zögern, »bearbeite diesen Vorgang. Natürlich kann ich nicht das Bundesgesundheitsamt anweisen, Ihre Produkte in das goldene Buch aufzunehmen. Ich lege dem Staatssekretär lediglich meine Empfehlung vor, und er entscheidet dann, ob er sie unterschreibt. Bisher hat er immer alles unterschrieben, was ich ihm vorgelegt habe.«

Die beiden Männer nickten. »Es gab mal«, sagte der eine und korrigierte sich sogleich: »Es soll einmal die Androhung einer Klage gegeben haben, aus dem Raum Köln. Wie haben Sie dieses Problem gelöst?«

Jetzt geht es zur Sache!

»Genau dies ist das letzte Problem«, erwiderte Dohm, »das noch gelöst werden muß.« Und tastend fügte er hinzu: »Aber ich sehe da Möglichkeiten ...«

Nun wußten alle drei, daß man an den entscheidenden Punkt gekommen war: ein Angebot wurde erwartet! Ein Angebot, das dieses allerletzte Problem lösbar machen würde. Die beiden Italiener rangen um eine angemessene Formulierung. Dohm wußte es und erwartete mit Widerwillen, ja mit Ekel, den Vorschlag, den man ihm nun unterbreiten würde. Aber dies war Teil des Plans und mußte durchgestanden werden!

Nicht daß es für die beiden Abgesandten der ›Chemopharma‹ die erste Situation dieser Art gewesen wäre. Es kam öfter vor und gehörte mit zum diskreten Verhandlungsrepertoire, daß die Gegenseite ein paar Extras wünschte und ein kleineres oder größeres privates Zubrot mit dem Geschäftsabschluß zu verbinden gedachte. Und doch waren sie ein wenig verblüfft, hatten nicht damit gerechnet, daß *dieser* Regierungsrat die ansonsten nicht unübliche Richtung einschlagen wollte. Dohm spürte etwas von dieser Verwunderung, und obwohl er die Situation haßte, die ihn zu solchen Mitteln zwang, fühlte er doch so etwas wie Befriedigung, daß man es ihm eigentlich nicht zugetraut hätte.

»Wir sind sehr dankbar«, hob einer der Gäste an, »für all die Mühe und Arbeit, die Sie geleistet haben, um unser Anliegen zu befördern. Wir würden uns sehr freuen, wenn Sie uns gestatten könnten, unsere Dankbarkeit nicht nur mit Worten zu beweisen.«

Wahrscheinlich ist dies der Augenblick, dachte Dohm grimmig, wo man gewöhnlich die Nummer seines Schweizer Kontos über den Tisch schiebt. Und er beschloß, die Sache nun schnell hinter sich zu bringen. »Die Drohung des Kölner Konzerns, auf Patentdiebstahl zu klagen, besteht unverändert fort.« Dohm machte eine Pause, aber die Italiener äußerten sich nicht. »Es gibt jedoch eine Möglichkeit, dieses Problem schnell zu lösen«, sagte er in harschem Ton und fügte ungeschminkt hinzu: »Es hängt davon ab, ob Ihre Firma bereit ist, ein Projekt zu finanzieren, das diese Herrschaften in Köln zum Schweigen bringt.«

»Um Ihnen zu helfen, stellen wir selbstverständlich Mittel bereit.«

»*Es geht nicht darum, mir zu helfen!*« schnappte Dohm. Er ließ sich eine halbe Minute Zeit, um sich zu beruhigen, ehe er fortfuhr: »Sie sollen nicht *mir* einen Gefallen tun. Um dies klarzustellen: Ich brauche kein größeres Auto. Ich suche keinen Sponsor, der mir eine Weltreise finanziert. Ich werde demnächst ein eigenes Haus beziehen, und das Geld dafür habe ich. Das ist es nicht, nein!«

»Wir haben Sie auch nicht so verstanden«, beeilte man sich von der anderen Seite.

Dohm ignorierte den Beschwichtigungsversuch. »Es geht ausschließlich um meine Arbeit. Ich habe da ein

Problem mit der Kölner Firma, das ich lösen möchte. Das hat nichts mit Ihnen zu tun. Aber Sie haben auch ein Problem mit dieser Firma. Und wenn ich mein Problem löse, ist gleichzeitig Ihres gelöst. Das ist die einzige Verbindung.«

»Wie können wir helfen?«

Dohm registrierte befriedigt, daß man nicht gefragt hatte: Wie können wir *Ihnen* helfen?

»Es geht um Observation.«

Die Italiener blickten ihn fragend an.

»Beobachtung. Beschattung. Wenn ich einen Fonds dafür hätte, würde ich einige Männer beschatten lassen. Aber ich habe keinen.«

»Wer sind die Personen?«

Beide Italiener schrieben mit, als Dohm diktierte: »Dr. Aykut Erkal, Gesundheitsministerium Ankara. Jede Bewegung: Wohin reist er, wen trifft er? Nach Möglichkeit: Wen ruft er an? Dann Dr. Jürgen Klamroth, Chirurg am Heilig-Kreuz-Krankenhaus in Köln. Auch hier, wen er trifft, wenn er auf Reisen ist, und besonders: Trifft er Erkal, wann und wo? Und dann Walter Tomschläger, Vorstand des besagten Konzerns in Köln. Den nicht beschatten. Zu gefährlich, der ist voll abgeschirmt. Ich will nur dies wissen: Wann und wo trifft er sich mit Klamroth. Sonst nichts. Also nicht, ob er in der Oper war und so. Das wäre die Gefahr zu groß, daß er was merkt.«

Die Gäste schrieben mit, und schließlich sagte einer: »Wird erledigt, Herr Dr. Dohm.«

»Die Ergebnisse der Recherchen«, fuhr Dohm fort, »gehen auf dem Postweg an Professor Anton Reischle in Köln«, und er diktierte Reischles Privatadresse. »Immer schriftlich, ohne Anschreiben und Absender. Nur bei äußerster Dringlichkeit telefonisch. Dann auch an Reischle, privat. *Nie an mich!*«

Die beiden Männer nickten. »Wonach suchen Sie?« fragte einer.

»Das hat nichts mit unserem Geschäft zu tun«, erwiderte Dohm. »Ich will von Ihnen nur Fakten, keine Interpretationen. *Ich* werde aus den Fakten Schlüsse ziehen, und die werden dann auch für Ihr Geschäft von Nutzen sein. Wie bald das sein wird, hängt von dem Erfolg Ihrer Bemühungen ab.«

»Sie werden bald von uns hören«, versicherte der eine, und der andere nickte dazu.

»Reischle wird bald von Ihnen hören«, korrigierte Dohm. »*Ich* habe damit *nichts* zu tun.«

»Ja, natürlich.«

Die Partner schienen verstanden zu haben.

Dohm lehnte sich zurück, als er wieder alleine war. So, Freund Klamroth. Und Freund Tomschläger. Eure Sanduhr läuft. Und bald wird das Glas leer sein. Und im nächsten Januar fahre ich wieder nach Genf zum Symposion. Aber als Referent.

Dohm rief Reischle an und kam ohne Umschweife zur Sache: »Wir müssen uns treffen, Herr Reischle. Sofort. Auf jeden Fall in den nächsten Tagen.«

»Gibt es etwas Neues?«

»Ja.«

»Mann, reden Sie.«

»Das geht nicht so einfach am Telefon. Wir müssen uns sehen.«

»Haben Sie eine neue Spur?«

»Ich habe einen neuen Weg, und der verspricht neue

Spuren. Mehr will ich jetzt nicht sagen. Nur so viel: Sie haben Unkosten gehabt, und wenn ich es richtig sehe, könnten Sie dafür bald entschädigt werden. Geht es morgen abend? Dasselbe Lokal wie beim letzten Mal, zur selben Zeit?«

»In Ordnung«, sagte Reischle. Er hatte verstanden. Dohm hatte sich absichtlich so vage ausgedrückt, und so verkniff er sich die Bestätigung: Also morgen abend im ›Kuckuck‹, acht Uhr. Klamroths Beschattung war aufgeflogen, nicht weil Klamroth etwas gemerkt hatte, sondern weil ein großer Unbekannter offenbar nicht wünschte, daß ein bestimmter Freundeskreis unter die Lupe genommen wurde. Und offensichtlich besaß der unbekannte Wohltäter auch die Mittel, unerwünschte Behelligungen zu erkennen und nachhaltig zu unterbinden. Reischle beschloß, vorsichtig zu sein.

So kam es, daß zwar das kleine Männchen mit den großen Ohren, von dem Tomschlägers Assistent gesprochen hatte, seinen Platz in Reischles Leitung eingenommen hatte und auch dessen Gespräch mit Dohm registrierte, das Treffen im ›Kuckuck‹ einen Tag später aber dennoch unbeobachtet stattfand. Denn Reischle bediente sich eines alten Tricks, den jeder Leser einschlägiger Romane kennt. Zwar glaubte er nicht wirklich daran, beobachtet zu werden, aber es bereitete ihm einen lange nicht gekannten, jungenhaften Spaß, sich einmal wie Her Majesty's Secret Agent durch seine Heimatstadt zu bewegen. So stellte er wie immer seinen Wagen in der mit seinem Namen versehenen Parktasche an der Vorderfront des Krankenhauses ab. Gegen sechs Uhr verließ er die Klinik durch einen Hintereingang, durchquerte den Park bis zur Endhaltestelle der Straßenbahn und nahm ein Taxi zum

Hauptbahnhof. Dort verschwand er in den Katakomben der U-Bahn und fuhr die beiden Stationen bis zum Neumarkt. In der Aufregung seines Agentenspiels und weil ihm die Benutzung öffentlicher Verkehrsmittel ungewohnt war, vergaß er, seinen Fahrschein zu entwerten. Er merkte es erst, als er ausstieg, und freute sich, keinem Kontrolleur begegnet zu sein. Am Neumarkt stieg er wieder ans Tageslicht und ließ sich mit einer Taxe zu dem Restaurant im Stadtwald chauffieren. Es dauerte noch einige Zeit, bis Dohm hinzukam.

Tatsächlich hatte man vor dem Heilig-Kreuz-Krankenhaus, in angemessenem Abstand, Reischles Auto ins Visier genommen und wartete mit zunehmender Ungeduld darauf, daß der Besitzer auftauchte. Man hatte sich auf einen Restaurantbesuch eingestellt, um bei gutem Essen und hochsensibler Technik an dem Gespräch zwischen Dohm und Reischle teilzunehmen. Als sich bis zehn Uhr nichts gerührt hatte, kam man zu dem Schluß, daß der Professor auf einem anderen Wege das Hospital verlassen haben mußte.

Reischle widmete sich mit Behagen der Lektüre der Speisekarte und bestellte als Vorspeise einen Cocktail aus Meeresfrüchten, als Zwischengang Gänseleberpastete und als Hauptgericht Entenbrust. »Danach sehen wir weiter«, sagte er zufrieden. Dohm schien die Karte ebenfalls zu studieren, aber als Reischle bestellte, klappte er sie zu und sagte: »Dasselbe bitte.« Als der andere ihn erstaunt anblickte, erklärte er: »Ich kann mich nicht konzentrieren.«

»Dann scheint es ja wirklich wichtig zu sein, was Sie auf dem Herzen haben«, kommentierte Reischle.

»Diesmal wird die ganze Bande observiert«, sagte

Dohm grimmig, »besonders Erkal. Rund um die Uhr und überall, und wenn er nach Japan fliegt oder zum Südpol.«

»Was sagen Sie da?«

»Ja. Erkal und alle, die er trifft. Also auch Freund Klamroth. Diesmal professionell und in großem Stil. Nicht irgendeine Hinterhofdetektei, die bei einem beschädigten Auto die Hosen voll hat und am liebsten zur Polizei rennen möchte.«

Obwohl er begierig war, mehr zu erfahren, war Reischle doch pikiert genug, um zu erwidern: »Erstens waren es zwei Autos, Herr Dohm. Außerdem waren sie nicht beschädigt, sondern demoliert. Darüber hinaus ist ein Mann besinnungslos geschlagen worden. Und schließlich habe ich diese ganze Angelegenheit bezahlen müssen. Und dann noch eins: Sie hätten ja verhindern können, daß ich eine Hinterhofdetektei beauftrage, wenn Sie gleich professionell und in großem Stil eingestiegen wären.«

»Schon gut«, kam die rasche Beschwichtigung, »es tut mir leid. Ehrlich. Ich weiß, welche Mühe Sie sich gegeben haben und welchen Ärger Sie hatten. Ich hätte das ganze Unternehmen auch nicht anders organisieren können. Aber jetzt, jetzt gehen richtige Profis ans Werk.«

Reischle war besänftigt. »Erzählen Sie mal . . .«

»Nein«, wehrte der andere ab, »lassen Sie uns das trennen. Jeder schottet seinen Bereich ab und übernimmt seine Aufgabe.«

»Klingt, als ob Sie U-Boote einsetzen wollten. Abgeschottete Zellen und so.«

»In gewisser Weise ja, U-Boote. Wenn jede Zelle wasserdicht ist, kann keine die andere mit auf Grund ziehen.«

Fast war Reischle ein wenig amüsiert: »So gefährlich?«

»Nein, so wichtig! Doch ... auch gefährlich. Für mich. Wenn da etwas durchsickert, kann ich mir einen anderen Beruf suchen.«

Reischle versuchte einen Scherz. »Kaum einer hätte dabei so gute Chancen wie Sie. Sie könnten eine Praxis als Arzt oder als Rechtsanwalt aufmachen, und beides mit Doktor auf dem Türschild.«

Dohm schien von der Bemerkung nicht übermäßig amüsiert zu sein, schwieg jedoch, da zwei Kellner sich mit der Vorspeise auf den Tisch zu bewegten.

Als sie wieder unter sich waren, sagte Reischle: »Zwei Mann, enttäuschend. Gewöhnlich kommen sie zu viert. Einer führt, zwei zelebrieren die Präsentation der Meeresfrüchte, und der vierte fleht die Götter an, daß es den Herren munden möge.«

Dohm reagierte nicht, sondern aß einige Löffel von der Köstlichkeit, ohne sich besonders beeindruckt zu zeigen. Schließlich sagte er: »Und nun zu Ihrer Aufgabe, Herr Reischle. Ich sorge dafür, daß unsere gemeinsamen Freunde beziehungsweise Feinde torpediert werden. Den Nutzen werden wir beide haben, besonders aber Sie. Und Sie werden die Treffermeldungen in Empfang nehmen, in Ihrem Briefkasten, und sie weiterleiten an dieses Postfach.«

Dohm schrieb etwas auf eine Serviette und schob sie zu Reischle hinüber.

»Moment!« Reischle warf einen mißtrauischen Blick auf die Serviette. »Sie haben da eine Observation in größerem Umfang organisiert, und die Ergebnisse gehen an *mich*?«

Dohm nickte.

»Und wieso nicht direkt an Sie?«

»Weil es für meine Behörde absolut keine Verbindung zu mir geben darf in dieser Sache.«

»Dann scheint es ja wirklich brenzlig zu sein«, sagte Reischle hart. »Wie kommen Sie darauf, daß ich dafür meinen Kopf in den Ofen stecke?«

»Weil Sie nicht bei meiner Behörde sind und auch sonst keine Verbindung zu dem hohen Hause haben, und weil Sie von dem Erfolg der Aktion profitieren werden. Also sind Sie einverstanden, oder nicht?«

So sehr Reischle sich wünschte, daß dieser Parvenu und Emporkömmling namens Klamroth und die Schieber, die ihn an die Spitze puschen wollten, sich eine blutige Schnauze holen würden, so vorsichtig war er nun doch: er würde sich nicht noch einmal blind in ein Abenteuer schicken lassen. Beim letzten Mal war er knapp genug an einer Katastrophe vorbeigeschrammt.

»Ja oder nein«, sagte er kühl, »so einfach geht das diesmal nicht. Falls ich ja sage«, er unterbrach sich, »falls ich ja sagen *sollte,* will ich den Hintergrund wissen. Was ich erlebt habe, reicht mir. Ich lasse mich nicht noch einmal mit Volldampf in eine Nebelbank reinjagen. Vergessen Sie die abgeschotteten Zellen, Herr Dohm. Ich will jetzt alles über das U-Boot wissen, oder ich bin nicht mit an Bord.«

Ein Kellner kam, um das Geschirr der Vorspeise abzuräumen. Als er sah, daß die beiden Herren fast noch nichts angerührt hatten, entfernte er sich mit einer Verbeugung.

»Ich glaube, unser nächster Gang ist fertig«, bemerkte Dohm und begann zu essen. »Man wartet darauf, daß wir reinen Tisch machen.«

»Darauf warte ich auch«, erwiderte Reischle und führte ebenfalls einige Bissen zum Mund, wenn auch nun ohne sonderlichen Appetit.

»Ich vermute«, sagte Dohm kauend, »daß die Leute, mit denen wir beide uns seit einiger Zeit beschäftigen, Verbrechen begangen haben und noch begehen. Um sie überführen zu können, müßte ich Mittel einsetzen, die ich aber in meinem eigenen Hause nicht bekomme. Ich vermute ferner, daß ich solche Mittel deshalb nicht bekommen würde, weil die Spitze meines Hauses – oder bestimmte Teile der Spitze – diese gewissen Leute nicht überführt sehen möchte. Ich habe mich deshalb auf die Ebene dieser Leute begeben, die wir zu Fall bringen wollen.«

Die letzten Worten hatte er mit Mühe hervorgebracht. Reischle war beeindruckt, aber noch nicht zufrieden. Er erwartete mehr: »Ja?«

»Ein ausländischer Konzern«, ließ der andere sich widerstrebend herbei, »will Lizenzen für den deutschen Markt. Konkurrent des Kölner Unternehmens. Ich habe die Lizenzen zugesagt, falls bestimmte Beobachtungen befriedigende Ergebnisse erbringen. Das kann nicht über meinen Schreibtisch laufen. Auch nicht über meine Privatadresse, sondern eben über dieses anonyme Postfach.« Er deutete mit einer Handbewegung auf die Serviette. Und bitter fügte er hinzu: »Ich bin ein Idiot! Wenn ich bedenke, daß *ich* davon gar keinen Nutzen habe. Im Gegenteil . . . wenn ich diese Bande zur Strecke bringe . . . werde ich nie Oberregierungsrat.«

»Vielleicht doch, bei einem Regierungswechsel«, sagte Reischle ohne Ironie. »Im Ernst.« Seine Stimme klang versöhnlich. »Ich sehe, daß auch Sie Ihren Preis zahlen müssen.« Er zögerte. »Also gut.« Er nahm die Serviette auf, faltete sie und steckte sie in seine Jackentasche. »Alle Ergebnisse an Ihr Postfach.«

»In besonderen Notfällen auch telefonisch«, ergänzte Dohm.

Reischle nickte.

Man fand dann doch noch Gefallen an dem Essen, und Reischle bestellte sich abschließend einen üppigen Käsegang. Dohm mußte nach dem Hauptgang passen und nahm nur noch einen Mokka. Das war zwar aller Erfahrung nach nicht gut am späten Abend, aber er hatte das Gefühl, ohnehin nicht schlafen zu können.

»Danke«, sagte Walter Tomschläger und entließ seinen Assistenten mit einem freundlichen Nicken.

Also richtig vermutet: Dohm und Reischle stehen in Kontakt! Dohm ruft Reischle an, und man verabredet sich in Agentenmanier, ohne Ort und Zeit zu nennen, sondern einfach: wie beim letzten Mal. Und der Professor verschwindet aus der Klinik durch den Dienstbotenausgang und läßt sein Auto zur gefälligen Betrachtung auf dem Parkplatz stehen. Ein alter Trick, nicht besonders originell, aber unsere Jungs sind darauf reingefallen. Na ja, wußten ja nicht, daß sie es mit einem James Bond unter den Medizinern zu tun hatten. Das nächste Mal werden sie klüger sein.

Dohm und Reischle. Was kann das bedeuten? Möglich, daß es nur mit Jürgen zusammenhängt. Die Leitung des Lehrkrankenhauses. Reischle will sie auch haben, und Dohm sähe lieber den Teufel in der Position als Jürgen. Absurde Mißgunst. Für ihn selber käme der Posten gar nicht in Frage, er ist ein Schreibtischmediziner, und er weiß das auch. Aber wenn man schon ungeeignet ist, dann wenigstens verhindern, daß ein Kompetenter die Stelle bekommt. Dann lieber das Mittelmaß, das einem vertraut ist. Kleiner mieser Kretin!

Tut sich also mit Reischle zusammen, um zu verhindern, daß Jürgen Chef wird. Diese dilettantische Beschattungsnummer würde dazu passen. Wir dachten, irgendeine anonyme Macht hat Erkal im Visier, und statt dessen wird Jürgen von einer Schmierenagentur namens Argus beobachtet, und Reischle ist der Auftraggeber!

Scheinbar logisch, und doch ... Was zum Teufel hätte er denn herausfinden wollen? Ob Jürgen sich auf dem Bahnhofslokus mit Schwulen trifft? Ob er sich auf dem Flughafen ein paar Schuß bei Dealern kauft? Nein, das ergibt alles keinen Sinn. Läßt ihn auch noch in Genf verfolgen. Klar, *Genf*! Was hätte er in Genf wohl erwarten können, um Jürgens Professur zu verhindern? Nein, der wollte wissen, mit wem Jürgen sich trifft. Und damit sind wir doch wieder bei Erkal. Nicht *Reischle* wollte wissen, ob Jürgen und Erkal sich treffen, sondern *Dohm*! Und da geht es nicht mehr um eine lausige Professur, sondern darum, daß sich dieser blasse Schreibtischstratege in den Kopf gesetzt hat, der Sherlock Holmes des Pharmadschungels zu werden. Der Rächer der armen Drittweltler, die von der Profitgier der Chemiemammuts in den Gifttod gejagt werden.

Ein ernsthafter Gegner, gerade weil er ein kleiner Mann ist. Ein großer Mann, ein reicher Mann, der würde sich dreimal überlegen, ob er gegen einen mächtigen Konzern antritt und vielleicht alles verliert. Aber dieser Dohm: er hat nichts außer dem Haß des kleinen Mannes auf die Großen, seiner Wut auf die Erfolgreichen, seinem Beamtensalär und der Aussicht auf die Beamtenpension. Und die ist ihm sicher, die Pension, egal welchen Mist er baut. Und da fühlt sich dieser ruhegehaltsberechtigte David ermutigt, sich einmal mit Goliath anzulegen.

Dohm ruft Reischle an und sagt, es ist dringend. Sie kennen sich also schon. Wir treffen uns in demselben Lokal wie beim letzten Mal und zur selben Zeit. Sie haben sich also schon vorher getroffen. Ich habe einen neuen Weg, und der kann uns neue Spuren bringen. Also sucht er schon seit längerem, und nun hat er Blut geleckt und will mehr.

Aber dann: welche Rolle könnte Reischle spielen? Bei den Observationen hat es Sinn gemacht, die hat der Herr Professor bezahlt. Aber noch einmal wird er das bestimmt nicht machen, so wie der gefleht hat, um Himmels willen die Polizei außen vor zu lassen. Der läßt sich so bald nicht wieder auf ein Abenteuer ein. Diesmal ist es Dohm, der die Musik bezahlt. Irgendwas hat er auf der Pfanne, der Dohm, und irgendeine Funktion soll Reischle dabei übernehmen. Und es muß schon ziemlich vielversprechend aussehen, was die da vorhaben, sonst würde Reischle nicht noch einmal seinen Kopf hinhalten.

Wir werden es rauskriegen. Und was immer sie vorhaben, wir werden dafür sorgen, daß sie am Ende mit nackten Ärschen dastehen.

Am nächsten Abend um kurz nach sechs holte Tomschläger Klamroth von der Praxis ab, und sie schlenderten durch die Grünanlage, die die beiden Fahrbahnen der Allee trennte.

»Dohm und Reischle treffen sich«, sagte Walter, als sie eine leere Bank gefunden und sich gesetzt hatten.

»Vielleicht sucht Reischle einen neuen Job«, lachte

Jürgen, »wenn ich das Lehrkrankenhaus kriege. Womöglich will er mich dann als Regierungsbeauftragter beerben.«

»Er sucht in der Tat einen neuen Job«, bestätigte Walter, »aber nicht bei der Regierung. Er will Chef des Lehrkrankenhauses werden.«

»Ich weiß, er hat sich beworben.«

»Und Dohm will ihn mit allen Mitteln in diese Position hieven.«

»Dohm scheint mir nicht die Macht zu haben, irgend etwas zu bewirken oder zu verhindern«, sagte Jürgen gleichmütig. »Er hat nicht verhindern können, daß ich zum Symposion nach Genf gefahren bin, und den Antrag, Sachverständiger der Regierung zu werden, hat er mir sogar selber überbringen müssen, so sehr ihm das auch gestunken haben mag.«

»Nee, Jürgen, unterschätze nicht kleine Leute, die Wut haben auf große Leute.« Walter sprach eindringlich. »Kleine Leute, die glauben, sie wären geeignet für eine Position, die ein anderer bekommen hat, sind schon gefährlich genug. Sie sind neidisch, und der Neid kann manchmal Berge versetzen. Aber wenn kleine Leute, die selber wissen, daß sie für eine bestimmte Stelle ungeeignet sind, *alles* versuchen, um zu verhindern, daß ein anderer sie bekommt, dann ist das nicht mehr Neid, sondern Haß. Und solche kleinen Leute sind besonders gefährlich. Und wenn sie dazu noch ein Amt haben, das ihnen gewisse Möglichkeiten verschafft . . .«

»Dohm versucht also *alles?*« fragte Jürgen ungläubig. »Was denn alles?«

Walter schwieg einen Moment. »Wenn ich wüßte, daß du dich beherrschen kannst . . .«

»Wenn ich mich nicht beherrschen könnte, wäre ich wohl kaum noch Chirurg.«

»Wenn ich wüßte, daß du dich so beherrschen könntest, einen Mann freundlich anzulächeln, dem du eigentlich die Fresse polieren möchtest ...«

Jürgen lächelte Walter freundlich an: »Du siehst, es klappt.«

Walter lachte auf und schlug dem Freund aufs Knie. »Also gut, ich versuche es mit dir. Deine letzte Reise nach Genf, die Beschattungsaktion, bei der nichts herausgekommen ist ...«

»Das habe ich dir sowieso nicht geglaubt«, unterbrach Jürgen ihn.

»Doch, in gewisser Weise ist es sogar die Wahrheit. Wir dachten, Erkal sollte beobachtet werden. Das war wirklich Fehlanzeige.« Er machte eine kurze Pause. »Statt dessen warst du das Objekt des Interesses.«

Nun war es an Jürgen aufzulachen. »*Ich?* Was um Gottes willen sollte ich ...?«

»Und Reischle war der Auftraggeber!«

Jürgen schüttelte den Kopf und lachte immer noch. »Ja, hat der denn geglaubt, ich würde mit seiner Frau ...«

»Er und Dohm haben geglaubt, etwas zu finden, das dir den Hals brechen könnte, bevor du Chefarzt wirst. Nun, sie haben nichts gefunden. Aber wie dem auch sei: ich werde die Sache beschleunigen!«

»Was meinst du?«

»Die Ernennung. Es gibt keinen Grund, mit deiner Ernennung zu warten, bis dieser verdammte Klinikbau fertig ist. Warum erst Weihnachten oder gar Januar? Wir werden die Bescherung vorverlegen. Wann bist du aus dem Urlaub zurück?«

Jürgen fühlte das Pochen seines Pulses, und ein wenig atemlos antwortete er: »Am achten, neunten August oder so.«

»Also, mach dich bereit für … sagen wir, ab Anfang September.«

»Mann, Walter, meinst du wirklich …«

»Ja, meine ich wirklich. Das bedeutet natürlich, daß du dich dann um allerhand Scheißdreck kümmern mußt. Wenn du Direktor eines Rohbaues bist, hast du zu entscheiden, ob die Lokusröhren aus Eisen, Kupfer oder Gold sein sollen und so'n Kram.«

»Edelstahl«, jubelte Jürgen. »Alle Lokusse werden an ein Hauptrohr aus Edelstahl angeschlossen, das direkt über Reischles Schreibtisch endet.«

»Ich habe immer gewußt, daß du der richtige Mann bist«, lächelte Walter. »Aber paß von nun an auf. Reischle und Dohm sind deine *Feinde*. Laß sie nichts merken, aber behalte sie im Auge.«

Sie standen auf und gingen zurück zur Praxis, wo Walter geparkt hatte.

»Ich nehme an, du fährst nächste Woche zu dem Kongreß nach Hannover«, sagte Walter.

»Ja.«

»Ein Mann wird dich im Hotel besuchen. Syrer, spricht nur englisch. Kannst du noch genug …«

»Klar.«

»Gut. Dann notier dir, was er zu sagen hat. Und bring mir die Unterlagen mit, die er dir gibt.«

»Klar. Hat das mit Ägypten zu tun?«

»Nein. Du weißt doch: die Bundesregierung und ihr Giftmüll. Wir bauen da unten eine Anlage, die das Zeug verbrennt, ohne Rückstände und nach allen Regeln der

Ökologie. Aber natürlich ohne Publizität. Denn bekanntlich hat die Bundesregierung offiziell kein Giftmüllproblem.«

»Alles klar, Walter.«

Als er zu Hause war, konnte Klamroth sich auf nichts konzentrieren: nicht auf die Tagesschau, nicht auf seine Post, nicht auf die Mitteilungen, die sich auf seinem Anrufbeantworter angesammelt hatten. Anfang September also schon! Und wenn er nicht Mediziner gewesen wäre und vertraut mit den ganz normalen Funktionen des Organs Herz, dann wäre er bereit gewesen zuzugeben, daß sein Herz vor Freude hüpfte.

Als er später, wie üblich, sein Tonband-Tagebuch aufsprechen wollte, kamen ihm keine Worte. Er schaltete den Recorder ein, schwieg einige Minuten lang bei laufendem Band und schaltete das Gerät dann wieder ab. Er rief Sabine an und sprach lange mit ihr. Dann ging er zu Bett und schlief den Schlaf eines glücklichen Mannes.

8

Klamroth war nicht sonderlich interessiert an dem Kongreß über Intensivmedizin in Hannover, aber als Regierungsbeauftragter für ein Fachgebiet, das oft genug mit Intensivbehandlung zu tun hatte, mußte er wohl fahren. Zwar hätte er ohne weiteres eines der Hauptreferate bekommen können, aber anders als bei dem Symposion in Genf zu Beginn des Jahres brannte er nicht auf einen Auftritt und war recht froh, keinen Vortrag vorbereiten zu müssen. Die Mitwirkung in einem der Arbeitskreise hatte er zugesagt, und das hieß, daß er dort wohl auch einmal das Wort würde ergreifen müssen, aber ansonsten beschränkte er sich auf die Rolle des Beobachters, von dem man nachher einen kritischen Bericht erwartete.

Die Tagung fand im Congress-Hotel statt und sollte fünf Tage dauern. Klamroth hielt es für ausreichend, drei Tage lang teilzunehmen, genauer gesagt zweieinhalb Tage, denn am Mittwochabend wollte er schon wieder zurück sein in Köln. Professionelle Konzertbesucher, die eine Rezension schreiben mußten, hielten es schließlich ebenso: wenn man die Hälfte einer Oper durchgesessen hatte, wußte man alles.

Seine Spesen sahen ein komfortables Einzelzimmer vor, aber Klamroth legte ein paar Hunderter zu und erlaubte sich eine der wenigen Suiten des Hotels. Man gönnt sich ja schließlich sonst nichts. Außerdem hatte Tomschläger angeboten, die Differenz zu begleichen, aber Klamroth hatte abgewinkt. Was sind schon ein paar Mark, wenn es um Höheres geht?

So harrte er denn aus in dem Konferenzsaal, ließ durchschnittliche Vorträge über sich ergehen und horchte manchmal auf, wenn es doch noch interessant wurde. Er ergriff das Wort in dem Arbeitskreis, wie man es von ihm erwartete, führte kurze Gespräche mit Leuten, die er kannte, oder auch nur mit solchen, die ihn kannten und zu sprechen wünschten, und hatte kein schlechtes Gewissen, den Dienstagnachmittag zu schwänzen und statt dessen einen Abstecher in das benachbarte Hildesheim zu machen.

Hildesheim: das war Stefan Allweins Stadt! Er hatte manchmal davon erzählt. Wie er als kleiner Junge ihre Vernichtung erlebt hatte, in einer Nacht, die Stadt als biblischer Feuerofen. Wie der Dom versunken war in der

Feuersbrunst und das Rosenholz verkohlte. Wie Gott seine Hand weggezogen hatte von dieser Stadt und sich dann doch wieder an sie erinnerte: drei Jahre dauerte es, und siehe da, aus dem schwarzen Holz wurde wieder grünes: Der Tausendjährige Rosenstock trieb erste neue Zweige, und im Sommer entfalteten sich wenige vorsichtige Blüten. Die Legende wollte es, daß diese Stadt des Heiligen Bernward nicht unterginge, solange die tausendjährigen Rosen blühten. Wohl damals schon, vermutete Stefan, habe er beschlossen, Priester zu werden. Klamroth hatte eingewandt, ob das Wiederaufblühen des verkohlten Rosenstammes nicht eher ein biologisches Phänomen sei - nicht ein Fingerzeig Gottes, sondern sozusagen ein floristisches Wunder. Du kannst meinetwegen darüber lachen, hatte Stefan erwidert, aber ich weiß: Gott wollte diese Stadt noch nicht sterben lassen. Klamroth lächelte bei dem Gedanken an das Gespräch: In die Kölner Bucht mit ihrem ewigen Sumpfklima und dem bei jedem Tiefdruck hämmernden Kopfschmerzenwetter hatte er sich wohl nur locken lassen, weil dort eine Pfarrei vakant gewesen war, die den Namen St. Bernward trug. Nach Hildesheim war er nach dem Abitur nie mehr gefahren. Na ja, vielleicht verständlich. Man sollte besser nicht seine alte Liebe aufsuchen. Man weiß ja nie, was aus so einer Begegnung werden kann.

Klamroth parkte in der Nähe des Güterbahnhofs. In dieser Gegend hatte Stefan als Kind gewohnt. Die Bernward-Kirche, in der der Freund Meßdiener gewesen war, fand er verschlossen. Die Meßdiener hatten damals, gleich nachdem die Kirche wieder notdürftig hergerichtet und gegen Regenwasser halbwegs abgedichtet war, nicht in eigenem Schuhwerk an den Altar treten dürfen, sondern mußten sich für die Messe Turnschuhe anziehen, die in den verschiedenen Größen in der Sakristei bereitstanden. Nichts zu essen gab es, nichts anzuziehen und nichts zu heizen, aber für zwanzig Paar Turnschuhe hatte es irgendwie gereicht, auf daß die Kinder Gottes mit sauberen Sohlen dienen konnten. Klamroth schüttelte den Kopf und ging weiter in Richtung Stadtkern. Der Rathausplatz war wieder erstellt worden wie vor der Vernichtung, das Knochenhauer Amtshaus hatte man detailgetreu rekonstruiert, und er erinnerte sich an eine Fernsehsendung, in der heftige Kritik an dem Neubau geübt worden war, weil es kitschig sei, die Bauten der Alten zu imitieren. Er erkannte den Brunnen auf dem Rathausplatz, von dem Stefan einen Stich an der Wand hängen hatte, und schlenderte hinüber zur Gerstenbergschen Buchhandlung, angeblich die älteste Deutschlands. Er betrat die Buchhandlung, unschlüssig, ob er für Stefan einen Bildband seiner Heimatstadt kaufen sollte. Schließlich entschied er sich dagegen. Beim Verlassen des Ladens streifte sein Blick ein Regal, und mit einem Anflug von Stolz registrierte er, daß dort auch seine *Einführung in die Sporttraumatologie* stand. Wirklich eine gute Buchhandlung, kann man nur weiterempfehlen!

Er besichtigte noch den Dom und bezahlte den Eintritt für einen Besuch auf dem St. Annen-Friedhof, und da war es also, an der Apsis des Domes, das berühmte Rosenholz, tausendjährig. Ein wenig war Klamroth enttäuscht: er hatte sich den Rosenstock größer vorgestellt, den Stamm mächtiger, die Blüten voller, die Farben kräftiger. Liegt wahrscheinlich an den tausend Jahren: man hat da so eine Vorstellung . . . und dann trifft man auf ein Gewächs, das für jeden Blumenhändler uninteressant wäre.

Klamroth verweilte noch einige Minuten im Domhof und betrachtete das bischöfliche Gymnasium, das Josephinum. Hier also war Stefan zur Schule gegangen. Er versuchte, diese stille Oase mit Stefans Augen der Erinnerung zu sehen: der zerstörte Dom, die halbe Ruine der Schule, notdürftig mit Brettern überdacht, eine Holztreppe, die an der Außenwand in den ersten Stock führte, der Fahrradkeller in einem unterirdischen Gewölbe, mit einem Boden nicht aus Stein, sondern Sand . . .

Und er glaubte Stefan zu verstehen, daß er nie mehr zurückgekehrt war in diese Stadt. Die Ruinen waren auch Idylle gewesen, das Leben war karg und beschränkt und wurde eben deshalb wahrgenommen als etwas Kostbares; das Wesentliche wurde deutlich, weil es sonst nichts gab. Im Grunde hatte Stefan seine Bunkerexistenz nur fortgesetzt dort im Pfarrkeller jener anderen St. Bernward-Kirche in Köln.

Klamroth ging zurück zu dem Parkhaus am Güterbahnhof und stellte sich vor, daß die Straßen, die er passierte, Stefans Schulweg gewesen sein könnten.

Zurück in Hannover im Congress-Hotel traf er sich am Abend mit dem Syrer, den Tomschläger ihm angekündigt hatte. Eigentlich konnte von einem Treffen insofern nicht die Rede sein, als man sich nicht verabredet hatte, und Klamroth hatte sich schon gefragt, wann und wo der avisierte Kontakt wohl stattfinden werde, da man ihm keinerlei Nachricht hatte zukommen lassen. Auf jeden Fall würde er, wie geplant, am nächsten Mittag abreisen, mit oder ohne Begegnung aus Mittelost.

Die Tagesthemen waren fast bei der Wetterkarte angelangt, als der Mann sich über Telefon meldete. Er entschuldigte sich für die späte Stunde und fragte, ob ein kurzer Besuch in etwa zehn Minuten genehm sei. Im Hintergrund war Verkehrsgeräusch zu hören: der Anruf kam also von einer öffentlichen Zelle in der Nähe. Klamroth nannte seine Zimmernummer und legte auf.

Exakt zehn Minuten später klopfte es, und ohne abzuwarten, trat der Mann ein und schloß die Tür hinter sich. Er mochte fünfzig sein oder älter, graues Haar, schwarzer Oberlippenbart. Sah arabisch aus, wenn man einen Araber erwartete, sonst eher vage südländisch, hätte auch Türke oder Grieche sein können, alles in allem unauffällig, niemand, den man nach einer zufälligen Begegnung würde beschreiben können. Er trug einen schwarzen Aktenkoffer, den er gleich nach seinem Eintritt, mitten in der Suite, auf dem Fußboden abstellte. Er entschuldigte sich in fehlerhaftem, wenn auch flüssig vorgebrachtem Englisch, daß er des Deutschen nicht mächtig sei, und er bot als Alternative, wenn es angenehmer sei (»more convenient«), das Französische an. Klamroth lächelte und wies auf einen Sessel. Nein, englisch sei schon in Ordnung. Erst später, nachdem der Gast wieder gegangen war, wurde ihm bewußt, daß sie sich nicht die Hand gegeben hatten, daß der andere nicht seinen Namen genannt und auch ihn während des ganzen Gespräches nicht einmal mit Namen angeredet hatte.

Der Araber, wenn es denn einer war, setzte sich und kam sogleich zum Thema. »Die Anlage macht gute Fortschritte. Wir haben ein paar technische Probleme, die wir dort beschrieben haben« – er deutete auf den einsam im Raum stehenden Koffer – »aber es ist nichts Gravierendes. Ich glaube, daß wir den Zeitplan einhalten können, jedenfalls von der technischen Seite her.«

Klamroth ging zu dem nußhölzernen Sekretär hinüber, einer geschmackvoll gelungenen Imitation des 18. Jahrhunderts, nahm ein kleines Ringbuch auf und setzte sich zu seinem Gast. »Mein Partner möchte, daß ich mir Notizen mache.« Eigentlich hatte er ›Auftraggeber‹ sagen wollen, aber ihm fiel das englische Wort nicht ein.

»Ja, natürlich.«

Klamroth schrieb einige Stichworte nieder.

»Die Vertraulichkeit des Projekts«, fuhr der andere fort, »bereitet keine Schwierigkeiten. Die Beunruhigung, die es Anfang des Jahres in diesem Punkt gegeben hat, ist also unbegründet. Es ist dort schon lange kein Journalist mehr aufgetaucht, jedenfalls kein europäischer, und inländische Reporter können wir leicht überzeugen, daß es für sie interessantere Dinge gibt.«

Klamroth notierte.

»Ein kleines Problem gibt es allerdings. Manches könnte schneller vorangehen, wenn die Behörden zügiger arbeiten würden. Das meiste läuft ja reibungslos, es sind nur wenige Leute, die die Arbeit blockieren.« Der Syrer unterbrach sich und schüttelte den Kopf. »Es gibt bestechliche Menschen«, sagte er mit einer Mischung aus Ekel und Traurigkeit, »Menschen, die für das, was ohnehin ihre Pflicht ist, auch noch Geld nehmen.« Sein Tonfall machte deutlich, daß sich solche Praktiken nur schwer mit seinem Menschenbild vertrugen. Aber er überwand seinen Widerwillen und ließ sich nicht weiter fortreißen von dem trüben Gedanken über das Menschenmögliche. »Es wäre wünschenswert, daß sich der türkische Doktor um diese Leute kümmert.«

»Erkal?« fragte Klamroth.

Der andere war von der Nennung des Namens nicht überrascht. »Ja.«

»Soll er sich mit Geld kümmern?«

»Nicht in jedem Fall. Bei manchen Personen mag Geld die einfachste Methode sein. Aber es gibt auch andere Mittel. Erkal könnte sie von der Verwerflichkeit ihres Tuns überzeugen und andeuten, daß so etwas schlimme Folgen haben kann. Es ist besser, vielleicht sogar wirksamer, wenn ein solcher Hinweis zunächst nicht von uns kommt. Und Dr. Erkal ist eine sehr überzeugende Persönlichkeit.«

Klamroth dachte an die Szene in dem Restaurant und lächelte. Ich Türke Aykut, du Germane Jürgen.

Der Gast verstand das Lächeln falsch: »Sie haben Zweifel?«

»Nein, gar nicht. Im Gegenteil. Ich dachte gerade an mein letztes Treffen mit Erkal. Sie haben völlig recht. Weiß Erkal, um wen er sich kümmern soll?«

»Ein paar Vorschläge sind in dem Koffer.«

»Gut.«

Der andere stand auf. »Das ist alles. Wenn dieses letzte kleine Problem gelöst ist, müßte die Anlage eigentlich zum geplanten Zeitpunkt auf Produktion gehen können.« Er deutete auf den Koffer. »Den lasse ich hier.«

»Was ist drin?« fragte Klamroth.

»Die üblichen Unterlagen über den Stand der Arbeiten. Aber Sie können sich das ja selber mal ansehen. Hier sind die Schlüssel.« Er griff in die Jackentasche und legte zwei Schlüssel auf den Koffer.

»Warum zwei?«

Zum erstenmal lächelte der andere. »Wenn man einen

Koffer kauft, sind immer zwei Schlüssel dabei.« Er hob die Hand zum Gruß und verließ den Raum.

Klamroth steckte die beiden Schlüssel in die Hosentasche, ohne den Koffer zu öffnen. Der Inhalt interessierte ihn nicht. Auch dachte er nicht weiter darüber nach, warum die geplante Anlage auf Produktion gehen sollte. Wenn Giftmüll verbrannt werden soll, kann man ja eigentlich nicht von Produktion sprechen. Wird wohl an der Sprache gelegen haben. Als Engländer könnte der jedenfalls nicht durchgehen, auch nicht mit Schirm und Melone.

Und Klamroth dachte an Angenehmeres: an seine Heimfahrt am nächsten Tag, an Sabine, an den Urlaub. Ja, und auch an die Professur.

Die professionellen Beobachter jenes italienischen Konzerns, mit dem Regierungsrat Dr. Dr. Dohm ein wenig abseits seiner engeren Dienstpflichten ins Geschäft gekommen war, hatten Klamroth während des Kongresses in Hannover im Auge behalten und so manchen harmlosen Kontakt notiert, der Besuch des Syrers war ihnen jedoch entgangen. Man hatte lediglich festgehalten, daß die Zielperson am Abend das Hotel nicht mehr verlassen hatte und auch nicht an der Bar und ähnlichen internen Treffpunkten aufgetaucht war. Dafür hatte man aber am Nachmittag getreulich alle Stationen von Klamroths Besuch in Hildesheim registriert, einschließlich der Dauer seines Aufenthalts auf dem Domfriedhof.

Als Dohm später den Bericht in den Händen hielt, verweilte er längere Zeit bei diesem Punkt und hätte gerne ein geheimes Treffen auf dem Annenfriedhof vermutet, verwarf den Gedanken jedoch schließlich, weil die Aufzeichnungen keine Anhaltspunkte hergaben. Ein wenig merkwürdig schien der Besuch schon zu sein – die zielstrebige Fahrt zu einem Parkhaus am Güterbahnhof, der Versuch, eine völlig bedeutungslose Kirche namens St. Bernward zu betreten –, aber einen sinnvollen Schluß vermochte er daraus nicht zu ziehen.

Vielversprechender waren da schon die Beobachtungen, die über Erkal eingegangen waren. Dieser zwielichtige Türke war wieder einmal in Genf gelandet, hatte an einem Tag dort *zweimal* dasselbe Bankhaus besucht und sich beide Male für längere Zeit darin aufgehalten und war dann, obwohl er eigentlich den Rückflug nach Ankara gebucht hatte, am nächsten Tag direkt in die syrische Hauptstadt Damaskus geflogen. Dort traf er sich mit diversen Leuten, von denen einige als Beamte verschiedener Ministerien identifiziert worden waren. Sodann reiste er mit dem Auto in den weniger bewohnten Osten des Landes und fand problemlos Zugang in ein militärisches Sperrgebiet, in das seine Beschatter ihm nicht mehr zu folgen vermochten. Drei Tage später wurde er wieder in Ankara gesichtet, und obwohl man die Flughäfen in Damaskus und Ankara im Auge behalten hatte, war von dort nichts gemeldet worden. Erkal war also auf dem Landweg in die Türkei zurückgekehrt!

Dohm war gefesselt von den Unterlagen, ohne eine genaue Vorstellung davon zu haben, was das alles bedeuten mochte. Syrien. Abgelegenes Gelände. Vorher Kontakte zu Ministerialbeamten in der Hauptstadt. Und noch vorher Geldgeschäfte in Genf. Normale Kontakte auf Regierungsebene? Nein. Die Beziehungen zwischen Syrien und der Türkei waren ja nicht gerade eng, und herzlich schon gar nicht. Aber Erkal schafft das Sesamöffne-dich und fährt ohne Kontrolle in ein militärisches Sperrgebiet!

Ein Arzt und Gesundheitsbeamter. Und obwohl es in seinem Land in beiden Bereichen genug zu tun gab, reiste er unablässig durch die Welt, ohne daß diese emsigen Bemühungen auch nur im entferntesten irgendeine Auswirkung auf die medizinische Versorgung in seinem Land erkennen ließen. Bei der WHO war er ein seltener Gast, umso intensiver waren seine Kontakte zum Bankgewerbe und zu einem Mann, der wiederum engen Kontakt zu einem Konzern pflegte, der bislang keineswegs durch markante Geschäftsverbindungen zur Türkei von sich reden gemacht hatte. Aber das war es ja! Bei normalen Geschäften waren offene Kontakte normal, nur hier ging es eben nicht um normale Geschäfte. Da gab es eine Kette mit sichtbaren Gliedern, aber auch noch mit einigen Lücken.

Tomschläger und Klamroth, ganz klar. Klamroth und Erkal, auch keine Frage mehr. Erkal und Genf, Klamroth und Genf, kein Zweifel. Erkal und Klamroth gemeinsam in Genf, wenigstens das hatte Reischles dilettantische Beschattungsaktion erbracht. Wenn Klamroth nun Verbindungen zu derselben Genfer Bank hätte wie Erkal ... Und vor allem das Mittelglied, wenn sich das festklopfen ließe: Erkal über Klamroth zu Tomschläger. *Dann* ... würde auf einmal alles Sinn machen: ein Konzern, der nicht nur Medikamente und andere Chemikalien herstellte, sondern auch gut war für den Bau ganzer Anlagen ... Und wenn nun so eine Anlage in einem wenig besiedelten Gebiet, einem militärischen Sperrgebiet, errichtet würde? Dort würden ganz sicher keine Kopfschmerztabletten produziert!

Das könnte es sein! Dohm spürte seinen Herzschlag als Pochen im Hals. Die Lücke in dieser Kette *mußte* geschlossen werden. Vielleicht würde schon der nächste Bericht der Späher, übermittelt von Reischle, den Beweis bringen. Aber er war zu ungeduldig, um in Ruhe abzuwarten, bis sich wieder etwas in seinem Postfach fand. Er beschloß, Klamroth zu besuchen, ohne genau zu wissen, was er mit ihm besprechen wollte. Vielleicht würde Klamroth sich verraten, vielleicht würde er eine ungewollte Andeutung machen.

Dohm machte nicht lange im voraus einen Termin mit Klamroth aus, schließlich gab es im Moment nichts Offizielles zu bereden, sondern er beschloß, nach Köln zu fahren und vorzugeben, nur eben Guten Tag sagen zu wollen, wenn man wegen anderer Dienstgeschäfte schon mal vor Ort sei ...

Er dachte auch an die Möglichkeit, Klamroth vielleicht im Krankenhaus treffen zu müssen, wobei es passieren konnte, daß Reischle ihnen über den Weg lief. Der dürfte dann kein überraschtes Gesicht machen.

Also rief er Reischle an und informierte ihn über sein Vorhaben. Reischle wollte wissen, ob auch sie sich treffen würden. Das sei im Moment nicht nötig, sagte Dohm. Ob denn die Übersendung des Materials reibungslos klappe, wollte Reischle wissen. Ein wenig unwillig erwiderte Dohm, es gebe keine besonderen Vorkommnisse.

Tomschläger erfuhr noch am selben Tag von diesem Gespräch. Am späten Abend rief er Klamroth an und informierte ihn, daß Dohm einen kleinen Überraschungsbesuch bei ihm vorhatte und nur mal eben auf der Durchreise Hallo sagen wollte, weil sich das schließlich so gehörte. Klamroth lachte und sagte, für Freunde sei er immer zu sprechen. Er hätte fragen können, woher Tomschläger das wußte, aber er unterdrückte die Frage. Der Urlaub stand bevor, und auch sonst gab es Wichtigeres.

Tomschläger hatte lange über Reischles Frage nachgedacht: Klappt die Übersendung des Materials reibungslos? Nicht: Haben Sie meinen Brief gekriegt? Oder: Ist das Päckchen angekommen? Auch nicht: Hat die Übersendung geklappt? Statt dessen: Klappt die Übersendung? Also: Da *wird* Material geschickt, immer noch und immer wieder. Es gibt also Material. Der Absender schickt es aber nicht an Dohm, sondern an Reischle. Und der leitet es weiter an Dohm, und vermutlich landet das nicht in seinem Hausbriefkasten. Klar, der übliche Trick. Wir machen es ja genauso. Woher kommt das Material? Was enthält es? Wir werden uns darum kümmern!

Zwei Tage später rief Dohm an. »Hallo, Herr Klamroth. Ich habe morgen in Köln zu tun. Vielleicht können wir uns kurz sehen?«

»Ah, Herr Dohm. Morgen . . . da ist es ein bißchen eng bei mir. Was liegt denn an?«

»Nichts Besonderes. Ich wollte Sie nur vor dem Urlaub noch mal treffen, ich meine, da ich ohnehin in der Nähe bin. Fahren Sie auch in Urlaub?«

Klamroth ignorierte die Frage. »Ich bin morgen den ganzen Tag im Krankenhaus. Wenn Sie vielleicht gegen halb eins . . .«

»Ja, natürlich«, beeilte sich der andere.

»Dann kommen Sie zu meinem Stützpunkt.«

»Wie bitte?«

»Meine Residenz im Krankenhaus. Man wird Sie hinführen. Kann sein, daß ich mich etwas verspäte. Aber gehen Sie einfach rein. Ich lasse die Tür offen.«

»Gut. Danke.«

Ein wenig ärgerte Klamroth sich, als er aufgelegt hatte. Warum habe ich nicht einfach gesagt, tut mir leid, Herr Dohm, es paßt mir jetzt nicht, rufen Sie in sechs Wochen noch mal an. Aber egal, *der* Job ist sowieso bald passé. Wenn Walter Ernst macht und ich Anfang September den Laden übernehme, dann soll meinetwegen Reischle Regierungsbeauftragter werden oder seine Mutter, falls der überhaupt weiß, wer das ist.

Er hätte mich am liebsten abgewimmelt, dachte Dohm zufrieden, aber ihm ist so schnell nichts eingefallen. Der große Klamroth: er war überrascht und konnte nicht, wie er wollte. Und das war nicht deine letzte Überraschung, verlaß dich drauf!

Aber es war dann doch Dohm, der am nächsten Tag die eine oder andere Überraschung erlebte.

An der Rezeption des Heilig-Kreuz-Krankenhauses nannte man ihm Klamroths Zimmernummer und sagte, der Herr Doktor erwarte ihn. Er wartete nicht auf einen der Aufzüge, sondern stieg die Treppe hinauf. Im Treppenhaus fanden sich auf jeder Etage einige Patienten, die verstohlen eine Zigarette rauchten. Als er vor der Tür stand und das Schild las ›Dr. med. habil. Jürgen Klamroth – Privatdozent‹, zögerte er einen Moment, ehe er klopfte. Als niemand antwortete, öffnete er vorsichtig die Tür: der Raum war leer. Er trat ein und verschloß die Tür hinter sich. Die Schäbigkeit des schlauchförmigen Zimmers verblüffte ihn: eine Schreibplatte, kein Schreibtisch, ein Stuhl, eine Liege, ein Regal mit ein paar Akten und einem Packen Karteikarten. Keine Bücher, kein Computer, nichts. Nur ein Telefon, grüne Standardausführung. Und ein Aschenbecher mit zwei Pfeifen, daneben eine Dose Tabak. Dohms Verblüffung wich einem Gefühl ungetrübter Schadenfreude. Hier also hauste der Regierungssachverständige und Privatdozent, der habilitierte Zampano und Freund eines mächtigen Freundes, diese angebliche Koryphäe der Fachliteratur!

Dohm stand noch und sog den Eindruck in sich auf, als Klamroth den Raum betrat.

»Entschuldigung, Herr Dohm. Ich hoffe, ich habe Sie nicht zu lange warten lassen. Aber Sie haben es sich ja noch gar nicht bequem gemacht.« Und ehe Dohm antworten konnte, fuhr er fort: »Sie haben recht, hier kann man es sich gar nicht bequem machen. Sie hätten ein paar Türen weitergehen und bei Reischle auf mich warten sollen. Der hat es wirklich bequem.«

»Reischle?«

»Ja, Sie wissen doch, Professor Reischle. O Pardon, ich dachte, Sie kennen ihn.«

»Ich wüßte nicht ...«

»Macht nichts. Mit entfällt der Name auch dauernd.« Er dachte an Walters Spruch: Wenn du dich so beherrschen könntest, einen Mann freundlich anzulächeln, dem du eigentlich die Fresse polieren möchtest ... Nun, mit Reischle praktiziere ich das ja schon seit einiger Zeit. Aber warum übertreiben? Walter hat ja auch nur von *einem* Mann gesprochen.

»Nehmen Sie den Stuhl, ich setze mich auf die Liege.«

Dohm wartete auf einen Händedruck, und Klamroth genoß es, ihm nicht die Hand zu geben. Unbekümmert fuhr er fort: »Ich benutze diesen Raum eigentlich nur, wenn ich mal rauchen will. Damit ich nicht zu meinen Patienten ins Treppenhaus muß. Die rauchen auch oft ein so billiges Kraut. So, nun wissen Sie, wie ein Stützpunkt aussieht.«

»Ein gewisser Unterschied zu Ihrer Praxis ist unverkennbar . . .«, sagte Dohm und setzte sich. Doch dann fing er sich: »Aber das wird sich sicher ändern, wenn Sie das Lehrkrankenhaus übernehmen.«

»Falls«, korrigierte Klamroth.

»Aber warum so skeptisch? Sie haben mächtige Fürsprecher. Ich meine, es gibt Leute, die von Ihnen mächtig überzeugt sind.«

Jetzt strickt er dieselbe Masche, die er in Genf schon einmal versucht hat. Aber Wiederholungen sind nicht besonders originell. Man lacht auch nicht zweimal über denselben Witz.

»Ach, wissen Sie, ich bin da ziemlich selbstbewußt, Herr Dohm. Entweder schaffe ich es aus eigener Kraft oder eben nicht. Ich glaube nicht, daß ich Fürsprecher brauche.«

»Aber es kann doch hilfreich sein, wenn man welche hat.«

»Ich kenne keinen. Interessiert mich auch nicht. Und wenn es mich interessierte, würde ich Argus beauftragen, um den unbekannten Wohltäter herauszufinden.«

»Wen bitte?«

»Argus Investigation. Ein Detektivbüro. Hat mir Reischle empfohlen. Soll besonders tüchtig sein, wenn man mal einen Kollegen bespitzeln lassen will.«

Ob dem Besucher nun wirklich vor Schreck der Unterkiefer herunterfiel oder nicht, jedenfalls glaubte Klamroth es so wahrzunehmen. Befriedigt registrierte er, wie Dohm Mühe hatte, seine Fassung zurückzugewinnen. »Aber wie gesagt«, fuhr er leichthin fort, »es interessiert mich nicht. Außerdem würde ich im Ernst nie eine Agentur beauftragen, die sich Argus nennt. Völlig lächerlicher Name.«

Dohm versuchte sein Unbehagen zu lindern, indem er auf dem Stuhl ein wenig zur Seite rutschte, um eine etwas bequemere Sitzposition auszuprobieren. Und Klamroth legte nach wie ein Boxer, der spürt, daß sein Gegner nur noch auf schwachen Füßen steht. »Ich weiß auch nicht, warum Reischle auf Argus schwört. Vielleicht haben die mal seine Frau erfolgreich beschattet. Was nicht besonders schwer ist, denn die hat wirklich nichts zu verbergen. Aber Sie kennen sie ja.«

Dohm war dankbar, nun doch parieren zu können: »Wie ich schon sagte, ist mir Herr Reischle nicht bekannt. Und auch mit seiner Gattin hatte ich noch nicht das Vergnügen.«

»Das wäre auch keins.«

»Was?« fragte Dohm verblüfft.

»Mit der wäre es auch kein Vergnügen«, grinste Klamroth. »Die erinnert mich an die Witwe Pertramer. Pertramer, der war mal Professor hier an der Uni, bevor er ...«

Dohm stand auf. »Ich glaube, ich habe Sie schon zu lange aufgehalten, Herr Klamroth.«

»Nein, gar nicht, Herr Dohm. Was wollte ich sagen? Also, der Pertramer ...« Er faßte sich mit einer Geste der Verzweiflung an den Kopf. »Entschuldigung, den Pertramer kennen Sie ja. Es ist der *Reischle,* den Sie *nicht* kennen. Es ist einfach zu heiß heute. An solchen Tagen kriege ich die Dinge nicht auf die Reihe. Stellen Sie sich vor, der Pertramer hat mal ein Restaurant im Stadtwald hier observieren lassen. Von Argus natürlich. Warum, weiß ich nicht. Und zufällig gehe ich da essen mit meinem türkischen Kollegen Erkal. Den *können* Sie nicht kennen, es sei denn, Sie ließen ihn beschatten. Aber was rede ich da! Also ich gehe mit Erkal in das besagte Restaurant, weil die so eine herrliche Knoblauchsuppe machen. Und was sehe ich, als ich zufällig meinen Blick nach draußen schweifen lasse? Die Typen von Argus sitzen im Regen auf der Terrasse und lesen Zeitung, jede mit einem großen Loch in der Mitte, zum Durchgucken. Und hinter einem Busch steht Pertramer mit einem Fernglas. Nee, Moment, der ist tot. Oder war es doch Reischle, aber ohne Fernglas? O Gott, diese Hitze! Ich kriege es wirklich nicht mehr zusammen. Sie müssen den Eindruck haben, ich rede Unsinn.«

Dohm verließ wortlos den Raum.

Klamroth zündete sich eine Pfeife an. So, das dürfte reichen! Entweder weiß er Bescheid, dann hat er jetzt begriffen. Oder aber er hat keine Ahnung, dann habe ich eben nur wirres Zeug geredet.

Dohm stieg langsam die Treppen zum Ausgang hinunter. Das also war die Kriegserklärung! Er weiß, daß Reischle hinter der Observierung stand. Läßt sich aber nichts anmerken. Reischle schwört, daß er sich nicht anders benimmt als sonst. Wenn er im Bilde ist, aber Reischle nichts merken läßt, warum sagt er es dann mir? Weil er *mich* im Visier hat. Wollte mich darauf stoßen, daß ich Reischle kenne. Und jetzt? Reischle warnen? Nein! Der schmeißt vor Schreck alles hin und würde auch noch gestehen, daß er meine Briefkastenfirma ist. Nein, das muß weiterlaufen, jetzt erst recht und jetzt möglichst schnell.

Diese Drohung: ganz offen. Erwähnt auch noch Pertramer. Soll heißen: Pertramer konnte mich nicht stoppen, Reischle kann es nicht, du kannst es nicht. Redet auch ganz offen von Erkal.

Nein, er weiß nichts! Er blufft. Er ahnt etwas, und deshalb blufft er. Er könnte den Staatssekretär anrufen und mich auffliegen lassen. Er könnte Reischles Karriere vernichten, wenn er den Beweis hätte, daß der Argus den Auftrag gegeben hat, einen Kollegen zu bespitzeln. Aber er traut sich nicht. Er blufft. Wollte, daß ich mich verplappere.

Nun, euer Countdown läuft, Klamroth, Tomschläger und Konsorten. Bald ist zero, und die Bombe platzt. Und dann ist es gleichgültig, ob ein gewisser Klamroth behauptet, er sei von einer Firma namens Argus beschattet worden.

Dohm war zögernd aus dem Foyer des Krankenhauses ins Freie getreten, aber dann durchquerte er den Park auf dem Weg zum Taxistand mit energischem Gang. Er fühlte so etwas wie Erleichterung, daß nun die Fronten klar waren. Der Besuch war, auf eine ganz eigentümliche Weise, ein voller Erfolg gewesen: Klamroth hatte die Karten aufgedeckt, aber selber nichts erfahren. Dohm war zufrieden. Doch dann stutzte er, und seine Schritte verlangsamten sich wieder. Er dachte an die beiden demolierten Autos vor dem Restaurant und am Flughafen und an den zusammengeschlagenen Detektiv. Das war nicht Klamroths Werk, da steckte mehr dahinter. Das hatte mit Tomschläger oder Erkal zu tun oder mit beiden. Womöglich wußte Klamroth gar nichts davon, sonst hätte er wohl eine genüßliche Andeutung gemacht, so wie er das Treffen zelebriert hatte. Und Dohm überkam ein Unbehagen, daß er es mit Mächtigen zu tun haben könnte, deren dunkle Geschäfte er vielleicht nachweisen konnte, die aber den Beweis nicht einfach ohne Widerspruch hinnehmen würden.

Er war stehengeblieben, und unwillkürlich blickte er sich um.

An einem Donnerstag Mitte Juli brach Klamroth zum Urlaub in die Schweiz auf. Er war dankbar, daß Walter Tomschläger angeboten hatte, Sabine mit ihrem Gepäck nach Köln zu bringen, so daß er nicht in Walberberg vorbeifahren und Linda begegnen mußte.

Sabine hatte damals nach der Geburtstagsfeier am Pfingstsamstag mit ihr gesprochen und ihr gesagt, daß sie mit Jürgen in die Ferien fahren würde. Die Mutter hatte schweigend genickt.

»Wenn ich sehe, daß es ein Fehler ist, fahre ich einfach zurück«, hatte Sabine hinzugefügt.

»Und du glaubst, er würde dich einfach fahren lassen?«

»Hältst du Jürgen für einen Mann, der mich daran hindern würde?«

»Es ist falsch, Sabine. Aber ich mache nicht dir Vorwürfe. Jürgen ist schuld. Er müßte wissen, daß es sich nicht gehört. Daß er deine Unerfahrenheit ausnutzt und die Freundschaft, die er in diesem Haus gefunden hat.«

»Warum sollte er nicht mehr unser Freund sein?«

»Und wenn er es in ein paar Jahren mit Angela macht?« hatte Linda hervorgestoßen. Das Mädchen hatte sie angesehen mit einer Mischung aus Fassungslosigkeit und Mitleid.

»Es ist geschmacklos, ich weiß. Entschuldige bitte, Sabine. Aber sieh es doch mal so: Was würdest du sagen, wenn ich mit einem achtzehnjährigen Schüler in Urlaub fahren würde? Und ich bin noch ein paar Jahre jünger als Jürgen.«

»Du bist verheiratet, Mama.«

»Und wenn ich nicht verheiratet wäre?«

»Dann würde ich es ganz bestimmt nicht kommentieren.«

»Und was meinst du, würde ich einen Schüler finden?«

Sabine hatte ihre Mutter lange angeblickt. »Ich weiß es nicht, Mama. Das hat aber auch nichts mit Jürgen und mir zu tun. Das ist nicht eine Frage von Suchen und Finden.«

»Sondern, was ist es?«

»Liebe.«

Ein Gespräch über dasselbe Thema, ein paar Tage später zwischen den Eheleuten, war weniger glimpflich und erheblich lautstärker verlaufen. Danach war die Angelegenheit mit Schweigen zugedeckt worden, wenn auch mit einem Schweigen, das allgegenwärtig war und das Haus zu vereisen schien und die Sache, die da verschwiegen werden sollte, umso schmerzlicher herausschrie.

Um halb vier in der Frühe hielt Tomschläger mit Sabine vor Klamroths Wohnung. Linda war zur Abreise ihrer Tochter nicht aufgestanden, und Sabine hatte für sie einen Brief neben das Telefon gelegt.

Die beiden Männer luden Sabines Gepäck in Jürgens Wagen um. Das Mädchen verschwand im Haus.

»So eine lange Fahrt mit einer Frau«, kommentierte Walter, »da brauchst du starke Nerven.«

»Warum?«

»Frauen müssen alle halbe Stunde pinkeln. Jedenfalls wenn man unterwegs ist und weit und breit kein Busch in Sicht.«

»Eines der letzten ungelösten Probleme der Medizin. Wer weiß, vielleicht löse ich das eines Tages.«

»Du kannst es lösen, aber sie würden es trotzdem tun. Sie würden nicht mehr müssen, aber wollen.«

»Du verstehst was von Frauen. Wir sollten das Buch zu diesem Thema zusammen schreiben.«

»Okay, als Alterswerk.« Er blickte auf die angelehnte Haustür. »Mach's gut, Jürgen. Sei lieb zu ihr. Laß mal von dir hören, am besten in der Firma. Wenn du ein Problem hast, ruf Zurbriggen an.«

»Du weißt, ich treffe ihn heute mittag. Was soll ich ihm sagen?«

»Ich meine . . . falls im Urlaub ein Problem auftaucht. Falls du das Gefühl hast, daß . . . sich jemand für deinen Urlaub interessiert. Dann ruf ihn an.«

Halb ahnte er, was der Freund meinen mochte, halb wischte er den Gedanken beiseite. Und als Sabine in der Haustür erschien, vergaß er ihn.

»Alles klar, Walter. Und . . . danke für alles.«

Die Männer umarmten sich, dann ging Jürgen ins Haus.

»Komisch«, sagte Walter, als Sabine auf ihn zutrat. »Er ist seit ewig mein Freund, und jetzt auch deiner.«

»Kein Grund zur Eifersucht«, lächelte das Mädchen und küßte ihn auf beide Wangen. »Ich rufe euch an, Papa.«

Walter nickte, strich ihr übers Haar und ging zu seinem Wagen. Als Jürgen zurückkam, war er abgefahren.

»Also«, sagte Jürgen, als sie im Auto saßen und sich angeschnallt hatten, »die Tür habe ich verschlossen, das Wasser abgestellt. Das Licht ist aus, der Anrufbeantworter steht auf Alarm, der Kühlschrank ist leer. Zeitungen und Post werden jeden Tag von der Praxis abgeholt. Ich habe die Putzfrau abbestellt und dem Kanarienvogel den Hals umgedreht. Habe ich was vergessen?«

»Du hast vergessen, daß ich dir den Hals umdrehen könnte.«

»Dazu hättest du keinen Grund, Sabine. Der Urlaub fängt doch erst an. Am Ende des Urlaubs: vielleicht.«

Sie fuhren los und schwiegen anfangs über lange Strekken. Aber je weiter sie sich entfernten, umso mehr verblaßten Köln und Walberberg, und als sie auf der Höhe von Freiburg tankten und eine kurze Rast einlegten und über den Proviant herfielen, als hätten sie seit Tagen nichts gegessen, da waren sie ausgelassen und glücklich und wußten, daß ihr Urlaub begonnen hatte.

Am frühen Mittag erreichten sie Genf. Klamroth hielt in der Nähe des Hôtel de la Paix am Quai du Mont-Blanc. »Ich hole dich in anderthalb Stunden hier wieder ab, Sabine. Sieh dir ein bißchen die Stadt an, aber verlauf dich nicht. Und laß dich nicht von fremden Männern ansprechen.«

»Was weiß ich denn, was du in der Zwischenzeit treibst?«

»Ich gehe ein paar Fränkli umtauschen und danach vielleicht ins Bahnhofskino. Alleine. Versprochen!«

Eine Viertelstunde später saß er in der Bank Zurbriggen gegenüber. Ein mächtiger Strauß roter Rosen stand auf dem Schreibtisch. Klamroth schien einen Moment lang zu stutzen, als er sie sah.

»Na?« lächelte Zurbriggen.

»Sonst sind es gelbe Rosen.«

»Sie sind ein sehr guter Beobachter«, konzedierte Zurbriggen. »Sie bemerken Kleinigkeiten, und Sie vergessen sie nicht. Sie wären ein guter Agent.«

»Bin ich doch schon«, lächelte Klamroth zurück und deutete auf den Aktenkoffer, den er neben dem Schreibtisch abgestellt hatte. »Da sind lauter Geheimnisse drin. Äußerst brisant.«

Zurbriggen zog die Augenbrauen hoch: »Woher wissen Sie das?«

»Er ist nicht abgeschlossen.«

»Und Sie haben hineingeschaut?«

»Nein, das nicht. Aber Tomschläger hat mir eingeschärft, auf die Zyankalikapsel zu beißen, falls ich ihn an der Grenze öffnen müßte. Ich habe es ihm schwören müssen.«

»Wie geht es Walter?«

»Gut. Er müßte mal Urlaub machen, kommt aber im Moment wohl nicht dazu. Ich soll Sie grüßen. Ich habe ihn heute morgen noch vor der Abfahrt gesehen. Er bittet Sie, sich um die Unterlagen zu kümmern und alles Nötige zu veranlassen.«

Der andere nickte. »Erkal kommt am Wochenende, wir werden dann alles erledigen. Ach ja: falls er den Wunsch äußert, Sie zu besuchen, möchten Sie ihn treffen?«

»Eigentlich ...« Klamroth zögerte. »Es gibt im Moment ja nichts.« Wenn ich alleine in der Hütte wäre, ja, warum nicht. Wäre eine angenehme Gesellschaft. Aber so ... »Nein«, entschied er sich, »nicht jetzt, Herr Zurbriggen, nicht hier. Ab heute ist Urlaub. Drei Wochen ausspannen. Ob ich es verdient habe, weiß ich nicht, aber ich glaube, ich habe es nötig. Ich möchte keinen sehen.«

»*Gar* keinen?«

Normalerweise war die Frage, mit der Betonung und mit dem Unterton, eine kleine Unverschämtheit, aber

Klamroth lachte: »Entweder wissen Sie es schon, oder ich sage es Ihnen jetzt, oder Sie wissen es und ich sage es Ihnen: Ich reise diesmal in Begleitung.«

Zurbriggen war nicht überrascht. »Wie ich die Jugend beneide!«

»Na ja, mal abwarten, ob es wirklich beneidenswert ist, mit mir Urlaub zu machen. Aber damit es da überhaupt eine Chance gibt, möchte in den Wochen keine, sagen wir mal, eher geschäftlichen Kontakte.«

»Oh, ein Mißverständnis. Ich beneide *Sie*, Herr Klamroth.«

»Mich meinen Sie mit Jugend! Oh, danke.«

»Ja«, fuhr der andere unbeirrt fort, »Sie sind ein junger Mann, Sie beschäftigen sich mit wichtigen Dingen, sehr wichtigen, und bringen es fertig, drei Wochen lang abzuschalten. Ich bin zu alt dazu. Natürlich könnte ich auch Urlaub machen, aber das Abschalten gelingt mir nicht mehr. Da bleibe ich dann lieber gleich an Bord und kontrolliere die Dinge. Im Urlaub, fürchte ich, würden die Dinge mich kontrollieren.«

Klamroth dachte an Walter Tomschläger. War das auch bei ihm der Grund? Waren manche Dinge so bedrohlich, daß man sie ständig kontrollieren mußte und deshalb besser nicht in Urlaub fuhr? Und ihm fiel Walters Mahnung ein: Wenn du ein Problem hast, ruf Zurbriggen an. Als er noch überlegte, ob er den Schweizer darauf ansprechen sollte, nahm der ihm die Entscheidung ab.

»Also dann, Herr Klamroth: ich wünsche Ihnen drei schöne Wochen!«

»Danke, Herr Zurbriggen.«

»Falls ein Problem auftauchen sollte, rufen Sie mich an.«

»Sie meinen, wenn ich die Kreditkarte und mein ganzes Bargeld verliere?«

»Das auch. In diesem Hause haben Sie selbstverständlich Kredit.«

»Was noch?«

Zurbriggen sah ihn nachdenklich an. »Sehen Sie, Sie machen Urlaub am Ende eines langen Tales, zu dem es nur eine Zufahrt gibt. Jemand, der sich für Sie interessiert, hätte es leicht, Sie zu beobachten. Sie sind sozusagen ein sitting duck, wie man sich unter Agenten auszudrücken beliebt. Ihre Gabe der präzisen Beobachtung: Lassen Sie sie nicht einschlafen in den Ferien. Und wenn Sie etwas bemerken, melden Sie sich. Wir werden dann Sorge tragen, daß die Störung beseitigt wird. Das schulde ich auch Sabines Vater.«

Klamroth war so verblüfft über die Nennung des Namens, daß ihm die Wortwahl des anderen entging und er nicht fragte, an welche Art von Beseitigung man denn gedacht habe. Sein Blick streifte wieder die Rosen auf dem Schreibtisch.

»Und *warum* sind Ihre Rosen diesmal rot?«

»Die Rosen . . . ja. Kombinieren Sie, wenn Sie ein guter Agent sind.«

»Sie wollten testen, ob ich es merke.«

»Gut. Aber falsch.«

»Es ist Ihr Hochzeitstag.«

»Freundlich, aber ebenfalls falsch. Wer würde mir aus einem solchen Anlaß Blumen schenken?«

»Sie könnten sie selber gekauft haben.«

»Das würde ich aus einem solchen Anlaß erst recht nicht tun.«

Klamroth lachte. »Dann gebe ich auf.«

»Die Lösung ist ganz einfach. Es ist die übliche. Die häufigste. Die Erklärung für fast alles, was geschieht.«

»Ein Irrtum?«

»Richtig! Irgendein Idiot weiß nichts und hat mir rote Rosen hinstellen lassen. Ich habe eine Untersuchung angeordnet.«

»Wenn dabei nichts herauskommt«, verabschiedete Klamroth sich, »rufen Sie mich an.«

Er war zehn Minuten vor der abgemachten Zeit am Hôtel de la Paix und blieb im Auto sitzen. Sabine kam eine halbe Stunde später. Er stieg aus, als Sabine auf das Wagendach klopfte.

»Das fängt ja gut an«, sagte er streng und blickte auf die Uhr. »Ich werde deine Mutter anrufen und mich beschweren.«

»Ein netter Onkel hat mir Schokolade angeboten«, erwiderte sie mit schüchtern gesenktem Blick, »da bin ich mitgegangen. Er sah so alt und einsam aus.«

»Dann ist ja alles gut, Sabine. Ich dachte schon, dir wäre was passiert.« Er deutete mit einer Kopfbewegung auf das Hotel. »Die haben ein ganz, ganz feines Restaurant. Lädst du mich zum Mittagessen ein?«

»Papa sagt, essen ist die Sexualität des Alters.«

»Das sagt dein *Vater?*«

»Ja.«

»*Der* muß es ja wissen.«

»Ich jedenfalls habe keinen Hunger.«

»Und ich erst recht nicht«, knurrte Jürgen. »Außerdem wartet am Ziel ein völlig leerer Eisschrank auf uns, und der ist noch nicht einmal eingeschaltet.«

»Das braucht er ja auch nicht, wenn nichts drin ist.«

»Gähnend leer. Nichts zu essen, nichts zu trinken.«

»Das heißt, wir müssen heute noch einkaufen?«
»Das heißt, *du* mußt heute noch einkaufen.«
»Dann fahren wir besser. Sonst haben nachher die Geschäfte zu.«
»Die Geschäfte ist gut. Das Geschäft.«
Es wurde eine entspannte Fahrt am Genfer See entlang und durch das trotz der Industrie und der überall planlos wuchernden Zersiedelung immer noch schöne Rhonetal. Bei Visp erreichten sie am Nachmittag die Bergstraße, die sich bei Stalden noch einmal teilte und nun das Saastal hinaufführte durch eine scheinbar unberührte Kulisse von Felswänden, Schluchten, Wildwassern und Bergwäldern. Sie passierten vereinzelte Siedlungen, die einen eher ärmlichen Eindruck machten – etwas das man nicht erwartete in der reichen und satten Schweiz –, und wo immer ein paar Häuser zusammenstanden und an die Felsen geklebt schienen, mit einer Haltestelle für den Postbus als Ortskern und sonst nichts, boten selbstgefertigte Schilder geradezu flehentlich freie Zimmer an, wie verzweifelte Bettler mit ausgestreckter Hand, die an dem einzigen Weg lagerten, den der Reisende nehmen mußte. Wer würde wohl an einem dieser qualvoll eingepferchten Flecken spontan anhalten und beschließen, sich ein Zimmer zu mieten und seinen Urlaub hier zu verbringen? Auf dieser Strecke war Klamroth vor Jahren einmal im Dunkeln von einem Schneetreiben überrascht worden, und er hatte an einem der Häuser geklingelt, an dem freie Zimmer angezeigt wurden. Man war so erstaunt über seinen Wunsch nach Übernachtung, daß er den Eindruck hatte, seit Jahren der erste Gast zu sein. Er bekam ein Abendbrot und am Morgen ein reichliches Frühstück und zahlte am Ende für alles 15 Franken. Er war be-

schämt über den Preis und daß er sich nicht traute, einfach das Doppelte zu geben.

Schweigend nahm Sabine auf, was sich ihren Augen darbot, und Jürgen mußte an ein Gedicht denken, von dem ihm wenige Bruchstücke aus der Schule haften geblieben waren: ›. . . quiet as a nun, breathless with adoration.‹ Das schrille Horn eines Postbusses, der ihnen in einem kurzen Tunnel entgegenkam, riß ihn aus der Lyrik. »Das machen sie immer«, kommentierte er, »vor jedem Tunnel lassen sie ihre Sirene aufheulen.« Sabine nickte abwesend.

Sie erreichten die Kirche von Balen, und das Tal wurde weiter und lichter. Das Flüßchen Vispa, im Herbst und im Frühling zuweilen ein reißendes Wildwasser, schlängelte sich durch üppige Blumenwiesen und saftige Weiden, und selbst die vielen angelegten kleinen Kartoffelfelder schienen ein natürlicher Teil dieser sommerwarmen Idylle zu sein. Sie hielten in Grund und kauften Vorräte ein und fuhren dann weiter die letzten Kilometer nach Almagell.

»Das ist es«, deutete Jürgen auf sein Haus, »meine kleine Zuflucht abseits der großen Welt.«

Sabine lächelte. Sie schlossen auf, klappten die Fensterläden zurück, schalteten den Strom ein, füllten den Eisschrank, trugen das Gepäck ins Haus, packten aus und verstauten die Koffer. Und als alles getan war, standen sie sich plötzlich gegenüber, unsicher, sprachlos, ein wenig verlegen.

»Da wären wir also«, sagte Jürgen schließlich.

»Es sieht so aus«, sagte Sabine.

Jürgen streckte seine Hand aus, Sabine ergriff sie und ging zwei Schritte auf ihn zu, und vorsichtig umarmten sie sich.

Es folgte eine stille und glückliche Zeit. Sicher, es dauerte einige Tage, sich in das Ungewohnte einzuleben, eine trotz der großen Nähe spürbare leise Fremdheit abzuschütteln. Es war Sabine, die schneller zu ihrer Natürlichkeit fand. Jürgen fühlte sich anfangs befangen. Was erwartete Sabine von ihm? Wie hatte sie sich den gemeinsamen Urlaub vorgestellt? Entsprach die Wirklichkeit nun ihrer Vorstellung? War sie enttäuscht? Sollte man die Tage planen (»Ich habe uns für übermorgen einen Bergführer für den Monte Rosa angeheuert«) oder auf sich zukommen lassen? Und der Gedanke beunruhigte ihn ein wenig, daß ihre Liebe bisher vielleicht nur deshalb so romantisch gewesen war, weil der Alltag ausgeschlossen blieb, weil man auf Distanz lebte und nur preisgab, was auch wahrgenommen werden sollte. Ein Mädchen, schön und lieb und intelligent – und ein Mann, erfolgreich, welterfahren und geistreich, das mochte vieles haben, wovon der andere träumte. Wie aber stand es damit, wenn man das Bad miteinander teilte oder einen langen verpatzten Regentag hinter sich hatte oder wenn er nicht einschlafen konnte und eine halbe Flasche Whisky trank und dann erst am nächsten Mittag aufwachte? Würde dann plötzlich das eine Rolle spielen, was für Linda ohnehin das Problem war: ein junges Mädchen und ein mehr als doppelt so alter Mann? Aber die Unsicherheit verflog bald und wich einer fröhlichen Entspanntheit und ruhigen Gelassenheit, Sabines Natürlichkeit in allen Dingen beruhigte ihn und steckte ihn an. Er sah das Mädchen und dachte mit Unbehagen daran, wie *er* mit achtzehn gewesen war. Jürgen und Tom-Tom als Oberprimaner: laut, derb, aufgeblasen. Platzhirschgehabe, blutige Schnauzen. Dänische Pornohefte von Hand zu Hand.

Suff. Vulgäre Witze. Mit ungläubigem Schaudern wischte er den Gedanken beiseite.

Jürgen versuchte anfangs, seine Empfindungen am Abend auf Band zu sprechen, aber die Worte blieben dürr, die Pausen waren länger als das Gesagte, und das Gesagte wies in seiner Kargheit nur auf das Ungesagte. Einmal hatte er in dem Buch geblättert, das Sabine las. Er hatte es ihr geschenkt, Clara und Robert Schumanns Tagebuch. Darin fand er die Eintragung: Ereignisse nur wenige, Glück in Fülle. Dies beschrieb seinen Zustand, und er sprach die Worte auf das Gerät. Danach schaltete er den Recorder für den Rest des Urlaubs nicht mehr ein.

Nun ist es in einem kleinen Ferienort nicht verwunderlich, wenn man des öfteren auf dieselben Leute trifft, die man zwar nicht kennt, aber wiedererkennt, beim Einkaufen, im Restaurant, an der Tankstelle. Und auf dem Parkplatz erinnert man sich an das eine oder andere Auto, vielleicht weil es das Kennzeichen der Heimatstadt hat oder alle Autobahn-Vignetten der letzten Jahre auf der Frontscheibe. Und Klamroth gehörte zu den nicht wenigen Touristen, denen es im Urlaub Spaß machte, auf Nummernschilder zu achten. Man konnte es ja oft genug beobachten: zwei Wagen aus derselben Stadt begegneten sich irgendwo in Europa oder überholten einander oder kamen zufällig vor derselben Ampel zum Stehen, und die Fahrer betätigten die Lichthupe, die Insassen winkten sich zu. Und traf man gar auf einem Parkplatz zusammen, ergab sich ein kurzes Gespräch fast zwangsläufig. Vor Jahren war Klamroth in Irland unterwegs gewesen, und eines Nachmittags hatte er nach einem kleinen Landhotel gesucht, dessen Lage ihm ein Freund beschrieben hatte, weitab von jeder Ortschaft, versteckt in einem alten verwilderten Park hinter Hügeln. Und als er schließlich das winzige Hinweisschild gefunden hatte und einen von Ulmen gesäumten Weg hinabfuhr, an dessen Ende das jahrhundertealte malerische Herrenhaus lag, da stachen ihm als erstes in der Parkreihe zwei Kölner Wagen in die Augen. Er hatte spontan umkehren wollen, aber dann gedacht: Heimat ist eben überall. Danach war es ihm zur müßigen Angewohnheit geworden, wo immer er im Ausland parkte, zumal im Urlaub, seinen Blick über die Autos schweifen zu lassen, vor einem Restaurant, einem Supermarkt, einem Hotel, um zu folgern, wie vielen Landsleuten er begegnen würde, ob eine Chance bestand, auf Einheimische zu treffen, oder ob der Ort vielleicht ganz in holländischer Hand war.

Im oberen Saastal, Saas-Fee einmal ausgenommen, überwogen auf den meisten Parkplätzen, zumindest im Sommer, die Schweizer Kennzeichen. Anders dagegen sah es zum Beispiel vor Lokalen der gehobenen Kategorie oder an Seilbahnstationen aus: hier stellten die Deutschen das größte Kontingent, gefolgt von den Holländern und Schweizern, dann gab es noch ein paar Belgier und selten Briten oder Italiener, obwohl doch Italien nur wenige Kilometer entfernt war. Wahrscheinlich gerade deshalb, dachte Klamroth. Man fährt nicht einfach nur ein paar Kilometer über die Grenze. Wenn schon Urlaub, dann richtig. Richtig weit weg.

»Sieh dir das an«, sagte Jürgen, »ein Trabi vor einem Feinschmeckerlokal.«

»Der hat hier nur geparkt«, lachte Sabine, »und ist zu Fuß zur Frittenbude gegangen.«

»Daß die Schweizer überhaupt Trabis reinlassen in ihr ordentliches Land.«

»Na, die sind doch so tolerant.«

Sie schlenderten weiter an der Parkreihe entlang. »Den da habe ich schon zweimal gesehen.« Sabine deutete auf einen Wagen mit italienischer Nummer.

»Der paßt auch besser vor so einen Nobelschuppen. Und woher willst du wissen, daß du ihn schon mal gesehen hast? Merkst du dir Nummernschilder?«

»Das habe ich früher mal gemacht. War so ein Spiel in meiner Klasse. Nein, sieh mal, die Karten, die der hat. Das fand ich witzig.« Sie zeigte auf das Armaturenbrett. Dort lagen zwei zusammengefaltete Landkarten.

»Ja und?«

»Ein Italiener mit der deutschen Generalkarte der Schweiz.«

»Das ist das neue europäische Haus. Und ein Telefon oder Funkgerät hat er auch. Wahrscheinlich made in Hong Kong. Was hältst du von einem Kaffee?«

»Ich dachte schon, du würdest nie fragen. Hier?«

»Nein. Hier ist es mir zu teuer. Laß uns da unten hingehen, zum Café Alpenblick. Ich finde den Namen so originell.«

Vor dem Café stand ein anderes italienisches Auto. Jürgen beugte sich hinunter und blickte in das Innere: auch hier ein Telefon, augenscheinlich dieselbe Marke.

»Was suchst du?«

»Der hier hat jedenfalls keine deutsche Generalkarte.«

»Doch.«

»Wo?«

»Im Handschuhfach.«

Jürgen legte seinen Arm um ihre Schultern und drückte sie an sich.

Sie bestellten Kaffee und eine Apfelschnitte mit Sahne für Sabine und Kaffee und einen Cognac für Jürgen. Als serviert war, sagte er: »Warum fressen Frauen immer Sahnetorte?«

»Weil Männer immer saufen.«

Als Jürgen aus dem Fenster blickte, sah er, wie der italienische Wagen gestartet wurde und in Richtung Mattmark-See davonfuhr. Er dachte sich nichts dabei.

»Wann fährst du zu deinem Freund?« fragte Sabine.

»Almöhi? Vielleicht Samstag oder Sonntag. Aber ich muß ihn noch mal anrufen. Warum?«

»Ich würde gerne mitkommmn.«

»Gerne. Aber bist du sicher, daß du zwei älteren Herren zuhören möchtest, die die vergangenen Tage verklären und sich auf die Knie schlagen vor Vergnügen über die schöne alte Zeit?«

»Mich interessieren deine Freunde.«

»Almöhi ist eigentlich kein Freund, er war mal Studienfreund, in einer wechselnden Clique, zu der auch dein Vater manchmal stieß. Dann hatten wir viele Jahre keinen Kontakt. Ich habe ihn erst im Januar wiedergetroffen, auf einem Kongreß.«

»Du hast ihn Ostern besucht, nicht?«

»Ja.«

»Und jetzt willst du wieder hin. Wirklich nur, um in der Vergangenheit zu schwelgen?«

Jürgen schüttelte amüsiert den Kopf. »So toll war das gar nicht mit der Vergangenheit. Ich kann mich jedenfalls an nichts Besonderes erinnern. Wir haben ziemlich zügig durchgearbeitet damals.«

»Warum?«

»Je mehr du bummelst, desto später kommt der Nobelpreis.«

Nun war es an Sabine, ihn amüsiert anzublicken. »Daß ihr immer nach Trophäen jagen müßt.«

»Wer ist wir?«

»Du. Papa. Die Männer.«

»Oh, komm, werd jetzt nicht tiefgründig. Männer und so.«

»Warum willst du Professor werden?«

»Das ist ja an sich noch nichts Schlimmes.«

»Du antwortest nicht.«

»Ganz einfach: weil ich es verdient habe.«

»Ganz einfach.«

»Und damit du, wenn du Medizin studierst, wenigstens einen Professor hast, der die Leistung von Frauen schätzt, ohne daß du mit ihm ins Bett gehen mußt.«

»Und mit den anderen muß ich ins Bett gehen?«

»Untersteh dich!«

Beide lachten.

»Also komm mit nach Siders, wenn du dein Männerbild ergänzen möchtest. Almöhi ist ganz, ganz anders.«

»Wie anders?«

»Jagt keiner Trophäe nach. Hatte Mühe mit der Promotion. Hat schon alle Trophäen, die er sich vorstellen kann: Praxis, Haus, Familie. Vier Kinder.«

»Und das findest du langweilig.«

»Na ja, wenn ich wählen müßte, ob ich seine Familie übernehme oder lieber hier mit dir im Urlaub . . .«

»Du weichst immer aus.«

»Das sagst du mir schon seit der Geburt. Ich meine, seit deiner. Also dann im Ernst: Ich besuche nicht einen

Mann und seine Familie und obendrein noch im Urlaub und dazu noch, wenn du bei mir bist, weil ich die alle so langweilig finde. Mich fasziniert auch diese Art von Leben, ruhig, vorhersehbar, abseits, hinter den Bergen, wie er das mal selber ausgedrückt hat. Ich könnte so nicht leben, aber ein wenig beneide ich Leute, die das können.«

Sabine nahm seine Hand und drückte sie an ihre Wange. »Was nehmen wir den Kindern mit?«

»Was? Ach so ...«

»Was hast du ihnen Ostern geschenkt?«

»Ostern ... eigentlich gar nichts.«

»Du hast recht, du eignest dich wirklich nicht für das Leben.«

»Das habe ich nicht gesagt«, protestierte Jürgen. »Ich habe gesagt, nicht für diese Art von Leben.«

»Das ist dasselbe«, lächelte Sabine. »Soll ich mich um die Geschenke kümmern?«

»Wenn du das tun könntest?« nahm er dankbar an. »Die Kinder sind zehn, zwölf, vierzehn, sechzehn. Ein methodischer Arbeiter, der Almöhi. Der jüngste heißt Raphael, und Yvonne ist sechzehn. Die zwei dazwischen ... ein Mädchen und ein Junge ... aber ich weiß nicht, who's who. Kauf was, das für beide paßt. Ich glaube, das Mädchen heißt Jeannette.«

Nach dem Cafébesuch trennten sie sich. Sabine ging in den Ort, um nach Geschenken zu suchen, Jürgen wollte zu Hause ein paar Telefongespräche erledigen.

»Ach ja, der Raphael. Kauf ihm nichts zum Lesen. Er ist behindert. Geht nicht zur Schule.«

Jürgen schlenderte die Straße hinauf zum Parkplatz. Der italienische Wagen mit den deutschen Generalkarten parkte immer noch an derselben Stelle. Der Trabi war verschwunden. Jürgen ging weiter und stutzte dann. Ein paar Meter weiter stand das andere italienische Auto, das vorher vor dem Café geparkt hatte. Er überzeugte sich mit einem Blick: ja, mit Telefon oder Funkgerät. Er ging langsam zu seinem Wagen.

Und ganz langsam fuhr er an der Parkreihe vorbei. Er prägte sich die beiden Kennzeichen ein. Vor dem Café Alpenblick hielt er kurz an und notierte sich die Nummern.

Wahrscheinlich Unsinn, wahrscheinlich falscher Alarm. Warum Italiener? Und doch ... Walter und Zurbriggen hatten gewarnt. Sollte es wirklich ...? Er fühlte Wut in sich hochkriechen. Dies war *sein* Urlaub. Mit Sabine. Sabines und sein Urlaub. Wenn irgendwelche Schweine versuchen sollten ... Noch ein Indiz, und er würde Zurbriggen anrufen.

Den nächsten Tag verbrachten Sabine und Jürgen am Matterhorn. Sie fuhren das Saastal hinab bis nach Stalden und dann das Mattertal empor bis nach Täsch. Das letzte Stück mußten sie mit der Eisenbahn fahren. Die Schweizer machten Ernst mit der Umwelt: Zermatt war eine autofreie Stadt. Sie tranken in Täsch einen Kaffee, ehe sie gemächlich Hand in Hand auf die Bahnstation zusteuerten. Jürgen hatte seine Ledertasche mit Geld und Papieren auf dem Rücksitz unter den Atlas geschoben, und Sabine hatte nicht bemerkt, daß er sie nicht bei sich trug, als er den Wagen abschloß. Am Bahnhof angekommen, sagte er: »Ich muß nochmal zum Auto zurück. Kauf du schon die Fahrkarten.«

»Was ist? Willst du türmen und mich sitzenlassen?«

Er schwenkte die Hüften wie ein Varieté-Girl, rollte die

Augen und sagte mit affektierter Stimme: »Ich habe mein Täschchen vergessen.«

Sabine lachte. »Dann mach aber schnell, damit uns nicht der Zug vor der Nase wegfährt.«

Jürgen ging zum Parkplatz zurück und nahm sich Zeit. Die Züge fuhren mehrmals die Stunde, das war nicht das Problem. Hunderte von Autos waren hier abgestellt. Jürgen schritt die Reihen ab und überflog die Kennzeichen nach italienischen Nummern. Und irgendwo, in der siebten oder achten Reihe, fand er ihn, den Wagen mit den deutschen Generalkarten. Zwar lagen die Karten nicht mehr auf dem Armaturenbrett, aber die Nummer stimmte. Er suchte noch nach dem anderen Italiener, fand ihn jedoch nicht. Er ging zu seinem BMW und nahm die Ledertasche heraus. Auf dem Weg zurück zur Bahnstation betrat er eine Telefonzelle und rief Zurbriggen in Genf an.

Er kam sofort zur Sache, als der andere sich meldete. »Sie haben recht gehabt, die Schweine schnüffeln hier herum, und das in meinem Urlaub! Können Sie das abstellen?«

»Nennen Sie mir die Anhaltspunkte, Herr Klamroth.«

»Entweder Sie stellen das ab, oder ich kümmere mich selbst um die Typen.«

»Unternehmen Sie nichts, Herr Klamroth. Wir machen das.«

»Sofort?«

»Ja, sofort. Geben Sie mir die Details.«

»Zwei italienische Wagen. Bitte schreiben Sie mit.« Er gab die Nummern durch.

»Gut. Was machen Sie morgen?«

»Wir besuchen einen Freund.«

»Wo?«

»In Siders.«

»Siders. Das ist gut. Sagen Sie mir den Namen und die Adresse Ihres Freundes.«

»Nein! Das ist privat. Entweder Sie machen das . . .«

»Ich verstehe, Herr Klamroth. Keine Sorge, wir erledigen das. Rufen Sie mich heute abend wieder an. Nach sechs Uhr zu Hause. Sie haben doch meine Privatnummer?«

»Ja.«

»Gut. Aber rufen Sie auf jeden Fall an. Sie und ihre bezaubernde Begleiterin werden morgen einen Freund besuchen. Ohne Komplikationen. Das verspreche ich Ihnen. Und *wir* werden das Problem lösen.«

»Ich habe die Fahrkarten«, sagte Sabine, als Jürgen wieder bei ihr war, »aber der Zug ist weg.«

»Umgekehrt wäre es schlimmer.« Er nahm sie in den Arm. »Stell dir vor, wir säßen im Zug und hätten keine Fahrkarten.«

Zermatt war, wie üblich um diese Jahreszeit, überfüllt, vor der Abfertigungshalle der Zahnradbahn stand eine lange Schlange, und auch die Wanderwege außerhalb des Ortes führten nicht unbedingt zu einem Erlebnis von Einsamkeit. Dennoch hatten beide am Abend das Gefühl, einen schönen Tag miteinander verbracht zu haben.

Als Sabine ein Bad nahm, rief Jürgen Zurbriggen an.

»Es geht alles klar«, versicherte der. »Wann wollen Sie in Siders sein?«

»Gegen Mittag.«

»Brechen Sie bitte zwei Stunden eher auf, wenn es geht. Fahren Sie an Siders vorbei, etwa zwanzig Kilometer weiter bis Sion. Dort gibt es am Stadtrand, rechts oberhalb der Durchgangsstraße, ein Parkhaus, Name ›La Lible‹. Fragen Sie nach dem Place de la Majorie, von dort unter dem Burgfelsen hindurch, ein Stück weiter oben rechts ist das Parkhaus. Stellen Sie dort Ihren Wagen ab und bleiben Sie etwa eine Stunde lang weg. Sion, La Lible, Place de la Majorie, haben Sie alles?«

»Ja.«

»Wenn Sie wiederkommen und keinen Zettel unter dem Scheibenwischer finden, dann ist die Aktion erledigt. Wenn Sie aber einen Zettel finden . . .«

»Was steht drauf?«

»Nichts. Nur ein Stück Papier. Also, steckt dort ein Papier, dann sind Sie nicht verfolgt worden.«

»Oder Ihre Leute haben nichts bewirken können.«

»Oder das, was ich allerdings für unwahrscheinlich halte. In dem Fall müßten wir auf eine andere Gelegenheit warten.«

»Mein Urlaub dauert nicht ewig, und ich habe keine Lust, ihn mir vermasseln zu lassen.«

»Wenn Ihr Verdacht stimmt, dann glaube ich, daß wir morgen fündig werden. Falls Sie aber einen Zettel finden, dann rufen Sie mich abends an.«

»Ich rufe Sie auf jeden Fall an, auch ohne Zettel.«

»Aber warum?«

»Der Zettel könnte ja geklaut worden sein.«

Jürgen legte auf.

Später sagte Sabine: »Manchmal habe ich Angst davor, irgendwann einmal erwachsen sein zu müssen.«

»Laut Paß bist du es schon.«

»Ich meine, so richtig erwachsen, mit Beruf und allem.«

»Wie kommst du jetzt darauf?«

»Vorhin hast du telefoniert, als ich im Bad war.«

»Ja . . .«

»Ich habe nicht genau verstanden, was du gesagt hast.«

»Das will ich auch hoffen, young lady. Man belauscht einen Gentleman nicht beim Telefonieren. Er könnte ja einer Lady etwas Vertrauliches mitteilen wollen.«

Sabine ging auf den Scherz nicht ein. »Du sagst nur ganz wenig. Alles war so . . . knapp. So absolut präzise. Ohne Schnörkel.«

»Ich habe die Wettervorhersage angerufen.«

Wieder ignorierte Sabine die Bemerkung. »Nicht: Wie geht es Ihnen? Nicht: Schönen Gruß. Am Ende einfach aufgelegt. So gar kein persönliches Wort.«

»Es war dienstlich.«

»Das meine ich ja. Wenn das die Kommunikation der Erwachsenen ist . . . Papa telefoniert auch so.«

Jürgen hob die Schultern und sah sie ein wenig hilflos an.

Sabine stand auf, ging zu ihm hinüber, setzte sich auf seinen Schoß und strich ihm über die Haare. »Dabei kannst du doch auch so lieb sein . . .«

»Das muß man trennen«, schnarrte Jürgen mit der Stimme eines deutschen Offiziers aus einem englischen Kriegsfilm. »Dienst ist Dienst. Und nun zum geplanten Spaß für morgen. Vorschlag: Wir fahren erst nach Sion. Besichtigung der Kathedrale, Besteigung eines der beiden Burghügel. Welcher von beiden, wird vor Ort entschieden. Notfalls auch noch ein Kaffee. Danach Abmarsch nach Siders, Eintreffen dort pünktlich zum Mittagessen. Irgendwelche Einwände?«

Sabine nahm seinen Kopf in ihre Hände. »Aye, aye, Opa.«

Der nächste Vormittag verlief nach Plan. Sie brachen früh auf, quälten sich durch einen Stau in Siders, fanden dann aber in Sion das Parkhaus ›La Lible‹ auf Anhieb, ohne zu fragen. Sie bummelten durch die Stadt, besichtigten die Kathedrale, betrachteten die Burghügel von ferne und tranken einen Kaffee. Als sie zwei Stunden später in Richtung Siders starteten, war Jürgen erleichtert. Unter dem Scheibenwischer hatte sich kein Stück Papier gefunden.

Es wurde ein entspannter Samstag bei Almöhi und seiner Familie in Siders.

»Ihr kennt doch noch Walter Tomschläger von damals«, sagte Jürgen. »Dies hier ist nun seine Tochter Sabine.«

Eigentlich hatte er Stieftochter sagen wollen, aber das Wort dann heruntergeschluckt. Als ob das einen Unterschied machte. Oder wie Linda es ausdrücken würde: Als ob es deswegen weniger schlimm wäre!

Aber niemand zeigte Erstaunen, Sabine wurde herzlich begrüßt und ganz natürlich und ohne Zurückhaltung aufgenommen. Nur Yvonne, die älteste Tochter, blickte sie anfangs ein wenig verstohlen an und wußte nicht so recht, ob sie das, was sie vermutete, wirklich glauben sollte, oder ob es vielleicht doch ganz anders war. Und auch als Jürgen am Nachmittag mit Almöhi eine halbe Stunde allein im Obstgarten spazieren ging, gab es kein Augenzwinkern und keine vertraulichen Fragen unter Männern.

»Dir scheint es jedenfalls besser zu gehen als beim letzten Mal«, sagte Almöhi, als wolle er die gemeinsam verbrachten Stunden resümieren.

»War ich Ostern so schlimm?«

»Schlimm, um Himmels willen, nein«, sagte Almöhi bedächtig. Jürgen lächelte. Mit welchem Tonfall Schweizer ›um Himmels willen‹ sagen konnten.

»Aber«, fuhr der andere fort, »du schienst uns nicht so ganz zufrieden zu sein. Wirktest ein wenig hektisch.«

»Man sagt, die Schweizer halten schon Schnecken für besonders hektische und sprunghafte Tierchen.«

»Du warst noch um Nuancen unruhiger als eine Schnecke. Jetzt scheinst du alles gelassener zu nehmen. Ich will ja nicht behaupten, daß ich dich schon als Partner in meiner Praxis ertragen könnte.«

»Schade, ich hätte dich vielleicht darum gebeten.«

»Und was machst du nun?«

»Du weißt, ich schiele nach einer Professur. Leitung des Lehrkrankenhauses. Das entscheidet sich wohl bald, und es scheint nicht ungünstig für mich zu stehen.«

»Das ist schön, Jürgen. Ich drücke dir die Daumen.«

Als die Gäste nach dem Abendessen aufbrachen, versprachen sie, bald wiederzukommen, vielleicht schon im Herbst, bestimmt aber um die Weihnachtszeit.

»Na?« fragte Jürgen, als sie Siders verlassen hatten.

»Wie lieb sie alle sind«, kommentierte Sabine. »Ich habe mich sehr wohlgefühlt. Schön, daß du auch solche Freunde hast.«

Später am Abend rief er in Genf an und erfuhr, daß die Kantonspolizei in Sion zwei Männer mit italienischen Wagen festgenommen hatte.

»Was? Festgenommen?«

»Ja«, sagte Zurbriggen, »die beiden hatten mehrere Kilo Heroin bei sich, in die Innenseite der Stoßstangen geklebt. Äußerst dilettantisch.«

Klamroth lachte. »Aber das ist doch verboten!«

»Und hinter *Ihrer* Stoßstange klebte ein kleiner Sender.«

»Was konnte der übertragen?« fragte Klamroth gereizt.

»Nur Ihre Fahrtrichtung«, beruhigte ihn Zurbriggen. »Er ist inzwischen entfernt worden. Und nun weiterhin guten Urlaub.«

»Danke.«

Was für eine verdammte Mafia! Bespitzelung im Urlaub! Aber woher auch immer die kommen: dort wird man jetzt ein wenig umdenken müssen. In diesem Urlaub jedenfalls werden sie es nicht noch einmal versuchen.

Und doch wurde er noch einmal in dieser leidigen Angelegenheit behelligt. Sabine hatte am Montagmorgen den Postbus nach Saas-Fee genommen, und Jürgen arbeitete am Entwurf eines Kapitels zu seinem Handbuch, als ihn ein Anruf der Polizeistation in Saas-Grund erreichte. Man fragte den Herrn Doktor höflich, ob er vielleicht im Laufe des Vormittags einmal vorbeischauen könne, und zwar mit seinem Wagen.

»Habe ich falsch geparkt?«

»Nein, Herr Doktor. Es liegt nichts gegen Sie vor. Da ist nur eine Kleinigkeit, die wir klären müssen.«

»Gut. Ich komme.«

Er war wütend. Wenn diese verfluchte Bande ihm den ganzen Urlaub vermiesen wollte ... Doch dann wurde ihm klar, worum es ging. Die beiden Kerle, die ihm gefolgt waren! Die waren nun eingebunkert und schworen Stein und Bein, noch nie im Leben etwas von Heroin gehört zu haben. Er stellte sich den Untersuchungsrichter vor, der sich mit gleichgültigem Kopfnicken anhörte, was die beiden bei ihrer ewigen Seligkeit und der Ehre ihrer

Mütter beschwörend zu Protokoll gaben. Der Richter würde nichts sagen, aber seine Miene würde ausdrücken: Ja, ja, das kennen wir. Aber wir haben schon bessere Geschichten gehört. Zwar auch gelogen, aber besser. Fünf oder zehn Jahre Gefängnis vor Augen, die Schweizer sind ja Gott sei Dank noch nicht so aufgeklärt wie die ach so liberalen Deutschen, würden die beiden herausheulen, daß sie doch nur den Auftrag hatten, einem deutschen Auto mit Kölner Kennzeichen zu folgen, ohne dem Fahrer ein Leid zuzufügen. Warum? Das wußten sie auch nicht!

Und so war es. Die beiden Polizisten begrüßten Klamroth mit Handschlag. »Es tut uns leid, Sie zu belästigen, Herr Doktor«, sagte der eine, »aber zwei ausländische Vögel mit einer Menge Heroin in ihren Fahrzeugen behaupten, sie seien Ihnen gefolgt.«

Die Wortwahl amüsierte Klamroth, jedoch ließ er sich nichts anmerken. Ausländische Vögel. Gut wenn man schon so lange sein Häuschen am Berg hatte, wenn man zuweilen auch mal in ganz einfache Kneipen ging und dankbar die Einladung zu einer Skatrunde mit Einheimischen annahm, wenn man spendete für die Renovierung des Altars. Und einmal, bei einem Unfall, hatte er erste Hilfe geleistet: ein junger Mann war mit seinem Motorrad gestürzt. Es war nichts Besonderes gewesen, aber die Eltern – Kleinbauern und Gastwirte aus dem Tal –, glaubten fest, er habe ihrem Sohn das Leben gerettet. Und so war er eben kein ausländischer Vogel mehr, sondern der Herr Doktor, der ohne eigenes Verschulden nicht das Glück gehabt hatte, im Saastal geboren worden zu sein.

»*Ich* hätte denen das Heroin abkaufen wollen?« fragte Klamroth mit allen Zeichen von ehrlichem Entsetzen.

»Um Gottes willen, nein«, beschwichtigte der andere Polizist, genauso behäbig wie Almöhi zwei Tage zuvor. »Diese Typen geben an, von den Drogen nichts zu wissen. Nach dem Grund für ihren Aufenthalt im Kanton Wallis gefragt, behaupten sie, sie hätten Sie beschatten sollen.«

»*Mich . . . beschatten?* Aber was zum Teufel wollten die denn bei *mir* rausfinden?«

»Die lügen doch sowieso.« Es war offensichtlich, wie peinlich den beiden Beamten die Angelegenheit war. »Aber der Ordnung halber haben wir den Befehl, diesem Unsinn nachzugehen. Die beiden Italiener behaupten . . .«

»Es sind Italiener?«

»Ja, und sie sagen, sie hätten einen Minisender an der hinteren Stoßstange Ihres Wagens angebracht, um Ihnen immer folgen zu können. Und nun wollten wir Sie bitten . . .«

»Ja, natürlich.« Klamroth nahm seinen Schlüsselbund aus der Hosentasche und legte ihn auf den Tresen. »Schauen Sie sich den Wagen in Ruhe an. Ich gehe inzwischen einkaufen.«

»Danke, Herr Doktor. Es dauert nicht lange. Reine Routine. Die Kerle behaupten, sie hätten Sie am Samstag bis Sion verfolgt. Dort sind sie nämlich verhaftet worden.«

»Sion? Nein, ich war nicht in Sion. Ich war in Siders. Ich habe dort einen Freund und Kollegen besucht. Sie werden das natürlich überprüfen müssen. Warten Sie, ich schreibe Ihnen den Namen und die Adresse auf . . .«

»Das ist nicht nötig«, wehrte der eine Polizist ab. Und der andere ergänzte: »Wir werden doch nicht hinter anständigen Bürgern herschnüffeln!«

Klamroth verbeugte sich lächelnd, hob die Hand zum Gruß und ging. Er ließ sich Zeit. Er kaufte ein paar Kleinigkeiten im Supermarkt und las dann in einem Café Zeitung. Nach anderthalb Stunden kehrte er zur Polizeistation zurück.

»Nichts.« Der Beamte gab ihm ein wenig verlegen die Schlüssel zurück. »Kein Minisender, gar nichts. Die Ganoven werden sich eine andere Geschichte überlegen müssen. Es tut uns wirklich leid ...«

»Ich bin froh«, sagte Klamroth freundlich, »daß Sie das so schnell und gründlich geklärt haben.«

Er winkte, als er abfuhr, und die Polizisten winkten zurück.

So, dachte er voll grimmiger Freude, und nun amüsiert euch schön in einem Schweizer Zuchthaus, ihr beiden italienischen Vögel. Vielleicht besucht euch euer Auftraggeber ja mal. Aber nein, wohl eher doch nicht. Der wird ganz ärgerlich sein, daß ihr seinen Namen genannt habt. Und das habt ihr ja wohl getan, um euren Kopf zu retten, oder? Das wird dem gar nicht gefallen!

Als Sabine zurückkehrte, saß Jürgen längst wieder über den Notizen zu seinem Handbuch.

»Rate, wen ich in Saas-Fee getroffen habe!«

»Den Schneemenschen?«

»Meinen Englischlehrer.«

»O Gott! Wenn du willst, reisen wir ab.«

Aber sie blieben noch anderthalb Wochen. Ereignisse nur wenige. Glück in Fülle.

Sabine hatte Tränen in den Augen, als sie abfuhren. »Verweile doch ...«

Jürgen umarmte sie. »Wir kommen wieder ...«

9

Tomschläger hatte Zurbriggens ausführlichen Bericht über die Vorkommnisse in der Schweiz gelesen und legte die Papiere nachdenklich vor sich auf den Schreibtisch.

Jürgen ist also beschattet worden. Das ist nicht verwunderlich, damit war zu rechnen. Erstaunlich ist, daß sie sich im Urlaub an ihn gehängt haben. Was hofften sie da wohl zu finden? Aber gut, daß sie es jetzt gemacht haben und dabei aufgeflogen sind und nicht erst bei einer heiklen Mission. Die beiden Clowns hatten harte Drogen bei sich und sitzen im Gefängnis. Ende einer Dienstreise.

Tomschläger nickte zufrieden.

Wer ist auch so dumm, gegen Schweizer Gesetze zu verstoßen? Und dann auch noch mit italienischen Autos durch die Gegend zu fahren, die obendrein auf die bekannte italienische Firma ›Chemopharma‹ zugelassen sind! Noch nicht einmal Mietwagen haben sie benutzt. Dilettantisch. Oder aber sie haben sich völlig sicher gefühlt. Auch das wäre dilettantisch. Einen Gegner unterschätzen: eine größere Dummheit gibt es nicht. Und jetzt schämen sie sich so, daß sie noch nicht einmal ihre Wagen abholen wollen. Die stehen immer noch im Hof der Gendarmerie von Sion. Und an Rechtsbeistand für die beiden Halunken ist schon gar nicht zu denken. Die braten in einem eidgenössischen Verlies, und ihre Firma hat noch nie von ihnen gehört.

Die ›Chemopharma‹ also! Ausgerechnet die Gangster, die unsere Patente abkupfern und mit ihren Raubkopien uns aus dem Markt drängen wollen. Und die lassen meinem harmlosen Freund Jürgen und meiner lieben

Stieftochter Sabine in ihren wohlverdienten Ferien nachschnüffeln. Was schließen wir daraus? Nun, nichts, was wir nicht schon wüßten. Aber jetzt kennen wir Roß und Reiter. Nein, den Reiter kannten wir schon, aber jetzt haben wir auch das Roß, und das ist viel, viel größer als der Reiter. Warum läßt sich so ein großes Roß wie die ›Chemopharma‹ von einem so miesen kleinen Reiter wie Dohm einspannen?

Tomschläger stand auf und ging zum Fenster hinüber. Daß da Material geliefert wurde, hatte man gewußt, und auch die Prozedur der Übermittlung war klar. Oder besser gesagt: man hatte sich von beidem überzeugt. Reischles telefonische Frage seinerzeit an Dohm: Klappt die Übersendung des Materials reibungslos? Es war kein Meisterstück der verdeckten Observation vonnöten, um Reischle bei seinem abendlichen Gang zu dem Briefkasten in seiner Nachbarschaft zu beobachten. Es bedurfte auch keiner konspirativen Hochtechnologie, den Briefkasten, der die letzte Leerung des Tages längst hinter sich hatte, zu öffnen, in der Nacht die Post in aller Ruhe zu überprüfen, Reischles Umschlag an ein Postfach ohne Namen zu identifizieren, zu öffnen, zu kopieren, ohne Spuren zu hinterlassen, wieder zu verschließen und die ganze Ladung vor Morgengrauen zurückzubringen und der pünktlichen Beförderung zu überlassen. Von Erkals Aktivitäten hatte der Bericht gehandelt, daß er zwei aus Syrien angereiste Besucher empfangen habe. Da war klar gewesen: hier wurde mit großem Aufwand spioniert, hier war ein Apparat am Werk, der über Mittel verfügte, Europa und den Orient abzudecken, den man nicht im Kölner Stadtwald austricksen konnte wie damals die Hampelmänner von der Hinterhofagentur. Das Material ging an Dohm, das war klar, und nun kannte man auch den Absender: die ›Chemopharma‹ in Italien. Und Tomschläger begann zu ahnen, wie der kleine Regierungsrat und der große Konzern ins Geschäft gekommen waren. Die Italiener wollten mit ihren billigen Produkten auf den deutschen Markt, und die Kölner hatten mit Klage gedroht. Und Dohm hatte denen einen Tausch angeboten: Verschafft mir die Beweise, mit denen ich die Kölner Verbrecherbande entlarven kann, und ich verschaffe euch die Eintragung ins *Deutsche Arzneibuch*.

Tomschläger blickte auf die Werksanlagen hinab, ohne etwas Bestimmtes wahrzunehmen. Die Testserie in Ägypten, da hat er was gerochen. Hat auf die Hilfe der Pertramers gesetzt, aber das dauerte nicht lange. Zwei tragische Unfälle in so kurzer Zeit. Zu kurz gesprungen. Dann wollte er über Jürgen nach einem Zipfel greifen, um den Schleier von dem Geheimnis zu reißen. Wieder das Ganze zu kleinlich und halbherzig angelegt. Diesen Fehler hat er inzwischen erkannt, und nun klotzt er.

Wieviel weiß er? Hat er von Jürgens Treffen mit dem Syrer in Hannover erfahren? Egal. Gehen wir besser davon aus, daß er viel weiß, sehr viel. Er weiß, daß Erkal die beiden Syrer in Ankara getroffen hat. Die sind als Syrer identifiziert worden, also hatten die Erkal auch schon im Visier, als er in Damaskus war, und haben seine Kontakte registriert. Dann werden sie auch seine Reise von Damaskus in ländlichere Gebiete beobachtet haben. Und Dohm wird recherchiert haben, welche geschäftlichen Verbindungen wir nach Syrien unterhalten, besonders zu wenig besiedelten ländlichen Gebieten. Damit hat er fast erreicht, wovon er immer geträumt hat: Ein kleiner Mann ist zu einer großen Gefahr geworden.

Und jetzt?

Den Staatssekretär informieren? Sicher, der könnte Dohms dienstliche Aktivitäten bremsen. Nur: Dohm wird dies alles nicht als Dienstgeschäft betreiben, sondern ganz privat. Siehe das private Postfach für Reischles Liebesgrüße. Und wenn der Staatssekretär eingeweiht wäre, würde auch eine andere Option wegfallen: die Lösung des Problems bei seinem Verursacher. Ein Unglück, das Dohm treffen würde, könnte den Staatssekretär in tiefe Nachdenklichkeit stürzen. Nein, der Herr Staatssekretär blieb vorerst draußen.

Also soll Dohm ein Unglück zustoßen? An sich logisch nach den Kriterien des Verursacherprinzips. Und vermissen würde den ja auch niemand. Keine trauernde Ehefrau, keine verwaisten Kinder, die die Presse zu Rührartikeln animieren würden. Aber die italienische ›Chemopharma‹. Würde sich womöglich wundern, wo ihr Kontaktmann zum deutschen Markt abgeblieben ist.

Ja, da liegt der Schlüssel, bei der ›Chemopharma‹. Wir werden denen klarmachen, daß sie mit uns bessere Geschäfte machen können als mit Dohm. Und später, wenn wir Partner sind, kann Dohm ja immer noch ein Unglück zustoßen. Die Besten sterben früh, hat man früher mal geglaubt. The best die young. Warum ihm schon jetzt die Ehre erteilen? Er kann ja vorher vielleicht noch ganz nützlich sein.

Tomschläger ging zum Schreibtisch zurück und hob den Telefonhörer ab. Er bat seinen Assistenten, sofort zu ihm heraufzukommen.

»Ich brauche ein Dossier über ein befreundetes Haus«, sagte er, als der junge Mann eingetreten war, »die ›Chemopharma‹ in Italien.«

»Sehr befreundet«, kommentierte der andere.

»Eben. Aber letzthin sind die Kontakte ein wenig spärlich geworden. Manchmal denke ich, die haben womöglich neue Freunde gefunden. Aber wie dem auch sei. Stellen Sie mir bitte alles Material zusammen, das wir über den Laden haben. Ich meine nicht, was man in der Zeitung lesen kann, sondern was nur Freunde übereinander zu wissen brauchen.«

»Alles klar.«

»Wann kann ich die Mappe haben?«

»Im Laufe des Tages.«

»Gut. Melden Sie sich, wenn Sie soweit sind.«

Regierungsrat Dohm frohlockte, als er die Berichte las. Klamroth war in Genf in derselben Bank gewesen, die auch Erkal aufzusuchen pflegte, wenn er vor Ort war. Und er hatte sich dort nicht an einem Schalter angestellt, um ein paar Euroschecks gegen Bares einzutauschen, sondern war offensichtlich erwartet und sogleich zum Aufzug in die oberen Etagen geleitet worden. Beim Betreten des Gebäudes hatte er einen Aktenkoffer getragen, aber die Bank später mit leeren Händen verlassen. *Da war also geliefert worden!*

Und das letzte Glied in der Kette, fast zu schön, um wahr zu sein. Donnerstags ist Klamroth in Genf und liefert seinen Koffer in der Bank ab, und am folgenden Samstag landet Erkal und besucht einen gewissen Alois Zurbriggen, Chef eben dieser Bank, in seiner Privatvilla. Er bleibt dort über drei Stunden und kehrt auch am Sonntag noch einmal für zwei Stunden dorthin zurück. Und alles schön mit gestochen scharfen Fotos belegt!

Und auch aus Syrien gab es manch Angenehmes. Die

Kontakte schälten sich heraus, die Verbindungslinien nahmen Konturen an. Zwar war Erkal nicht wieder in das militärische Sperrgebiet gereist, aber immerhin einmal bis Damaskus, und er erhielt rege Besuche von dort, von Regierungsbeamten, die so hochrangig waren, daß man ihre Namen hatte identifizieren können. Gemessen an solchen Ergebnissen war es nur eine geringfügige Störung, daß es bei der weiteren Observierung Klamroths im Rhonetal offensichtlich eine Panne gegeben hatte, weshalb die beiden Vertreter der ›Chemopharma‹ um ein Gespräch nachgesucht hatten. So ein kleiner Rückschlag mochte ärgerlich sein, wichtig jedoch war er nicht. Schon deshalb nicht, weil Klamroth, nach seinem Abstecher zu der Genfer Bank, offensichtlich wirklich nur Urlaub machen wollte mit seiner kleinen Konzernhure.

Dohm empfing die Italiener in demselben Konferenzraum mit zwölf Plätzen, in dem man sich seinerzeit über die nicht ganz dienstkonforme Zusammenarbeit einig geworden war. Dieses Mal allerdings hatte er Kaffee zubereiten lassen. Er bedeutete den Gästen, sich zu bedienen, und schenkte sich dann selber ein. Er wartete, bis sie einen ersten Schluck getrunken hatten, und sagte: »Das Material, das ich bekommen habe, ist sehr gut. Ich glaube, wir sind nun nahe am Ziel und können bald zu dem Abschluß kommen, den Ihr Haus sich wünscht.«

»Das wäre in der Tat wünschenswert«, griff einer der beiden Italiener den Faden auf. »Die Kosten dieser Operation sind beträchtlich, und der Vorfall in der Schweiz ist gravierend.«

»Wieso das?«

»Er zeigt uns, daß unsere Operation auf Interesse gestoßen ist.«

»Oder anders ausgedrückt«, schaltete der andere sich ein, »daß die Gegenseite etwas gemerkt hat und nun zurückschlägt.«

»Was genau ist eigentlich passiert?« fragte Dohm.

»Zwei Mitarbeiter haben diesen Arzt aus Köln beschattet und sind bei einem Stopp im Rhonetal verhaftet worden. Wegen Drogenbesitz.«

»Drogen? Und was hat das mit unserer Sache zu tun?«

»Es hat mit unserer Sache zu tun, weil nämlich die beiden Männer in ihrem ganzen Leben noch nie Drogen gesehen haben. Die rauchen und trinken nicht einmal. Aber als sie verhaftet wurden, fand man in ihren Autos kiloweise Heroin.« Und dann folgte der sarkastische Zusatz: »Wir haben fast den Eindruck, das hat ihnen jemand absichtlich reingelegt.«

»Vielleicht hätten Sie besser Profis einsetzen sollen«, erwiderte Dohm kühl.

»Vielleicht entscheiden Profis demnächst, daß wir das Unternehmen abblasen.«

»Das wäre schade«, sagte Dohm in gespielter Enttäuschung. »Schade für *Sie.* So kurz vor dem Ziel. So kurz vor *Ihrem* Ziel.« Als die anderen nicht reagierten, fuhr er fort: »Und was ist aus den beiden Abstinenzlern geworden?«

»Sie haben es mit der Wahrheit versucht«, kam die gereizte Antwort. »Sie haben gesagt, sie hätten einen Mann beobachtet. Sie seien den Funksignalen eines Senders gefolgt, der an dem Auto des Kölners klebte. Und stellen Sie sich vor, die Kantonspolizei hat den Wagen des Kölners gründlich untersucht, aber keinen Sender gefunden. Sie sehen, da ist ganze Arbeit geleistet worden. Und nun warten die beiden auf ihren Prozeß wegen Heroinschmuggels.«

»Aber Ihre Firma wird doch etwas unternehmen, oder?«

»Werden *Sie* als Zeuge aussagen, Herr Dr. Dohm?«

Dohm schwieg einen Moment lang, aber keineswegs verlegen. »Nein«, sagte er schließlich, »das werde ich nicht. Genauso wenig wie Sie. Sie haben ein Ziel, dabei kann ich Ihnen helfen. Und deshalb helfen Sie mir.«

»Wir könnten die Ergebnisse unserer Recherchen auch selber auswerten, ohne Sie.«

Dohm war nicht beeindruckt. »Das könnten Sie versuchen«, erwiderte er kalt. »Sie wollen Präparate auf den deutschen Markt bringen. Der Kölner Konzern behauptet, Sie hätten die Formeln bei ihm geklaut und droht mit Klage. Ausnahmsweise teile ich einmal die Ansicht dieses Konzerns: Sie *haben* die Formeln geklaut, und mein Haus kann das *beweisen.* Vielleicht können Sie die Kölner auf eigene Faust zur Strecke bringen, aber damit avancieren Sie nicht automatisch zum Liebling dieses Ministeriums. Sie haben dann immer noch nicht die Zulassung für Ihre Produkte.«

Die beiden Gäste taxierten ihn schweigend, und Dohm verstand das Zögern: Man war sich nicht sicher, ob man mit Härte reagieren sollte, ob man diesem kleinen Regierungsrat deutlich machen sollte, daß man ihn für so mächtig nun auch wieder nicht hielt, oder ob man lieber abwiegeln sollte, weil seine Drohung womöglich doch Substanz hatte.

Man entschied sich für den zweiten Weg. »Wir sind sehr dankbar für die Zusammenarbeit, Herr Dr. Dohm. Besonders mit einem Partner wie Ihnen, dem es um die Sache geht und nicht um seinen persönlichen Vorteil.«

Dohm registrierte die Worte mit Befriedigung.

Als die Italiener gegangen waren, blieb er noch eine Zeitlang allein in dem Konferenzraum. Mehrmals schenkte er sich Kaffee nach. Der Vorfall in der Schweiz war wohl doch nicht nur ein unbedeutendes Ereignis, ein ärgerlicher Zwischenfall. Hier hatte ein professioneller Gegenschlag stattgefunden, und das aus nichtigem Anlaß, nämlich um den ungestörten Urlaub von Klamroth nebst Freundin zu gewährleisten. Natürlich ging es nicht um Klamroths Urlaub, sondern um eine Demonstration: Seht her, wir wissen Bescheid, und ihr sollt wissen, daß wir es wissen.

Klamroths Verhalten bei dem Treffen im Krankenhaus: ungeschminkt, zynisch, ohne Maske. Die Warnung. Und nun in der Schweiz: offener Schlagabtausch. Man hätte ja auch stillhalten können, um die andere Seite in Sicherheit zu wiegen und zu weiteren Unvorsichtigkeiten zu verleiten. Aber nichts von alledem: man gab sich gar keine Mühe mehr, etwas zu verheimlichen. Der Krieg hatte begonnen. Die Zeit wurde knapp. Die Entscheidung mußte bald fallen.

Die Runde mit den Italienern hatte er gewonnen. Der endgültige Triumph war zum Greifen nahe. Dohm überließ sich einen Augenblick lang der Vorfreude auf diesen Triumph. Doch zum ersten Mal, seit er den gerechten Kampf aufgenommen hatte, spürte er plötzlich so etwas wie Angst in sich hochkriechen.

Tomschläger und Klamroth trafen sich am Sonntagmorgen im Siebengebirge. Walter blickte streng auf seine Uhr, als Jürgen auf der Terrasse des Hotels ›Burgfrieden‹ an seinen Tisch herantrat. »Wir waren um zehn verabredet. Jetzt ist es fast halb elf.«

»Sieh es positiv: Wir sind immer noch verabredet.«

»Jürgen, du bringst dich nicht genug ein in unsere Beziehung.«

»Meine Verspätung hat doch auch deine Vorfreude verlängert.«

»Deine uneinsichtige Reaktion erfüllt mich mit hilfloser Wut und sprachloser Trauer.«

»Du«, grinste Jürgen und setzte sich, »deine Bemerkung macht mich echt betroffen.«

»Dann sollten wir einen neuen Anfang machen. Nichts vergessen, aber vergeben.«

»So soll es sein, Bruder. Solange noch geredet wird, wird nicht geschissen.«

»Man merkt, Bruder, daß dir der Ehrendienst am Vaterland fremd ist und du nie die Geselligkeit einer Batterie offener Manöverlokusse erfahren durftest.«

Als der Kellner kam, ließ Jürgen sich beraten und bestellte dann ein Holzfällerfrühstück: Spiegeleier, Schinken und Würstchen, Toast, Butter, Käse und Marmelade, Orangensaft und Kaffee.

»Mein Vater pflegte zu sagen«, kommentierte Walter, »daß Essen die Sexualität des Alters ist.«

»Sabine sagte mir, daß *ihr* Vater das zu sagen pflegt.«

»Oh, hatte sie denn einen Grund zur Klage? Aber bleiben wir bei den Fakten: Du hast nicht gefrühstückt?«

»Ich war bei Stefan Allwein in der Frühmesse, um sieben Uhr. Irgendwie hat er gemerkt, daß ich es eilig hatte, und da hat er den Gottesdienst richtig zelebriert. Fünfzig Minuten Predigt, Thema falsche Freunde. Verschwörung mit dem Organisten, jedes Lied durch alle dreißig Strophen. War erst um halb zehn zu Ende. Hätte ich dann frühstücken sollen, wissend, daß dir schon das dritte Mineralwasser aufstößt? Ich hätte keinen Bissen runtergebracht!«

»Na gut, für dieses Mal also Schwamm drüber.«

Der Kellner legte das Gedeck auf und servierte den Orangensaft. Als sie wieder allein waren, sagte Walter: »Ich habe eine gute und eine schlechte Nachricht.«

»Laß hören.«

»Die Landesregierung in Düsseldorf hat die Bundesregierung offiziell wissen lassen, daß sie den Regierungssachverständigen für Unfallfragen zum Professor und Leiter eines neu zu errichtenden Akademischen Lehrkrankenhauses zu berufen gedenkt.«

Obwohl Jürgen das Gefühl hatte, sein Herzschlag setze für ein, zwei Takte aus, fragte er äußerlich ungerührt: »Und was ist die gute Nachricht?«

»Im Gesundheitsministerium ist man sicher, daß du ablehnst.«

»*Daß ich was tue?*« Jürgen hatte sich nach vorne gebeugt.

Walter lachte auf. »Na, doch nicht ganz so cool, was? Aber ich will lieber nicht warten, bis du selber drauf kommst: es war ein kleiner Scherz.«

»Du meinst, die schießen im Ministerium noch Störfeuer?«

»Mann, du hörst nicht zu. Ich habe dir gesagt, es war ein Witz.«

»*Was* genau war ein Witz?«

»O je. So ein schöner Sonntagmorgen. Herrliches Wetter. Liebliche Landschaft. Aber scheint doch nicht dein Tag zu sein. Also, es war ein Witz, daß irgend jemand deine Ablehnung erwartet. Das würde ja heißen, daß du im Ministerium Gegner hättest, und das kann ich mir nun wirklich nicht vorstellen.«

Jürgen lächelte ungeduldig.

»*Kein* Witz ist, daß man über deine Berufung entschieden hat. Positiv. Man wird dir den 6. September für die Amtseinführung vorschlagen. Meinst du, du kannst dir das Datum merken?«

Jürgen entspannte sich. »Ich glaube schon. Es ist der Geburtstag meines Vaters.«

»Na also.«

Der Kellner erschien wieder. Die beiden Männer beobachteten schweigend, wie er das Frühstück auftrug. Als er sich verbeugte, sagte Walter: »Danke.« Jürgen schien sich von einem Gedanken loszureißen. »Ja, danke schön«, sagte er ein wenig zerfahren. Dann wandte er sich an den Freund: »Walter, ich weiß nicht, wie ...«

»Nimm einfach Messer und Gabel.«

»Ich würde dir gerne sagen ...«

»Deine Spiegeleier kriegen schon Gänsehaut.«

»Du hast mir ... einen Traum erfüllt.«

»Okay«, versuchte Walter zu überspielen, »dann zahlst du also heute.«

»Es ist alles so ... unwirklich. Ich meine ... daß ich immer nur Glück habe. Freunde. Beruf. Und auch ... Sabine.«

»Komisch, wenn etwas schiefgeht, fragen wir uns, was wir falsch gemacht haben. Und wenn etwas klappt, dann sagen wir nicht, das habe ich verdient, sondern schieben es auf ein gütiges Schicksal und grübeln: Womit habe ich das verdient? Mann, das ist *dein* Werk. *Du* hast dich dahin katapultiert, wo du hingehörst. Ich habe nur ein paar kleine Hindernisse weggeräumt, damit es schneller ging. Aber geschafft hättest du es auch ohne mich.«

»Vielleicht in zehn Jahren, Walter. Also ... danke!«

»Bitte.« Mit einer Kopfbewegung deutete er auf das

Gedeck. »Deine Würstchen erkalten, dein Schinken verdorrt, dein Toast versteinert.«

Jürgen lachte und begann zu essen.

»Ehe ich es vergesse«, sagte Walter beiläufig, »Sabine läßt bestellen, sie kommt später, so gegen halb sechs.«

»War das die schlechte Nachricht?«

»Sie besucht eine Freundin im Krankenhaus. Welche schlechte Nachricht? Ach so, ja. Unser gemeinsamer Freund Dohm entfaltet gewisse Aktivitäten. Eigentlich keine schlechte Nachricht, dazu ist er nicht wichtig genug. Er ist nur ein bißchen lästig.«

»Das habe ich ihm auch verklickert«, bestätigte Jürgen vergnügt, »vor dem Urlaub. Ich habe noch nie ein dümmeres Gesicht gesehen, und das trotz doppelter Promotion.«

»*Was* hast du gemacht?«

»Ich habe ihm gesagt, wie sehr mich die dilettantische Kollegenbeschattung im Stadtwald belustigt hat.«

»Und das war *vor* deinem Urlaub?«

»Ja. Warum?«

»Nun, dann hat er jedenfalls nichts gelernt. Du bist ja auch in der Schweiz belästigt worden.«

»Du meinst, da steckt *der* Wicht dahinter?«

»Was hast du vermutet?«

»Irgendwelche Leute, die deine Firma nicht mögen. Die wissen wollten, welche finsteren Geschäfte der Freund des Bosses im Urlaub treibt.«

»Richtig. Und Dohm mag uns beide ja auch nicht besonders.«

»Noch einmal, was könnte dieser Zwerg ...«

»Eben. Er ist ein Zwerg. Ein Wicht. Ich habe dich schon einmal gewarnt. Kleine, miese Wichte sind besonders gefährlich. Gerade deshalb, weil sie wissen, wie klein und mies sie sind.«

Jürgen schüttelte den Kopf. »Und der hätte die Macht ...«

»Nein, nicht er selber. Das läuft anders. Paß auf. Ein italienisches Konkurrenzunternehmen namens ›Chemopharma‹ will mit seinen billigen Produkten auf den deutschen Markt. Wir drohen, daß wir dagegen klagen werden, weil die nämlich die Patente bei uns geklaut haben. Also sagt Dohm, machen wir ein kleines Geschäft. Ich sorge für die Genehmigung eurer Präparate, wenn ihr mir helft, den Kölner Konzern fertigzumachen. Findet was raus, irgendeine Leiche hat jeder im Keller, nur ich natürlich nicht, der heilige Dohm. Und unsere Spaghettibrüder sind hocherfreut und sagen: Topp, die Wette gilt.«

»Und was wollen die finden?«

»Das wissen sie nicht. Deshalb beobachten sie ja. Dich haben sie in der Schweiz beobachtet. Nicht gerade sonderlich erfolgreich, wie du ja weißt. Und wenn sie dich im Auge haben, dann auch mich. Und natürlich Aykut Erkal und unseren guten Eidgenossen Alois Zurbriggen.«

»Aber was hätten sie davon, außer daß sie erfahren, daß wir uns kennen?«

»Du weißt, was mit unserer Testserie in Ägypten passiert ist. Und ich habe dir erzählt, daß wir in Syrien eine Verbrennungsanlage für Giftmüll bauen, mit dem heimlichen Segen unserer Regierung, die das Ding dringend braucht, aber dabei tunlichst nicht ertappt werden möchte. Du weißt ja, Gift für die Dritte Welt und so. Also machen wir die Dreckarbeit. Das ahnt der kleine Scheißer Dohm aber nicht.«

Bis zu diesem Punkt des Gespräches hatte Jürgen seine Aufmerksamkeit geteilt: er hatte zugehört und geredet, aber auch ganz bewußt genossen, was er aß. Nun aber stutzte er und legte das Besteck neben den Teller.

»Daß ich Professor werde, hat das auch damit zu tun?«

»Daß du Professor wirst, verdankst du deiner Kompetenz. Ich habe nur ein paar Steine aus dem Weg geschafft. Aber zugegeben, daß ich das kann, hängt damit zusammen, daß die Regierung mich dringend braucht.«

Jürgen nickte. »Ich habe mir so etwas gedacht.«

»Gut. Und nun die eigentliche Nachricht. Dohm sagt, bringt mir allen Dreck, den ihr aufspüren könnt. Die ›Chemopharma‹ sagt: Machen wir. Und was sie finden, schicken sie per Privatpost an Reischle. Und der sendet es weiter an ein Postfach. Und Mieter dieses Postfachs ist Dr. Dr. Dohm. Siehst du, und so konnte Dohm sich seine geilen Gedanken darüber machen, was du wohl mit Sabine am Matterhorn getrieben hast.«

Jürgen sagte leise: »Ich könnte diesem Schwein die Eier flambieren.«

»That's the spirit«, erwiderte Walter anerkennend, »aber vergiß es. Der hat keine.«

»Und wie hast du das alles rausgefunden, ich meine diese Kette von den Italienern über Reischle zu Dohm?«

»Wir haben eine Detektei beauftragt, aber eine bessere als die Brüder von der anderen Seite. Die hat schon mal ein Ohr in Reischles Telefonleitung und wirft auch schon mal einen Blick in seine Post.«

Jürgen konnte nichts mehr überraschen. »Und was machen wir jetzt?«

Walter war erfreut, daß Jürgen ›wir‹ gesagt hatte, aber er ließ sich nichts anmerken. »Das ist die Lage«, sagte er.

»Mit der ›Chemopharma‹ werden wir fertig, da wenden wir dieselben Mittel an wie die. Ich werde ihnen bald eine Liste mit ihren Aktivitäten präsentieren, von denen sie ganz sicher nicht in der Zeitung lesen möchten. Und der Vorteil ist, daß unsere Liste komplett ist, während die noch suchen. Ich glaube, daß wir uns einigen werden, und sie werden Dohm fallenlassen und leugnen, jemals seinen Namen gehört zu haben. Bis dahin bekommen sie keine Gelegenheit mehr, Erkal oder sonst jemanden bei einer wichtigen Reise zu beobachten.«

»Gut«, nickte Jürgen.

»Aber das löst noch nicht das andere Problem. Dohm. Wieviel Information hat er schon, und was macht er damit, wenn er merkt, daß er nicht mehr gebraucht wird, daß alles umsonst war?«

»Dann kann er doch nicht mehr viel anrichten.«

»Du vergißt seinen Haß. Vielleicht hat er genug Mosaiksteinchen über unsere Anlage in Syrien, um sich ein Bild zusammenzureimen. Damit könnte er an die Presse gehen.«

»Der Staatssekretär wird ihm doch wohl rechtzeitig klarmachen können, daß er damit der Regierung schadet!«

»Und wenn er darauf pfeift?«

»Ich kann mir nicht vorstellen, daß er sich selbst zerstören will.«

»Noch einmal, du vergißt seinen Haß, Jürgen. Der Mann fühlt sich gedemütigt. Nach Pertramers Ausfall sollte er in Genf das Referat halten, aber statt dessen bist du gefahren. Danach wollte er deine Berufung zum Sachverständigen verhindern und mußte dir dann noch selber die frohe Botschaft überbringen. Seine Spitzelaktion im Stadtwald ist kläglich gescheitert, und du hast ihm auch noch unter die Nase gerieben, daß du es weißt. Du bekommst deine Berufung zum Klinikchef, und er ist machtlos. Er läßt dich in der Schweiz beobachten, und die beiden Büttel landen prompt im Gefängnis. Er glaubt, die Italiener für seine Pläne eingespannt zu haben, aber die lassen ihn fallen. Er wird einen scharfen Rüffel vom Staatssekretär bekommen, vielleicht sogar eine Strafversetzung, und aus ist es auf Lebenszeit mit einer Beförderung. Er wird wissen, wem er das zu verdanken hat. Doch, Jürgen, so ein Mann könnte Kamikaze machen. Er könnte auf seinen Job pfeifen und auf alles andere auch und zum Kohlhaas werden, selbst wenn er dabei draufgeht.«

Jürgen griff nach seiner Ledertasche, öffnete sie und nahm Tabak und Pfeife heraus. Walter folgte schweigend der Prozedur des Stopfens und Anzündens.

Jürgen tat ein paar Züge und drückte die anschwellende Glut mit dem Stopfer zurück. »Ich habe da vielleicht eine Idee.«

»Ja?«

»Wir könnten einen Köder auslegen.« Wieder stopfte er die Glut hinunter.

»Weiter, Bruder«, ermunterte Walter ihn ungeduldig.

»Ich meine einen falschen Köder.«

»Klar doch. Alle Köder sind falsch.«

Jürgen nickte bedächtig. »Du hast recht, ein Köder ist falsch. Sonst wäre es ja eine echte Spur.«

»Sicher. Also woran denkst du?«

»Du meinst, du kannst dich mit der ›Chemopharma‹ einigen?«

»Ja.«

»Und die werden dann machen, was du willst?«

»Es wird ein Agreement auf Gegenseitigkeit sein.«

»Wieso glaubst du, daß die darauf eingehen?«

»Die haben eine verschämte kleine Baustelle in Libyen«, sagte Walter hart. »Und dann haben wir da noch ein paar Bonbons auf der Liste.«

»Gut.« Jürgens Pfeife war erloschen, und er setzte sie wieder in Brand. »Wenn sie dir also aus der Hand fressen, dann sollen sie weiter Material an Dohm liefern. Spielmaterial natürlich. Und wenn er das an die Presse liefern will, werden wir ihm helfen.«

»Und der Köder?«

»Ja, der Köder. Den stelle ich mir so vor.«

Und Jürgen entwickelte seinen Plan. Er sprach zunächst stockend, korrigierte sich zuweilen, schwieg manchmal eine Minute oder mehr, um seine Gedanken zu sammeln, ehe er den Faden wieder aufgriff. Er benutzte Teller, Brotkorb und Besteck, um eine Situation zu verdeutlichen, und veränderte dann die Positionen der Gegenstände wieder, bis er mit der Anordnung zufrieden war. Er endete schließlich, entzündete die Pfeife zum wiederholten Male und blickte den Freund an: »So etwa stelle ich mir das vor.«

Walter hatte ihn nur wenige Male unterbrochen, um etwas zu fragen oder anzumerken. Er ließ eine lange Pause verstreichen, ehe er sagte: »Das ist brillant, Jürgen. Das könnte klappen!«

Jürgen nickte, fast unbeteiligt.

»Und«, fragte Walter vorsichtig, »machst *du* das?«

Jürgen zögerte einen Moment lang, ehe er wieder nickte.

»Gut. Dein Plan ist exzellent. Du fliegst nach Damaskus und bereitest alles vor. Mann, schade, daß du kein

Geld nimmst. Sonst könnte ich sagen, du bist dein Geld wert.«

»Wie komme ich unbeobachtet nach Damaskus?«

»Dafür sorge ich!«

»Also regelst du das mit den Italienern sofort?«

»Nicht sofort ... in zwei Wochen. Spätestens drei.«

»Warum wartest du?«

»Ich möchte ihnen vorher noch einen kleinen Tritt in den Arsch geben, sozusagen als Geste, daß wir es ernst meinen. Deshalb bitte ich dich, am nächsten und übernächsten Sonntag wieder hierher zu kommen.«

»Warum?«

»Wir treffen uns wieder, um zehn Uhr.«

»Warum?«

»Mensch Jürgen, die beobachten uns! Ich möchte unser Treffen hier zur Routine machen, um ihnen die Arbeit zu erleichtern. Dann werden wir wissen, mit wem wir es zu tun haben. Auch so eine Art Köder.«

Jürgen schüttelte den Kopf. »Und wenn ich mal ins Hochamt möchte?«

»Du bist noch jung«, lächelte Walter. »Du kannst noch so oft ins Hochamt gehen.«

Auf der Rückfahrt nach Köln beschäftigten Klamroth die Probleme, über die man gesprochen hatte, kaum noch. Am 6. September also! Viele würden Augen machen, einige würden sich freuen, so mancher würde ihn wissen lassen, er sei schon immer sein Freund gewesen. Und etliches würde sich ändern! Es ging ja nicht nur um die Fertigstellung des Anbaus und um die Beschaffung und Installierung der Geräte, sondern vor allem um die Rekrutierung des Personals. Er grinste bei dem Gedanken, wie er den Stellenplan ausfüllen würde. Er würde es halten wie ein Diktator: eine schlagkräftige Truppe sollte es werden, der Schrecken aller Feinde, aber treu ergeben dem Herrscher. So erging er sich in angenehmen Vorstellungen, und als am frühen Abend Sabine bei ihm klingelte, war ihm der Plan, den er am Vormittag entwickelt und den Tomschläger so brillant gefunden hatte, schon ein wenig entrückt. Alles zu seiner Zeit!

Umso intensiver dachte Tomschläger auf der Heimfahrt über den Plan nach, und je länger er sich damit beschäftigte, desto besser gefiel er ihm. Er hatte vorgehabt, den Generaldirektor der ›Chemopharma‹, Signor Ottoni, am nächsten Tag anzurufen, doch nun beschloß er, dies sofort zu erledigen. Privat und am Sonntag, da konnte man vielleicht ungestörter reden. Von Konzern zu Konzern: wer konnte da nicht alles mithören.

In Walberberg angekommen, war es ihm nicht unangenehm, das Haus leer zu finden. Er hatte keine Schwierigkeit, die Verbindung nach Mailand herzustellen und, nach einigem Palaver mit Familienangehörigen oder Bediensteten, Ottoni an den Apparat zu bekommen.

»Hat man mir das richtig gesagt? Sie sind Herr Tomschläger?«

»Sie haben richtig gehört, Signor Ottoni. Ich bin Walter Tomschläger.«

»Ein unerwarteter Anruf ...«

»Aber deshalb nicht weniger angenehm, hoffe ich.«

Man verständigte sich in beiden Sprachen. Tomschläger bemühte sein brüchiges Italienisch, Ottoni sprach passabel Deutsch. Manches wiederholte man sicherheitshalber auf englisch, das beiden geläufig war.

»Was wollen Sie?« fragte Ottoni unverblümt.

»Wir haben feststellen müssen, daß Sie ein verstecktes

Interesse an unserer Firma entwickeln. Ich meine die Spitzel und so. Das wiederum hat unser Interesse an Ihrer Firma verstärkt. Vielleicht sollten wir uns einmal treffen und die Ergebnisse austauschen.«

»Ah, ein Treffen. Scheint Ihnen ja dringend zu sein, wenn Sie am Sonntag anrufen.«

»Im Gegenteil, Signor Ottoni. An Werktagen habe ich wirklich Wichtiges zu tun. Deshalb mein Anruf heute. Ich langweile mich so sehr an Sonntagen.«

»Auch meine Zeit ist kostbar, Signor Tomschläger. Warum sollte ich sie damit verplempern, mich mit Ihnen zu treffen?«

»Aber Sie *müssen* sich ja nicht mit mir treffen. Sie können es auch einfach lassen. Dann nehmen die Dinge halt ihren Lauf.«

Nach einer Pause sagte Ottoni: »Ihre Firma wird also nicht gegen uns klagen?«

»Aber doch, Herr Ottoni. Natürlich werden wir gegen Sie klagen.«

»Dann verstehe ich nicht, was Sie wollen.«

»Ich denke da an einen Austausch der Listen.«

»Was für Listen?«

»Sie versuchen, Informationen über uns zu sammeln. Wir zeigen Ihnen, welche Informationen wir über Sie gesammelt haben. Wir gucken uns die Listen an und entscheiden dann, welche die bessere ist. Falls wir die bessere Liste haben, werden wir Sie in die Pfanne hauen. Umgekehrt werden Sie vermutlich dasselbe machen. Aber wenn beide Listen etwa gleich gut sind, kommen wir vielleicht in ein Gespräch, unter Umständen auch über die Möglichkeit einer Klage oder deren Unterlassung. Verstehen Sie jetzt, was ich meine?«

Der andere schwieg, und Tomschläger vergewisserte sich: »Signor Ottoni, sind Sie noch dran?«

»Ja!« kam die unwirsche Antwort.

»Überlegen Sie sich meinen Vorschlag, Signor Ottoni. Es eilt nicht. Lassen Sie sich Zeit. Sagen wir, zwei, drei Wochen. Wenn Sie dann das Gefühl haben, daß wir vielleicht doch etwas zu bereden hätten, rufen Sie mich an. Wenn Sie nicht anrufen, auch gut. Dann nimmt eben alles, wie gesagt, seinen Lauf.«

Tomschläger legte auf. Der wird schon noch anrufen, dachte er. Wir werden dafür sorgen, daß er anruft.

Am folgenden Sonntag trafen Tomschläger und Klamroth sich wieder im Siebengebirge. Ein unbefangener Beobachter hätte zwei Freunde gesehen, die den späten Sommervormittag auf einer Hotelterrasse in entspanntem Gespräch verplauderten. Aber die Beobachter, die die beiden Männer tatsächlich im Visier hatten, waren keineswegs unbefangen, und auch sie wiederum hatten Betrachter angezogen, die nicht zufällig des Weges gekommen waren.

Am darauffolgenden Wochenende verabredete man sich erst zum Mittagessen im Hotel ›Burgfrieden‹. Klamroth war am Samstagabend erst spät von einer Reise zurückgekehrt und wollte ein wenig länger schlafen. Und da es regnete, hätte man ohnehin nicht auf der Terrasse sitzen können. Auch diesmal wurde das Treffen beobachtet, und wieder wurden alle Bewegungen der Beobachter ebenfalls genau registriert.

»Na, alles klar?« fragte Walter.

»Ich bin ein bißchen geschlaucht«, antwortete Jürgen.

»Haben die Partner in Damaskus Schwierigkeiten gemacht?«

»Nein, alles glatt gelaufen. Außerdem hat Erkal geholfen. Der ist wirklich unbezahlbar. Aber die Bahnfahrt von München nach Köln hat länger gedauert als der Flug von Damaskus nach München.«

Walter nickte. »Erzähl mal.«

»Nun, ich bin erster Klasse gefahren ...«

»Ich meine: von Damaskus.«

»Nein, von München. Von Damaskus bin ich geflogen. Und ab München hatte deine Firma mir ein Nichtraucher-Ticket besorgt.«

Walter lachte, wenn auch eine Spur ungeduldig. »Wir mußten deine Reise abschotten.«

»Ich habe auf dem Klo geraucht!« sagte Jürgen vorwurfsvoll.

»Wie läuft der Plan?«

»Alles glatt, wie gesagt.«

»Was heißt das konkret?«

»*Der Plan läuft an,* Walter. Keine Schwierigkeiten, keine Rückfragen, keine hochgezogenen Augenbrauen.«

»Warum ist Erkal unbezahlbar?«

»Der hat so seine eigene Art. Er schmeichelt, droht und überzeugt. Er argumentiert und läßt dabei die eine oder andere Drohung heraus. Er überzeugt und schmeichelt gleichzeitig ein bißchen. Und wenn er offen droht, läßt er durchblicken, daß er Schmiere bereithält, falls die Partner sich entschließen, seinen Standpunkt zu akzeptieren. Wir im Westen haben eine wissenschaftliche Kommunikationstheorie, aber der Bursche beherrscht die Kunst der Kommunikation perfekt, ohne jemals von Sprechakttheorie oder ähnlichem Quatsch gehört zu haben.«

»Ich habe dich immer für einen Wissenschaftler gehalten.«

»Ja und?«

»Ich wußte gar nicht, daß du ein Bewunderer von Naturtalenten bist.«

»Wissenschaft ist die Ergänzung der Natur.«

»Amen, Bruder.« Walter entspannte sich. »Also alles nach Plan. *Dein* Plan, Jürgen. Danke!«

»Schon gut. Wenn ich dafür nicht jede Woche mit der Bundesbahn fahren muß. Und wie steht es mit deinem Plan? Hast du die Italiener in der Zange?«

»Das Problem werde ich diese Woche lösen. Aber vergiß es. Es ist kein echtes Problem. Reden wir lieber über die nächste Woche. Auf deine Feier freue ich mich schon.«

»Ich mich auch.«

»Das habe ich mir gedacht. Aber sag mir, warum du den Empfang in der Cafeteria deines Siechenhauses gibst. Willst du die Gäste mit dem hauseigenen Fressen vergiften?«

»Wir müssen uns heutzutage unsere Patienten selber schaffen. Denk an die Ärzteschwemme.«

»Na schön. Ich werde mir aber lieber ein Butterbrot mitbringen.«

»Wieso? Hat dich denn jemand eingeladen?«

Am nächsten Tag fuhr Klamroth nach Essen. Im Hotel ›Schloß Hugenpoet‹, einem jahrhundertealten Wasserschloß an der Ruhr zwischen Mülheim und Kettwig, hatte er sich mit drei Kollegen vom Essener Klinikum und von der Rehabilitationsklinik Kettwig verabredet, die er als Mitarbeiter in seinem künftigen Lehrkrankenhaus für geeignet hielt, um ihre Vorstellungen zu hören und ihnen vielleicht ein Angebot zu machen. Er hatte mit Bedacht nicht von einer Einladung gesprochen, sondern von einem Treffen zum Zweck des Gedankenaustausches, und sich vorgenommen, jeden seine Rechnung selber bezahlen zu lassen, damit nicht der Eindruck entstünde, es gebe nur wenige fähige Leute, und auf diese sei er dringend angewiesen. Er würde auch deutlich machen, daß er vor einer endgültigen Zusage noch weitere Gespräche mit anderen Kollegen führen würde.

Klamroth fuhr auf der Autobahn bis zum Kreuz Breitscheid und nahm dann die B1 in Richtung Mülheim. Der Verkehr war dicht, und so merkte er nicht, daß er von zwei Fahrzeugen beschattet wurde. Auf der Bundesstraße fuhr einer der Beobachter direkt vor ihm, so daß der zweite einen sicheren Abstand halten konnte, zehn oder zwölf Autos hinter dem Zielobjekt, man war schließlich über Funk miteinander verbunden. Als Klamroth vor der Ruhrbrücke rechts einbog, setzte der Wagen vor ihm seine Fahrt auf der B1 fort. Der Fahrer gab seinem nachfolgenden Kollegen durch, daß das Objekt den Weg in die Mintarder Straße eingeschlagen hatte. Er selber überquerte den Fluß, wendete hinter der Brücke und folgte, nun seinerseits gelotst von seinem Kollegen, der Straße nach Kettwig. Auf halber Höhe, am ›Schloß Hugenpoet‹, war die Reise dann zu Ende.

Die Schatten der Beschatter brauchten sich nicht die Mühe der Verfolgung zu machen, da sie den Zielpunkt kannten. Das Gelände war unbewohnt. Vom Wasserschloß bis zur Ruhr erstreckten sich die Flußauen, auf der anderen Seite der Straße stiegen dicht bewaldete Hügel an. Gegenüber der Einfahrt zum Hotel schlängelte sich in Serpentinen eine Straße bergan, die durch Wälder bis zum Autobahnkreuz Breitscheid führte. In diesem Gelände hatte man sich postiert und beobachtete in professioneller Ruhe, wie Klamroth den Wassergraben überquerte und vor dem Schloß einparkte, wie das erste Verfolgerauto zunächst das Hotel passierte, dann wendete und ebenfalls auf den Parkplatz rollte, wie der zweite Wagen, offenbar über Funk angewiesen, in die Serpentinenstraße einbog, nach fünfzig Metern gleichfalls umdrehte und in einer Position parkte, aus der die Hotelausfahrt zu beobachten und ein schneller Start möglich war.

Der Fahrer dieses Wagens starb als erster. Man wartete, bis sein Kollege auf dem Hotelparkplatz sein Auto verlassen hatte, um sich die Nummern der anderen Fahrzeuge zu notieren und ein Foto von der Runde zu schießen, mit der Klamroth verabredet war. Während dieser Funkstille wurden die beiden Fronttüren gleichzeitig aufgerissen, und der Mann hatte keine Gelegenheit mehr zu fragen, was das alles denn zu bedeuten habe.

Der andere Mann, verärgert, daß sein Partner sich nicht meldete und womöglich eingeschlafen war, ging später zu dem Auto in den Wald hinauf. Das Zielobjekt und seine drei Kontaktpersonen saßen inzwischen beim Hauptgang, der Nachtisch war noch lange nicht serviert. Er sah den Wagen und überlegte sich wütend, was er dem nachlässigen Kollegen sagen würde. Im letzten Augenblick stutzte er. Irgend etwas stimmte nicht. Der Wagen war leer. Die Stille ringsum schien zu schreien. Er wandte sich vorsichtig um und tat ein paar unsichere Schritte zurück. Als er zu laufen begann, sackte er zusammen, getroffen. Er kniete einen Moment und blickte sich mit panisch geöffneten Augen um, ehe er auf den Boden aufschlug und reglos liegenblieb.

Die beiden Männer wurden nie gefunden. Eine Düsseldorfer Verleihfirma meldete zwei Autos als gestohlen.

Ihr Verbleib konnte nicht geklärt werden, die Ermittlungen wurden eingestellt. Der Verlust der Wagen wurde als außergewöhnliche Betriebskosten steuerlich abgesetzt.

Am Dienstag, einen Tag nach den Ereignissen in den Wäldern bei Kettwig, ließ Tomschläger über seine Sekretärin nach Mailand durchgeben, er erwarte Ottonis Anruf noch für die laufende Woche, danach sei er an einem Kontakt nicht mehr interessiert. Es dauerte bis Donnerstag, ehe man sich in einer Chefbesprechung zu der Einsicht durchrang, daß zwei Mitarbeitern, die man in Deutschland für besondere Aufgaben abgestellt hatte, etwas zugestoßen sein mußte. Hastig wurde beschlossen, die Observierung der anderen Zielobjekte bis auf weiteres auszusetzen. Am Nachmittag meldete Ottoni sich in Köln, und schon am späten Vormittag des nächstes Tages saß Tomschläger im Zürcher Flughafenrestaurant ›Top-Air‹ dem Generaldirektor der ›Chemopharma‹ gegenüber.

Die Männer begrüßten sich nur mit einem Kopfnicken und ohne Handschlag. Ottoni blickte auf die Uhr, als er sich setzte. »Meine Maschine geht in 70 Minuten«, sagte er knapp.

»Auch ich möchte das Wochenende nicht in Zürich verbringen«, erwiderte Tomschläger kühl.

Es folgte ein kurzes Schweigen, Teil des üblichen Spieles: Wer fängt an? Wer zuerst fragt, zeigt, daß er neugierig ist oder unsicher oder ungeduldig und hat verloren.

»*Sie* wollten mich sprechen«, ließ Ottoni sich schließlich herbei.

»Ein enger Freund von mir fühlt sich beschattet.«

Beide wußten, daß die Beschattung inzwischen erledigt war, und Ottoni hätte gerne gewußt, wie und auf welche Weise sie sich erledigt hatte, aber er ließ das Thema unberührt. Statt dessen sagte er, und er gab sich Mühe, seine Stimme beherrscht klingen zu lassen: »Ein enger Geschäftsfreund, würde ich sagen. Und eher ein Freund dunkler Geschäfte. Was spricht dagegen, solche Leute zu beobachten?«

»Dunkle Geschäfte.« Tomschläger schien über die Worte nachzudenken. »Wie gut, daß solche Dinge Ihnen völlig unbekannt sind. Aber wie dem auch sei. Sie lassen nicht nur einen guten Freund beobachten und einen tüchtigen Wissenschaftler, sondern einen Experten im Dienste der Bundesregierung. Ob Ihnen das wirklich hilft bei dem Anliegen, das Sie gegenüber der deutschen Regierung haben? Ich meine, Sie wollen die Zulassung Ihrer Produkte durch die Regierung, und Sie belästigen einen Vertrauten dieser Regierung?«

Der andere wartete gleichmütig ab, und Tomschläger verstand: Erst einmal mehr Informationen hören und dann entscheiden, wer die besseren Karten hat.

»Obwohl ich anerkennen muß«, fügte er anzüglich hinzu, »daß die Belästigungen seit Montag deutlich abgenommen haben.«

Aber auch auf diese Provokation reagierte der Italiener nicht.

»Und Sie führen diese Operation«, fuhr Tomschläger fort, »ich meine jetzt die *ganze* Operation, nicht nur das dilettantische Spielchen gegen meinen Freund, in Komplizenschaft mit einem kleinen Beamten namens Dohm durch, einem Mann, der sofort von seinem Ministerium gefeuert wird, wenn ich es veranlasse.«

»Warum tun Sie es dann nicht?«

»Ich will ihn noch benutzen. Aber darauf kommen wir später. Dieser kleine Dohm arbeitet auf eigene Faust und ohne Wissen seiner Vorgesetzten. Deshalb schickt Ihre Firma die Berichte ja auch nicht ins Ministerium und noch nicht einmal an Dohms Privatadresse, sondern an einen Mittelsmann. Professor Reischle in Köln. Und der schickt sie weiter an ein anonymes Postfach. Hier ist die Nummer.« Er schrieb ein paar Zahlen auf einen Bierdekkel und schob ihn über den Tisch. »Glauben Sie wirklich, daß Sie *so* auf den deutschen Markt kommen, und daß *wir* dabei untätig zusehen?«

»Vielleicht *müssen* Sie untätig zusehen, Signor Tomschläger.«

»Warum sollten wir?«

»Weil Sie nicht wünschen, daß Ihre kleine Zweigstelle in Syrien in der Presse erwähnt wird.«

»Ah, nun kommen wir zur Sache«, konstatierte Tomschläger zufrieden. »Zweigstelle. Das Wort gefällt mir. Wie würden Sie Ihre Anlage in Libyen nennen? Ich meine jetzt nicht Ihr Büro in Tripolis. Das ist koscher, beschäftigt sich überwiegend mit legalen Dingen. Wenn auch nicht ausschließlich. Aber Schwamm drüber, das sind Kleinigkeiten. Nein, ich meine Ihre unterirdische Anlage in der Wüste. Wie sollen wir die mal nennen? Baustelle? Nein, sie ist ja schon seit zwei Jahren fertig und produziert tüchtig. Sagen wir doch auch einfach: *Ihre* Zweigstelle.«

Wieder schwieg Ottoni, aber nun keineswegs gleichmütig, sondern sein Gesichtsausdruck verriet, daß für ihn ein entscheidendes Stichwort gefallen war. Libyen: War das ein hingeworfenes Wort aufgrund eines vagen Gerüchtes, oder hatte die Konkurrenz harte Fakten?

»Ich verstehe Ihr Schweigen.« Tomschläger griff in die Innentasche seiner Jacke und zog zwei Umschläge heraus. »Sie wollen erst Kostproben haben, ehe Sie den Kuchen kaufen.« Er öffnete den einen Umschlag und faltete vor sich ein paar Bögen auf. »Sehen Sie, diese Blätter haben mehrere Spalten. Hier finden Sie Ihre Lieferungen nach Libyen, so wie Sie sie offiziell deklariert haben. Mit Datum und Name des Schiffes. In der nächsten Spalte sehen Sie dann, was Sie *tatsächlich* geliefert haben. Und hier die Kolumne enthält die Namen der Ingenieure und Chemiker Ihrer Firma, die für Teilprojekte verantwortlich waren oder es auch jetzt noch sind.« Er schob die Papiere dem anderen hinüber. »Schauen Sie sich das doch mal an.«

Der andere blätterte durch die Papiere und schien nur einen flüchtigen Blick auf einige Seiten zu werfen, was aber offensichtlich ausreichte, ihn zu überzeugen, denn er faltete die Unterlagen zusammen und steckte sie in die Jackentasche. Er deutete auf den zweiten Umschlag. »Und das da?«

»Da stehen einige Bankwege drin, auf denen die Bezahlung des Libyen-Geschäftes gelaufen ist und läuft. Wahrscheinlich sind es nicht alle, aber ein paar wichtige sind schon dabei. Auch verschiedene Konten und deren Inhaber. Es sind ja nicht alle Gewinne in die Firma geflossen, nicht? Manches ist privat gelandet und« – Tomschläger grinste – »was ich am schlimmsten finde, nicht versteuert worden.« Er reichte den Umschlag über den Tisch, und der andere steckte ihn ein, ohne ihn zu öffnen.

»Wie sieht das Geschäft aus?« fragte Ottoni mit angestrengter Ruhe.

Tomschläger nickte. Er spürte kein Triumphgefühl, höchstens so etwas wie selbstverständliche Zufriedenheit, daß das Gespräch so verlaufen war, wie er es ohnehin erwartet hatte. Nun kam der geschäftliche Teil, und der war zivilisierte Routine zwischen zwei Gentlemen.

»Ich will wissen, was an Dohm geliefert worden ist«, sagte er. »Alles. Ein wenig davon kennen wir schon. Wir haben uns erlaubt, mal in den Briefkasten zu gucken. Das ermöglicht uns zu überprüfen, ob wir von Ihnen auch wirklich *alles* bekommen.«

»Und unsere geschäftlichen Interessen?«

»Ich mache Ihnen ein Angebot, sobald ich das Material gesehen habe.«

Ottoni öffnete seinen Aktenkoffer, nahm eine Mappe heraus und reichte sie Tomschläger. Der begann zu lesen. Wortlos blätterte er Seite um Seite um und nahm den Inhalt auf. Seine Gesichtszüge schienen sich zu versteinern. Als er die Mappe schließlich zuklappte, schüttelte er den Kopf. »Das alles weiß Dohm?«

Ottoni versuchte zu beschwichtigen. »Es sind nur Mosaiksteine. Ihre Anlage in Syrien – vieles weist in diese Richtung, aber es gibt noch keinen Beweis, keine Fotos.«

»All die Kontakte in den Ministerien«, sagte Tomschläger wenn nicht fassungslos, so doch unverstellt verblüfft, »und selbst Klamroths Besuch letzte Woche in Damaskus . . . Ich dachte, wir hätten das abgeschirmt.«

Der Italiener hob die Schultern und ließ sie wieder fallen.

Doch Tomschläger fing sich schnell. »Dohm wird von jetzt ab Spielmaterial bekommen«, sagte er hart. »Wir werden ihn abschießen, wenn wir ihn nicht mehr brauchen. Bis dahin wird er unser unbezahlter Mitarbeiter.

Am Montag meldet sich mein Assistent bei Ihnen. Geben Sie ihm einen Kontaktmann. Die beiden sollen das koordinieren.«

»Gut.« Ottoni nickte. »Bleiben noch unsere offiziellen Kontakte zu Dohm . . .«

»Die Zulassung Ihrer Produkte, richtig. Ich schlage vor, unsere beiden Firmen machen das zusammen. Joint venture. Wir beantragen das, dann geht's schneller. Sie liefern, und den Gewinn teilen wir uns. Einverstanden?« Als der andere zögerte, fügte er hinzu: »Das könnte ja der Anfang einer weitergehenden Zusammenarbeit sein.«

»Einverstanden«, sagte Ottoni. »Dann ist da noch die Frage unserer glücklosen Mitarbeiter . . .«

»Die beiden in dem Schweizer Gefängnis. Ich werde mit einem Freund hier sprechen. Wir werden sie freibekommen, sagen wir in zwei, drei Monaten.«

»Und die anderen beiden in Deutschland?«

»Ich fürchte, da kann ich nichts machen«, sagte Tomschläger in einem Ton höflichen Bedauerns.

Ottoni nahm es ohne sichtbare Regung zur Kenntnis. »Worin könnte die weitergehende Zusammenarbeit bestehen?«

»Forschung, Erprobung, Vertrieb auf neuen Märkten. Arbeitsteilung. Etwa so: Wir entwickeln ein Präparat, Sie testen es in Italien, das geht bei Ihnen leichter als bei uns und erspart uns den Ärger mit dritten Testländern. Wir produzieren gemeinsam und erschließen zusammen Absatzgebiete, zum Beispiel Asien.«

»Ja, darüber sollten wir sprechen.« Ottoni blickte auf die Uhr. »Wenn Ihr Mann am Montag nach Mailand kommt, bringt er doch sicher die schriftliche Bestätigung über unser gemeinsames Vorgehen in Deutschland mit.«

»Natürlich.«

Als sie aufbrachen, schüttelten die beiden Männer sich, einander kühl betrachtend, die Hände.

Am 6. September wurde Klamroth zum Professor und Leiter des entstehenden Akademischen Lehrkrankenhauses berufen. Die Feier fand um vier Uhr in der Cafeteria des Heilig-Kreuz-Krankenhauses statt, die man für den Anlaß hergerichtet hatte. Es gab etwa siebzig locker gruppierte Sitzplätze, die Tische waren mit Blumen geschmückt, und an der Stirnwand des Raumes war, ebenfalls mit Blumenschmuck, ein Rednerpult plaziert worden. Die leiblichen Bedürfnisse der Gäste wurden nicht mit den eher bescheidenen Mitteln des Hauses befriedigt, sondern Klamroth hatte von einer Firma ein üppiges Buffet aufbauen lassen, dessen Anblick auch bei den Teilnehmern, die tagtäglich Gutes gewöhnt waren, den Wunsch aufkommen ließ, der offizielle Teil möge nicht allzu lange dauern.

Als erster sprach der Staatssekretär des nordrhein-westfälischen Wissenschaftsministeriums. Er gratulierte im Namen der Landesregierung und sagte, man sei in der glücklichen Lage gewesen, aus einer Vielzahl hervorragender Bewerber auszuwählen, darunter auch manche Landeskinder, wie er sich ausdrückte, was für die Leistungsfähigkeit der hiesigen Wissenschaft spreche, die ja auch, wie allgemein bekannt sei, von der Landesregierung konsequent gefördert werde. Daß auch namhafte auswärtige Persönlichkeiten ihr Interesse bekundet hätten, zeuge von der Attraktivität der nordrhein-westfälischen Hochschullandschaft, die, wie man auch über die Grenzen der Bundesrepublik hinaus wisse, die dichteste in ganz Europa sei. Die Anzahl hochkarätiger Bewerber habe die Entscheidung nicht leicht gemacht, aber es sei eben doch angenehmer, aus vielen ausgezeichneten als aus einer geringen Zahl nicht völlig überzeugender Interessenten auszuwählen. Man habe sorgfältig geprüft und abgewägt und dann entschieden und sei nun sicher, mit Dr. Klamroth eine Persönlichkeit zu berufen, die die Erwartungen rechtfertigen werde, welche zu Recht an eine solche Position geknüpft würden.

Damit endete der Staatssekretär, und obwohl nicht jeder Zuhörer einsehen konnte, daß viele gute Bewerber gegenüber wenigen mittelmäßigen eine zwingende Alternative waren, und auch nicht alle Gäste die Einschätzung der Hochschulsituation des Landes teilten, spendete man freundlichen Beifall, der auch der Kürze der vorangegangenen Rede gelten mochte.

Klamroth, der die Hintergründe seiner Ernennung ja kannte und auch wußte, daß solche namhaften Kapazitäten wie Reischle sich beworben hatten, hatte beschlossen, daß dies *sein* Tag sein sollte, egal wer was reden würde. Er war um einen freundlich-aufgeschlossenen Gesichtsausdruck bemüht, während die offizielle Prozedur ihren Gang nahm, und einer der wenigen, die nicht an das Buffet dachten, das hinter ihrem Rücken wartete.

Der nächste Redner war Professor Müller, einigen Eingeweihten bekannt als Dekan der medizinischen Fakultät der Kölner Universität. Nicht nur Klamroth hatte seinerzeit die Wahl von Pertramers Nachfolger mit der Bemerkung »Nomen est omen« kommentiert, auch innerhalb der Fakultät hatte man sich angewöhnt, zur genaueren Kennzeichnung dessen, der gemeint war, sicherheitshalber von »Müller-Amalgam«, »Müller-Backenzahn« und dergleichen zu sprechen, womit angedeutet wurde, daß der Genannte der Kieferchirurgie verbunden war, ohne es jedoch auf diesem Gebiet der Heilkunde zu aufsehenerregenden Leistungen gebracht zu haben. Unter Studenten ging der Schnack, daß alle Mitglieder der Fakultätsversammlung, die ebenfalls den Namen Müller trugen, als geschlossener Block gegen die Wahl von »Müller-Karies«, wie er von den angehenden Medizinern bevorzugt genannt wurde, gestimmt hatten.

Professor Müller nun war zwangsläufig kraft seines Amtes die Aufgabe zugefallen, die eigentliche Berufung nebst Überreichung der Urkunde vorzunehmen. Er gab seiner Freude, »uneingeschränkt und von Herzen«, wortreichen Ausdruck, einen schon immer lieben Kollegen jetzt »endlich« als vollwertiges Mitglied der Fakultät begrüßen zu können. Einige Studenten im Publikum schauten eher belustigt, aber Müller verstand es als freundliche Ermunterung und lächelte mehrmals während seiner Rede zurück. Schließlich verlas er den lateinischen Text der Urkunde, ohne sich gravierend zu versprechen, und nickte Klamroth erleichtert zu. Der stand auf und ging nach vorne, ließ sich von seinem Dekan ausgiebig die Hand schütteln, wobei er eine Verbeugung machte, was unter dem studentischen Teil der Zuhörerschaft wiederum zu unterdrückter Heiterkeit führte, nahm das Dokument entgegen und hielt es, dem Saal zugewandt, in die Höhe. Nun brandete wirklich herzhafter Beifall auf und hielt eine halbe Minute lang an. Müller mochte den Applaus mißverstehen, jedenfalls ging er glücklich lächelnd auf seinen Platz zurück.

Der Verwaltungschef der Klinik trat vor und gratulierte im Namen aller Mitarbeiter des Hauses und verlas, halb an das Publikum, halb an Klamroth gewandt, der neben dem Pult stand, aus den eingegangenen Glückwunschadressen die des Kardinals und des Regierungspräsidenten, deren professionell wohlgesetzte Formulierungen die Routine erkennen ließen, mit der man solche Anlässe sprachlich zu bewältigen gewöhnt war. Ein Händedruck beendete den kurzen Auftritt.

Zuletzt ergriff die Ehrwürdige Mutter Petra das Wort, eine alte Ordensfrau, die den nur noch wenigen Nonnen vorstand, welche den Pflegedienst für Gotteslohn in seiner ursprünglichen und ernst empfundenen Bedeutung versahen. Sie wandte sich ganz Klamroth zu, als spräche sie zu ihm alleine, und schien zu ignorieren, daß das Mikrofon, das zwischen ihnen stand, ihre Worte in den Saal übertrug. Ohne eine Anrede begann sie: »Wir dienen, ob wir es immer wissen oder manchmal auch nicht, jeder auf seine Art und an seinem Platz. Wir tun es aus Liebe, auch wenn die Erschöpfung sie uns zuweilen vergessen läßt. Wir erfüllen unsere Aufgabe jeden Tag von neuem in Treue, so oft genug der Kleinmut uns raten möchte aufzugeben. Dies erhebt unseren Beruf über alle anderen und darf uns mit Stolz erfüllen, einem Stolz ohne Überheblichkeit, gespeist allein aus der Kraft zum Dienen.

Einige Menschen hat Gott mit besonderen Gaben gesegnet und sie berufen, besondere Aufgaben zu erfüllen. Sie, Herr Klamroth, gehören zu diesen Menschen, und deshalb übernehmen Sie dieses Amt, wie es Ihren Talenten zukommt. Wuchern Sie nun mit den Talenten zum Wohle derer, die Ihnen anvertraut sind und Ihnen vertrauen.

Ich wünsche Ihnen Erfolg für Ihre Arbeit und Freude

an Ihren Erfolgen. Und ich sage noch einmal, was so manchem altmodisch klingen mag. Wenn Ihnen Dienst auch bedeutet, dem Schöpfer zu dienen, wenn Liebe für Sie auch die Liebe zur Schöpfung umfaßt, wenn Sie in Treue nicht nur Ihre ärztliche Pflicht erfüllen, sondern auch die Berufung bejahen, dann werden Sie ein glücklicher Mann. Dazu wünsche ich Ihnen Gottes Segen.«

Klamroth war angerührt von den Worten der alten Nonne, die wahrhaftig all das verkörperte, was sie ihm an Wünschen mit auf den Weg gegeben hatte. Einen hilflosen Augenblick lang rang er nach Worten, ehe er vom Beifall des Saales erlöst wurde. Die Gäste klatschten anhaltend, und so mancher Teilnehmer der Feier, der mit Liebe, Treue und Gottes Segen eher wenig anzufangen wußte, wunderte sich später, daß er voller Überzeugung applaudiert hatte. Klamroth ergriff beide Hände der Frau und verbeugte sich, und diesmal feixten die Studenten nicht.

Wie um ein wenig Zeit zu gewinnen, klopfte er auf das Mikrofon, um sich von seiner Funktionstüchtigkeit zu überzeugen, die sich ja im bisherigen Verlauf der Feier längst erwiesen hatte. Er bedankte sich, ein wenig stokkend zunächst, bei der Ehrwürdigen Mutter und versicherte, ihre Worte würden ihn bei seiner Arbeit begleiten. Was er den beiden ersten Rednern zu erwidern hatte, kam ihm jedoch flüssig von den Lippen. In einem dem Anlaß angemessenen verbindlichen Ton, aber inhaltlich von durchaus spürbarer Distanz, dankte er nicht etwa für seine Berufung, sondern für die Glückwünsche. Auch blieb nicht unbemerkt, daß er sich an den Staatssekretär und den Dekan nicht persönlich richtete, sondern allgemein von den guten Wünschen sprach, die ihm zuteil geworden waren. Sodann drückte er seine Hoffnung aus, dazu beitragen zu können, daß der Anbau bald fertiggestellt würde, damit die Patienten nicht länger als unbedingt notwendig unter dem nun einmal unvermeidlichen Lärm zu leiden hätten. Schließlich ermunterte er die Gäste, jetzt dem kleinen Imbiß zuzusprechen und nichts davon übrigzulassen, er sei nämlich noch so erzogen worden, daß alles gegessen werden müsse, was auf den Tisch komme. Damit war der offizielle Teil der Feier beendet.

Es hätte der Aufforderung nicht bedurft, sich an dem Buffet zu bedienen. Die Versammelten drängten in Richtung auf die Rückwand der Cafeteria, und Klamroth durchschoß der Gedanke, daß der Saal Schlagseite bekommen könnte wie ein Schiff, dessen Passagiere sich alle auf einmal an einem bestimmten Außenpunkt versammeln. Er selber kam kaum dazu, etwas zu essen, und war, nachdem die Teller erst einmal gefüllt waren, zumeist umringt von Gratulanten. Er sprach mit den Kollegen von der Fakultät, mit Ärzten und Schwestern der Klinik, Studenten, den Abgesandten der Rathausparteien und etlichen, deren Namen er nicht kannte, die gleichwohl irgendwie auf der Einladungsliste gelandet sein mußten. Er konzentrierte sich auf jeden Gesprächspartner, es machte ihm Freude, einem jeden das Gefühl zu geben, ganz besonders willkommen zu sein, und nicht ohne Behagen ließ er sich von den mutigeren unter den Studentinnen einen Kuß auf die Wange geben, was Professor Reischle zum Anlaß nahm, nun auch seine persönliche Gratulation hinter sich zu bringen.

»Ich hoffe für Sie«, sagte er jovial, »daß die Begeisterung der jungen Damen über den Tag hinaus anhält.«

Klamroth lag auf der Zunge zu sagen: Meinen Sie bis in die Nacht? Aber er besann sich und antwortete: »Das wird sich bald zeigen. Ich habe allen meine Telefonnummer ins Ohr geflüstert.«

»Da wir ja nun Kollegen sind, könnten Sie vielleicht der einen oder anderen Dame auch meine Nummer hauchen.«

Donnerwetter, ein ganz und gar unchristliches Scherzchen, wenn auch mit der gnädigen Herablassung: Da wir ja *nun* Kollegen sind.

»Aber nun im Ernst«, fuhr Reischle fort, »wir haben uns beide beworben, Sie haben den Vogel abgeschossen, und ich gratuliere Ihnen herzlich. Wir werden gut zusammenarbeiten.«

Wir haben uns beide beworben. Als ob die Entscheidung zwischen dir und mir gefallen wäre. Aber der Tag war zu glücklich, um sich die Laune verderben zu lassen. »Danke, Herr Reischle. Wir arbeiten für dieselbe Sache. Das haben wir ja auch bisher schon getan.«

»Das sehe ich genauso«, beeilte sich Reischle.

Plötzlich waren sie umringt von Klamroths Mitarbeitern aus der Praxis. Mit gespieltem Erstaunen fragte Klamroth: »Sagt bloß, ihr habt die Praxis dichtgemacht?«

Eine der Assistentinnen schien den Tadel ernst zu nehmen: »Herr Dr. Harsdörfer meinte, Sie würden sich freuen, wenn wir . . .«

»Was sagen Sie dazu, Herr Dr. Harsdörfer?«

»Chef, wir können doch nicht immer nur für Sie Geld raffen, besonders jetzt, wo Sie es gar nicht mehr nötig haben.«

Mit hochgezogenen Brauen wandte Klamroth sich an Reischle: »Was würden Sie mit solchen Mitarbeitern machen? Meinen Sie, daß man diesen Fall mit einer Organspende auf sich beruhen lassen könnte?«

»Ich brauche kein Organ«, sagte Harsdörfer.

Reischle lächelte ein wenig unsicher und verabschiedete sich: »Wir sehen uns noch.«

»Wo ist euer Geschenk?« fragte Klamroth.

»Wir konnten uns nicht einigen, Chef. Frau Zillies bestand auf einer Kuckucksuhr . . .«

»Ist nicht wahr«, protestierte Dr. Zillies. Die anderen lachten.

»Aber wir haben Ihnen heute morgen einen dicken Fisch an Land gezogen«, fuhr Harsdörfer fort, »das ist unser Geschenk. Die Patientin braucht neue Hüftpfannen, beidseitig. Rheuma wütet in all ihren Gelenken, sie hat praktisch keine Bandscheiben und ist mit Gichtknoten übersät. Mit der können Sie monatelang Ihr Lehrkrankenhaus alleine betreiben. Wir haben sie draußen auf dem Parkplatz an den Hydranten gelehnt, wenn Sie mal einen Blick drauf werfen wollen?«

Klamroth lachte auf, doch dann gefror sein Gesicht. Die anderen folgten der Richtung seines Blickes: ein paar Meter entfernt stand Regierungsrat Dohm, einen Teller in der Hand, und wartete offenbar auf einen günstigen Augenblick, um mit Klamroth zu sprechen.

»Geht erst mal was essen, Leute«, sagte Klamroth. »Da steht einer, der im Moment noch kerngesund ist. Aber vielleicht nicht mehr lange.«

»Chef, Sie haben doch keine Feinde?«

»Ich nicht. Aber der hat einen.«

Er ging auf Dohm zu, doch nach wenigen Schritten berührte Linda Tomschläger ihn am Arm. »Bist du nun glücklich, Jürgen?«

»Ich weiß nicht, Linda. Aber es ist ein schöner Tag.«

»Ich freue mich für dich. Und ich wünsche dir viel Glück.«

Er drückte ihren Kopf an seinen. »Danke, Linda.«

»Bis heute abend, Jürgen.«

Dohm hatte gewartet und stand mit ausdrucksloser Miene da, als Klamroth sagte: »Sie kommen selber und lassen nicht beschatten? Oder kommen Sie selber *und* lassen beschatten?«

Dohm deutete eine Verbeugung an und schwieg.

»Ich habe Sie nicht eingeladen. Was wollen Sie?«

Dohm erwiderte mit blassem Lächeln: »Nichts liegt mir ferner, als freiwillig meine Zeit für einen Besuch bei Ihnen zu verschwenden. Ich bin in dienstlichem Auftrag hier. Mein Staatssekretär bestand darauf, daß ich Ihnen die Glückwünsche des Hauses persönlich überbringe.« Er griff in die Innentasche seiner Jacke und hielt Klamroth einen Umschlag hin.

»Geben Sie ihn an der Rezeption ab.«

Einen Moment lang stand Dohm wie ein Pantomine im Raum, sozusagen schwebend, den Teller in der linken und den Umschlag in der rechten Hand. Sein Gesicht rötete sich ein wenig. Dann stellte er den Teller ab und steckte den Umschlag wieder ein.

»Der Staatssekretär wünscht, daß Sie auch in Ihrem neuen Amt weiterhin Sachverständiger der Bundesregierung bleiben. Er bittet Sie über mich um eine diesbezügliche Zusage.«

»Der Staatssekretär weiß, wie er mich erreichen kann. Ich werde ihm dann persönlich antworten.«

Tomschläger und Sabine traten hinzu. Sabine schmiegte sich an Klamroth. »Na?«

»Na?«

»Ich nehme an, das Fräulein Tochter«, kommentierte Dohm und wollte gehen.

»Richtig«, bestätigte Tomschläger fröhlich, »mein Fräulein Tochter.«

Dohm stutzte, und dann war ihm klar, daß er Tomschläger vor sich hatte. Damit hätte er rechnen müssen, und er verwünschte sich, daß er nicht damit gerechnet hatte. Zwei Studenten kamen vorbei und zogen Sabine mit sich fort.

»Das ist das Fräulein Tochter«, sagte Klamroth drohend, »das Sie in der Schweiz haben observieren lassen.«

»Soll das heißen«, fragte Tomschläger verblüfft, »daß *das* da *Dohm* ist?«

Klamroth machte eine verächtliche Kopfbewegung: »So nennt sich das da, ja.«

Dohm versuchte, kühl zu reagieren, aber er hatte Mühe, ein Zittern in seiner Stimme zu unterdrücken: »Ich weise Ihre Anwürfe zurück. Ich weiß nicht, was Sie mit Observierungen in der Schweiz meinen. Ich verkehre nicht in Ihren Kreisen und kenne daher nicht die Praktiken, die dort üblich sein mögen. Wenn Sie sich belästigt fühlen, sollten Sie die Polizei einschalten. Wenn Sie nicht die Polizei einschalten, werden Sie schon Ihre Gründe haben.«

Damit wandte er sich abrupt um und verließ den Raum.

»Da hat er es uns aber gegeben«, sagte Tomschläger amüsiert.

»Der große Auftritt eines kleinen Mannes«, nickte Klamroth verächtlich.

»Vergiß ihn.« Tomschläger lächelte. »Dein Tag, Jürgen. Bist du zufrieden?«

»Unser Tag, Walter.« Klamroth umarmte den Freund. »Danke.«

»Du hast recht«, sagte Tomschläger gerührt. »Es ist unser Tag. Ich freue mich sehr.«

Stefan Allwein tippte Klamroth auf die Schulter. »Ich störe nur ungern.«

»Dann laß es doch«, lachte Klamroth.

»Wo alle lieben, kann auch ich nicht hassen. Also herzlichen Glückwunsch, Herr Professor.«

»Wir kennen uns schon so lange. Du kannst das ›Herr‹ weglassen.«

Später, als die Cafeteria sich allmählich leerte, sprach Klamroth noch mit einigen Journalisten und posierte vor der Front des Rohbaus für die Fotografen.

Am Abend hatten die Tomschlägers Klamroth und Allwein nach Walberberg eingeladen. Es wurde eine schöne Feier, und auch Linda schien entspannt und die Fröhlichkeit zu genießen. Klamroth spürte endlich doch so etwas wie ein Glücksgefühl. Ich habe es geschafft. Sabine lächelte, als hätte sie den Gedanken gelesen. Ich habe *alles*.

10

Mit dem Anbau für die Lehrklinik ging es zügig voran, und Klamroth kam fast jeden Tag ins Heilig-Kreuz-Krankenhaus. Er hatte ein Büro mit zwei Räumen an der Nahtstelle zwischen Alt- und Neubau bezogen, wo er zusammen mit zwei Sekretärinnen und Dr. Rosbander arbeitete. Die Arbeitsräume waren nur provisorisch eingerichtet, es gab keinen Wandschmuck und keine Blumen, nichts Persönliches, lediglich die technische Ausrüstung war komplett. Seine spätere Kommandozentrale, wie Klamroth sie im stillen nannte, würde er in aller Ruhe ausstatten, wenn es soweit war. Seinen Stützpunkt hatte er Rosbander überlassen.

Rosbander kam vom Essener Klinikum und war als einer der neuen Oberärzte vorgesehen. Klamroth hatte ihn ausgewählt, weil er ihn für tüchtig hielt, weil er nicht verheiratet war und deshalb bei der Masse an Arbeit, die es zu bewältigen gab, nicht von einer Familie gebremst werden würde, und weil er mit vierzig Jahren fast so alt war wie Klamroth, in Essen außer einer Praxis kaum eine berufliche Perspektive sah und darauf brannte, mit einer neuen Aufgabe so etwas wie eine Karriere zu beginnen. Außerdem war er ein Experte der Apparatemedizin und ein Fachmann für den medizinischen Computereinsatz, ein Technikfanatiker, wie Klamroth kopfschüttelnd, aber doch anerkennend feststellte. Er beriet Klamroth und die Planungskommission der Universität bei den Entscheidungen für die technische Ausstattung. Soweit nicht schon vor seinem Amtsantritt Verträge geschlossen worden waren, führte Klamroth die Verhandlungen mit den Lieferfirmen und entschied über die Anschaffung der Geräte. Rosbanders Aufgabe war es, ihre Installation zu überwachen und die Funktionstüchtigkeit zu überprüfen.

In seiner Praxis arbeitete Klamroth nur noch selten. Er blieb der Eigentümer, bis auf weiteres, wie er sich abwartend vorgenommen hatte, und machte Harsdörfer und Zillies zu Partnern. Die beiden Teilhaber besorgten die Sprechstunden, Professor Dr. Klamroth ließ auf dem neuen Schild am Hauseingang vermerken, daß er nur nach Vereinbarung zur Verfügung stehe. Die Einnahmen teilte man sich zu je einem Drittel.

Der Klinikneubau verlangte Entscheidungen über große Summen, und Klamroth fand zunehmend Gefallen an dieser ganz anderen Dimension des Geldes. Hatte er bisher dem Geld als solchem kein besonderes Interesse entgegengebracht, und war er auch von der Höhe der Summen, die er in Tomschlägers Auftrag nach Genf gebracht hatte, bislang nicht beeindruckt gewesen, so entdeckte er nun, daß es etwas anderes war, Millionen zu transportieren oder über sie zu bestimmen und sie einzusetzen. Er spürte den Reiz, wie das Geld, wenn man darüber verfügen konnte, Wirkungen erzielte, die weit über den materiellen Gegenwert hinausgingen. Dies zeigte sich auch in der Fakultät. Zwar war er mit nur einer Vorlesung und einer Übung, bei der er sich zudem häufig von Assistenzärzten vertreten ließ, nicht gerade nachhaltig im Lehrplan des Wintersemesters vertreten, dennoch sah niemand in der Fakultätsversammlung in ihm den bescheidenen Neuling, der sich am Anfang aus Unsicherheit zurückhielt und sich kaum zu Wort meldete, sondern man respektierte unausgesprochen seine Machtposition: er war dabei, etwas Neues aufzubauen, er befand sich im Steigflug, wie das so oder mit ähnlichen Bildern zuweilen umschrieben wurde, er konnte umfangreiche Mittel einsetzen, hatte ein gewichtiges Wort bei dem noch offenen Stellenplan mitzureden und war somit in der Lage, über Karrieren mitzuentscheiden, eine Tatsache, die insbesondere im akademischen Mittelbau aufmerksam gewürdigt wurde.

Die Presse tat ein übriges, Klamroths Position Gewicht

zu verleihen. Über die Amtseinführung hatten die Lokalzeitungen ausführlich berichtet, und zu Beginn des Wintersemesters erschien in der Kolumne ›Leute in Köln‹ ein Artikel, in dem Klamroths Sachkompetenz und Entscheidungsfreude hervorgehoben wurden und er als renommierter Operateur und moderner Manager beschrieben wurde. Man mochte hinter vorgehaltener Hand über solch »unkritischen Bewunderungsjournalismus« spotten, auch fiel die für die schreibende Zunft wenig schmeichelhafte Bemerkung: »Was die nicht kapieren, das loben sie in den Himmel«, dennoch wurde allgemein akzeptiert, daß man es hier mit einem Kollegen zu tun hatte, mit dem man sich besser gut stellte.

Zwar meldete er sich, anders als Reischle, nicht mit seinem Titel am Telefon, und die beiden Sekretärinnen hatte er gebeten, ihn beim Namen zu nennen und nicht mit »Herr Professor« anzureden, aber das Verhältnis zu den Mitarbeitern blieb kühl und sachbezogen und hatte nichts von dem vertrauten Ton, der seinen Umgang mit den Partnern in der Praxis oder auch mit den älteren Studenten kennzeichnete. Es klang nicht unfreundlich, wenn er sagte: »Stellen Sie mir jetzt bitte die Verbindung nach Wien her?« Aber wenn die Leitung dann nach einer Minute immer noch nicht stand, rief er schon einmal quer durch den Raum in das Zimmer nebenan: »Herrgott, wo bleibt denn das Gespräch nach Wien?«

Die am Bau beteiligten Firmen lernten bald, »den Professor« ernst zu nehmen. Hatten sie geglaubt, es mit einem Wissenschaftler zu tun zu haben, der, ein wenig alltagsfremd, darauf wartete, in sein Reich einziehen zu können, so fanden sie sich eher mit einem Manager konfrontiert, der Einfluß nahm auf die Entstehung seines Reiches, sich bestimmte Details der Planung ungerührt so lange erklären ließ, bis die Gespächspartner einräumen mußten, daß es eigentlich keinen Grund gab, es so wie vorgesehen zu machen. »Dann schlage ich vor, wir machen es *so*«, sagte Klamroth und skizzierte seine Vorstellung, was bedeutete, daß dies das letzte Wort in der Angelegenheit war. Und wenn es Meinungsverschiedenheiten über die Beanstandung einer Lieferung gab, die die Firma für vertragsgemäß und in Ordnung hielt, verkürzte er die Diskussion zuweilen mit einer Bemerkung wie »Es wäre mir lästig, die Sache gerichtlich klären zu lassen«, nicht etwa unangenehm oder nicht wünschenswert oder peinlich, sondern eben nur lästig wegen des Zeitaufwandes und der Verzögerung, und man verstand, was gemeint war: Ich werde es tun, wenn Sie die Angelegenheit nicht nach meinen Wünschen regeln, und das hätte Folgen für die weitere Mitarbeit Ihrer Firma an diesem Projekt.

Auch begann er an dem teilzunehmen, was man das gesellschaftliche Leben nannte, ließ sich auf Empfängen sehen und auf Partys, die er früher nur hämisch kommentiert hatte, wo die Damen im knöchellangen Silbernen mit Stola und die Herren im großen Dunklen für eine Atmosphäre steriler Uniformiertheit sorgten, und genoß es, als wichtiger Gast unter wichtigen Leuten die eine oder andere nützliche Bekanntschaft zu knüpfen. Sabine war nur einmal, am Anfang, mitgekommen und dann nicht mehr. Wenn er gefragt wurde, wo er denn seine »bezaubernde Begleiterin« gelassen habe, antwortete er höflich-nichtssagend, obwohl er manchmal auf der Zunge hatte zu sagen: »Sie schreibt morgen eine Mathe-Klausur und muß deshalb früh ins Bett.«

Zu all dem operierte er regelmäßig, sowohl im Heilig-

Kreuz-Krankenhaus wie in der Universitätsklinik, aber er konzentrierte sich auf die Fälle, die wichtig waren für sein geplantes Handbuch. Daß es sich dabei meist um privat versicherte Patienten handelte, mochte Zufall sein. Das *Handbuch der orthopädischen Chirurgie* selber machte nur wenige Fortschritte, manchmal kam er wochenlang nicht dazu, sich dieser Arbeit zu widmen, aber das war nicht verwunderlich in jener hektischen Zeit.

Den Staatssekretär im Bundesgesundheitsministerium rief er an und teilte ihm mit, daß er aus Zeitgründen die Routineaufgaben eines Sachverständigen nicht mehr wahrnehmen könne.

»Aber Sie wären grundsätzlich bereit, die eine oder andere besondere Aufgabe zu übernehmen?«

»Wenn es sich dabei um eine größere Aufgabe handelt, will ich es nicht ausschließen.«

»Herr Tomschläger brachte mich auf die Idee, daß es manches Vorhaben vielleicht vereinfachen würde, wenn Sie weiterhin als Beauftragter der Bundesregierung auftreten könnten.«

»Das ist ein erwägenswerter Gedanke, Herr Staatssekretär. Allerdings müßte ich dann darum bitten, daß wir in direkter Verbindung bleiben, Sie, Herr Tomschläger und ich. Den Umweg über Herrn Dohm empfinde ich nicht mehr als besonders fruchtbar.«

»Das hat Herr Tomschläger auch schon angedeutet«, beeilte sich der Staatssekretär.

Regierungsrat Dohm hatte die neuen Berichte vor sich liegen, die die ›Chemopharma‹ ihm zugestellt hatte. Er war zufrieden, daß alles planmäßig weiterlief. Tomschläger *wußte* also nichts. Und Klamroth hatte einen Verdacht und war wütend, daß er nichts beweisen konnte. Deshalb seine unkontrollierten Rundumschläge, damals im Krankenhaus vor seinem Urlaub und dann bei seiner Inthronisation als Professor.

Diese dilettantische Sache im Kölner Stadtwald mit Reischles Groschenagentur ist aufgeflogen, zugegeben. Aber er ahnt nur den Zusammenhang. Seine Vermutung war richtig, okay. Doch wenn er etwas wüßte, hätte er Reischle fertiggemacht. Und mit mir hätte er es auch versucht. Aber davor ist er zurückgeschreckt, weil er nichts beweisen konnte. Und dann der Zwischenfall in der Schweiz. Gut, die andere Seite hat etwas gemerkt, und Profis haben zugeschlagen. Daß die Italiener dahinterstecken, wissen sie inzwischen vielleicht. Aber mehr nicht. Eine Angelegenheit zwischen zwei Konzernen. Daß die nicht immer die feinsten Methoden anwenden, ist bekannt. Vonwegen das Fräulein Tochter observieren lassen: die beiden haben geblufft. Haben gedacht, daß ich rot werde und anfange zu stottern. Habe ihnen den Gefallen nicht getan. Wenn die etwas wüßten, hätten sie längst zugeschlagen. Wir wären erledigt. Aber ich bin nicht erledigt. Sie wissen nichts. Und die Italiener sind nicht beeindruckt von dem Rückschlag und machen weiter. Schicken ihre Berichte pünktlich.

Dohm war beruhigt. Er hatte sich bei der Feier in Köln keine Blöße gegeben. Doch dann kroch wieder der Haß in ihm hoch, wie jedes Mal, wenn er an das Zusammentreffen in der Cafeteria dachte, und lähmte ihn wie ein Krampf. Klamroth hatte ihn behandelt wie einen Hund. Tomschläger hatte reagiert, als ob er einen Soßenflecken auf dem Hemd entdeckt hätte. Das da ist Dohm? Ja, so nennt sich das da.

Nur allmählich ließ das Gefühl der Lähmung nach. Einen Fehler hatte er gemacht. Daß Tomschläger zur Feier seines Freundes kommen würde, war selbstverständlich. Wie war es nur möglich, daran nicht zu denken? Er war geschockt gewesen, als er plötzlich dem mächtigen und deshalb gefährlichen Mann gegenüberstand, dessen Vernichtung er plante. Aber er hatte sich gefangen! Keine Blöße! Die wußten nichts, und wenn sie es erführen, dann durch ihn, und dann wäre es zu spät für beide. Er würde ihnen jede einzelne Demütigung zurückzahlen, mit Zins und Zinseszins.

Dohm blätterte noch einmal die Berichte durch: gute Informationen, keine vagen Hinweise, sondern präzise Details mit identifizierten Personen und Ortsnamen und lückenlos registrierten Bewegungen. Die Schlinge zog sich zu! Und doch war er nicht ganz zufrieden mit dem, was er gelesen hatte, spürte sogar eine gewisse Enttäuschung. Die Indizien, daß in jenem kaum bevölkerten militärischen Sperrgebiet eine verbotene chemische Anlage errichtet wurde, hatten sich nicht verdichtet. Es hätte Materiallieferungen geben müssen, Transporte, die in der öden Gegend leicht zu beobachten wären, aber es gab keine. Das war schade, denn eine Fabrik wäre nicht zu verleugnen gewesen, nach der Enthüllung, nach dem großen Paukenschlag. Dafür hätten schon die Satelliten gesorgt.

Statt dessen schien da wieder eine Schweinerei mit Medikamententests zu laufen, wie seinerzeit in Ägypten, nur diesmal in größerem Stil. Offensichtlich wurden gleich mehrere Präparate erprobt, an verschiedenen Zielgruppen in Krankenhäusern mehrerer Regionen, und Erkals intensive Kontakte zu hohen Beamten des Verteidigungsministeriums ließen den Schluß zu, daß man auch Soldaten als medizinische Versuchskaninchen mißbrauchte. Das konnte die Erklärung für Erkals ungehinderten Zugang zu der militärischen Sperrzone sein.

Na gut, vielleicht diesmal nicht die große Giftschmiede in der Wüste, aber auch ohne das eine Sauerei, die den Konzern als Verbrecherunternehmen entlarven würde. Menschenversuche an den Ärmsten der Armen. Und es gab Gerüchte über »Schwierigkeiten« und »Rückschläge«, zu deutsch: Blinde, Vergiftete, Tote, wie gehabt in Ägypten. Der Bericht betonte, daß es sich um Gerüchte handelte, daß es noch keinen einzigen konkreten Beweis gab. Gut, gut, dachte Dohm, das war ja auch ausgemacht, daß keine Vermutungen geliefert werden sollten, nur Fakten. Aber das müßte sich klären lassen. Gleich am nächsten Morgen würde er seine beiden italienischen Verbindungsleute bitten, oder besser: *dringend* bitten, ihm Proben zu beschaffen. Beweise findet man nicht, man muß nach ihnen suchen!

Tomschläger mußte keine besondere Überredungskunst aufbieten, um Klamroth davon zu überzeugen, daß eine offizielle Beratertätigkeit für den Konzern für alle Beteiligten Vorteile hätte.

»Du kannst dann reisen, Jürgen, und es kann uns gleichgültig sein, ob dich dabei jemand beobachtet, und welche Schlüsse er daraus zieht. Du bist für uns unterwegs, du hast einen klaren Auftrag der Geschäftsleitung, du begutachtest ein Projekt, und alles steht korrekt in den Akten und ist nachprüfbar. Es gibt kein Gemunkel. Jedem, der es wissen will, sagst du: Ja, ich habe da einen Beratervertrag.«

Klamroth nickte zögernd.

»Und noch etwas, Jürgen. Du tust eine Menge für uns, und ich kann nicht einsehen, warum du das alles umsonst machen solltest. Wenn es für mich wäre, dann würde ich sagen, okay, Freundschaftsdienst, über Geld wird nicht gesprochen. Aber es ist für die Firma. Die muß mich für meine Arbeit auch bezahlen, warum sollte sie dir nicht geben, was dir zusteht. Ich liefere an deine Firma auch nicht kostenlos, bloß weil du der Chef bist.«

Klamroth deutete ein Lächeln an: »Das wäre sogar verdächtig.«

»Siehst du!«

Und so setzte Klamroth, wie es vorgeschrieben war, seinen Dienstherrn davon in Kenntnis, daß er den Konzern in medizintechnischen Dingen berate und unterschrieb die übliche Erklärung, bei Inanspruchnahme landeseigener Räume, Geräte und Dienstleistungen die festgesetzten Gebühren zu entrichten. Ebenfalls mit Unterschrift bestätigte er die Kenntnisnahme des Hinweises, daß die aus der Nebentätigkeit erzielten Einkünfte der Steuerpflicht unterlagen. Über die Höhe dieser Einkünfte mußten keine Angaben gemacht werden. Tomschläger hatte auch keine genaue Summe genannt, sondern gesagt, der Vorstand werde eine Jahrespauschale festsetzen. »Und damit du nicht vorschnell Sozialhilfe beantragst, versichere ich dir, daß das Ergebnis wohl sechsstellig sein dürfte.«

»Einverstanden. 998 000 ist eine sechsstellige Zahl, richtig?«

»Oh, du bleibst noch deutlich unter einer Million«, sagte Tomschläger anerkennend. »Du hast die Bescheidenheit noch nicht verlernt, das ist selten in dieser raffgierigen Zeit.«

Auf einer Reise nach Ankara machte Klamroth Zwischenstation in Genf und erledigte die anliegenden Geschäfte mit Alois Zurbriggen. Wie üblich zogen sich zwei Angestellte der Bank mit dem Koffer in den Nebenraum zurück und überprüften die Summe.

»Als ich diese Etage erreicht hatte«, sagte Zurbriggen mit einer ausladenden Handbewegung, »und hier auf diesem Sessel Platz nehmen konnte, da habe ich mich gefragt: Was machst du anders? Was *kannst* du überhaupt anders machen als dein Vorgänger?« Er zog die Schultern hoch und ließ sie wieder fallen. »Nun, ich habe die Einrichtung verändert, auch den Sessel selbst. So konnte ich wenigstens sagen, ich sitze nicht auf dem Stuhl meines Vorgängers, sondern auf meinem eigenen. Aber sonst? Noch nicht einmal den Stil kann man ändern. Banken haben einen Einheitsstil, in der ganzen Welt. Ich kann mir hier keinen Billardtisch aufstellen und mit Jeans und Sandalen zum Dienst erscheinen.« Er folgte dem Blick seines Gastes und lächelte. »Ja natürlich, die gelben Rosen. Mein Vorgänger liebte blühende Zweige in Bodenvasen. Ich habe auf gelbe Rosen, fast möchte ich sagen: umgerüstet. Aber sonst läuft alles, wie es auch ohne mich liefe. Deshalb beneide ich Sie etwas um Ihre Möglichkeiten.«

Klamroths Stimme klang ein wenig verwundert. »Auch Krankenhäuser haben ihren Einheitsstil, Herr Zurbriggen. Vielleicht kann ich im OP einen Ohrring tragen, aber ansonsten sind die Regeln mindestens so streng wie am Bankschalter, und ich könnte sie nicht ändern.«

»Aber Sie haben keinen Vorgänger. Sie bauen Ihr Haus auf, und wenn es fertig ist, ist es Ihr Werk. Das muß Sie sehr befriedigen.«

»Wenn ich denn dazu komme, Befriedigung zu empfinden. Meist ist dafür keine Zeit. Ich herrsche über einen Rohbau und ärgere mich über zu tief gelegte Steckdosen und reklamiere klemmende Kippfenster. Im Sommersemester wollen wir auf Betrieb gehen. Fragen Sie mich dann noch einmal nach der Befriedigung.«

Die beiden Angestellten erschienen aus dem Nebenraum, einer legte einige Papiere auf den Schreibtisch, und mit einer Verbeugung traten sie ab. Zurbriggen warf einen Blick auf die Unterlagen und griff dann nach einer Mappe. »Ich freue mich, daß Sie nun doch ein privates Konto bei uns eröffnen wollen. Die Provision für den Transfer beträgt ein Prozent, das sind 120 000 Mark.« Er reichte Klamroth die Mappe. »Die Summe ist schon eingetragen. Die Anteile aus den vergangenen Monaten schreiben wir Ihnen in den nächsten Tagen gut. Auch die Orient-Geschäfte laufen nun alle der Einfachheit halber über unser Haus, und Ihre Provisionen gehen ebenfalls auf dieses Konto, falls Sie es nicht anders wünschen.«

»Nein«, sagte Klamroth und stand auf. »Vielen Dank.«

»Keine Ursache. Ich wünsche Ihnen einen guten Flug, und grüßen Sie Erkal von mir.«

Zurbriggen geleitete seinen Gast zur Tür. »Und wenn Sie mal einen Tip zur Anlage brauchen, zum Beispiel Immobilien . . .«

»Danke«, sagte Klamroth. »Wenn ich etwas mehr Zeit habe. Ich komme darauf zurück.«

So ändern sich die Zeiten, dachte Zurbriggen, als Klamroth gegangen war. Von wegen: Ich brauche keine fünfzigtausend Mark! Nein, nicht die Zeiten. Die Menschen ändern sich.

In Ankara wartete Aykut Erkal am Flughafen und hob beide Arme und winkte, als Klamroth am Ende des

Korridors zum Flugsteig erschien. Voller Ungeduld beobachtete er die Paßkontrolle, er schien förmlich auf der Stelle zu hüpfen, was natürlich nicht zutraf, aber Klamroth hatte den Eindruck, der einzige Ankömmling auf dem ganzen Flughafen zu sein, der mit solcher Freude erwartet wurde. Als sie sich dann gegenüberstanden, zögerte Erkal ein wenig verlegen, als sei er nun doch nicht ganz sicher, wieviel Herzlichkeit dem Gast aus dem Norden willkommen sein würde. Klamroth stellte seine beiden Taschen ab und breitete die Arme aus, und dankbar umarmte Erkal ihn. Als er später Tomschläger in Köln die Begrüßungsszene beschrieb, sagte er kopfschüttelnd: »Wie eine schlecht gespielte Rolle auf einer drittklassigen Bühne. Aber dort schien es mir das Allernatürlichste zu sein.« – »Tief unten«, kommentierte Tomschläger, »schlummert eben doch noch der Mensch in dir.«

Erkal nahm die beiden Reisetaschen auf. »Laß mich wenigstens eine tragen«, protestierte Klamroth, »so alt bin ich schließlich noch nicht.«

»Aber jünger wirst du auch nicht. Und hier unter der Sonne des Morgenlandes altert man noch schneller.«

Im Auto fragte Klamroth, obwohl er die Antwort schon kannte: »Hast du mir ein Hotel besorgt?«

»Das beste am Ort«, kam die vergnügte Antwort. »Meine Familie wohnt auch dort.«

Es war von vornherein klar gewesen, daß er Erkals Gastfreundschaft nicht würde ausschlagen können. »Meinetwegen kannst du trotzdem Hotelspesen abrechnen«, hatte Tomschläger angeboten, »aber mehr als achthundert Mark pro Nacht sind nicht drin.«

Erkal wohnte in der obersten Etage eines fünfstöckigen Hauses. Er schloß die Haustür auf und drückte gleichzeitig die Klingel. Die Tür des Aufzugs stand offen. Er stellte die Reisetaschen in den Lift, drückte den Etagenknopf und sprang heraus. Die Flügeltüren schlossen sich, und der Fahrstuhl setzte sich mit dem Gepäck in Bewegung. »Wir laufen«, sagte Erkal. »Sicher ist sicher.«

Als sie die Wohnung erreichten, waren die Taschen schon hereingeschafft worden, und die Familie stand, lächelnd und ein wenig steif, zum Empfang bereit. »Das ist Hilal Erkal«, stellte Erkal seine Frau vor, »sie spricht Deutsch.«

»Ein wenig«, sagte Frau Erkal und gab Klamroth die Hand. »Herzlich willkommen.« Auch die beiden Töchter, Tolga und Surreyya, vielleicht acht und zehn Jahre alt, reichten ihm die Hand und artikulierten, jede Silbe gleichermaßen betonend: »Herzlich willkommen.« – »Sie werden bald Deutsch lernen«, entschuldigte Erkal die holprige Aussprache.

Die Einrichtung der geräumigen Wohnung wirkte auf Klamroth vertraut, solche Möbel würde man auch in Hamburg oder Zürich vorfinden, ohne zu stutzen, und nur wenige Gegenstände erinnerten daran, in welchem Land man sich befand: eine Kollektion Teegläser mit kupfernen Einfassungen, zwei Stiche mit dem Panorama des Bosporus, ein Wandteppich. Im Eßzimmer war der Tisch gedeckt, und auch das Abendessen enthielt kaum eine Note, die nicht unter das vage Etikett der internationalen Küche gepaßt hätte.

Erkal bestritt das Gespräch beim Essen. Klamroth versuchte, Frau Erkal mit einzubeziehen, indem er die Speisen lobte, nach dem Ferienhaus der Familie am Meer fragte und Vergleiche zog zwischen dem Regenwetter in Köln und dem strahlenden Himmel über Ankara, aber er bekam nur höfliche kurze Antworten. Die Kinder schwiegen aufmerksam, als ob sie das Gehörte verstünden, und wechselten auch kein Wort miteinander, als wäre es ungehörig, im Beisein des Gastes Türkisch zu sprechen.

Wie auf ein Zeichen, das Klamroth allerdings nicht wahrgenommen hatte, begannen die Frau und die Töchter nach dem Essen abzutragen, und Erkal geleitete Klamroth in einen Raum, den man als Herrenzimmer bezeichnen konnte, ein wenig altmodisch, aber behaglich, mit Eichenmöbeln, die aus Brabant stammen mochten, einer englischen Standuhr mit Pendel und einer modernen Sesselgarnitur aus schwarzem Leder. Klamroth stopfte sich eine Pfeife, und Erkal zündete sich eine Zigarre an.

»Es ist schön, dich wiederzusehen«, sagte Erkal.

»Und doppelt schön, daß wir dabei nicht mehr Versteck spielen müssen. Wenigstens das bringt mir meine neue Position ein.«

»Sonst nichts? Bist du nicht zufrieden?«

»Doch, natürlich«, beeilte sich Klamroth. »Ich wollte Professor werden, lange schon. Und das habe ich geschafft. Doch, ich bin zufrieden. Ich bin nur etwas müde, das ist alles. Ist halt ein langer Tag. Ach ja, ich soll dich von Zurbriggen grüßen. Ich habe ihn heute mittag getroffen.«

»Danke. Und deine Arbeit? Kommst du voran?«

»Ich bin erst bei der Vorarbeit. Ziemlich anstrengend und wenig erfreulich. Du mußt dich um jeden Mist kümmern, sonst bauen sie dir einen OP ohne Türen und installieren Duschen im Hörsaal.«

»Dann müßtest du mal hier bei uns so ein Projekt hochziehen ...«

Klamroth lachte. »Ich klage ja nicht. Ist ja auch bald vorbei. Bis zum nächsten Semester steht der Bau. Dann kann die eigentliche Arbeit beginnen, und darauf freue ich mich.«

»Und dein Handbuch?«

»Siehe oben. Wenn die Klinik fertig ist, scheint nur noch die Sonne. Dann blüht alles auf, auch mein Handbuch.«

»Und ... privat?« fragte Erkal vorsichtig.

»Nur gute Nachrichten!« sagte Klamroth spontan. »Sicher, ein bißchen mehr Zeit könnte sein ... aber das wird auch besser, sobald der Laden läuft. Nein, keine Probleme. Und auch Walters Frau scheint sich damit abgefunden zu haben.« Er zögerte einen Moment. »Jedenfalls läßt sie sich nichts mehr anmerken.«

»Das ist gut. Ich freue mich für dich«, sagte Erkal herzlich. »Wenn du zu Hause anrufen möchtest ...«

»Das ist lieb, Aykut, aber sie ist heute abend nicht zu Hause. Ich habe ihr versprochen, morgen anzurufen.« Er drückte die Glut in seiner Pfeife nach. »Und was machen wir morgen sonst noch?«

»Morgen haben wir die offiziellen Treffen.«

Die offiziellen Treffen: Klamroth würde im Auftrag des Konzerns über die Errichtung mehrerer Kliniken verhandeln und die Gesprächspartner über die technische Ausstattung beraten.

»Überlaß die Schmiere mir«, sagte Erkal unverblümt. »Du kennst dich da nicht so aus.«

»Vielleicht unterschätzt du mich.«

»Anfänger bieten immer zuviel«, lächelte Erkal. »Konzentriere du dich auf den medizinischen Teil, ich erledige die ... menschliche Seite. Die erwarten diese Arbeitsteilung. Die wissen, daß ich nicht nur dein Dolmetscher bin.«

»Also gut, Partner. Und der inoffizielle Teil?«

»Übermorgen. Wann willst du fliegen?«

»Ich habe für zwei Uhr gebucht.«

»Das reicht. Wir treffen die Leute um zehn Uhr.«

Klamroth nickte. »Ich soll den Herren ein paar persönliche Botschaften aushändigen.«

»Klar, die Schecks«, sagte Erkal lakonisch. »Wir bereiten die Umschläge mit den Namen vor, aber die Summen tragen wir erst ein, wenn wir die Berichte gehört haben und mit den Ergebnissen zufrieden sind.«

»Das kannst du doch viel besser beurteilen als ich, Aykut. Ich meine, das könntest du doch alleine machen, ohne mich. Warum eigentlich der deutsche Professor als schmückendes Beiwerk?«

Erkal machte keine Ausflüchte und versuchte nicht, etwas schönzureden. »Du bist kein Beiwerk, Jürgen. Du spielst eine ganze Reihe von Rollen, und alle sind wichtig.«

»Zum Beispiel?«

»Zum Beispiel bist du der *echte* Abgesandte des Konzerns, der direkte Kontakt nach Köln. Ich bin für die Syrer in erster Linie Türke, obendrein noch bei der Regierung angestellt. Ich könnte also eher meine eigenen Interessen im Auge haben. Erst zusammen mit dir bin ich wirklich glaubwürdig.«

»Also bin ich so etwas wie dein Alibi.«

»Nicht nur meins. Du bist das Alibi für die Syrer, daß es hier um saubere Geschäfte geht, um die Einrichtung von Krankenhäusern und die Entwicklung und Erprobung harmloser Medikamente, ganz legal, offiziell beantragt bei der Regierung. Und du bist das Alibi für unseren Konzern, daß es nur um saubere Geschäfte gehen kann, weil du als Regierungsbeauftragter dich nie für etwas anderes einspannen lassen würdest. Und selbst deine Regierung könnte dich im Bedarfsfall mal als Alibi aus dem Ärmel zaubern.«

»Warum sollte sie?«

»Wenn einmal die Frage gestellt werden sollte, ob die Verbrennungsanlage für Giftmüll auch wirklich eine Giftmüllverbrennungsanlage ist.«

»Und ist sie das?«

»Natürlich ist sie das. Der Konzern baut das Ding zwar privat, aber deine, meine und die syrische Regierung haben Interesse daran und dies auch schriftlich bekundet und Auslastung der Anlage zugesagt, ebenfalls schriftlich.«

»Und warum ist dann alles so geheim?«

»Kannst du dir das wirklich nicht denken?«

»Du meinst, weil wir unseren Mist nicht selber entsorgen und statt dessen in arme Länder schicken?«

»In arme Länder, die ganz erpicht darauf sind, sich den Mist gut bezahlen zu lassen. Ja, das auch.«

»Das auch? Was noch?«

»Mit einem Skalpell kannst du operieren, aber auch jemandem den Hals durchschneiden.«

»Habe ich noch nie gemacht.«

»Mit Gift betäubst du Schmerzen. Verdreifachst du die Dosis, arbeitest du dem Jenseits in die Hand.«

»Darauf greife ich nur selten zurück.«

»Und mit einem großen chemischen Komplex, ausgestattet mit allen Raffinessen der neuesten Technologie, kannst du Christbaumkugeln lackieren . . .«

»... oder Christbaumkugeln mit Substanzen füllen, die dem Geist des Festes ein wenig zuwiderlaufen. Ich verstehe.«

»So ist es.«

»Und die haben solchen Weihnachtsschmuck auf der Palette?«

»Nein, natürlich nicht. Die haben auch unterschrieben, daß sie nur tun, was mit dem Geist des Weihnachtsfestes vereinbar ist. Nur: kontrollieren kann das keiner. Denk an die vielen Düngemittelfabriken im Irak, und was die Schufte damit gemacht haben. Aber spricht das gegen Düngemittel?«

»Na schön«, sagte Klamroth, »dann bin ich also so eine Art Überalibi.«

»Freud, nicht?« strahlte Erkal. »Oder doch Goethe?«

Am nächsten Tag verhandelte man über die Errichtung und Ausstattung von Kliniken, und Klamroth beeindruckte seine Gesprächspartner nicht zuletzt deshalb, weil er manchmal von der teuersten Lösung abriet und auf preisgünstigere Möglichkeiten hinwies. Erkal erledigte dann, was noch zu erledigen war, um die Geschäfte sicher auf den Weg zu bringen. Auch bei den Gesprächen am darauffolgenden Vormittag gab es keine Komplikationen. Und man fand sogar noch Zeit für einen Besichtigungsbummel in der Stadt mit Erkals Familie und für ein fröhliches Abendessen in einem Restaurant mit einheimischen Spezialitäten. Der Abschied am Flughafen war herzlich wie die Begrüßung, und Erkal und Klamroth versprachen sich ein Wiedersehen, bald schon, ganz entspannt, einmal ohne geschäftliche Angelegenheiten und mit viel, viel Zeit.

Den Italienern war es gelungen, Proben zweier namenloser Präparate zu beschaffen, die »vermutlich«, wie man es vorsichtig formulierte, zu Testzwecken im Vorderen Orient eingesetzt wurden. Eine Packung, weiß und bis auf eine Zahlenkombination unbeschriftet, war vollständig und enthielt zweihundert Tabletten, in der anderen, grün und mit Ausnahme einer Zahlenfolge ebenfalls neutral, fand sich nur noch ein Zehnerstreifen. Gerüchten zufolge sollte es noch ein drittes Testmedikament in orangefarbener Verpackung geben, aber es war bislang nicht gelungen, auch davon eine Probe zu besorgen.

Doch Regierungsrat Dohm war zufrieden mit der Lieferung. Alle drei Präparate in fabrikfrischen Packungen auf dem Tablett serviert mit Schleifchen: das wäre fast schon zu schön, um mit rechten Dingen zuzugehen. Nein, zwei reichten völlig aus. Wenn es sich um verbrecherische Menschenversuche handelte, wofür alles sprach, dann waren zwei Beweismittel ebenso aussagekräftig wie drei.

Dohm hatte die Proben nicht selber in die chemische Analyse gegeben, sondern seine Mitarbeiter Brede und Schwarz angewiesen, alles Nötige zu veranlassen. Er wollte seinen früheren Fehler nicht wiederholen und den Eindruck vermeiden, er habe an diesem Vorgang ein ganz besonderes Interesse. Und so zwang er sich auch, sich nicht nach Zwischenergebnissen zu erkundigen, sondern, wie ungeduldig auch immer, abzuwarten, bis man ihm Bericht erstatten würde. Als es dann endlich soweit war, hatte er sich so sehr unter Kontrolle, daß seine Gesprächspartner das Gefühl haben konnten, es handele sich um eine Routinebesprechung, deren Inhalt den pünktlichen Feierabend am Freitagnachmittag nicht gefährdete.

»Wir haben«, begann Brede, »von den Präparaten weiß und grün lückenlose chemische Analysen. Alle Bestandteile geklärt. Weiß ist eindeutig ein Mittel gegen Bluthochdruck. Grün richtet sich gegen Vergiftungen und könnte geeignet sein, ein toxisches Lungenödem zu verhindern oder nach Eintreten der Schädigung abzuschwächen.«

»Klingt ja ganz normal«, kommentierte Dohm abwartend.

»Das könnte es sein, ja. Das hängt von den Bedingungen ab.«

»Was für Bedingungen?«

»Ob so ein Test in kleinem oder in großem Rahmen stattfindet. Also, bei Grün geht es um Vergiftungen, die die Atmungsorgane lähmen. Das kommt bei uns nicht so oft vor. Wenn, dann meist bei Kindern, die eine giftige Pflanze gegessen haben, sagen wir Goldregen oder Herbstzeitlose. Dagegen gibt es gute Mittel. Wenn man ein besseres testen will, wird man das punktuell tun müssen, wegen der insgesamt geringen Population. Man wird sich auf einige Universitätskliniken konzentrieren, die eigene toxikologische Abteilungen haben, wo am ehesten eine gewisse Häufung von Fällen zu erwarten ist.«

»Ja, natürlich.« Dohm nickte eine Spur ungeduldig.

»Anders wäre es«, fuhr Brede fort, »wenn man das Verhältnis umkehrt. Wenn man nicht die vorhandene begrenzte Population nimmt und an ihr das Medikament erprobt, sondern sich eine große Population schafft, um an ihr das Mittel zu erproben. Dann könnte es nicht mehr um ein paar Kinder gehen, die im Garten an den falschen Sträuchern genascht haben, sondern Grün wäre vielleicht ein Medikament gegen die Wirkung bestimmter chemischer Waffen, solcher, die Lungenödeme verursachen.«

Er blickte Dohm fragend an, und der verstand den Blick: Haben wir es hier mit einer *großen* Testserie zu tun?

Aber Dohm ließ die Antwort auf die nicht gestellte Frage offen. »Ja, das sind die beiden Möglichkeiten, die wir ins Auge fassen müssen«, sagte er lediglich. »Und Weiß?«

»Herr Schwarz«, sagte Brede.

Schwarz blickte kurz auf, aber da das unbeabsichtigte kleine Wortspiel den anderen beiden offensichtlich entgangen war, verzichtete er auf eine Kommentierung. »Weiß könnte wirklich eine heiße Spur sein. Das Präparat selbst ist nicht so spektakulär wie Grün. Es soll Bluthochdruck senken, ganz banal. Aber die Zusammensetzung hat große Ähnlichkeit mit dem Produkt, das damals in Ägypten eingesetzt worden ist.«

Er machte eine erwartungsvolle Pause, doch Dohm reagierte nur mit einem kurzen Nicken.

»Fast derselbe chemische Fingerabdruck. Nur die Position einer Alkoholgruppe vom Kohlenstoffatom 6 auf das Kohlenstoffatom 2 verlagert. Sie erinnern sich doch«, versuchte er Dohm zu einer Äußerung zu ermuntern, »wir wollten im Auge behalten, wann die mit einem modifizierten Mittel einen neuen Anlauf versuchen würden.«

Dohm frohlockte, aber er zwang sich, äußerlich ungerührt zu fragen: »Wer die?«

Ein wenig enttäuscht sagte Schwarz: »Wir haben damals zehn Firmen ins Visier genommen, die für ein Ding dieser Größenordnung in Frage kommen könnten. Wir haben uns auf die Lauer gelegt, damit uns ein neuer Anlauf nicht entgeht. Nun, dies *ist* der neue Anlauf.«

»Ja, aber von welchem Unternehmen?«

»Das können wir nicht sagen«, griff Brede ein. »Wir haben nur die chemischen Analysen.«

»Die chemischen Analysen sind gut«, konzedierte Dohm, »und auch Ihre Schlußfolgerungen sind sehr bedenkenswert. Wir haben einen Schlüssel gefunden und damit ein Problem gelöst. Das andere Problem bleibt noch: die Tür zu finden, auf die der Schlüssel paßt.«

Schwarz versuchte es noch einmal. »Bei unserer Besprechung seinerzeit hatte ich den Eindruck, Sie hätten schon eine Vorstellung von der Tür. Damals schien uns nur der Schlüssel zu fehlen.«

Dohm schluckte seinen Ärger über die Bemerkung hinunter. Er ließ sich nicht gerne daran erinnern, daß er ein ganz bestimmtes Zielobjekt im Fadenkreuz hatte, damals wie heute, und daß seine Mitarbeiter daraus ihre Schlüsse ziehen könnten. Scheinbar gleichmütig antwortete er: »Ich mache Erfahrungen und ziehe Schlüsse daraus. Ich halte bestimmte Hypothesen für denkbar. Aber ich habe noch nie aufgrund von Hypothesen gehandelt, wenn ich keine Beweise hatte. Oder fällt Ihnen ein Gegenbeispiel ein?«

Mit Befriedigung registrierte er das Schweigen der beiden Männer. Er ließ die Pause lang genug werden, um den anderen das Gefühl der Unbehaglichkeit nicht zu ersparen, ehe er in freundlichem Ton sagte: »Ich danke Ihnen für Ihre Arbeit. Das eine Problem haben Sie, wie gesagt, gelöst. Um Nummer zwei werde ich mich kümmern.«

»Wo kommen die Proben her?« fragte Schwarz.

»Aus dunklen Kanälen«, lächelte Dohm.

Die beiden blickten ihn fragend an.

»Von der WHO in Genf«, sagte Dohm, »aber denen

sind sie anonym zugespielt worden, wenn man glauben darf, was ich gehört habe. Und zwar gleich in größeren Mengen. Die haben dann Muster an verschiedene Ministerien in Europa gegeben, so auch an uns. Inoffiziell und unter dem Tisch und ohne Aktenvermerk.«

»Typisch«, kommentierte Brede, »die halten sich raus, wie immer.«

»Aber das kennen wir ja nicht anders«, bestätigte Dohm, »oder?«

Als die Mitarbeiter gegangen waren und Dohm wieder alleine an seinem Schreibtisch saß, hätte er vor Freude in ein spontanes Indianergeheul ausbrechen mögen, wie er es als Kind zuweilen getan, sich aber schon früh wieder abgewöhnt hatte. Weiß war die Fortsetzung der tödlichen Nummer aus Ägypten, und Grün wurde massenhaft an gesunden Menschen erprobt! Die Soldaten, die nicht wußten, was sie da schlucken mußten und warum, und natürlich in einem militärischen Sperrgebiet, damit auch alles schön abgeschottet blieb. Und »Rückschläge« und »Schwierigkeiten« vermuteten die Informanten: also Tote! Der Schlüssel war da, und die Tür auch, auf die er passen würde. Klamroth in Ankara, Klamroth und Erkal verhandelten im türkischen Gesundheitsministerium, Klamroth und Erkal trafen sich mit hohen syrischen Beamten. Jetzt fehlte nur noch das letzte Glied in der Kette, der Beweis, daß es wieder Tote gegeben hatte. Dann konnte die Mutter aller Schlachten beginnen, wie es dort unten in der blumigen Sprache der Region hieß. Die Italiener würden ihm diesen letzten Beweis, die Toten, liefern, dann wären sie aus der Abmachung entlassen und könnten den versprochenen Preis kassieren!

Dohm ahnte nicht, daß es Tomschläger in Köln war,

der ihm diesen Wunsch erfüllen würde, und daß Klamroth den Plan dafür geschmiedet hatte.

Sabine lag auf Klamroths Bett und las in einem Buch. Sie hatte sich im Fernsehen einen Film angesehen und, als sie danach immer noch alleine war, beschlossen, mit dem Essen nicht länger zu warten. Sie hatte sich eine notdürftige Mahlzeit zusammengestellt aus dem, was sie im Kühlschrank vorfand. Sie wollte sich dann schlafen legen, konnte aber nicht einschlafen und versuchte, sich müde zu lesen. Sie war noch wach, als Klamroth nach Mitternacht heimkehrte.

»Spät komm ich, doch ich komm«, sagte er und küßte sie auf die Stirn. »Entschuldige bitte, Sabine. Der Abend ist etwas länger geworden.«

»Der Morgen ist etwas länger geworden. Wir haben schon Sonntag, Doktor.«

»Tut mir wirklich leid. Ich wollte um zehn gehen, aber dann kam ...«

»Ich habe mich ja nicht beklagt.« Sabine klappte das Buch zu. »War es denn schön?«

»Was heißt schon schön?« Er setzte sich auf die Bettkante. »Manche Dinge sind wichtig, ob ich sie nun mag oder nicht.«

»Du hast nie Partys gemocht. Seit wann findest du sie wichtig?«

»Ich finde nicht Partys wichtig. Aber es kann günstig sein, bestimmte Leute zu treffen.«

»Wieso günstig? Du hast doch alles, was du willst. Wozu brauchst du die Gunst bestimmter Leute?«

»Ich brauche keine Gunst, das ist richtig. Aber es erleichtert die Arbeit, wenn man gewisse Dinge inoffiziell regelt. Verstehst du, nicht als Antrag auf der Fakultätssitzung mit anschließender Diskussion. Es geht einfach schneller. Man spart Zeit.«

Sabine lächelte. »Mathematisch nicht gerade überzeugend. Du sparst Zeit, weil du inoffizielle Gespräche führst. Dazu gehst du auf Partys, die über vier Stunden dauern. Hast du Zeit gespart?«

»Na gut«, gab Jürgen ein wenig hilflos zu, »heute abend ist die Rechnung vielleicht nicht ganz aufgegangen ...«

»Heute morgen.«

»Ja, heute morgen auch nicht«, kam die Antwort ein wenig gereizt. Er stand auf. »Manchmal argumentierst du wie eine professionelle Ehefrau.«

»Du mußt es ja wissen. Ich kenne mich da nicht so aus.«

»Lernt ihr das in der Schule? Kommunikationstheorie und so?«

»Warum rufst du die Leute nicht einfach an?«

»Wen?«

»Die, mit denen du inoffiziell reden willst. Ruf sie doch einfach an.«

»Und was wäre der Unterschied?«

»Du würdest Zeit sparen und müßtest nicht zu Partys gehen.«

»Du hättest mitkommen können.«

»Danke, nein. Ich mag keine Partys. Jedenfalls nicht solche. Mit welchen wichtigen Leuten sollte ich wichtige Dinge besprechen?«

Jürgen ging zum Schreibtisch hinüber und begann, sich eine Pfeife zu stopfen. Er ließ sich Zeit mit dem Anzünden, ehe er sagte: »Ich finde das ungerecht, Sabine. Warum jetzt diese Diskussion? Ich mußte schon öfter mal weg, wenn ich lieber mit dir zusammen gewesen wäre. Was war heute besonders schlimm daran?«

»Hättest du lieber gehabt, wenn ich dir jedes Mal eine Szene gemacht hätte?«

»Ich habe nicht gesagt, daß du eine Szene machst. Ich habe Diskussion gesagt.«

»Und ich wollte nicht diskutieren, sondern einfach nur fragen, warum du diese Leute nicht anrufst.«

»Da fehlt ... wie soll ich sagen ... das Atmosphärische. In meiner Position erwartet man, daß ich bei bestimmten Anlässen erscheine. Natürlich muß ich nicht. Es gibt kein Gesetz. Aber ... das ist so wie mit Geschenken. Man erwartet sie in einer netten Verpackung, obwohl das am Inhalt nichts ändert.«

»Und der Witz an der Geschichte ist, daß du grundsätzlich nie Geschenke einpackst. Oder willst du jetzt damit anfangen?« Sie blickte ihn nachdenklich an. »Komisch, daß *du* etwas tust, weil *man* es von dir erwartet. Das hast du doch noch nie gemacht.«

»Das kommt davon, wenn man sich mit einem älteren Herrn einläßt. Du bist wohl noch nicht alt genug, um beurteilen zu können, was ich *nie* gemacht habe.«

Sabine biß sich auf die Lippen und richtete sich langsam auf. »Soll ich dir etwas zu essen machen?«

»Danke, nicht nötig. Die hatten dort ein Buffet, da habe ich mich bedient. Wenigstens das ist eingesparte Zeit, oder?«

Sabine schwenkte ihre Beine vom Bett herunter und tastete mit den Füßen nach ihren Schuhen auf dem Boden. »Wenn du möchtest, verschwinde ich.«

»Was soll der Quatsch? Es fährt kein Zug mehr.«

Sie schlüpfte in die Schuhe und stand auf. »Ich habe einen reichen Daddy, der mich liebt und mir ganz bestimmt ein Taxi bezahlt.«

Nur einen spontanen und ganz kurzen Moment lang war Jürgen versucht zu sagen: Gut, wenn du willst, hau ab. Doch dann war er so erschrocken über das Ungesagte, einen Augenblick wie gelähmt von dem Gedanken, daß er es wirklich gesagt haben könnte, daß er, fast in Panik, herausbrachte: »Ich habe das nicht so gemeint, Sabine. Geh jetzt nicht. Bleib hier. Bleib bei mir. Ich liebe dich.«

Sabine blickte ihn mit weit geöffneten Augen an. »Das ... hast du noch nie gesagt.«

»Geh nicht. Wir haben morgen noch den ganzen Sonntag. Nein, heute, verdammt noch mal. Heute ist Sonntag, okay. Aber er hat gerade erst angefangen. Und wenn du willst, mache ich Montag blau. Grippe, Nierenstein, Delirium tremens. Der Medicus ist krank. Was meinst du? Sag was!«

Sabine ging auf ihn zu und legte ihre Arme auf seine Schultern. »Montag geht nicht. Latein-Klausur. Aber ich liebe dich auch. Vielleicht Donnerstag. Wenn ich dich dann noch liebe.«

Später, es wurde schon hell, sagte Jürgen, glücklich benommen und nur halb wach: »Ich gehe nie mehr zu diesen Scheißpartys. Versprochen.«

Sabine ließ ihre Hand über sein Gesicht gleiten, wie man ein gerade eingeschlafenes Kind noch einmal streicheln würde. »Ich liebe dich. Ich will nicht, daß du mir etwas versprichst.«

Klamroth drückte die Klingel am Pfarrhaus von St. Bernward.

»Ja bitte?«

»Ich bin's.«

»Ich komme.«

Ehe Klamroth antworten konnte, war die Sprechanlage verstummt. Mann, drück doch einfach auf den Knopf und spar dir das feierliche Geleit in deinen Bunker runter!

Allwein öffnete die Haustür. »Komm mir jetzt nicht mit der Nummer«, sagte Klamroth, »daß du mich an der Tür abholen mußt, weil ich alleine nicht mehr den Weg in deine Katakomben finde ...«

»Schade, du nimmst mir die Pointe weg.«

»... weil ich nämlich so lange nicht mehr hier war.«

»Der Türöffner funktioniert nicht, um ehrlich zu sein. Aber sagen wollte ich in der Tat ... Na ja, nun hast du es schon selber gesagt. Zerstört, mein kleiner Witz, noch bevor er das Licht der Welt erblickt hat.«

»Oje!« Jürgen legte einen Arm um Stefans Schultern. »Das wollte ich nicht. Komm, laß uns noch mal ganz von vorne anfangen. Ich gehe raus und klingele. Dann kommst du und sagst: Ich hole dich lieber ab, weil du alleine nicht ... und so weiter. Ich zucke zusammen unter der Wucht der Wahrheit, lache dann aber doch.«

»Jetzt will ich nicht mehr.« Stefan schloß die Tür. »Jetzt will ich, daß *du* mich zum Lachen bringst. Los, mach einen Witz.«

»Ich kann keine Witze behalten.«

»Dann sag was Witziges.«

»Jesus lebt.«

»Einverstanden. Komm runter.«

Zwar hatte man sich nicht zum Schach verabredet, aber als Jürgen das Zimmer betrat und das Spiel aufgebaut sah, fühlte er sich auf eine unbestimmte Weise erleichtert, und Stefan schien etwas davon zu spüren. Er verzichtete auf das übliche Ritual, nach dem Getränkewunsch zu fragen, um dann doch zuzugeben, daß er nur Bier anzubieten hatte, sondern ging gleich zum Kühlschrank und holte zwei Flaschen Bier. Er setzte sich, und wie auf Verabredung verzichteten beide darauf, die bereitgestellten Gläser zu benutzen. Jürgen nahm einen kräftigen Zug und leerte die halbe Flasche in einem Zug. Stefan bemerkte es, ohne es zu kommentieren.

»Das letzte Mal hast du angefangen«, sagte Jürgen, »also bin ich jetzt dran. Einverstanden?«

»Ich kann mich nicht erinnern. Aber fang an.«

Jürgen hatte den ersten Zug schon getan. Stefan folgte nach einiger Überlegung, und Jürgen zog gleich wieder. »Kann ich rauchen?«

»Klar.«

Er zog sich eine schon gestopfte Pfeife aus der Hosentasche und setzte sie in Brand. Als sie nach wenigen Augenblicken wieder erloschen war, strich er ungeduldig ein zweites Streichholz an und paffte, wie es Stefan schien: ärgerlich, bis die Glut gegriffen hatte. Mit ein paar wedelnden Handbewegungen versuchte er, die Rauchwolke zu zerteilen, und bewegte die nächste Figur.

»Ich bin dran«, sagte Stefan.

»Oh, Entschuldigung.« Er zog seine Figur wieder zurück.

Eine Zeitlang spielten sie so, ohne daß es zu einer entscheidenden Konstellation kam, die einer Seite einen deutlichen Vorteil beschert hätte.

»Habe ich richtig gesehen«, fragte Stefan schließlich, »du hast einen neuen Wagen?«

»Ja«, sagte Jürgen, ohne von der Partie aufzublicken, »man gönnt sich ja sonst nichts.«

»Der alte tat es nicht mehr?«

»Er *tat* es noch, wenn du damit meinst, daß er noch *fuhr.*« Er grinste. »Aber er gab mir nicht dieses *Feeling*, in einem *Cockpit* zu sitzen. Es war halt nur ein Auto, kein *Raumgleiter.* Es fehlte dieser letzte Rest an *funktionalem Luxus*, der das *Navigieren* des Systems zur lässigen Selbstverständlichkeit macht. Jedenfalls für einen Mann, der gerade *das Beste* besonders *kritisch* prüft.«

»Wir kriegen nie genug Autos für unsere Seniorenausflüge zusammen. Am Wochenende wollen wir an die Mosel. Vielleicht kannst du uns deine Mühle mal leihen?«

»Mühle?« fuhr Jürgen theatralisch auf. »Für *Senioren*? Nee, mein Lieber, selbst dann nicht, wenn du einen Führerschein hättest. Vielleicht fahre ich nächstes Jahr Fronleichnam in der Prozession mit, dann kannst du meinetwegen vom Rücksitz aus den Segen spenden. Mehr ist nicht drin.«

»Du hast dich sehr verändert. Früher hättest du mich vorne mitfahren lassen.«

Du hast dich verändert, sollte die Botschaft sein, und Jürgen spürte, daß der Rest nur Dekoration war, um es wie einen Scherz klingen zu lassen. »Achte lieber auf deine Königin«, sagte er und zog eine Figur.

Stefan parierte den Zug. »Deine neue Würde scheint dir zu bekommen.«

Er gibt nicht auf. Er will jetzt zur Sache kommen. »Meinen neuen Wagen finde ich interessanter.«

Small talk. Er will sich um das Thema drücken. »Du scheinst ein geregelteres Leben zu führen.«

Was soll das jetzt? Die ironische Tour? »Die Arbeit ist regelmäßiger geworden. Weil mehr. Dadurch ist die Freizeit überschaubarer. Weil weniger.«

Immerhin, nicht völlig ausgewichen. »Ich meinte noch etwas anderes ...«

»Sag mal, kann man hier vielleicht noch ein Bier bekommen?«

»Klar.« Stefan nahm Jürgens leere Flasche und holte eine neue. »Du kennst mich. Ich bin ein aufmerksamer Gastgeber.«

»Aber als Mensch im allgemeinen bist du in Ordnung.«

»Du zählst mit, ja? Oder kann dein Galaxisauto auch Kurs halten, wenn der Fahrer besoffen ist?«

»Weiß ich nicht. Ich habe das Bordbuch noch nicht gelesen. Prost.«

»Prost.«

Nach dem üblichen Ritual – Flasche heben, nicken, trinken, Flasche einen Moment lang in der Schwebe halten und dann absetzen – sagte Stefan: »Was ich meinte, war ...«

Verdammt, warum läßt er nicht locker?

»... du scheinst mir zugenommen zu haben.«

Ach so! »Stimmt. Fünf Pfund. Und das kann man schon sehen?«

»Daß du mehr arbeitest, scheint dir jedenfalls zu bekommen.«

»Ich fresse mehr, das ist alles. Empfänge, Arbeitsessen, Partys. Aber damit ist jetzt Schluß. Habe ich Sabine versprochen. Bis Weihnachten habe ich das Fett wieder runter.«

Er hat es Sabine versprochen. Also Probleme? Wahrscheinlich. Ein junges Mädchen, das in seiner Unerfahrenheit denken muß, mit einem Supermann zusammen zu sein. Muß schon ziemlich dick kommen, ehe so ein Kind Ärger macht. »Du mußt jetzt öfter Dinge tun, die du nicht willst, nicht?«

Du etwa nicht? »Sag mir einen Beruf, wo es anders ist. Ist die Meßdienerausbildung dein Traum von Selbstverwirklichung?«

»Du hast die Praxis aufgegeben . . .«

»Ich habe dafür eine Klinik übernommen.«

»Was macht dein Handbuch?«

»Ich kann jetzt operieren, so viel ich will. Kein Problem mehr, das Material zusammenzutragen.«

»Und du kommst voran mit dem Schreiben?«

»Ich will erst die Sammelphase abschließen. Nächstes Jahr geht es dann zur Sache.«

»Du glaubst, daß du im nächsten Jahr mehr Zeit zum Schreiben hast?«

»Dann läuft die Klinik.«

»Und du leitest sie. Dann hast du vollen Lehrbetrieb.«

»Das wird Routine.«

Es trat eine Pause ein. Jürgen stopfte seine Pfeife nach und glaubte schon, das Thema sei erledigt, als Stefan noch einmal nachhakte: »Du bist viel unterwegs in letzter Zeit.«

Verdammt noch mal, warum können wir nicht einfach Schach spielen? »Ich war auch in Hildesheim.«

»Was?« Stefan war so überrascht, daß er den Freund anstarrte. »Wann?«

»Ist schon etwas her. Im Sommer, vor dem Urlaub.«

»Und was hast du da gemacht?«

»Nichts. Wollte nur mal sehen, wo du früher gelebt

hast. Habe mir die Kirche angesehen, Sankt Bernward. Deine Geschichte mit den Turnschuhen für die Meßdiener. Dann bin ich zum Josephinum gegangen und habe mir vorgestellt, es könnte dein alter Schulweg gewesen sein.«

»Und . . . wie sieht es dort aus?«

»Verändert. Gepflegt. Schön. Langweilig. Nichts mehr von deiner Ruinenromantik. Warum fährst du nicht mal hin?«

»Ich weiß nicht . . .«

»Sollen wir mal zusammen hinfahren? Und du zeigst mir alles?«

»Vielleicht . . . Hättest du denn . . . die Zeit?«

»Klar.«

Natürlich wußte Stefan bald, daß er auf einen Trick hereingefallen war, daß die Erwähnung der Stadt seiner Kindheit Jürgens letzter Ausweg gewesen war, um das unangenehme Thema abzuwürgen. War vor Monaten dort gewesen und hatte darüber geschwiegen. Und jetzt plötzlich kam er damit heraus. Aber er hatte erreicht, was er wollte. Man hatte über die Stadt und über die Kindheit gesprochen, Stefan hatte zerfahren gespielt und am Ende, selten genug, verloren.

Er hat sich verändert, dachte Stefan, als er wieder alleine war. Nicht total, ist nicht wie umgekrempelt, wie man so sagt. Wer ihn nur flüchtig kennt, merkt vielleicht nichts. Hektischer, ungeduldiger. Trinkt und raucht hastig, genießt es nicht mehr. Soll in der Klinik ein parmal ausgerastet sein, weil eine Kleinigkeit nicht sofort geklappt hat. Aber immerhin: zu den Patienten freundlich wie immer, nimmt sich auch Zeit für sie.

Wollte lieber Schach spielen, um nicht viel reden zu

müssen. Spielt aggressiv und unbedacht. Gut, hat gewonnen. Aber kein Wunder am Ende. Legt mir die Bombe unter den Tisch und guckt seelenruhig zu, wie ich mich mit der Lunte abstrampele. Wenn er vor Monaten in Hildesheim war und mir nichts gesagt hat, dann wollte er mich schonen oder so was. Und jetzt ... Er hat irgendwas. Er wollte das alles haben, die Klinik, den Titel. Nun hat er es. Sicher, da ist viel Arbeit am Anfang. Aber Jürgen ist nicht überarbeitet. Reist auch noch viel, für Tomschläger. Das große Geld? Wohl eher nicht. Nicht in erster Linie. Was soll er damit machen, wenn er keine Zeit mehr hat? Sicher, das neue Auto. Hunderttausend Mark? Hundertzwanzigtausend? Wohl nur Ablenkung. Er kann damit nicht schneller zur Klinik kommen als ich mit meiner Kiste. Irgendwie getrieben. Er *will*, daß der Wagen ihm Freude macht. Ist wahrscheinlich wütend, wenn es nicht klappt. Er ist nicht glücklich. Schade, daß wir nicht reden konnten.

Aber ist vielleicht bald schon wieder vorbei. Fährt nach Hildesheim, nur so, um zu sehen, wo *ich* mal gelebt habe. Will mit mir wieder hinfahren ... Ich werde es machen. Sobald der Neubau steht, wenn er das Gröbste vom Hals hat. Wenn er sich dafür dann wirklich ein Wochenende nimmt ... meinetwegen mit dem Mädchen ... obwohl ... alleine wäre es schöner ... dann ist alles wieder in Ordnung.

Klamroth versuchte, sich darauf zu freuen: Heiligabend bei den Tomschlägers in Walberberg, wie immer.

Sicher, wie immer.

»Ich weiß nicht«, hatte er zu Tomschläger gesagt, »ob das eine gute Idee ist.«

»Warum denn nicht?« war die unbekümmerte Antwort.

»Ob das nun gerade ein entspannter Abend wird ...«

»Wieso denn nicht? Du hast allen Grund, entspannter zu sein als letztes Jahr. Erinnerst du dich? Es hat sich doch einiges getan in diesem Jahr, oder nicht?«

»Sicher ... du hast wohl recht.«

»Klar habe ich recht. Also: business as usual.«

»Wenn du meinst ...«

»Natürlich Christmas-business.«

Er hatte auch mit Sabine darüber gesprochen.

»Du kannst doch nicht wegbleiben, Jürgen. Wir würden dann den ganzen Abend nur daran denken, daß du nicht dabei bist. Alle wären traurig.«

»Alle ...?«

»Mach dir keine Sorgen. Mama hat das Thema schon lange nicht mehr angeschnitten. Und denk an Angela. Was würden wir ihr sagen?«

»Daß ich Dienst im Krankenhaus habe.«

»Aber das wäre doch gelogen, Jürgen.«

Und so hatte er zugesagt, wie immer. Business as usual.

Er fuhr später als sonst und traf pünktlich zum Abendessen ein.

»Noch zehn Minuten«, kommentierte Linda lakonisch, »und wir hätten angefangen.«

»Ich hatte noch einen Notfall in der Uni«, log er.

»Was für ein Notfall?« fragte Angela.

»Ah, liebe Prinzessin.« Er drückte das Kind an sich. »Auf dich habe ich mich den ganzen Tag gefreut.«

»Auf die anderen nicht?« fragte das Mädchen ernsthaft.

»Doch, auf euch alle.« Er küßte sie auf die Stirn. »Aber auf dich ganz besonders.«

»Warum?« strahlte Angela.

»Ja, weil ...« Er blickte ein wenig verlegen in die Runde. Sabine lächelte. Walter grinste, als wolle er sagen: In die Ecke hast du dich selber manövriert, also sieh zu, wie du da rauskommst. Linda zeigte keine Reaktion und trug die letzten Schüsseln auf. »Weil ... Heiligabend ohne dich, das kann ich mir gar nicht vorstellen.«

Angela hielt ihn an der Hand, als sie zu Tisch gingen. »Was war das für ein Notfall?«

»Eine alte Frau ... ist gestolpert und hat sich ein Bein gebrochen.«

»Sie war auf dem Weg zur Kirche«, steuerte Walter vergnügt bei und ignorierte die Blicke von Linda und Sabine.

»Da habe ich ihr das Bein geschient und eingegipst.«

»Muß sie Weihnachten im Krankenhaus bleiben?«

»Nein, sie ist schon wieder zu Hause.«

»Vielleicht wäre sie lieber im Krankenhaus geblieben«, sagte Walter.

»Ehrlich?« fragte das Kind verblüfft.

Linda faltete die Hände. »Komm, Herr Jesus, sei unser Gast ...« Und die anderen fielen ein: »... und segne, was du uns bescheret hast. Amen.«

Sie faßten sich an den Händen: »Frohe Weihnachten.«

Angela sorgte für Jürgen. Sie hielt die Schüssel, als er sich von den Kartoffeln nahm. Sie legte ihm von dem Braten auf den Teller und füllte ihm Gemüse auf. Sie schenkte ihm das Glas randvoll mit Wein ein.

»Danke, Prinzessin.« Er war gerührt. Warum kann ich nicht einfach sagen: Ich liebe dich, Prinzessin. Deine Schwester auch, anders. Aber dich eben auch.

Das Kind strahlte ihn an, als hätte es seine Gedanken gelesen.

»Aber zu füttern brauchst du Jürgen nicht, Angela«, sagte Linda und gab sich Mühe, ihre Bemerkung witzig klingen zu lassen.

Es wurde dann doch noch ein entspanntes Gespräch beim Essen, und später bei der Bescherung kam fast die alte Fröhlichkeit auf, wie man sie in all den Jahren gewohnt war. Jürgen hatte mit Unbehagen an den späteren Abend gedacht, wenn man zu dritt in der Bibliothek zusammensitzen würde und die verlegene Zeitspanne überbrücken mußte, bis Linda endlich zur Mitternachtsmette ins Kloster aufbrechen würde. Aber seine Skepsis verlor sich nach und nach. Sabine ging diesmal nicht zu ihrer Freundin hinüber und war dabei, als man sich später in der Bibliothek zum Wein versammelte, und auch Angela durfte länger aufbleiben und war noch mit ihren Geschenken beschäftigt.

»Was für ein Jahr!« resümierte Walter unbekümmert.

»Das kann man wohl sagen«, bestätigte Jürgen rasch, ehe Linda es sagen konnte. Aus ihrem Munde würde es ganz anders klingen.

»Hast du nun, was du wolltest?« fragte Linda.

Jürgen nickte zögernd. »Ja. Ich glaube schon.«

»Kommt ja nicht gerade spontan. Fehlt noch was?«

»Eigentlich nicht.«

»Eigentlich?«

»Du hast recht, Linda. Eigentlich, das klingt nicht so begeistert. Ich bin ein bißchen müde, das ist alles.« Er schüttelte den Kopf. »Wenn ich daran denke, wie ich euch voriges Jahr die Ohren vollgejammert habe ... Doch, ich habe alles erreicht ... in einem einzigen

Jahr.« Er lächelte. »Gewöhnlich dauert wünschen länger.«

»Bei mir hilft wünschen *gar* nicht«, sagte Linda trokken.

»Das ist der Trick«, steuerte Walter vergnügt bei, »man darf sich nur wünschen, was auch in Erfüllung geht.«

Wenn du *einmal* die Klappe halten könntest, dachte Sabine, das wäre mein Wunsch. Aber sie schwieg.

Walter hob sein Glas. »Voriges Jahr warst du ein alter Dozent. Jetzt bist du ein junger Chefarzt.«

»Genau.« Dankbar nahm Jürgen sein Glas auf. »Auf die guten Geister, die bei der Erfüllung mitgeholfen haben.«

Auch Linda nippte artig an ihrem Glas. »Und – bist du nun glücklich?«

»Glück . . . das ist so eine Kategorie.« Und ein wenig verlegen fügte er hinzu: »Ich habe damit noch nie viel anfangen können.«

»Das muß traurig sein für Menschen, die dir nahestehen.«

Erschrocken suchte Jürgen nach einer Formulierung.

Sabine blickte ihre Mutter an, aber Linda schien sich auf einen Punkt irgendwo über den Köpfen der anderen zu konzentrieren. Auch *du* könntest mal die Klappe halten!

»Voriges Jahr jedenfalls warst du unglücklich«, sagte sie, ohne Jürgen anzuschauen.

»Ja. Und jetzt bin ich es nicht mehr. Wenigstens das kann ich präzise sagen. Ob das Nicht-unglücklich-sein schon Glück bedeuten muß . . . Ich sehe das nüchterner. Ich hatte nicht die Arbeitsbedingungen, die ich wollte. Jetzt habe ich sie. Das ist gut so.«

Walter schenkte sich Wein nach. »Und die Kohle stimmt auch.«

»Ist es das?« fragte Linda.

»Was?«

»Mehr Geld.«

»Geld macht bekanntlich nicht unglücklich.«

»Liebe auch nicht!«

Sabine zog die Luft ein. Linda ignorierte es.

Jürgen blickte auf die Uhr. »Liebe und Geld. Ich kann da die Verbindung nicht erkennen. Ich jedenfalls würde notfalls auch kostenlos lieben.«

Angela war unbemerkt näher gekommen und hatte die letzten Sätze mit angehört. Als Jürgen sie sah, rückte er auf seinem Sessel ein wenig zur Seite, und das Kind schmiegte sich an ihn.

»Ich fürchte, unser Gast möchte schon gehen«, sagte Linda.

Angela richtete sich auf. »Ehrlich, Jürgen?«

»Nein«, antwortete er verdutzt, »wieso?« Er wandte sich an Linda: »Ich dachte, ich könnte bei euch ...«

»Du hast auf die Uhr geschaut, Jürgen«, sagte sie mit einem maskenhaften Lächeln. »Das sah so aus, als hättest du es ein wenig eilig.«

»Ist mir nicht aufgefallen. Ich weiß gar nicht, wie spät es ist. Muß ich unbewußt gemacht haben. Ich bin etwas müde, deshalb wahrscheinlich.«

Nun warf Linda einen Blick auf ihre Uhr. »Die Messe. Ich muß langsam los. Wo möchtest du schlafen, Jürgen?«

»Was ... meinst du?«

»Soll ich dein Bett im Gästezimmer machen, oder gehst du zu Sabine rüber?«

Selbst Walter verschlug es die Sprache, und alle schauten sie erschrocken an, außer Angela. »Dann kannst du auch bei mir schlafen«, bot sie freudig an.

»Das ist lieb von dir, Prinzessin ...«, stotterte Jürgen.

»Das geht nicht, mein Liebes«, sagte Linda.

»Aber du hast doch gesagt«, protestierte das Kind, »Jürgen kann bei Sabine ...«

»Das ist etwas anderes.« Linda stand auf und strich Angela im Vorbeigehen über das Haar. »Sieh mal, Jürgen mag dich natürlich, Kleines. Aber deine Schwester liebt er.«

Damit verließ sie den Raum. Die anderen hörten schweigend, wie sie an der Garderobe kurz haltmachte und dann die Haustür hinter sich zuzog.

»Stimmt das, Jürgen?« fragte Angela mit großen Augen.

»Aber Prinzessin ... du weißt doch, daß ich euch alle liebe.« Er versuchte, sie an sich zu drücken, aber das Mädchen sperrte sich.

»Und Sabine?« Sie schluckte, ehe sie herausbrachte: »Liebt ihr euch wie die Erwachsenen?«

Jürgen wußte, daß es keinen Zweck mehr hatte. Hilflos sagte er: »Es ist spät, Prinzessin. Wir sind alle müde. Laß uns morgen weiterreden.«

Angela glitt von dem Sessel hinunter. Sabine stand auf und wollte sie an der Hand nehmen, aber sie wich aus und trat ein paar Schritte auf die Tür zu.

»Besucht Sabine dich in Köln?« Sie hatte Tränen in den Augen.

»Nun ... ja, zuweilen. Manchmal sehen wir uns.«

Sie wandte sich um und ging. Sabine folgte ihr.

Jürgen trank sein Glas leer. Mechanisch griff Walter nach der Flasche und wollte nachschenken, aber er wehrte mit einer Handbewegung ab. »War wohl doch nicht eine so gute Idee herzukommen«, sagte er tonlos.

»Das hat sie geplant, Jürgen, und sie hätte es gemacht, so oder so. Wenn nicht heute, dann bei der nächsten Gelegenheit.«

Jürgen nickte und stand auf. »Ich fahre nach Hause.«

»Ich hätte nicht übel Lust mitzukommen.«

»Klar. Aber denk an Angela. Ich lasse dich ungern in diesem Schlamassel zurück, Walter, aber ich habe keine Lust, bei der Tragödie zweiter Teil mitzuspielen, in der Schurkenrolle. Ich bin morgen zu Hause. Wenn du willst, komm rüber.«

Sabine betrat wieder das Zimmer.

»Ich fahre«, sagte er.

»Ja. Ich würde mitkommen, aber ich möchte die Kleine jetzt nicht alleine lassen.«

»Was meinst du, kann ich zu ihr raufgehen?«

Sie schüttelte den Kopf. »Gib ihr Zeit, sich zu beruhigen.«

»Sicher.«

»Ich komme morgen oder übermorgen.«

»Okay.«

Walter begleitete ihn zum Auto und winkte, als er abfuhr.

Sicher, sie wird sich wieder beruhigen, dachte Klamroth. Aber er wußte auch, daß er dann keine Rolle mehr spielen würde im Leben der Prinzessin. Einen Moment lang lähmte der Gedanke ihn so, daß er anhielt. Er kurbelte das Fenster herunter und atmete die eisige Luft in tiefen Zügen ein. Nach einigen Minuten fuhr er benommen weiter. Zu Hause trank er und sprach ein paar dürre

Sätze auf die Cassette. Danach gelang es ihm doch einzuschlafen.

Die Stimmung blieb gedrückt über Weihnachten in Walberberg, aber es kam nicht zum offenen Streit, wohl mit Rücksicht auf Angela. Es gab nur zuweilen einen kurzen Wortwechsel, mit gedämpfter Stimme.

»Bravo«, höhnte Tomschläger, »ein Blattschuß. Davon kann der Waidmann nur träumen. Ein einziger Schuß, und gleich mehrere Treffer.«

Linda reagierte nicht.

Bei einer anderen Gelegenheit, als ein Zusammentreffen in der Küche unvermeidlich war, sagte Sabine: »Ich lasse mich nicht mehr in euren Kampf hineinziehen.«

»Und was gedenkst du zu tun?« fragte Linda, ohne von ihrer Arbeit aufzublicken.

»Ich gehe weg aus Walberberg. Wenn es Angela wieder besser geht, suche ich mir eine kleine Wohnung.«

»Und wie willst du diese kleine Wohnung finanzieren, wenn ich fragen darf?«

»Nach dem Abitur werde ich arbeiten.«

»Und vorher?«

Plötzlich überkam Sabine der Wunsch wehzutun. »Ich habe einen reichen Vater und einen wohlhabenden Freund. Vielleicht frage ich die um Rat.«

»Oh, wie emanzipiert. Sich von Männern aushalten zu lassen.«

»Tust du denn etwas anderes?«

Angela mochte etwas spüren von den Spannungen, aber sie sagte nichts, blieb teilnahmslos. Sie weinte nicht mehr so oft wie in den ersten Tagen. Gehorsam fügte sie sich in das, was von ihr verlangt wurde. Wenn sie ermuntert wurde zu essen, aß sie. Wenn Linda meinte, sie könne die Ferien doch nicht nur im Haus mit ihrem Kaninchen verbringen, rief sie eine Freundin an und verabredete sich mit ihr. Nach Jürgen fragte sie nicht mehr.

11

Anfang Januar war der Anbau zum Heilig-Kreuz-Krankenhaus so weit fertiggestellt, daß dort schon Operationen möglich waren. Zwar waren noch Handwerker im Haus, und es konnten noch nicht alle Betten mit Patienten belegt werden, aber man hatte den Zeitplan im wesentlichen eingehalten und würde den vollen Lehrbetrieb mit Beginn des Sommersemesters aufnehmen können.

Klamroth hatte zwischen den Feiertagen das provisorische Büro geräumt und seine mit modernster Technik ausgestattete Kommandozentrale übernommen, und ein wenig lenkte er sich in der stillen Zeit damit ab, sich mit den Geräten vertraut zu machen und die Einrichtung zu vervollständigen. Daß die Planung ihm größere Freude bereitet hatte als nun die Verwirklichung, registrierte er zwar, aber er schob es auf eine gewisse Erschöpfung, die er bald abzustreifen hoffte, wenn er ein paarmal richtig ausgeschlafen hätte.

Und so kam es auch. Als es an die Einzelheiten der Besetzung der neu eingerichteten Stellen ging, war er voll bei der Sache und verhandelte unnachgiebig. Seine Gesprächspartner in der Fakultät und im Wissenschaftsministerium in Düsseldorf brachte er zuweilen an den Rand der Erschöpfung, wenn er ungerührt signalisierte, daß er auch die Nacht durch zu diskutieren gedachte, wenn anders kein zufriedenstellendes Ergebnis zu erreichen sei. Und so sehr diejenigen, die mit Klamroth zu tun hatten, seine Hartnäckigkeit verwünschten und es mehr als einmal bereuten, einen parteilosen Sturkopf in diese Position gelassen zu haben, wo so mancher Genosse ebenso qualifiziert gewesen wäre und weniger Schwierigkeiten gemacht hätte, so mußten sie am Ende doch – vielleicht widerstrebend – anerkennen, daß er etwas zustande gebracht hatte, das zwischen Rhein und Weser gar nicht so selbstverständlich war: er hatte eine kompetente Mannschaft zusammenbekommen, Frauen eingeschlossen, und das ohne Quote.

Ebenfalls Anfang Januar erhielt Regierungsrat Dohm noch einmal einen Bericht von den Italienern. Darin war die Rede von Gerüchten über eine Epidemie in Truppenteilen der syrischen Armee, bei der es eine unbestimmte Zahl von Toten gegeben haben sollte. Genauere Informationen, hieß es, seien nicht zu erhalten, da die kolportierten Ereignisse offensichtlich einer strengen Zensur unterlägen und die betroffenen Garnisonen, ohnehin in schwer zugänglichen Gebieten stationiert, augenscheinlich unter Quarantäne gestellt worden und von der Außenwelt abgeschnitten seien. Gleichzeitig hätten die Kontakte zwischen hohen syrischen Beamten und Vertretern des türkischen Gesundheitsministeriums erheblich zugenommen, und Dr. Erkal sei bei all diesen Treffen in Ankara zugegen gewesen.

Dohm war sich sicher, was diese »Gerüchte« zu bedeuten hatten. Diese mörderischen Pfuscher, diese gewissenlosen Profitgeier hatten mit ihrem grünen Gift wieder Tod und Verderben gesät! Wie zuvor in Ägypten. Sie kannten keine Skrupel, die Toten hatten sie nicht beeindruckt, nichts hatten sie dazugelernt. Doch, eines schon: sie hatten ihre Todesregion ein bißchen weiter nordöstlich verschoben.

Dohm wähnte sich am Ziel. Der nächste Bericht würde den endgültigen Beweis bringen, mit dem er das ganze verbrecherische Unternehmen entlarven konnte. Jeden Tag kontrollierte er sein Postfach, und mit jedem Tag wurde er fiebriger, aber er wartete vergeblich auf die letzte, entscheidende Information.

Er rief Reischle an in der Hoffnung, daß dieser längst ein neues Dossier erhalten und es nur nicht weitergegeben hatte, weil er womöglich krank geworden war. Doch Reischle war gesund und hatte keine Post bekommen. Dohm versuchte, die beiden Italiener, mit denen er verhandelt hatte, zu erreichen, aber die Verbindung kam nicht zustande, seine mehrmals vorgetragene Bitte um Rückruf wurde ignoriert. Der Kontakt zu der italienischen Firma war abgebrochen.

Mitte Januar wurde Dohm zum Oberregierungsrat befördert und in eine andere Abteilung versetzt. Das heißt, von einer Abteilung konnte eigentlich nicht die Rede sein. Dohm bezog ein Büro, das keinem bestimmten Referat zugeordnet war, und bekam den Auftrag, eine Aufstellung der westeuropäischen Gesundheitsgesetze zu machen und zu bestimmten Schwerpunkten, etwa den unterschiedlichen Versicherungssystemen oder den verschiedenen Definitionen von Betäubungsmitteln, Synopsen anzufertigen. Die Auswahl der Schwerpunkte überließ man ihm. Bei Bedarf konnte er auf zwei Mitarbeiter des Archivs zurückgreifen. Zweimal jährlich wurde von ihm ein Zwischenbericht erwartet.

Über den Sinn der Beförderung und die Wichtigkeit seiner neuen Funktion brauchte er nicht lange zu rätseln. Am Ende des Monats, kurz bevor er seine neue Aufgabe übernehmen sollte, wurde der ›Chemopharma‹ und dem Kölner Konzern die Zulassung für die italienischen Präparate erteilt, und erst bei dieser Gelegenheit erfuhr er, daß beide Firmen einen gemeinsamen Antrag gestellt hatten und die in Frage stehenden Medikamente als Gemeinschaftsproduktion ausgaben. Mit einem Anfall von Übelkeit reagierte er auf die lähmende Erkenntnis, daß er ausgebootet worden war. Zwei verfeindete Konkurrenten, die noch bis vor kurzem einander den Prozeß machen wollten, waren über Nacht zu Partnern geworden und teilten sich einträchtig den Markt für Produkte, die der eine beim anderen geklaut hatte, und warfen den kleinen Regierungsrat aus dem Spiel, dem mit einer Beförderung ruhiggestellten Oberregierungsrat, der geglaubt hatte, die Spielregeln zu bestimmen. Im Ministerium spielte man offensichtlich mit und verschob ihn in eine Position, die unwichtiger war als die des Pförtners. Klamroth, Tomschläger und Konsorten würden über ihn lachen. Oder schlimmer noch, sie würden nicht einmal über ihn lachen, sondern waren längst zur Tagesordnung übergegangen, ohne noch einen Gedanken an ihn zu verschwenden.

Das da ist Dohm? Ja, so nennt sich das da. Die Erinnerung an die Demütigung trieb ihm Tränen der Wut in die Augen. Nein, er würde sie nicht davonkommen lassen. Wenn sie über ihn lachten, dann würde er ihnen das Lachen austreiben. Wenn sie ihn vergessen hatten, so würde er sich in Erinnerung bringen.

Anfang Februar gingen bei der Staatsanwaltschaft Köln zwei anonyme Anzeigen ein. Eine richtete sich gegen den dort ansässigen Chemie- und Pharmakonzern, die andere gegen Professor Jürgen Klamroth, Chefarzt der Lehrabteilung am Heilig-Kreuz-Krankenhaus. Jeder Anzeige lag ein Dossier bei mit verschiedenen Listen, Aufzeichnungen chemischer Analysen, Kommentierungen und Fotos. In der Mappe, die sich mit dem Konzern beschäftigte, waren drei Streifen mit Tabletten eingeklebt. Oberstaatsanwalt Hartgenbusch hatte einen jüngeren Kollegen, Staatsanwalt Sobisch, gebeten, die Unterlagen zu studieren und einen Vorschlag zum Verfahren zu machen.

»Nun«, fragte Hartgenbusch und lud Sobisch mit einer Handbewegung ein, sich zu setzen, »haben Sie sich schlau gemacht?«

»Ja, ein bißchen schon.« Sobisch setzte sich. »Anonym. Aber nicht wie üblich.«

»Wieso nicht?«

»Ein Unbekannter mit einer dicken, breiten Spur. Ich schätze, den werden wir bald haben.«

»Sie meinen also, wir sollten ermitteln?«

»Ja. Entweder ist an den Vorwürfen was dran, dann sollten wir tätig werden, ehe der Informant seine Drohung wahrmacht und die Presse einschaltet. Wenn das wirklich eine Bombe ist, dann müssen wir am Ball sein, bevor sie hochgeht.«

»Damit wir sagen können, daß wir am Ball gewesen sind?«

»Genau.«

»Oder?«

»Oder aber es ist nichts dran, dann sollten wir uns den Mann wegen falscher Anschuldigungen vorknöpfen.«

»Sind Sie sicher, daß es ein Mann ist?«

Sobisch zögerte. »Nun ja ...«

»Warum nicht eine betrogene Ehefrau?«

»*Eine* Ehefrau mit *zwei* Anzeigen? Ich weiß nicht ...«

»Beide Anzeigen unterstellen dieselben Straftaten.«

»Ja, schon. Aber die vielen Einzelheiten. Die chemischen Analysen und so. Ich vermute eher einen Mann dahinter.«

»Nun gut.« Hartgenbusch nickte. »Und wie wollen Sie den Unbekannten finden?«

»Die vielen Details, hier hat einer systematisch Beweisstücke gesammelt, oder was er dafür hält. Jedenfalls alles Interna. Es muß ein Insider sein.«

»Was schlagen Sie vor?«

»Wir konfrontieren Tomschläger mit den Vorwürfen. Und dann ...«

Hartgenbusch unterbrach den jungen Kollegen. »Fehlt da nicht noch eine Kleinigkeit?«

»Was meinen Sie?«

»Wir haben Fotos, die bestimmte Leute zeigen. Wissen wir, ob die gerade dabei sind, kriminelle Handlungen zu begehen? Vielleicht machen sie zusammen einen Sonntagsausflug. Wir haben einige Medikamentenproben nebst chemischen Analysen, die wir natürlich überprüfen werden. Aber wissen wir, woher die stammen? Unser Unbekannter *behauptet*, der Konzern habe sie hergestellt und illegal getestet. Aber der Beweis fehlt.«

»Wir werden es herausfinden. Und Tomschläger wird uns helfen, den Mann zu identifizieren, der Zugang zu all diesen Details hatte. Erst recht, wenn er unschuldig ist, wird er ein Interesse daran haben.«

»Und dieser Professor?«

»Klamroth. Der wäre ja nur ein Helfer. Den nehmen wir uns vor, wenn der Verdacht gegen den Konzern sich erhärten läßt.«

»Das ist eine Möglichkeit«, konzedierte der Oberstaatsanwalt. »Aber ich verspreche mir mehr von Klamroth.«

»Warum?« Sobisch war überrascht.

»Jemand erstattet Anzeige gegen eine Firma und wirft ihr Straftaten vor, an denen eine Reihe von Personen beteiligt sein sollen, unter anderem dieser Professor Klamroth. Und dann zeigt er Klamroth noch einmal gesondert an.«

»Ja ...?«

»Hier möchte vielleicht einer eine ganz persönliche Rechnung begleichen, und zwar mit Klamroth. Er will sichergehen, daß wir den Richtigen auch bestimmt nicht verschonen. Deshalb sollten wir bei Klamroth anfangen. Ich gebe Ihnen recht, der Informant muß ein Insider sein. Aber der Professor wird am ehesten wissen, wer ihm da eins auswischen will.«

Der junge Staatsanwalt sagte nicht ohne Respekt: »Darauf hätte ich auch kommen können.«

»Das kommt noch«, lächelte Hartgenbusch. »Alles Lebenserfahrung. Sie sind noch zu jung, um Feinde zu haben.«

»Ich bin mir selbst mein ärgster Feind.«

»So ist es recht. Da weiß man wenigstens, mit wem man es zu tun hat. Ach übrigens, Tomschläger. Irgendwie kommt mir der Name bekannt vor.«

»Ja, ging mir ebenso. Ich habe das geklärt. Vor einem Jahr hat Tomschläger uns einen Brief geschickt, mit dem er erpreßt werden sollte. Wir haben gegen die Schreiberin ermittelt, eine Frau Pertramer, Witwe eines Medizinprofessors. Sie hat sich dann umgebracht.«

Hartgenbusch nickte langsam. »Ich glaube, ich erinnere mich. Wir haben vermutet, daß sie selber erpreßt wurde, wegen Steuerhinterziehung. Richtig?«

»Richtig.«

»Der Erpresserbrief der Frau – enthielt der nicht ähnliche Vorwürfe wie jetzt?«

»Ja. Vage Hinweise auf tödliche Medikamententests. Auch eine Andeutung, der Konzern baue irgendwo illegal chemische Anlagen.«

»Ah ja. Tomschläger. *Der* scheint ja wirklich Feinde zu haben.«

»Aber keine besonders ernsthaften«, sagte Sobisch. »Er selbst hat uns ja den Brief der Frau sofort zugeschickt.«

»Ja, das hat er.« Hartgenbusch dachte nach. Schließlich sagte er: »Wir machen es gleichzeitig.«

Sobisch blickte ihn fragend an.

»Wir nehmen uns beide zur gleichen Zeit vor«, ergänzte Hartgenbusch. »Dann können sie sich nicht austauschen, falls es da wirklich Dreck unter dem Bett gibt. Ich spreche mit Tomschläger. Übernehmen Sie Klamroth.«

Klamroth parkte gegen viertel nach fünf vor seiner Wohnung ein. Als er die Stufen zur Haustür emporstieg, verließ Staatsanwalt Sobisch seinen Wagen und folgte ihm. Klamroth blickte sich um und wartete.

»Herr Professor Klamroth?«

Er nickte.

»Sobisch. Wir haben telefoniert.«

»Ja. Tut mir leid, daß Sie gewartet haben. Ich bin nicht schneller durchgekommen.«

»Kein Problem. Ich bin erst ein paar Minuten hier.«

Klamroth musterte den Besucher kurz, als sie sich in der Bibliothek gesetzt hatten. Ein junger Mann, vielleicht zehn Jahre jünger als er. Vollbart, kurz geschnitten. Modisch gekleidet, nicht steif. Krawatte und Pullover. Natürliches Auftreten, kein Amtsgehabe. Alles in allem nicht unsympathisch.

»Worum geht es?«

»Uns liegt eine Anzeige gegen Sie vor.«

»Von wem?«

»Anonym.«

»Weswegen?«

»Beihilfe zur Durchführung illegaler Arzneimittelerprobung in Ländern des Mittleren Ostens. In deren Gefolge Beihilfe zu Körperverletzung mit Todesfolge.«

Klamroth lachte auf. »Ich bin Chirurg. Orthopäde. Ich erprobe keine Medikamente. Weder hier noch im Mittleren Osten.«

Sobisch nickte. »Da gibt es noch eine zweite Anzeige, offensichtlich aus derselben Feder. Sie richtet sich gegen einen Chemiekonzern und dessen Geschäftsführer . . .«

»Tomschläger?«

»Ja. Sie kennen Herrn Tomschläger?«

»Wir sind Freunde.«

»Seit wann?«

»Seit immer.«

Sobisch lächelte verbindlich: »Seit wann konkret?«

Klamroth lächelte zurück: »Seit dem zweiten Lebensjahr. Sandkasten, Kindergarten, Volksschule, Gymnasium, Universität. Wie gesagt, schon immer. Und was wirft man Tomschläger vor?«

»Dasselbe.«

»Aha. Er ist der Täter, und ich bin der Mittäter, richtig?«

»Ja, so wird es behauptet. Abgesehen von Ihrer persönlichen Freundschaft, haben Sie auch Verbindungen zu dem Konzern?«

»Sagen Sie mir eins, Herr Sobisch. Was ist das hier? Eine Ermittlung?«

»Nein, eine Vorermittlung. Eher noch eine inoffizielle Vorermittlung. Wir müssen einer Anzeige nachgehen und prüfen, ob es einen Anfangsverdacht gibt. Dann erst würde ein Ermittlungsverfahren eingeleitet. Übrigens, Sie können selbstverständlich einen Anwalt hinzuziehen.«

»Das weiß ich. Das entscheide ich am Ende unseres Gesprächs. Reagieren Sie immer auf anonyme Anwürfe?«

»Wir müssen das nachprüfen.«

»Dann kann jeder jeden beschuldigen?«

»Leider ja. Aber wir haben auch die Absicht, den anonymen Informanten zu ermitteln und gegebenenfalls wegen falscher Anschuldigung unter Anklage zu stellen.«

»Also gut. Bringen wir es hinter uns.«

»Haben Sie auch Verbindungen zu dem Konzern?« nahm Sobisch den Faden wieder auf.

»Ja, ich berate die Firma.«

»Offiziell?«

»Ja, mit Beratervertrag. Den habe ich bei meinem Dienstherrn angemeldet, und das Honorar versteuere ich auch.«

»Daran besteht kein Zweifel. Worauf bezieht sich Ihre Beratertätigkeit?«

»Auf medizinische Belange.«

»Worauf genau?«

»Zum Beispiel Einrichtung von Kliniken.«

»Auch deren Ausstattung mit Medikamenten?«

»Nein. Nur die technische Ausrüstung. Operationssäle, Maschinen, Geräte und so weiter.«

»Die dann von der Firma, die Sie beraten, geliefert werden?«

»Ja.«

»Auch in den Mittleren Osten?«

»Ja.«

»Gut.« Der Staatsanwalt griff nach einer dünnen Mappe, die er neben seinem Sessel auf den Fußboden gelegt hatte, und öffnete sie. »Jetzt kommen ein paar tückische Fangfragen«, sagte er freundlich.

»Warum kündigen Sie die an?«

»Weil Sie nicht zurückfragen dürfen, warum ich diese Fragen stelle. Spielregeln, verstehen Sie? Wenn Sie geantwortet haben, sage ich Ihnen den Grund.«

Klamroth fand sogar ein wenig Gefallen an seinem Gegenüber. »Wenn diese Situation für mich nicht so ärgerlich wäre, könnte ich fast Spaß an unserem Gespräch haben.«

»Sie machen mir die Arbeit leicht«, sagte Sobisch ehrlich und nicht ohne Dankbarkeit. »Da gibt es auch andere Reaktionen, etwa in der Art: Wissen Sie eigentlich, mit wem Sie es zu tun haben? Der Regierungspräsident ist mein Freund. Und so fort.«

»Den Regierungspräsidenten habe ich nur mal flüchtig bei der Ausübung seines Hobbys getroffen, einer nächtlichen Autobahnkontrolle. Aber Sie sollten sich beeilen. Mein Freund, der Bundeskanzler, könnte jeden Moment klingeln. Wir sind verabredet.«

»Also dann.« Sobisch nahm einen Zettel aus der Mappe und reichte ihn Klamroth. »Zwei Zahlenkombinationen. Sagen die Ihnen etwas?«

Klamroth studierte den Zettel und blickte dann auf: »Nein.«

»Nie gesehen?«

»Nein.«

»Es handelt sich um Bezeichnungen für Medikamente.«

Klamroth warf wieder einen Blick auf den Zettel. »Nein, keine Ahnung. Kennen Sie die Namen?«

»Leider nicht. Nur die Codenamen: grün und weiß. Haben Sie davon schon einmal gehört?«

»Grün und weiß. Nein.«

»Und orange?«

»Nein.«

»Also Fehlanzeige.« Sobisch nahm ein Blatt aus der Mappe. »Hier ist eine Liste mit Terminen und Orten und Personen, die Sie an diesen Orten zu den angegebenen Zeitpunkten getroffen haben sollen.« Er reichte Klamroth das Blatt. »Können Sie diese Angaben bestätigen oder verneinen?«

Klamroth überflog das Blatt. »Wer um Himmels willen könnte ein Interesse daran haben . . .«

»Bitte, Herr Klamroth. Sie wissen doch: die Spielregeln. Stimmen die Angaben? Stimmen sie zum Teil?«

Klamroth studierte das Blatt. »Ja, das könnte in etwa stimmen.«

»In etwa. Und wie genau?«

»Genau kann ich das nicht sagen. Da müßte ich in meinem Terminkalender vom letzten Jahr nachschauen.«

»Würde es Ihnen etwas ausmachen, in Ihrem Terminkalender nachzuschauen?«

Klamroth stand auf und ging zu seinem Schreibtisch hinüber. Er zog eine Schublade auf, nahm ein in schwarzes Leder gebundenes Buch heraus und kehrte an seinen Platz zurück. Er legte Sobischs Liste auf seine Knie und blätterte in dem Buch. Dann warf er wieder einen Blick auf das Blatt, schlug eine Seite in dem Kalender auf, verglich und nickte. Mehrere Male wiederholte er diesen Vorgang. Schließlich sagte er: »Ja, stimmt. Jedenfalls die Daten, die ich nachgeschlagen habe. Wenn Sie alles überprüfen wollen, bitte. Sie können das Buch mitnehmen.«

»Danke. Also gehen wir mal davon aus, daß die Angaben in der Liste korrekt sind.«

»Meinetwegen. Und was bedeutet das?«

»Eigentlich nichts, außer daß Sie zur angegebenen Zeit an einem bestimmten Ort gewesen sind und dort gewisse Personen getroffen haben. Sie müßten mir jetzt sagen, *was* Sie gemacht haben und *warum* Sie dort waren.«

»Was? Soll ich jetzt jede einzelne Eintragung ausführlich kommentieren?«

»Nein.« Sobisch lachte. »Aber ein paar vielleicht.« Er zeigte auf die Liste. »Ende Februar. Da steht Maastricht. Kontakt mit einem Dr. Erkal. Worum ging es bei diesem Treffen?«

»In Maastricht war ich im Auftrag der Bundesregierung. Ich habe dort mit Vertretern der Benelux-Länder über eine Koordinierung der Unfallversorgung in den Grenzgebieten beraten.«

»Was haben Sie?« fragte Sobisch verblüfft.

»Ich bin medizinischer Sachverständiger der Regierung. Wußten Sie das nicht?«

»Nein . . .«

»Und ich dachte, ich sei ein bekannter Mann.«

»Sie arbeiten also für die Bundesregierung . . .«

»Ja. Wenn Sie die Ernennungsurkunde des Gesundheitsministers sehen möchten? In Maastricht habe ich über den grenzüberschreitenden Einsatz von Ambulanzhubschraubern verhandelt. Ich habe darüber einen Bericht geschrieben. Sie können ihn lesen, wenn Sie möchten. Oder, wenn Sie ganz sichergehen wollen, lassen Sie sich das Original meines Berichtes im Ministerium vorlegen.«

»Und Dr. Erkal hat an den Verhandlungen teilgenommen?«

»Nein. Erkal habe ich privat getroffen. Wir sind befreundet. Er war zufällig in der Nähe, in Brüssel. Da haben wir uns verabredet. Gemeinsames Abendessen und so.«

»Haben Sie mit Dr. Erkal auch geschäftlich zu tun?«

»Ja. Geschäftlich und auch dienstlich. Erkal berät den Konzern, genau wie ich. Und er ist Regierungsbeamter in Ankara. In dieser Eigenschaft habe ich öfter mit ihm zu tun, im Auftrag unserer Regierung. Auch dazu wird man Ihnen im Ministerium die Protokolle zeigen.«

Sobisch war beeindruckt. »Sie waren öfter in Genf . . .«, sagte er ein wenig tastend, ohne eine konkrete Frage zu formulieren.

»Ich bin oft in der Schweiz. Ich habe ein Haus im Saastal und mache dort immer Urlaub. In Siders wohnt ein Freund von mir, Harry Schulz, Orthopäde. Den habe ich ein paarmal besucht. Bei einer Genfer Bank habe ich ein Konto. Der Direktor der Bank ist ein Freund von Tomschläger. Name Zurbriggen. Den habe ich auch einige Male besucht, in der Bank und zu Hause. Manchmal treffe ich mich in Genf mit Erkal, privat und auch geschäftlich, für den Konzern. Dienstlich habe ich dort ebenfalls zu tun. Ich war zum Beispiel Referent auf einem internationalen Medizinkongreß, im Auftrag der Bundesregierung. Man wird Ihnen das im Ministerium bestätigen.«

»Sicher ... falls das nötig sein sollte.«

Klamroth registrierte mit Befriedigung, daß der andere die Notwendigkeit einer Überprüfung offensichtlich schwinden sah. »Noch etwas?« fragte er.

»Vielleicht noch ... Damaskus«, gab Sobisch das Stichwort.

»Im Auftrag des Ministeriums«, parierte Klamroth prompt. »Es ging um die Errichtung eines Ausbildungskrankenhauses. Hatte aber nichts mit dem Konzern zu tun. Ferner habe ich dort einen Vertrag vorbereitet über die Ausbildung syrischer Ärzte in meiner Lehrklinik und über das Studium syrischer Studenten an deutschen Unis. Den Vertrag haben wir dann abgeschlossen bei einem späteren Treffen in Ankara.«

»Warum in der Türkei?«

»Aus Zeitgründen. Ich verbinde möglichst viele Dinge miteinander, siehe Schweiz. Geschäft, Dienst, Privates, Urlaub. In Ankara haben Erkal und ich mit der türkischen Regierung über die technische Ausstattung von Krankenhäusern gesprochen. Das war Geschäft, für den Konzern.«

»Über Medikamente haben Sie nicht gesprochen?«

»Nein, verdammt noch mal. Ich verstehe nichts von Chemie. Ich verstehe was von Medizintechnik und von Knochenchirurgie und baue gerade ein Akademisches Lehrkrankenhaus auf. Ich mache nur, was ich *kann*. Also Ankara. Geschäft mit den Türken. Privat mit meinem Freund Aykut Erkal. Ich habe bei seiner Familie gewohnt. Und Dienst mit den Syrern. Die hatte ich nach Ankara gebeten. Abschluß des Vertrages, wie gesagt. Sie sehen, drei Fliegen mit einer Klappe.«

Sobisch nickte. »Das reicht wohl.« Er stand auf und nahm die Liste und den Zettel mit den Zahlenkombinationen und legte sie zurück in seine Mappe.

Klamroth hielt ihm den Terminkalender hin. »Wollen Sie den auch?«

Sobisch zögerte, ehe er antwortete: »Vielleicht . . . ja. Danke.« Er nahm das Buch und setzte sich wieder. »Haben Sie eine Ahnung, wer die Anschuldigungen gegen Sie erhoben haben könnte?«

Klamroth überlegte nicht lange: »Wahrscheinlich Dohm.«

»Wer ist das?«

»Doktor med. und Doktor jur. Winfried Dohm, Regierungsrat im Bundesgesundheitsministerium.«

»Ein Beamter? Und das Motiv?«

»Er mag mich nicht.«

»Reicht das für solche . . .?«

»Das Symposion in Genf, Anfang vorigen Jahres. Eigentlich sollte er das deutsche Hauptreferat halten, aber dann wurde ich hingeschickt. Er war nur Kongreßbeobachter.«

»Neid, sicher. Und Sie meinen wirklich, das reicht?«

»Er war eine Zeitlang mein Kontaktmann zum Ministerium, bis ich dem Staatssekretär gesagt habe, daß ich lieber direkt mit ihm sprechen möchte.«

»Sie mochten Dohm also auch nicht?«

»Ich kann Inkompetenz nicht ausstehen.«

Der Staatsanwalt lächelte. »Das kann ich mir vorstellen.«

Klamroth zog gleichmütig die Schultern hoch. »Fragen Sie ihn selber.«

»Und jemand aus dem Konzern?«

»Möglich. Denkbar. Das müßte Tomschläger beantworten.«

»Ein schwerer Vorwurf gegen einen Regierungsbeamten.«

»Eine Vermutung. Beweisen kann ich das nicht. Aber Ihre Behörde hat da sicher Möglichkeiten der Wahrheitsfindung.«

»Vielleicht.« Sobisch lehnte sich in seinem Sessel zurück und ließ seinen Blick über die Bücherwände schweifen.

Na also, dachte Klamroth, das war's dann ja wohl. Aber der andere machte keine Anstalten aufzustehen.

»Sie sind gekommen«, grinste Klamroth, »um festzustellen, ob es einen Anfangsverdacht gibt. Und nun überlegen Sie, wie Sie Ihren kleinen Restverdacht loswerden können. Richtig?«

»Nun . . .«, lächelte Sobisch, »in gewisser Weise . . . ja, ertappt.«

»Also?«

Plötzlich hatte der junge Mann eine Idee: »Schreiben Sie Tagebuch, Herr Klamroth?«

»Nein. Sie?«

»Ja.«

»Sie schreiben jeden Tag alles auf?«

»Nein, nicht jeden Tag . . . alle paar Tage.«

»Also sagen wir mal am Ende der Woche: steht dann mein Name auch in Ihrem Tagebuch?«

»Das weiß ich noch nicht. Vielleicht. Es ist nicht lükkenlos. Es sind mehr . . . Reflexionen.«

Klamroth nickte. »Ja. So was mache ich auch. Subjektive Eindrücke.«

»Also doch?«

»Was?«

»Sie schreiben auch.«

»Nein. Ich bediene mich der herzlosen Technik. Ich spreche auf Cassette.«

»Ein Tonband-Tagebuch.«

»So könnte man es nennen.«

»Ich . . . würde da gerne mal reinhören.«

»Was?«

»Ich meine, wenn ich das eine oder andere Band mal hören könnte.«

»Das ist privat!«

»Sicher . . .«

»Das ist zum Teil *sehr* privat.«

»Ich verstehe.« Sobisch versuchte vorsichtig zu formulieren, wenn auch ohne Verlegenheit. »Ich meine das so. Wenn ich in Ihrem Beisein ein paar Stichproben . . . Damit könnte der Fall für Sie dann abgeschlossen sein.«

»Könnte«, echote Klamroth. »Soll im Klartext heißen: Wenn der Restverdacht sich wieder zu einem Anfangsverdacht entwickelt, könnten die Bänder auch beschlagnahmt und genüßlich protokolliert werden, nicht? Wenn ich aber zustimme, bin ich ein netter Kerl, alles bleibt inoffiziell, und auch noch der Restverdacht könnte sich zerstreuen, ja?«

»Ja, so etwa habe ich mir das gedacht. Sie würden mich nicht mehr wiedersehen.«

»Vielleicht kommen Sie mir mal unters Messer.«

»Ich hätte volles Vertrauen zu Ihnen.«

»Danke.« Klamroth stand auf und tat ein paar Schritte zum Fenster und wieder zurück. »Da sind Sachen drauf ... ich meine, ich habe mich nicht immer freundlich über Zeitgenossen geäußert.«

»Die Zeitgenossen erfahren nichts.« Sobisch blieb hart. »Übrigens auch dann nicht, wenn die Bänder beschlagnahmt und protokolliert würden.«

»Ja, ja. Womit Sie mich wieder an die andere Möglichkeit erinnern.« Er ging zum Schreibtisch hinüber und begann, sich eine Pfeife zu stopfen. Als er sich schließlich wieder umwandte, sagte er: »Also gut. Aber das machen Sie alleine!«

»Ich verstehe nicht.«

»Ich will nicht dabeisitzen und Ihnen beim Zuhören zusehen. Ich gehe.« Er öffnete eine Schranktür unter einem Bücherregal. »Hier sind die Bänder. Auf jeder Cassette steht der Zeitraum. Der Recorder ist da auf dem Schreibtisch. Bier finden Sie im Eisschrank. Bedienen Sie sich.«

Sobisch war ebenfalls aufgestanden. »Wollen Sie nicht doch ...?«

»Nein. Ich gehe. Ziehen Sie nachher einfach die Tür hinter sich zu.«

Klamroth hob die Hand zum Gruß, griff sich in der Garderobe eine Jacke und verließ die Wohnung.

Als er weit nach Mitternacht zurückkehrte, fand er auf

dem Schreibtisch seinen Terminkalender des Vorjahres und einen Zettel mit den Worten: Danke für die Kooperation!

Tomschläger holte Klamroth zu einem Gang durch den Park hinter dem Krankenhaus ab.

»Ein bißchen Bewegung nach dem Mittagessen tut gut«, kommentierte Walter.

»Ich habe nicht gegessen.«

»Kein Appetit?«

»Keine Zeit.«

»Ich habe auch nicht gegessen.«

»Keine Zeit?«

»Kein Appetit.«

»Warum nicht?«

»Na ja. Das häusliche Leben.«

»Kann ich mir denken.« Jürgen nickte. »Und sonst?«

»Alles klar. Alles glatt gelaufen. Und bei dir?«

»Auch. Ein Staatsanwalt. Hat eine Zeitlang gedauert, war aber nie wirklich gefährlich.«

»Ein Staatsanwalt, sieh an. Dann hat man bei mir wohl eine höhere kriminelle Energie vermutet. Ich hatte einen Oberstaatsanwalt auf der Matte.«

»Meiner war kein übler Bursche. Kompetent, aber noch jung. In zehn Jahren, wenn der sein Geschäft wirklich versteht, möchte ich dem nicht noch einmal begegnen. Und dein Besucher?«

»Zehn Jahre älter als wir. Auch kompetent. Aber den hatte seine Erfahrung schon wieder ruhiger gemacht. War ganz überrascht, daß ich nicht gleich unsere ganze Truppe von Justitiaren herangepfiffen habe. Hat sich für die Zusammenarbeit bedankt.«

»Das habe ich von meinem Gast sogar schriftlich.«

»Wieso?«

»Ehrlich. Auf einem Zettel. Danke für die Kooperation.«

»Warum schriftlich? War der taubstumm?«

»Er wollte sich am Ende noch meine Tonbänder anhören. Mein Tagebuch.«

Walter blieb stehen. »Und?«

»Ich habe ihn gelassen, bin aber essen gegangen. Als ich zurückkam, lag der Zettel da.«

»Heißt das ... du hast den mit deinem Tagebuch alleine gelassen?«

»Kann ein Mensch noch mehr tun für den Beweis seiner Unschuld?«

»Und auf den Bändern ... ist wirklich *nichts* drauf?«

Jürgen lachte. »Da ist so manches drauf, was der Mutter Oberin vom Krankenhaus zum Heiligen Kreuz nie zu Ohren kommen darf. Aber nichts, was uns beide verlegen machen könnte.«

Walter legte seinen Arm um die Schultern des Freundes. »Na dann!« Sie gingen weiter.

Staatsanwalt Sobisch ermunterte Dr. Dohm mit einer einladenden Handbewegung, den Raum zu betreten, und schloß die Tür hinter ihm. Oberstaatsanwalt Hartgenbusch stand auf und kam um den Schreibtisch herum. Er reichte Dohm die Hand. »Hartgenbusch. Meinen Kollegen Sobisch kennen Sie bereits.«

Zögernd ergriff Dohm die Hand. »Guten Tag.«

»Bitte nehmen Sie Platz«, sagte Hartgenbusch.

Vor dem Schreibtisch waren zwei Sessel plaziert. Dohm und Sobisch setzten sich. Der Oberstaatsanwalt nahm wieder seinen Platz hinter dem Schreibtisch ein.

»Herr Dr. Dohm«, hob Hartgenbusch an, »Sie sind Arzt und Jurist?«

»Ja.«

»Eine seltene Kombination.«

»Sie kann manchmal ganz nützlich sein.«

»Das wird sich zeigen.«

»Weshalb haben Sie mich herbestellt?«

»Hergebeten. Vorerst hergebeten. Da Sie Jurist sind, brauche ich Sie nicht auf Ihre Rechte aufmerksam zu machen?«

Dohm ignorierte die Frage. »Weshalb also?«

»Sie haben zwei Anzeigen erstattet. Eine gegen einen hiesigen Chemiekonzern, namentlich gegen deren Geschäftsführer, Herrn Walter Tomschläger. Die andere gegen Professor Doktor Jürgen Klamroth, Chefarzt eines Akademischen Lehrkrankenhauses, ebenfalls in Köln.«

»Ich weiß nicht, wovon Sie sprechen.«

»Sie kennen beide Herren nicht?«

»Ich kenne Klamroth. Er ist Sachverständiger meines Hauses. Ich habe ihn ein paarmal dienstlich getroffen.«

»Und Herrn Tomschläger?«

»Ich weiß, wer das ist. Aber ich habe ihn persönlich nie getroffen.«

»Oh.« Hartgenbusch tippte auf eine Aktenmappe, die vor ihm lag. Er blickte seinen Kollegen an. »Dann hat Tomschläger gelogen.« Er wandte sich wieder an Dohm. »Herr Tomschläger behauptet nämlich, er habe Sie am 6. September des vorigen Jahres persönlich kennengelernt, und zwar in der Cafeteria des Heilig-Kreuz-Krankenhauses hier in Köln, anläßlich der Ernennung von Herrn Klamroth zum Professor. Ihr Herr Staatssekretär bestätigt, Sie an diesem Tag zu eben dieser Feier geschickt zu haben, um Herrn Klamroth die Glückwünsche Ihres Ministeriums zu übermitteln. Aber Sie waren gar nicht da?«

»Es kann sein«, ließ Dohm sich herbei. »Es waren viele Leute da. Die meisten kannte ich nicht. Ja, Klamroth hat mich einem Freund vorgestellt. Mit Tochter. Ja, kann sein. Das könnte Tomschläger gewesen sein. Eine sehr flüchtige Begegnung. Wir haben kaum ein Wort miteinander gewechselt. Alle wollten mit Klamroth sprechen.«

»Gut, das haben wir also in etwa geklärt. Obwohl Herr Tomschläger die Szene ein wenig anders in Erinnerung hat. Er sagt, es seien recht unfreundliche Worte gewechselt worden. Aber wie dem auch sei. Ein halbes Jahr später nun erstatten Sie Anzeige gegen Klamroth und Tomschläger. Warum? Warum nicht eher? Warum nicht, sagen wir mal, im November?«

Dohm versuchte, gelassen zu klingen. »Ihre Behauptung wird nicht dadurch wahr, daß Sie sie wiederholen.«

»Herr Dr. Dohm«, sagte Hartgenbusch nicht unfreundlich, aber doch in einem Ton, der eine gewisse Ungeduld verriet, »ich würde gerne zur Sache kommen. Zu den Vorwürfen. Denn die haben es schließlich in sich, nicht? Das sind kapitale Verbrechen, wenn sie denn begangen worden sind.«

»Dann ermitteln Sie doch über die Verbrechen. Warum verschwenden Sie Ihre Energie darauf, die Quelle aufzuspüren?«

»Weil wir von der Quelle noch etwas mehr erfahren

möchten«, griff Sobisch ein. »Das vorliegende Material ist nämlich noch etwas dürftig.«

»Ist es das?« fragte Dohm mit schmalen Lippen.

»Also Klartext, Herr Dr. Dohm«, sagte Sobisch. »Bei den vorliegenden Dossiers befinden sich chemische Analysen von Medikamenten. Ihre Mitarbeiter, oder ehemaligen Mitarbeiter, die Herren Brede und Schwarz, haben bestätigt, daß sie diese Analysen angefertigt haben, und zwar in *Ihrem* Auftrag. Die beiden Herren haben uns ferner mitgeteilt, daß Sie schon zu einem recht frühen Zeitpunkt, etwa im April vorigen Jahres, einen Verdacht gegen den Konzern geäußert und in dem Zusammenhang auch den Namen Klamroth erwähnt haben. Können wir nun die Frage der Urheberschaft der Anzeigen vorerst als erledigt betrachten und zur Sache kommen?«

Dohm hatte zugehört, ohne Sobisch anzublicken. Er ließ fast eine Minute verstreichen, ehe er sich an Hartgenbusch wandte. »Sie ermitteln also?«

»Wir haben ermittelt, ja. Das hätten wir auch ohne Ihre Drohung getan, sich an die Presse zu wenden. Ich muß Ihnen nicht erklären, was Nötigung ist. Aber Schwamm drüber. Also, welche Vorwürfe erheben Sie?«

»Das steht alles in den Akten.«

»Das reicht nicht.«

»Das reicht nicht? Verbrecherische Menschenversuche. Mit Toten, Krüppeln und Blinden. Das reicht nicht?«

»Wo sind die Beweise für die Toten?«

»Die Testserie in Ägypten. Darüber gibt es Berichte der WHO in Genf.«

»Ägypten, ja. Was hat der Konzern damit zu tun?«

»Ich habe Ihnen Präparate beigelegt. Eins ist das Zeug, das sie in Ägypten ausprobiert haben.«

»Der Konzern versichert, daß dieses Präparat nicht aus seiner Produktion stammt.«

»Aber natürlich nicht!« höhnte Dohm. »Und auch nicht das andere Mittel, chemisch nahezu identisch, das sie jetzt in der Türkei erproben. Das stammt natürlich auch nicht aus deren Produktion.«

»Doch«, sagte Hartgenbusch, »*das* ist ein Produkt der Firma.«

»Sehen Sie!« triumphierte Dohm. »Dann habe ich also doch recht gehabt! Und das dritte Medikament?«

»Gegen Lungenödeme . . .«

»Gegen Lungenödeme nach *Giftgaseinsatz*!«

»Ja, richtig. Das hat die Firma auch hergestellt.«

»Na also! Und wissen Sie, wie man ein Medikament gegen Vergiftung testet? Dazu braucht man Vergiftete. Da die aber nicht in großen Mengen anfallen, muß man sich welche schaffen. Und wie macht man das? Ganz einfach. Man nimmt ein militärisches Sperrgebiet in einer entlegenen Gegend. Das läßt sich perfekt abschotten. Dann nimmt man die Soldaten, man hat ja genug davon, und setzt sie dem Gas aus. Und *dann* kann man testen, ob das Mittel wirkt. Leider hat es das nicht getan. Aber was sind schon Menschenleben gegen Profite?«

»Woher wissen Sie, daß das Mittel nicht gewirkt hat?«

»Ich habe Berichte darüber bekommen.«

»Von wem?«

»Ich habe Vertraulichkeit zugesichert.«

»Von der ›Chemopharma‹?«

Dohm zuckte sichtbar zusammen, fing sich aber wieder. »Die Quelle muß vertraulich bleiben. Es ist das Ergebnis, das zählt.«

»Meinetwegen, das ist nicht unsere Sache. Ihr Dienstherr wird darüber befinden, was er von gewissen Absprachen hält, die Sie in Ausübung Ihres Amtes getroffen haben.«

Dohm ließ sich nicht einschüchtern. »Mein Dienstherr wird sich ein Urteil über meine Amtsführung bilden, wenn ich diese Verbrecher zur Strecke gebracht habe.«

»Egal mit welchen Mitteln?«

»*Ich* habe niemanden zum Krüppel gemacht. *Ich* habe nicht gemordet. Ich habe nur die Mittel beschafft, um das Verbrechen zu stoppen. Ich kann nicht erkennen, warum *ich* mich verantworten sollte.«

»Sie sind Jurist, Herr Dr. Dohm. Nehmen wir an, Sie wären Staatsanwalt. Wie würde Ihre Anklage gegen Professor Klamroth lauten?«

»Der hat das alles organisiert in der Türkei und in Syrien. Der und Erkal. Ich habe ihre Bewegungen genau registriert. Aber das steht ja alles in den Akten. Deren Gesichter hätte ich gern gesehen, als sie das gelesen haben! Die würde ich ...« Ein wenig erschrocken hielt er inne. Er sammelte sich einen Moment lang, ehe er mit ruhiger Stimme fortfuhr: »Aber es kommt ja nicht darauf an, was ich machen würde. Was gedenken *Sie* denn zu tun?«

Hartgenbusch und Sobisch warfen sich einen Blick zu.

»Wir stellen die Ermittlungen ein«, sagte Hartgenbusch.

»Was gegen Sie unternommen wird«, ergänzte Sobisch, »entscheidet Ihr Dienstherr.«

Dohm blickte fassungslos vom einen zum anderen. »Sie ... stellen ... ein?«

»Herr Dr. Dohm.« Hartgenbusch holte tief Luft, ehe

er weitersprach. »Das Mittel gegen Bluthochdruck ist kein Testpräparat, sondern ein zugelassenes Medikament, das seit Jahren in verschiedenen Ländern unter verschiedenen Namen auf dem Markt ist. Die Türken wollten es als Nummernprodukt, der Konzern hat es geliefert und über alles ordentlich Buch geführt. Und das andere Mittel, gegen Giftgas. Der Konzern hat es in der Tat in größeren Mengen an die syrische Armee geliefert, aber nicht zu Testzwecken, sondern eben als Medikament für den Fall eines Giftgaskrieges. Den kann man dort ja nicht ausschließen, ist schließlich eine unruhige Region.«

Dohm starrte ihn wortlos an.

»Israel kauft das Präparat auch, und die Bundeswehr hat es ebenfalls. Ach ja, die Lieferung nach Syrien hat der Konzern sich von der Bundesregierung vorher genehmigen lassen. Die Genehmigung wurde erteilt, übrigens von Ihrem Ministerium. Wußten Sie das nicht?«

»Und das ... glauben Sie? Und Klamroth ... in Damaskus?«

»Herr Klamroth war im Auftrag *Ihres* Hauses dort und hat über die Errichtung eines Klinikums und über einen Ausbildungsvertrag für syrische Ärzte und Studenten verhandelt. Und was die anderen Termine anbetrifft, die Sie aufgelistet haben ...«

Hartgenbusch griff noch einige Eintragungen aus der Liste auf und erläuterte sie mit emotionsloser Stimme, aber Dohm schien gar nicht mehr zuzuhören, sondern saß mit einem abwesenden Lächeln da, den Blick durch das Fenster nach draußen gerichtet.

»Sehen Sie, und deshalb ermitteln wir nicht weiter«, schloß der Oberstaatsanwalt.

Es entstand eine lange Pause.

»Sie haben jetzt ein paar Probleme«, unterbrach Sobisch endlich das Schweigen. »Sie sollten versuchen, die in den Griff zu bekommen. Vielleicht ist es ganz günstig, daß Sie nun in einer etwas ruhigeren Abteilung arbeiten.«

»Beförderung«, sagte Dohm tonlos, ohne jemanden anzusehen, »Versetzung. Dieses ganze schweinische Komplott. Und der Staatssekretär ist mit von der Partie.«

»Sie sollten von jetzt an vorsichtiger sein mit solchen Anwürfen!« warf Hartgenbusch ärgerlich ein.

Dohm ignorierte ihn. »Und die Staatsanwaltschaft schluckt brav alles, was diese Schweine auftischen.«

»Hören Sie«, sagte Sobisch lauter, als es für das Verständnis vonnöten war, »die Staatsanwaltschaft schluckt nichts, sondern hat gründlich recherchiert und ist zu einem eindeutigen Ergebnis gekommen. Merken Sie denn immer noch nicht, in welche Lage Sie sich mit Ihrem Haß manövriert haben?«

Dohm ging nicht auf ihn ein und fuhr fort wie im Selbstgespräch. »Plötzlich brechen die Berichte ab. Dann befiehlt Tomschläger dem Minister: Befördere den Dohm und versetze ihn in den Aktenkeller. Alle Menschen sind käuflich, und bei Dohm reicht eine kleine Beförderung allemal. Und der Minister gehorcht natürlich.«

Die beiden anderen blickten sich wortlos an.

»Und dann tun sich die beiden Gangsterkonzerne zusammen und teilen sich den Markt. Vorher haben sie sich bekriegt, jetzt sind sie Brüder. Genial. Die schieben mir die Medikamente unter, und ich falle darauf rein. Das war Klamroths Plan. Er hat mich von Anfang an gehaßt. Ich bin ihrer Giftgasfabrik auf der Spur, und die schieben mir ihre Tabletten hin und lenken mich ab. Ein genialer Trick, das muß man denen wirklich lassen. Ausgeheckt von Klamroth.«

»Herr Dr. Dohm«, setzte Sobisch an.

»Der lacht jetzt über mich. Hat alles vorbereitet, und es funktioniert. Plötzlich überall blütenweiße Papiere, im Konzern, im Ministerium. Klamroth fährt an den Golf und verhandelt über Krankenhäuser. Daß ich nicht lache. Die produzieren Giftgas. Sie brauchen bloß hinzufahren und sich zu überzeugen. Aber nein, das werden Sie nicht tun. Der Minister würde es Ihnen auch nie erlauben. Und da sagen Sie, es sei mein Haß.«

»Herr Dr. Dohm.«

Dohm reagierte nicht.

»Herr Dohm!« herrschte Sobisch ihn an. »Hören Sie mir zu!«

Dohm schreckte auf. »Oh, bitte«, sagte er mit einer mokanten Verbeugung.

»Der Kongreß in Genf, voriges Jahr im Januar. Wer sollte das deutsche Referat halten?«

»Wieso?«

»Wer?«

»Professor Pertramer.«

»Der war krank. Wer sollte statt dessen referieren?«

»Ah, dahin läuft der Hase. Ich weiß schon, worauf Sie hinauswollen . . .«

»Wer sollte statt Pertramer hingeschickt werden?«

»Ja, *mich* hatte Professor Pertramer vorgeschlagen. Ich hatte den Vortrag schon ausgearbeitet. Aber dann hat Tomschläger seinen Günstling durchgeboxt.«

»Mit anderen Worten, das Ministerium hat Herrn

Klamroth beauftragt. Ich kann Ihre Gefühle nachvollziehen. Sie hatten Ihr Referat fertig, und dann fährt Klamroth hin. Das muß bitter für Sie gewesen sein.«

»Ach so, in die Ecke wollen Sie mich ...«

»Dann wurde Herr Klamroth Sachverständiger der Regierung. Ihre beiden Mitarbeiter sagten, Sie seien darüber gar nicht glücklich gewesen.«

»Völlig inkompetente Leute.«

»Warum waren Sie gegen Klamroths Ernennung?«

»Professor Pertramer hielt ihn für völlig inkompetent.«

»Professor Pertramer war zu diesem Zeitpunkt schwer verletzt. Der hatte sicher andere Sorgen.«

Dohm nahm seine Brille ab, blies auf die Gläser und setzte sie mit einer fahrigen Bewegung wieder auf. »Frau Pertramer hielt ihn auch für völlig inkompetent.«

»Vielleicht war Frau Pertramer in dieser Frage selber nicht ganz kompetent.«

»Doch, war sie. Man hat ihre Kompetenz sogar so sehr gefürchtet, daß man sie ermordet hat.«

Sobisch lehnte sich in den Sessel zurück und ließ seine Hände auf die Oberschenkel fallen. »Gut, Herr Dr. Dohm. Ich denke, das war's dann für heute.«

Dohm starrte Hartgenbusch an. »Das möchte Ihr Kollege nicht hören, was? Ins Wasser gefallen. Mitten im Winter. Pertramer wußte alles über das Giftgas. Er hat es seiner Frau erzählt. Läßt im Winter das Becken vollaufen und fällt dann rein. Lachhaft. Und Klamroth war auch noch bei Pertramers Beerdigung. Gelacht hat er. Ich habe es gesehen.«

Hartgenbusch stand auf. »Herr Dr. Dohm, Sie sind jetzt erschöpft.«

»O nein. Sie meinen verrückt, nicht? Ich bin nicht erschöpft.«

»Vielleicht sollten Sie erst mal Urlaub machen.«

»Ach ja, Urlaub. Wissen Sie, mit welcher Hure Klamroth im Urlaub war?«

»Herr Dohm, mäßigen Sie sich doch bitte.«

»Mit *Tomschlägers Tochter.* Na, was sagen Sie?«

»Das ist nicht strafbar. Herr Dohm, ich bitte Sie jetzt zu gehen.«

Dohm stand auf. »In der Schweiz, jawohl. Aber zwei Zeugen haben ihn dort gesehen. Um die mundtot zu machen, hat Klamroth ihnen ein paar Kilo Heroin ins Auto gelegt und die Polizei angerufen. Der hat immer Heroin bei sich. Haben Sie mal sein Auto durchsucht?«

Hartgenbusch kam um den Schreibtisch herum, faßte Dohm an den Arm und geleitete ihn behutsam zur Tür. »Wir werden das überprüfen, Herr Dr. Dohm.«

Die beiden Männer schwiegen lange, als Dohm gegangen war.

»Haben Sie so etwas schon mal erlebt?« fragte Sobisch endlich.

Hartgenbusch nickte nachdenklich.

»Oft?«

»Ein paarmal.«

Sobisch schüttelte den Kopf. »Er tut mir auch ein bißchen leid. Aber wenn ich daran denke, daß so einer in seinem Haß jemanden hinter Gitter bringen könnte ...«

»Da sind wir ja davor«, sagte Hartgenbusch mit müder Stimme. »Wir kennen uns doch aus in menschlichen Leidenschaften, oder?«

Oberregierungsrat Dr. Dr. Winfried Dohm wurde bei 75 Prozent seiner Bezüge vorläufig vom Dienst suspendiert. Ein Disziplinarverfahren sollte klären, ob er sein Amt dahingehend mißbraucht hatte, unter Inaussichtstellung von begünstigenden Entscheidungen Sach- oder Dienstleistungen von an solchen Entscheidungen interessierten Parteien entgegengenommen zu haben. Danach sollte über ein Strafverfahren entschieden werden. In mehreren Vernehmungen gab der Beschuldigte eher konfuse Einlassungen zu Protokoll. Als der Staatssekretär eine stationäre psychiatrische Untersuchung mit dem Ziel der Versetzung in den vorzeitigen Ruhestand vorschlug, injizierte Dohm sich eine mehrfach tödliche Dosis Morphium. Auf eine offizielle Todesanzeige des Ministeriums wurde, nach kurzer Beratung, verzichtet.

»Ach, Herr Klamroth.« Reischle trat aus dem Aufzug in den Korridor.

Klamroth, der in Gedanken bei einer Fakultätssitzung war, auf der am Nachmittag die letzten Personalentscheidungen für den Lehrbetrieb diskutiert werden sollten, wandte sich abrupt um.

»Oh, ich bitte um Entschuldigung, wenn ich Sie erschreckt habe.«

Klamroth musterte sein Gegenüber lange, ehe er sagte: »Bei Ihnen habe ich immer das Gefühl, beschattet zu werden.«

»Ich . . . verstehe nicht«, stotterte Reischle mit einem gekünstelten Lachen.

»Worum geht es, Herr Reischle?«

»Ich wollte noch einmal . . . an unser Gespräch erinnern. Sie wissen ja, ich könnte noch ein paar Betten gebrauchen.«

»Tut mir leid«, sagte Klamroth kalt. »Ich habe meine Kapazitäten schon verplant.«

»Macht nichts.« Reischle schien es plötzlich sehr eilig zu haben. »War ja nur eine Frage.«

Klamroth ging weiter. Ein wenig war er verwundert über sich selber. Wie oft hatte er sich die Abrechnung mit Reischle vorgestellt, den Triumph vorgekostet, das Entsetzen in der Visage dieses fetten Medizinmannes vor Augen gehabt. Und nun, da er sich seinen Traum erfüllen konnte, war es ihm gleichgültig geworden. Reischle war ihm gleichgültig. Einmal im Leben hatte der den Dunstkreis seiner kleinen Hinterhältigkeiten verlassen und sich an eine große Intrige herangewagt. Nun gut, warum nicht? Aber er hatte verloren. Und Verlierer waren uninteressant.

12

Mitte April würde das Sommersemester beginnen, und es war alles für die Aufnahme des vollen Lehrbetriebs vorbereitet. Der Klinikanbau stand, die Installationen funktionierten, das Dozententeam war komplett, Pflege und Verwaltung arbeiteten reibungslos, und Patienten gab es auch schon genug. Klamroth fühlte doch so etwas wie Stolz auf sein gelungenes Werk und war auch zufrieden mit den Leistungen der anderen. Er hatte eine Pause verdient und freute sich auf zwei Wochen Osterurlaub in seinem Haus im Saastal, mit Sabine.

Auch Sabine konnte die Abreise kaum erwarten, nicht

nur, weil sie endlich wieder eine ungestörte Zeit mit Jürgen verbringen würde, sondern sie war gleichermaßen froh, den Spannungen in ihrem Elternhaus zu entkommen, die sich weniger in lautstarken Ausbrüchen entluden – wozu es zuweilen allerdings auch kam –, sondern in einer lähmenden Atmosphäre fühlbar waren, die aus dem Schweigen genährt wurde, dem Ungesagten, das dennoch umso schwerer auf den Beteiligten lastete. Gerne hätte sie Angela mitgenommen in die Schweiz, aber das ging nicht.

An einem der ersten Tage der Osterferien kam es eher beiläufig zu einem Gespräch zwischen Mutter und Tochter. Linda arbeitete in der Küche, und Sabine ging zum Kühlschrank und schenkte sich ein Glas Saft ein. Sie wollte den Raum nicht einfach wortlos wieder verlassen, blieb also einen Moment lang an den Türrahmen gelehnt stehen und sah ihrer Mutter bei der Arbeit zu.

»Hast du eigentlich nicht manchmal wieder Lust auf deinen Beruf?« sagte sie schließlich.

»Das hat dein Stiefvater mich auch schon mal gefragt.«

Linda hatte sich angewöhnt, seit Weihnachten, ihren Mann so zu bezeichnen, wenn sie ihn in Sabines Beisein erwähnte.

»Hat er das? Das macht die Frage ja noch nicht falsch.«

Linda versuchte einzulenken, und Sabine registrierte es dankbar. »Wie kommst du jetzt darauf?«

»Wenn ich dich hier sehe . . . Ich meine, ich freue mich auf meinen Beruf. Ich bin froh, daß die Schule bald vorbei ist. Ich freue mich auch auf das Studium. Dann geht es endlich los. Und am Ende bin ich Ärztin.«

Linda schwieg.

»Es ist so schade. Als Hausfrau hätte ich das Gefühl . . . nicht mit meinen Talenten wuchern zu können.«

»Und wenn du Kinder hättest?«

»Ich würde trotzdem arbeiten. Das kann man doch irgendwie miteinander verbinden.«

»Als Teilzeit-Ärztin?«

»Ich würde nur vormittags praktizieren. Höchstens einen Nachmittag in der Woche.«

»Du bist also schon in der eigenen Praxis. Wenn du die hast, kannst du die Kinder vergessen, die gehen dann nämlich schon aufs Gymnasium. Aber vorher mußt du ein paar Jahre im Krankenhaus arbeiten. Und die Kliniken reißen sich bekanntlich um Teilzeit-Ärztinnen mit Kleinkindern.«

»Falls ich überhaupt Kinder habe. Und wenn, dann wird Jürgen schon was für mich tun.«

»Jürgen Klamroth als Lebensplanung!« sagte Linda verächtlich. »Sind die Kinder auch von ihm? Sagen die dann Opa zu ihm, wenn sie sprechen lernen?«

»Mama . . .!«

»Na ja, nicht meine Sache.« Linda zog eine Schüssel zu sich heran und begann, mechanisch und eher abwesend, Feldsalat zu sortieren. »Mit den Talenten wuchern. Schön und gut. Bei einer Ärztin mag das noch angehen. Aber erzähl du mir mal, wie man mit den Talenten einer Sekretärin wuchert, die seit Jahren draußen ist, die nicht einmal weiß, wie man einen Computer anknipst . . .«

»Das lernst du ganz leicht, Mama. Du bist noch jung.«

»Danke. Die keine Fremdsprachen spricht, die den Chef nicht auf Geschäftsreisen begleiten kann, weil da nämlich auch noch eine kleine Angela ist, die ihre Hausaufgaben nicht macht, wenn man ihr nicht im Nacken sitzt. Ja. Und eine Sekretärin, bei der der Außenlack auch schon so weit runter ist, daß der Chef sie gar nicht mehr mit auf Reisen nehmen würde, selbst wenn sie Spanisch und Französisch könnte.«

»Aber Papa könnte dir doch ganz einfach . . .«

»Ja, Papa könnte!« Linda blickte auf und wischte sich eine Haarsträhne aus dem Gesicht. »Papa ist ein mächtiger Mann. Papa kann alles. Jedenfalls alles, was sich für Geld machen läßt. Er könnte auch noch mehr. Hier zu Hause. Aber Papa will nicht. Zu geringe Rendite. Zu wenig Profit.« Sie schüttelte sich. »Daß du das nicht selber merkst, Sabine. Leben nur als die Dosis, die von Männern gewährt wird! Du bekommst am Krankenhaus eine Stelle als stillende Teilzeit-Assistentin, weil Jürgen das so drehen kann. Vorausgesetzt, er will das auch so drehen. Ich kriege einen Job als Sekretärin, weil Papa so was mit links arrangieren kann, selbst bei der Konkurrenz. Falls er das will. Ja, er würde es wohl auch wollen. Er hätte sicher ganz gerne eine berufstätige Frau, die abends so müde ist, daß sie nicht mehr nörgeln kann. Selbst um den Preis, daß kein Essen mehr auf den Tisch käme. Das würde ihm nichts machen. Er kann sich ja nun wirklich jedes Restaurant leisten.«

Sabine fühlte sich hilflos. »Ich wußte nicht, daß du so unglücklich bist, Mama.«

»Nun, dann weißt du es jetzt.« Linda war bleich geworden.

»Warum . . .«, zögerte Sabine, ehe sie es dann doch aussprach, ». . . verläßt du ihn nicht?«

»Verlassen?« Linda lachte bitter auf. »Man verläßt nicht so leicht seinen Brötchengeber, wenn man älter wird.«

»Aber Mama . . .«, sagte das Mädchen erschrocken.

»Schockierend, nicht? Ja. Ich bin zu alt. Ich bin zu katholisch. Und dann Angela. Sie liebt ihren Vater. Trotz allem.«

»Die Prinzessin würde ...«

»Die Prinzessin! Was für ein kindischer Name. Keiner nennt sie so. Nur Klamroth. Aber das ist ja nun vorbei. Wie er wohl seine eigene Tochter nennt? Hexe? Kröte? Er kann ja bei der mal einen neuen Anlauf machen mit Prinzessin. Aber egal. Wahrscheinlich weiß er gar nicht mehr, wie die heißt.«

Sabine trank ihr Glas leer und stellte es ab. »Ich muß noch was arbeiten.«

»In den Ferien?«

»Nach Ostern ist schriftliches Abitur.«

»Und da willst du wegfahren?«

»Ich nehme meine Bücher mit.«

»Wann fährst du?«

»Übermorgen. Das habe ich dir doch schon gesagt.«

»Nein. Mir nicht. Vielleicht deinem Stiefvater ...«

»Mama, warum sagst du das immer? Ich liebe ihn genauso wie dich und Angela.«

»Und Jürgen.«

»Und Jürgen. Walter ist mein Vater. Er liebt mich, als wäre ich ...«

»Schmink dir das ab, Kleines. Walter Tomschläger liebt nur Geld. Egal, mit welchen Mitteln er es scheffelt.«

»Ich finde das nicht fair. Papa arbeitet hart. Gut, vielleicht zu hart und zuviel. Aber nicht nur wegen des Geldes. Er hat viel am Hals. Ich glaube, er macht sich oft auch Sorgen. Ich könnte nicht schlafen, wenn ich die Verantwortung für so viele Menschen hätte.«

Linda stieß die Schüssel mit einer unwirschen Bewegung auf die Mitte des Tisches zurück. »Verantwortung für Menschen? Ja, weißt du denn eigentlich nicht, womit Walter Tomschläger sein Geld verdient?«

Sabine blickte ihre Mutter wortlos an.

»Wenn im nächsten oder übernächsten Golfkrieg Gift eingesetzt wird, dann hat dein Vater ein feines Geschäft gemacht. Und selbst wenn es nicht dazu kommt, hat er gut daran verdient.«

»Das sagst du, weil du Wut auf ihn hast. Weil ihr immer Krach habt und weil du unbedingt etwas Böses über ihn sagen willst.«

»Frag ihn doch. Frag ihn selber. Wenn er Mut hat, sagt er es dir.«

Sabine verließ den Raum und ging in ihr Zimmer hinauf. Als sie eine halbe Stunde später die Küche wieder betrat, saß Linda noch immer in derselben Haltung am Tisch und starrte auf die Schüssel.

»Wenn das stimmt«, sagte Sabine zögernd, »warum verläßt du ihn dann nicht?«

»Habe ich schon gesagt. Zu alt, zu katholisch.«

»Wenn das stimmt, ziehe ich noch heute hier aus.«

Linda hob den Blick. »Und wohin ziehst du dann?«

»Zu Jürgen.«

»Ah ja. Und du meinst, *der* ist unschuldig?«

Sabine wandte sich ab. Sie ging in den Flur, zog sich ihren Mantel an, fühlte in den Taschen nach, ob sie Geld dabei hatte, und zog die Haustür hinter sich zu.

Ein gelbes Signal leuchtete am Schreibtisch auf, Klamroth drückte einen Knopf.

»Herr Klamroth, eine Besucherin sagt, sie hätte jetzt bei Ihnen einen privaten Termin.«

Klamroth warf einen Blick auf den kleinen Monitor, der seine Termine für die zweite Tageshälfte anzeigte. »Nein.«

»Die Dame beharrt darauf.«

»Name?«

»Frau Tomschläger.«

»Was? Ach so, richtig. Bitte schicken Sie sie herein.«

»Du?« Klamroth war einen Moment lang verblüfft, ehe er aufstand und mit ausgestreckten Armen auf sie zuging. »Das ist eine liebe Überraschung. Frau Tomschläger, hat die Sekretärin gesagt. Da habe ich mit deiner Mutter gerechnet. Hier, schau dich um. Mein Kommandodeck. Die ganze Pracht und Herrlichkeit.«

Er wollte sie umarmen, aber sie wich aus. »Hast du einen Moment Zeit?«

»Klar.« Erst jetzt bemerkte er ihre Blässe. »Ist was passiert?«

»Kann ich mich setzen?«

»Sicher. Komm.« Er führte sie in eine Ecke des Raumes und rückte einen Sessel für sie zurecht. »Hast du Ärger zu Hause? Macht Linda Schwierigkeiten wegen unserer Reise?«

»Jürgen, was machst du für Papa?«

»Ich verstehe dich nicht.«

»Du arbeitest doch manchmal für Papa.«

»Ach so. Ja, sicher.«

»Was arbeitest du für ihn?«

»Kleinigkeiten. Ich tue ihm schon mal einen Gefallen. Warum fragst du?«

»Was genau?«

»Was ist los, Sabine?«

»Was genau?«

»Ich spreche manchmal mit Geschäftspartnern, wenn ich sowieso unterwegs bin. Dein Vater kann nicht alles selber machen.«

»Dafür hat er doch genug Leute in der Firma.«

»Manches geht einfach schneller, wenn man es unter Freunden erledigt.«

»Schneller? Oder nur reibungsloser?«

»Beides. *Sabine, sag mir, was los ist!*«

»Tut Papa etwas Strafbares?«

»Um Himmels willen, nein.«

»Hat Papa etwas mit Giftgas zu tun?«

»*Was?*« Er holte tief Luft und atmete wieder aus. »Jetzt verstehe ich. Diese ganze Medienscheiße über den Irak und so. Die verbrecherische deutsche Industrie, die den Fanatikern da unten Vernichtungswaffen liefert . . .«

»Hat Papa etwas damit zu tun?«

»Nein, verdammt noch mal. Der Konzern hat absolut keine Verbindung zum Irak.«

»Und anderswohin?«

»Anderswohin? Natürlich wird exportiert, in alle möglichen Länder. Aber wie kommst du darauf, Sabine? Und warum kommst du *jetzt* darauf?«

»Mama sagt, daß Papa kriminelle Dinge tut.«

»Ah, daher weht der Wind. Mein Gott, Sabine, merkst du denn nicht, was dahintersteht? Erst hat sie mir Angela aus meinem Leben herausgeschossen. Und jetzt bist du dran. *Siehst du das denn nicht?*«

»Ich lasse mich nirgendwo rausschießen.«

»Das ist gut so.«

»Ich will nur eine ehrliche Antwort.«

»Die kriegt alles kaputt, was sie kaputt haben will!« sagte Klamroth bitter.

»Tut Papa irgend etwas, das nicht in der Zeitung stehen darf?« fragte das Mädchen.

»Wenn alles in der Zeitung stünde, würde sich die Konkurrenz totlachen.«

»Weich bitte nicht aus. Gibt es etwas, das nicht rauskommen darf? Etwas Kriminelles?«

»Was heißt kriminell? Du gehst in den Laden und kaufst ein Brotmesser. Ist das kriminell? Erst wenn du mit dem Messer ...«

»Du weichst aus. Warum warst du in Damaskus?«

Die Frage überrumpelte Klamroth. »Was ...? Sieh mal, Sabine ...«

»Baut die Firma dort etwas, von dem niemand wissen darf?«

»Was wir dort bauen, könnte eigentlich jeder wissen. Das würde die Scheißpresse auch nicht interessieren. Sondern erst wenn die Halunken dort unten etwas damit machen, was wir gar nicht geplant haben, dann heult die Journaille auf und macht uns verantwortlich.«

»Also *baut* ihr etwas da unten?«

»Eine völlig normale Anlage. Pharmazie.«

»Und ich könnte jetzt zur Zeitung gehen und von dieser pharmazeutischen Anlage erzählen?«

»Sag mal, was hat Walter dir eigentlich getan? Warum bist du so scharf darauf, ihm Schwierigkeiten zu machen?«

Sabine stand auf. Sie war noch blasser geworden. »Dann käme er also in Schwierigkeiten«, sagte sie tonlos. »Und du auch.«

»Mein Gott, du kapierst nichts! Es gibt gewisse Notwendigkeiten. So ein Konzern, Tausende von Arbeitsplätzen. Das läuft nicht von alleine ... Herrgott verflucht, diese ... diese ... unreflektierte Moral«, stieß er atemlos hervor, »die immer genau weiß, was gut ist und was böse. Und jetzt fängst du auch noch damit an. Wie ich diese naive Schulmädchenmoral hasse!«

»Dann geh in Zukunft Schulmädchen aus dem Wege.« Sie hatte Tränen in den Augen. »Ich will dich nicht mehr sehen, Jürgen.«

Klamroth wußte, daß es keinen Sinn hatte, noch etwas zu sagen. Er ließ das Mädchen gehen und blieb sitzen.

Klamroth fuhr zwei Tage später in die Schweiz, wie geplant. Er besuchte auch Almöhi in Siders, wie versprochen. Almöhi spürte, daß der Freund unglücklich war, aber Klamroth mochte sich nicht mitteilen und überbrückte die Stunden mit hektischer Fröhlichkeit und Geschichten aus der alten Zeit. Dieser Besuch war der letzte, und man sah sich nicht wieder.

Klamroth hielt es nicht lange im Saastal aus. Er fuhr nach Genf und weiter nach Paris. Dann verbrachte er zwei Tage in München. Als er nach Köln zurückkehrte, klingelte er, noch ehe er an seiner Wohnung haltgemacht hatte, bei Stefan Allwein.

»Schon zurück?« fragte Allwein ohne Erstaunen.

»Ich habe es dort nicht mehr ausgehalten, Stefan.«

Allwein nickte.

»Mein Handbuch. Ich werde jetzt ranklotzen. Es wird das beste Handbuch der orthopädischen Chirurgie aller Zeiten.«

Allwein blickte ihn nachdenklich an. »Das wäre sicher nützlich für die Menschheit.«

»Aber wie wäre es vorher mit einer Partie Schach?«

Allwein mußte mit sich kämpfen, ehe er sagte: »Ich spiele nicht mehr, Jürgen.«

Klamroth biß sich auf die Lippen. »Du willst mich hier doch nicht einfach stehen lassen, oder?«

Allwein schluckte. »Ich habe nicht mehr mit dir gerechnet.«

»Hildesheim«, bot Klamroth verzweifelt an. »Wir fahren zusammen nach Hildesheim, ja? Haben wir doch abgemacht, oder?«

»Ich möchte nicht mehr.«

»Warum nicht?«

»Zu lange vorbei. Es würde mich traurig machen.«

»Laß mich rein, Stefan!« Klamroth hatte fast geschrien. »Du läßt doch sonst jeden Penner rein.«

»Aber du bist kein Penner, Jürgen.« Und dann nahm er alle Kraft zusammen: »Komm wieder, wenn du den Teufel in dir ausgetrieben hast, Jürgen. Wenn du selber ein armer Teufel bist.«

Er weinte, als er die Türe geschlossen hatte.

Klamroth nahm im folgenden Semester einen Ruf als Ordinarius nach Zürich an. Linda trennte sich von ihrem Mann und zog mit den beiden Töchtern nach Bonn. Scheiden ließ sie sich nicht, das verbot ihr ihr Glaube, aber sie traf Walter nicht mehr. Sabine studierte Medizin. Tomschläger baute ein Zweigwerk in Thüringen auf. Gleichzeitig wurde am selben Ort eine Medizinische Hochschule errichtet, zum größten Teil aus Mitteln einer Stiftung des Konzerns. Klamroth wurde als Gründungsrektor berufen und sorgte dafür, daß die Hochschule sich schon bald einer internationalen Reputation erfreute. Sein Etat erlaubte ihm, gute Leute heranzuziehen, und er verstand es, ein hochkarätiges Team zu führen und deutlich zu machen, daß es *sein* Etat war, der alles bewirkte. Er war ein begehrter Referent auf internationalen Kongressen. Den Plan seines Handbuches gab er allerdings auf, aus Zeitgründen.

Er verkaufte sein Haus in Saas-Almagell und erwarb mit Zurbriggens Hilfe eine Villa am Genfer See. Wenn Walter Tomschläger ihn besuchte, gab es fröhliche Partys, und immer fanden sich einige ansehnliche Frauen, die über Nacht blieben. Zuweilen kam auch Aykut Erkal, aber der schlief stets alleine, wie Klamroth und Tomschläger kopfschüttelnd konstatierten.

Zu Allweins dreißigstem Priesterjubiläum bekam Klamroth eine Einladung und flog im eigenen Jet nach Köln. Linda und Angela sah er, aber bevor er mit ihnen sprechen konnte, waren sie verschwunden. Sabine wich ihm nicht aus.

»Hallo, Sabine.«

»Hallo, Jürgen.«

»Wie weit bist du?«

»Im Sommer mache ich Examen.«

»Und dann?«

»Krankenhaus.«

»Hast du schon eine Stelle?«

»Nein.«

»Wenn ich dir helfen kann . . .«

»Danke. Nein.« Sie wandte sich zum Gehen. »Und wie weit bist du?«

Allwein trat heran. »Du bist gekommen?«

»War doch klar. Du, ich bin geflogen.«

»Ja?«

»Ich meine: selber.«

»Ah ja.«

»Stefan, ich kann jetzt fliegen.«

»Was du nicht sagst.« Eine Gruppe von Gästen erschien an der Tür. Allwein sah sie und sagte: »Der Chor. Entschuldige mich bitte.«

Klamroth nickte: »Alles klar.«